Aristea 81

Il presente progetto è finanziato con il sostegno della Commissione europea. L'autore è il solo responsabile di questa pubblicazione e la Commissione declina ogni responsabilità sull'uso che potrà essere fatto delle informazioni in essa contenute.

DG Istruzione e cultura

Programma «Cultura»

Della stessa autrice:

Il colore della luna

Titolo originale: Το ταξίδι που λέγαμε…

Via E. Falck 53, 20151 Milano
Printed in Italy

www.crocettieditore.com

ISBN 978-88-8306-204-9

Alkioni Papadaki

IL VIAGGIO CHE SOGNAVAMO

Traduzione di Valentina Gilardi

CROCETTI EDITORE

Prologo

Abbiamo gettato via la nostra vita, l'abbiamo distrutta, fatta a pezzi per un niente.

Perché non ci piaceva il "luogo" in cui eravamo nate e cresciute.

E dopo... Ci venne voglia di ricostruirla da capo. Ci venne voglia di costruire un luogo nostro. Un edificio nuovo.

Con cosa, però? La nostra anima non aveva i materiali.

Non sapeva fabbricare il calcestruzzo.

Diventammo capomastri senza avere idea di che cosa significasse costruire.

Eravamo capaci di fare soltanto progetti.

E sogni di viaggi.

Siamo specialiste dell'arredo. Solo che ci è sempre mancato l'edificio.

Va be'... Almeno una cosa siamo riuscite a salvarla.

Giú in fondo, nel taschino interno dell'anima, abbiamo nascosto i biglietti di viaggio del sogno.

Ti sembra poco?

DI SICURO I BIGLIETTI DEL SOGNO NON LI HA MAI PERSI.

Magari qualche volta non aveva i soldi giusti.

Era un po' un suo vizio quello di non fare bene i conti.

Però se la cavava.

In un modo o nell'altro, tirando un po' di qua e un po' di là, con qualche trucco e prendendola alla larga, riusciva a ingannare il barcaiolo che la traghettava dall'altra parte.

Il suo nome era Arghirenia, ossia Arghirò. O Rorò, come la chiamavano quando era piccola.

"To Rorò", al neutro. Come le parole "davanzale" oppure "sgabello".

Amava scrivere i suoi pensieri e i ricordi. Aveva un bisogno irrefrenabile di posare da qualche parte l'anima. Pensava, cosí facendo, di nasconderla, di proteggerla dai corpi, dalle orecchie, dagli occhi – soprattutto dagli occhi – delle persone che la circondavano.

Viveva in una bella casa vicino al mare, insieme con sua sorella Apollonía.

Due donne anziane (Apollonía era sulla settantina, Arghirenia sette anni minore).

Ora, come le due sorelle si siano trovate, dopo aver percorso strade tanto diverse ed essendo cosí diverse l'una dall'altra, a invecchiare insieme nella stessa casa, lo sanno soltanto la sorte e i suoi capricci.

I fatti sono narrati nelle annotazioni di Arghirenia.

Su un grande quaderno che lei chiudeva a chiave nel cassetto del comodino, neanche fosse stato un tesoro.

Perché, se lo avesse lasciato aperto sul tavolo l'altra lo avrebbe letto? Apollonía era molto discreta. Non metteva il naso nelle anime altrui, né le frugava, né le spiava dal buco della serratura.

L'essere curiosa era una prerogativa di Arghirenia. Era lei che fin da piccola aveva imparato a stare in agguato, ad annusare, a seguire le tracce... Un vizio? Piuttosto un modo per sopravvivere.

Le due sorelle non si somigliavano nel carattere e neppure nell'aspetto.

Apollonía era alta, secca secca, con gli occhi azzurri e la carnagione candida, rosea.

Arghirenia era piuttosto bassa, castana, pienotta, con molte rughe sul viso e due occhi scuri dalla luce strana, somigliavano agli occhi di una Madonna bizantina nell'ora del vespro.

Apollonía parlava poco, era seria, distaccata: il tipo di persona che definiamo, di solito senza pensarci troppo, "dai toni pacati". (Il che non significa, ovvio, che sotto quei toni non ci sia il fracasso di qualche strumento a percussione... Semplicemente c'è un ottimo isolamento acustico.)

Arghirenia era una barchetta in mezzo al mare. Senza rotta né remi. Con un gabbiano per timoniere e un baule di ciottoli di mare per bagaglio.

"In ogni fase della vita", diceva Apollonía, "abbiamo bisogno di qualcuno che ci sostenga. Il punto è esaminare con attenzione le caratteristiche di questa persona. Vagliarle minuziosamente prima di aprirle la porta della nostra vita".

(Vagliarle minuziosamente? Non siamo mica investigatori! Mah...)

Insomma, proprio quello che Arghirenia non ha mai fatto. Non si curava nemmeno di sapere le generalità. Prima che il gallo cantasse tre volte (anzi, neanche due), si fidava completamente di colui che la sosteneva.

Si fidava soltanto? Macché, lo nominava suo capo! Sua guida! Lui davanti e lei dietro, lo seguiva sottomessa. Gli stendeva tappeti. Lo incensava.

Qualunque trappola scorgesse, Arghirenia ci si infilava dentro. Non sbagliava mai strada. Dovunque la trappola fosse nascosta, lei la trovava. Vi si intrufolava. Vi si nascondeva. Rimaneva prigioniera.

(Che perversione anche quella! Scegliere una trappola come meta: la cattività come occasione imperdibile! E fosse stata soltanto Arghirenia...)

HO PERMESSO A CHIUNQUE NE AVESSE VOGLIA DI SCRIVEre sulla mia anima. E adesso sono qui che cerco di decifrare le annotazioni. Figuriamoci se riesco a capirci qualcosa…

Mi hanno battezzata Arghirí. Era il nome di mia madre, morta due giorni dopo il mio arrivo in questo bellissimo mondo. Da sola mi sono dovuta lavare la faccia per scoprire quanto sia bello. Da sola l'ho ammirato e ne sono stata fiera. Nessuno si è preso la briga di mostrarmelo, di aiutarmi a scoprirlo. Ho lottato con le unghie e coi denti per riuscire a trovare una radura in cui riprendere un po' il fiato e dire: Ah, che meraviglia, qui! Anch'io sono parte di questo mondo. Un puntino piccolo piccolo. Che bella che sono anch'io!

Figurarsi se qualcuno aveva il tempo, quando ero piccola, di occuparsi di me, tapina…

Sono sempre stata "*to* Rorò". Un peso. La creatura portasfortuna, colpevole della morte di Arghirenia.

Chiunque mi passasse davanti, già che c'era dava un calcio alla mia anima per levarsela di torno.

E io… avevo una paura tremenda. Mi raggomitolavo tutta. Diventavo un grumo. Una tartarughina con il guscio spezzato. Come avrei potuto mettere fuori la testolina? Non era facile! La prima cosa che ho avvertito nella vita è stato un senso di pericolo. Ma ogni volta che correvo a nascondermi, finivo per cacciarmi in un nuovo pericolo.

Non conoscevo altro nascondiglio. Come chi vuole sfuggire

alle mani dell'assassino e si va a nascondere sulla sua spalla.

To Rorò... La nostra gatta Smaragda godeva di un trattamento di gran lunga migliore del mio. Smaragda era a tutti gli effetti una componente della famiglia. Per questo andava e veniva come le pareva, sicura di sé, si metteva comoda dove le girava, si strusciava contro chi voleva, si sdraiava sulle poltrone e faceva le fusa senza che nessuno mai la disturbasse. Insomma, sarebbe stato grave se avessi fatto anch'io un po' di fusa nella mia vita? Chiedevo troppo, eh? Che pretese!

Mi hanno battezzata Arghirí perché "risuscitassi" mia madre. Cosí decise il pope, e nessuno poté opporsi.

Figurarsi se mi chiamavano Arghirenia, come lei. Non avevo nemmeno l'onore di sentirmi chiamare Arghirò. "To Rorò". Sempre con l'articolo neutro davanti, per sottolineare la nullità che ero. Molto, molto tempo dopo, quando imparai a reggermi sulle mie gambe (si fa per dire) e smisi di essere un nome di genere neutro, adottai il nome Arghirenia.

Cosí, perché mi piaceva. Perché volevo avere qualcosa della mia mamma, che non avevo conosciuto. Qualcosa di importante. Di unico. Il suo nome.

Le spille della mamma, gli anelli e i braccialetti li ha presi tutti – con il mio permesso, naturalmente – mia sorella Apollonía. Io me ne frego dei gioielli d'oro e dei diamanti. Indosso solo gioielli finti. Li compro alle fiere di paese. Mi stanno bene. Non so perché, ma provo una curiosa attrazione per ciò che non ha valore, che è disdegnato, abbandonato. (Be', il perché non lo so...)

Assomiglio alle gazze. Mi chino a raccogliere quello che luccica. Non quello che mi è utile.

* * *

Parlerò di mio padre. Prima come me l'hanno descritto, dopo come me lo ricordo io. Perché c'è differenza. Si tratta di due persone diverse che hanno in comune soltanto il nome e alcuni tratti del corpo e del viso. Alcuni: lo sottolineo.

Si chiamava Ioannis. Lo chiamavano cosí. Non Iannis, e nemmeno Iannakis. Ioannis!

Tutta la grandiosità, la sacralità che sono comprese in questo nome si addicevano perfettamente al carattere, alla vita e alla figura di mio padre.

La sua famiglia era arrivata sull'isola credo dalla Romania. Con molti soldi. Non conosco i particolari. Avevano acquistato grandi estensioni di terreno, avevano costruito case, fattorie, frantoi, saponifici, mulini, porcilaie, non ricordo di preciso tutto quello che mi avevano enumerato le zie e gli altri parenti.

Ioannis era l'unico figlio maschio. Aveva una sorella maggiore, Teodosía o Dodò. (Di lei si parlerà a lungo piú avanti.)

Ioannis studiò da medico e non si occupò mai dei saponifici, dei mulini e delle porcilaie di suo padre.

Era uno studioso idealista. Un vero missionario. Arrivato sull'isola cominciò a offrire gratuitamente i propri servigi ai poveri e ai derelitti della zona. Non solo non chiedeva loro compensi, ma comprava loro anche le medicine, provvedeva al loro sostentamento, ai vestiti e a tutto ciò che riteneva necessario.

Spesso andava a visitare la gente a rischio della propria vita. Per esempio quando doveva recarsi da un ammalato sull'altra sponda del torrente in piena.

Ecco perché tutti lo adoravano. E se non gli fosse crollato il mondo addosso dopo la mia nascita, chissà... Magari l'avrebbero anche santificato. Magari dal suo sepolcro sarebbe sgorgata la mirra, e la sua tomba non sarebbe piena di sassi, cespugli spinosi e cacche come invece è.

"Niente ci appartiene, in questo mondo", diceva mio padre. "Quello che Dio ci ha donato dobbiamo semplicemente condividerlo con gli altri. Chi nasconde sotto il materasso i doni di Dio è meschino e gretto. Un giorno li perderà".

Con queste idee Ioannis affrontava il cammino, coerente nelle azioni e nel comportamento.

Ora, perché Dio abbia licenziato questo santo Ioannis da suo amministratore, non sono in grado di dirlo.

La legge del contraccambio, pare, non funziona per i singoli. Funziona per l'umanità nel suo complesso. Che cosa posso obiettare io, tapina? Non sono soltanto i peccati dei genitori, insomma, ma anche quelli del prossimo? C'è sempre una vittima che si carica sulle spalle una parte delle azioni empie degli altri? Domando io, ingenua. La ex Rorò...

Mi piace sempre porre domande. La dolcezza della domanda mi mette di buonumore. Alla risposta, quando la ricevo, non do poi tanto peso. Di solito è scaduta.

"È la paura", dice Apollonía, "la strada che conduce gli uomini a Dio".

A me non accade cosí. Mi conducono a Dio i crisantemi in fiore. E allora?

* * *

"Un'anima non condivisa", ecco un'altra massima di Ioannis, "puzza. È come un pane sacro ammuffito. Non lo mangiano nemmeno i cani".

Apollonía ricorda molte cose di papà. E me le racconta. Lei aveva sette anni il giorno funesto in cui io nacqui e il mondo andò a gambe all'aria. I suoi racconti mi sembrano una favola. Mi sembrano una bugia. E invece le cose erano proprio cosí. Esattamente come lei le descrive. A lei non piace giocare con la fantasia (il mio elemento naturale).

Apollonía si ricorda, per esempio, la carrozza trainata da cavalli bianchi su cui il papà la faceva salire con Arghirenia quando le portava in giro per l'isola. La gente usciva dalle case per salutarli. Come se passasse il re. Mancava solo che lanciassero fiori. Il papà, con indosso abiti costosi (una vanità che si concedeva sempre), Arghirenia con le sue gonne sgargianti, carica di gioielli e cappelli colorati, che rideva, salutava, faceva le moine... (Completamente ignara, poverina!)

E Apollonía, con i suoi abitini di taffetà o di velluto, con i fiocchi enormi tra i riccioli biondi, sollevava le manine tenere e candide e salutava – malvolentieri – la folla che adorante. Di certo aveva sul visino roseo quell'espressione di lieve disappunto che ha ancora oggi quando deve fare qualcosa che non le piace.

"Apollonía, saluta! Devi essere contenta, gentile. Affabile!".

Apollonía sorride quando ricorda quei tempi.

"Non capivo che cosa volesse dire. Credevo che *prosinís** avesse lo stesso significato di *despinís*. E un giorno, volendo impressionare la maestra, mi rivolsi a lei con enfasi: '*Prosinís* Aristea, posso domandarle una cosa?' ".

Sorride... Ma poi tutt'a un tratto ritira il sorriso. Come se lo volesse nascondere in mezzo al taffetà dei ricordi.

"Sai perché mi hanno chiamata Apollonía? Papà aveva il pallino della mitologia. Visto che non ero un maschio e non poteva chiamarmi Apollo, mi chiamò Apollonía. I cavalli che tiravano la sua carrozza erano Eoo ed Etone. Come due dei quattro cavalli del Sole che galoppavano nel cielo e sputavano fuoco dalle froge...".

* * *

La osservo mentre è seduta in balcone e sorseggia il caffè. Una figura eterea. Con la vestaglia di seta, le pantofole con il pompon rosa, la pettinatura accuratissima: nemmeno un capello sfugge dalla crocchia perfetta.

È seduta a gambe incrociate su una sedia a dondolo e regge la tazzina di porcellana come fosse una piuma. *Tip*, *tip*, posa delicatamente le labbra, sembra un passero che becchetti una rosa. (Non come me, che faccio "*fiú*, *fiú*", e somiglio a un carrettiere che ronfa!)

Ah, cara Apollonía! La tua intera esistenza è un'eco delicata di taffetà. E che cosa hai capito, anche tu?

Ci siamo ritrovate sullo stesso balconcino.

Te ti hanno portata Eoo ed Etone, me un gabbiano ferito.

Che importanza ha, ormai?

* * *

* *Prosinís* significa "affabile", *despinís* "signorina". [N.d.T.]

A essere sinceri, una volta Apollonía mi disse: “Se non fossi nata tu la nostra vita sarebbe stata una bella gita”.

“E come fai a saperlo? Può darsi che la sorte vi avrebbe colpito in un altro modo, se vi aveva preso di mira. E poi, che colpa ne ho io, in definitiva?”.

“Ma dài... Ti prendo in giro. Se non fossi nata tu, chi mi abbraccerebbe dandomi conforto? Con chi andrei all’altro capo della spiaggia a cercare i fiori della sabbia?”.

Si tratta di un tipo raro di gigli bianchi, simili a piccoli fiori di orchidea, che sbocciano tra gennaio e febbraio nella sabbia, su certi lidi.

Erano la passione di Apollonía. Camminavamo per ore al freddo e sotto la pioggia alla ricerca di questa magia che dura pochi giorni. È un’esplosione della natura. Riempiono il lido, la sabbia ne è inondata, e poi all’improvviso scompaiono. Spariscono. Senza lasciare traccia. Come se non fossero mai esistiti.

“Somigliano ai giorni felici”, diceva Apollonía. “Forse per questo li amo tanto”.

Mia dolce Apollonía! Lí si sono incontrate le nostre vite cosí diverse, e si sono unite. Dentro un giglio della sabbia. Nel cuore dell’inverno.

Che fortuna...

* * *

“Non è dignitoso”, Apollonía riferisce le parole di papà imitando la sua voce, “correre dietro alla vita come un cucciolo affamato”.

Che cosa sia “dignitoso” e che cosa no, io non sono riuscita ad averlo perfettamente chiaro nella vita. Lí, da qualche parte tra ciò che è dignitoso e ciò che non lo è, mi assaliva un senso di vertigine.

Comunque non sono mai corsa dietro a nessuno come un cucciolo affamato. (O invece sí?) Né ho mai abbaiato a chi mi si avvicinava (questo è sicuro); indipendentemente dalle sue intenzioni, che la maggior parte delle volte sospettavo quali potessero essere, me ne stavo seduta su un gradino e scodinzolavo amichevolmente.

(Oddio, forse scodinzolavo troppo? Dici?)

"Se dobbiamo giudicare dai risultati...", osserverebbe Apollonía.

E perché dovremmo giudicare? (le risponderei). A che pro... Non è meglio se andiamo al porto a mangiare un polipo?

* * *

La nostra casa paterna era immensa. Un edificio sontuoso – opera di un architetto italiano – su un terreno di circa quindici ettari.

Scale di marmo a chiocciola, frontoni istoriati in stile Partenone, terrazzi con colonne elaborate, giardini con viottoli lastricati, pergole, fontane in cui signoreggiavano amorini, delfini, angioletti (alcuni vomitavano l'acqua, altri la pisciavano). Gabbie con uccelli canterini, decine di pappagalli verdi, colombi e un certo numero di pavoni che con aria da imperatori trascinavano per i viottoli le code variopinte.

Non esisteva albero o fiore che non crescesse nei nostri giardini paradisiaci.

Ricordo certe sere d'estate in cui sembrava di svenire per il profumo dei gelsomini, del fiore notturno, del caprifoglio.

In fondo al giardino c'era una cappella dedicata a San Fanurio. (Un ringraziamento al santo da parte di Ioannis perché gli aveva mostrato la sua amata Arghirenia.) Ogni anno nel giorno consacrato al santo veniva celebrata una funzione prelatizia a cui seguivano tre giorni di festeggiamenti.

Apollonía si ricorda quelle feste. Io non le ho vissute. (La vita mi ha riservato un altro genere di feste.) Ai miei tempi si teneva una semplice, mesta liturgia, una sorta di "commemorazione dei quaranta giorni".

Vicino alla cappella c'erano anche le stalle, con Eoo ed Etone e molti altri animali utili alle necessità della casa e delle terre. Io ricordo soltanto una vecchia giumenta cieca, Frosso, che nutrivo ogni giorno portandole il cibo direttamente alla bocca, perché lei non poteva vederlo. (Non aveva mai sofferto la fame, per cui non aveva imparato a cercarlo.)

La giumenta cieca era un'indovina. Altrimenti come si spiega il fatto che mi avvertisse ogni volta che stava per accadere qualcosa di male?

Come mi avvertiva? Nitrendo. Se presentiva che stava per succedere qualcosa nitriva in modo tale che sembrava piangesse, e scuoteva la criniera come una pazza.

Era un segreto che conoscevamo soltanto Frosso e io. Una volta che volli rivelarlo andò a finire che tutti si presero gioco di me, e Frosso perse le sue capacità di veggente.

(Le perse o non mi giudicò piú degna della sua fiducia e della sua protezione? Non lo si è mai saputo.)

"Non andare alla gita!", dissi una volta ad Apollonía. "Ti capiterà qualcosa di brutto".

"Ah sí? E tu come fai a saperlo?".

"Me l'ha detto Frosso, la giumenta".

"Parli con la giumenta, cretina?".

La profezia fece il giro di tutte le nostre amiche. Mi battezzarono "la profetessa della giumenta".

Apollonía andò alla gita e si ruppe il polso.

Tutti la considerarono una coincidenza. Dissero che la profezia della giumenta era stata un caso.

E quando qualcuno voleva prendermi in giro mi domandava: "Quali nuove dalla giumenta?".

* * *

In casa c'erano mobili imponenti. Con intagli e inserti di tessuti preziosissimi.

In seguito ridevamo con Apollonía, che è megalomane ma in modo simpatico e anzi aggraziato, perché lo è con una buona dose di umorismo.

"Che cosa ce ne facciamo dei 'Ludovichi'?".

Cosí chiamavamo per semplicità i mobili massicci della casa.

"Dobbiamo venderli", sostenevo io.

Lei non voleva nemmeno sentirne parlare.

"Mettere all'asta i cimeli di famiglia? Impossibile!".

"E che cosa vuoi farne? Dove li terremo? Non basta tutto quello a cui dobbiamo stare dietro nella nostra vita; ci perseguiteranno anche i... Ludovichi?".

Andò a finire che affittammo uno scantinato e vi riponemmo i cimeli. Da molti anni a questa parte i "Ludovichi" dormono nel loro mausoleo, fidi custodi di una vanità divorata dai tarli.

Quando al trenta del mese arrivano i conti e non sappiamo piú che pesci pigliare, come una ciliegina sulla torta spunta anche l'affitto dello scantinato.

"Va bene, Arghirenia... Smettila di lagnarti. Risparmieremo su qualcos'altro".

"Apollonía, che ne dici se giochiamo alla Rivoluzione francese?".

"Che cosa intendi dire, sacrilega?".

"Intendo dire che dobbiamo uccidere i Ludovichi. Il mondo è progredito. Siamo nell'epoca dei computer. Quando chiuderai gli occhi che futuro avrà la tua Versailles?".

"Quando chiuderò gli occhi, arrivederci a tutti. Ma per il momento ce li ho aperti!".

Un attaccamento del genere a quei fottuti Ludovichi!

Di altri oggetti, lampadari, servizi raffinati, argenteria, aveva accettato che ci sbarazzassimo. La maggior parte li regalammo. I Ludovichi, però, sempre là! Al loro posto!

Come rettili imbalsamati.

* * *

Apollonía mi ha raccontato molte volte il suo primo giorno di scuola.

La accompagnò papà, abbigliato come un lord, in vestito nero, papillon e lobbia. Apollonía indossava un abitino lungo di taffetà rosa stretto da una cintura alta di satin. Sui boccoli di seta portava un cappello a forma di vaso da notte, ornato con ciliegie e fiocchi d'organza.

Sul petto le pendeva una grande croce d'oro, dono del padrino di battesimo, un tempo ministro dell'agricoltura.

"La mia bambina!", esclamava Ioannis tutto fiero. "Il gioiello della mia casa. Il sigillo della mia felicità!".

Montarono a bordo della carrozza trainata da Eoo ed Etone e si avviarono verso la scuola.

(Ogni volta che ci penso, mi fa impressione il fatto che il buon Ioannis, il quale distribuiva a piene mani le sue sostanze ai poveri, riservasse a se stesso e alla propria famiglia tanto lusso. Era sicuramente un'esagerazione. Uno sproposito. Ma... nessuno è senza peccato.)

Clap clap, facevano Eoo ed Etone, e dentro la carrozza la principessa viaggiava con la sua organza e i suoi taffetà.

Per clacson la carrozza aveva un palloncino, una specie di clistere rovesciato, che quando veniva usato dal cocchiere emetteva il suono di una scorreggia amplificata.

Clap clap e *pr prrr*, *clap clap* e *pr prrr...*

(Il cocchiere suonava in continuazione il clacson, per sottolineare l'importanza e il significato di quel giorno.)

Quando la carrozza parcheggiò e ne discese sorretta la principessa, frotte di ragazzini scalzi e cenciosi spalancarono due occhi grandi come uova al tegamino e ammirarono stupefatti quella superba visione.

Non erano invidiosi. C'è un limite all'invidia. Una persona invidia gli altri quando ha la sensazione di poterli raggiungere. Quando invece una cosa è infinitamente lontana dalle sue possibilità, non è invidiosa. Guarda incredula. Si sente di buonumore. *Clap clap clap* e *pr prrr*. (Soprattutto *prrr*.)

In seguito Apollonía, che aveva ereditato la sensibilità di Ioannis, cominciò a nascondersi nella borsa giocattoli, matite, quaderni, cioccolatini, che poi regalava ai compagni di classe. Arrivò perfino a rubare dal portafogli di papà soldi che dava ai cocchieri e alle domestiche.

Apollonía è sempre compassionevole. Solo che sta un passo

piú in là. Non scende mai dal piedistallo. Ama le persone ma è restia a sfiorarle. Come se temesse di sporcarsi.

"Non puoi prenderti cura dei perseguitati indossando pellicce e completi firmati. È un insulto".

"No, cara Arghirenia. Ti sbagli. Bisogna sempre mantenere le distanze. Se avvicini troppo la mano alla loro bocca, te la mordono. È una regola, questa".

"Insomma, pensi che gli uomini siano malvagi?".

"Nessuno è tanto malvagio quanto sembra. Ma nemmeno tanto buono quanto appare. Soprattutto tanto buono... Comunque... Da' un'occhiata qua. Questa camicetta sta bene con il tailleur? O è meglio che mi metta quella blu a scacchi?".

Apollonía è sempre stata cosí, e lo è ancora. Appena incontra un ostacolo, la butta sulle frivolezze.

Spesso, quando le telefonavo – quando le nostre vite non scorrevano nel medesimo alveo – e le raccontavo quello che mi accadeva, anziché darmi una risposta, un parere, voltava bruscamente pagina e mi domandava per esempio se il foulard verde si intonasse con la giacchina di pelle marrone. Per non mandarla al diavolo facevo una pausa e mi mangiavo le unghie.

"È un foulard verde scuro. Uno stupendo verde cipresso". (Lei procedeva imperterrita per la sua strada.)

Non è che lo facesse perché non mi voleva bene. O perché non aveva compassione di me. Semplicemente abbassava la saracinesca per proteggere la sua anima di vetro. Aveva installato un sistema d'allarme. Appena si accendeva il rosso, l'interruttore scattava.

Quando hai trascorso i primi anni della tua vita come un dipinto in una cornice dorata, vorresti, ti sforzi, ci vai vicino, ma non riesci a identificarti con l'urlo dell'altro.

Apollonía custodiva la sua anima in una busta di falpalà e lustrini. I primi materiali che le sue manine tastarono. Non ne ha colpa.

Quanto a me, ho lasciato che la mia maledetta anima si trascinasse come una zingara al semaforo di qualunque promessa, a chiedere l'elemosina.

Nemmeno io ho colpa. Il primo contatto che le mie mani hanno avuto è stato con la pelle ruvida e grinzosa di Dodò.

A quanto pare, nella vita ho sempre cercato qualcosa che mi desse sicurezza. Qualcosa a cui aggrapparmi. Un posto in cui sentirmi protetta. Bugia! Bugia ingannevole. La verità è che un'onda selvaggia mi ha travolta. Una furia di autodistruzione. Perfino questa pseudonecessità di sicurezza era una trappola a scopo di autodistruzione. Di annientamento. Volevo condurre la mia anima in un cunicolo sicuro per poi spolparla in tutta calma. Ecco cos'era.

Cara mia, che cosa me ne faccio io di lucchetti, chiavistelli e serrature? Se non intravedevo in fondo, all'orizzonte, un cane rabbioso che correva con furia verso di me pronto a sbranarmi, non riuscivo ad accendermi con gusto la sigaretta e a godermi il tramonto.

Non prendiamoci in giro. (Perché, adesso cosa stiamo facendo? E sia...)

* * *

Visto che ho raccontato il primo impatto di Apollonía con la scuola, cedo alla tentazione di raccontare anche il mio.

Era una giornata piovosa. Soffiava un forte vento di sud e la zia Dodò aveva i dolori reumatici. Per giunta, la gatta Smaragda aveva portato a casa di primo mattino, come trofeo, un topolino mezzo scarnificato che aveva depositato davanti alla porta.

"Brava, figliola... Brava, tesoro!", le diceva la zia Dodò. "Goditi il tuo pranzetto. Ecco qualcuno che è utile alla casa... Oh!... oh, oh..." (e giú colpi di tosse secca).

"Da ieri sera ho già ingurgitato una manciata di aspirine. Stramaledetto vento del sud... ho il corpo a pezzi... E mi si sono ostruiti i polmoni. Oh!..." (e tossiva).

Io alla vista del topolino avevo vomitato due volte.

(Succedeva sempre quando Smaragda esibiva i suoi trofei.)

La zia Dodò mi squadrava con quelle pupille fosforescenti

che lanciavano occhiate talmente cariche di disprezzo da mettere in ginocchio perfino un leone.

(Ripenso al colore degli occhi della zia. Non sono mai riuscita a definirlo. "Zolfo!", disse un giorno Apollonía dopo averci riflettuto a lungo. Ci era andata vicino.)

"Non ti vergogni, carina? Sei un'asina. Vomitare alla vista di un topo morto? Ma levati di torno... Preparati in fretta che devi andare a scuola... *Mmm*! Che fortuna avere un'alunna cosí!".

"Devo andare da sola?".

"Perché, vuoi la scorta?".

"Gli altri bambini sono accompagnati dai genitori".

"E io dove vado a pescare dei genitori per te? Mica li posso ordinare. Non vedi in che situazione siamo?".

"Mi può accompagnare Apollonía".

"Come no! Un'altra buona a nulla. Se ne sta in giro con le amiche. Ah, mio Dio! E quello là? Dov'è andato tuo padre? Dove si è cacciato di primo mattino, con questa pioggia? Perché, mio Dio! Perché mi hai gettata nella fossa dei leoni? Ho peccato cosí tanto?".

(Doveva averli dimenticati i suoi peccati, perché se si fosse messa a contarli i leoni se la sarebbero divorata in un sol boccone prima che fosse arrivata a metà!)

Indossai la giacca fatta a maglia di Apollonía, che mi arrivava fino alle ginocchia, riempii la sacca di bambole di pezza e mi avviai verso la scuola.

"Prendi un ombrello, disgraziata! Non vedi come piove?".

Afferrai un ombrello nero da uomo, ma per strada il vento lo rovesciò e lo gettai nel fossato. Arrivai a scuola completamente fradicia.

Mi sedetti all'ultimo banco, tirai fuori le bambole di pezza e cominciai a giocare da sola.

Mi si avvicinò la maestra.

"Che cosa fai, cara?".

"Gioco".

"Non è il momento di giocare con le bambole. Vieni davanti ad ascoltare la favola che vi racconto. E togliti quella giacca. Mamma mia! Ti beccherai una polmonite, pulcino!".

"Non ho voglia".

"Fa' quello che ti dico, tesorino".

(Il "tesorino" imbevuto ben bene nell'aceto.)

"...".

"Hai sentito quello che ti ho detto?".

"No".

"Sei sorda?".

"Sí".

"Ah... Mi sa che noi due non andremo d'accordo! Dirò a tua zia che non sei affatto educata, e vedrai come ti sgriderà".

"E allora?".

"E allora che cosa? Non ti importa?".

"No".

"Non ti piace la scuola?".

"No".

"Non vuoi imparare a leggere e a scrivere?".

"No".

"No e no! Basta con questi no! Alzati di lí, viziata, non dare il cattivo esempio agli altri bambini...".

Mi afferrò per un braccio con la forza di un lottatore, mi sfilò la giacca e spintonandomi mi condusse al primo banco.

"Muoviti!".

Era una maestra stanca e grassa, vicina alla pensione, con una crocchia attorcigliata che sembrava la merda di un cavallo.

Di certo non aveva la voglia né la competenza necessarie per occuparsi di anime maltrattate.

In quell'anno sciagurato non imparai niente. Né a leggere né a scrivere. Niente. Cominciai l'anno che ero una capra, lo terminai che ero un caprone.

Tutte le mattine le buscavo perché non volevo andare a scuola. Seguivano le sberle della maestra, e raramente riuscivo a sottrarmi alle bastonate di mezzogiorno, perché mi fermavo con le amiche e arrivavo a casa tardi.

"Dove sei stata anche oggi?", si infuriava Dodò.

"Stavo tornando".
"Stavi tornando da dove? Dall'aldilà?".
"Ho sbagliato strada".
"Macché strada, sciagurata! A me racconti queste fandonie? Non fingerti un'idiota con me! Non sono la tua maestra!".

* * *

"Signora Teodosía, la bambina è ritardata. E ha anche problemi di udito".
"Chi ha problemi di udito? Quel diavolaccio? Chi è ritardato? Belzebú? Ah, mia cara… Quella ci mena tutti per il naso. Non lo sai, tu. Non sai quale serpe mi porto in seno da tanti anni. Me ne sono fatta carico quando aveva due giorni. A me vieni a dire queste cose?".
"Non partecipa. È perennemente altrove…".
(Finalmente la diagnosi corretta.)
"Altrove? Ma se è qui! Eccola qui, presente. Per mia sfortuna".
"Intendevo dire che la sua mente è altrove".
"E io che cosa posso farci, cara signora maestra? Le parlo, la picchio, niente! Devo ammazzarla?".
(Era troppo tardi. Gli intrusi si eliminano subito. E Dodò doveva saperlo bene, a giudicare dalle chiacchiere della gente!)
"È peccato!", si smarrí l'altra. "Io comunque sono convinta che abbia qualche problema".
"Nessun problema. Semplicemente, questa sventurata è uno strumento delle forze del male…".
E come strumento delle forze del male mi distinsi durante tutto l'anno.
Un giorno sistemai per bene un grosso ago sulla sedia della maestra, con il risultato che la portarono all'ospedale e dovettero operarla.
Nessuno venne a sapere che l'autrice del misfatto ero io. Ebbi l'accortezza di non rivelarlo nemmeno alla mia migliore amica. Lo avevo fatto cosí, giusto per godermi la scena.

Per me.

I sospetti caddero sulla povera sarta.

Quel giorno la maestra indossava un vestito appena confezionato.

Era marrone con i fiorellini beige. Me lo ricordo molto bene. E aveva un colletto di pizzo.

"Mamma mia!", gracchiò Dodò. "Ma tu guarda, quella Stella" (la sarta), "si è completamente rincretinita! Ecco cosa succede a chi si va a impelagare in tarda età con gli amanti". (La frase era cosparsa di abbondante cianuro.) "Ma si può? Dimenticare l'ago nella cucitura del vestito? È un fatto inaudito. La doveva denunciare. Farla sbattere in galera. Quella cascamorta!".

Mah, se fosse stata lei il giudice magari l'avrebbe anche fatta decapitare. Mica poteva sapere...

Un'altra volta misi nella tasca del cappotto della maestra una larva. Una grassa larva bianca e lucida che avevo scovato nella terra di un vaso.

Commisi l'errore di confidarlo a un'amica. Quella serpe – era la prima coltellata che subivo da un'amica – mi ricattò fino alla fine della scuola.

"Domani mi devi portare cinque fette di salame, sennò spiffero tutto".

"Dammi il tuo astuccio, sennò parlo".

E molto altro.

Mi beccai la coltellata ma non misi la testa a posto. Non ho mai passato al setaccio le mie amicizie. "Avanti gente!".

Per una vita intera.

* * *

"Il tuo sguardo vaga verso un orizzonte che trascende la realtà", mi dice spesso Apollonía. "Per dirla in parole semplici, vivi nel tuo cavolo di mondo. Ossia nella finzione".

"Preferisco la finzione all'asettica verità. Ma una finzione con le ali. Non con peli di bruco".

COMINCERÒ A RACCONTARE I FATTI DALL'INIZIO.

Cosí, per regalarli al vento.

Cosí, per ammaliarli, che le notti non arrivino come corvacci a costruirsi il nido nei miei sogni.

Era una mattina d'estate. Il sole lanciava melagrane rosse nelle mani di Dio. Ioannis montò sulla carrozza con i cavalli bianchi e scese al porto, dove erano ormeggiate le barche dei pescatori, a comprare il pesce.

Lo faceva di rado, solitamente se ne occupava il domestico.

(Quel giorno Dio aveva le mani piene di melagrane rosse. Aveva troppa voglia di giocare...)

Lí Ioannis conobbe la sua amata. Al porto, dove erano ormeggiate le barche dei pescatori. In mezzo ai gabbiani e ai cormorani. Era Arghirula. La bella figlia del pescatore Andonis. Il padre non c'era e lei vendeva le razze che erano rimaste nella barca.

Ioannis la vide e rimase incantato. Abbagliato.

(Che cosa doveva farsene Dio di tutte quelle melagrane ammucchiate tra le mani!)

"Questa non è una creatura umana!", pensò. "È una sirena che mi donano le onde".

L'affamata Arghirula, figlia del pescatore, aveva i piedi scalzi e il vestito bagnato le si appiccicava al corpo come un guscio incrinato.

Ioannis le si avvicinò come ipnotizzato, le strinse le spalle e nel suo sbalordimento le domandò:

"Il re Alessandro è ancora vivo?".

Lì per lì Arghirula rimase perplessa, ma poiché le premeva anzitutto vendere le razze, gli rispose senza pensarci troppo:

"Cosa m'importa del re Alessandro, visto che ho davanti un principe cosí bello in carne e ossa!".

Tanto bastò.

(Tra le mani di Dio non era rimasta nemmeno una melagrana.)

Non passò un mese che Ioannis sposò Arghirula.

Arghirula, la figlia del pescatore che andava in giro scalza, con gli aculei di riccio conficcati nei talloni, fu vestita di seta e d'oro e diventò l'Arghirenia di Ioannis.

Ma la ex Arghirula non era soltanto bella. Era anche intelligente e buona. Apprezzò e onorò l'adorazione che il marito nutriva per lei.

* * *

La prima volta che Arghirula si recò con il padre alla casa avita di Ioannis, si divertirono perfino i pappagalli verdi che andavano e venivano attraverso le porte-finestre del salone.

Per l'occasione, il pescatore si era fatto prestare un vestito e una coppola da qualche amico molto piú corpulento di lui. I pantaloni spazzavano letteralmente il pavimento.

Arghirula indossava una gonna rossa logora e aveva un cordoncino azzurro tra i folti capelli.

Capelli biondi, pelle candida, occhi azzurri, anzi, non proprio azzurri: era come se avessero frammenti di corallo nel fondo. (Quanto le somigliava Apollonía!)

Il pescatore si levò il berretto davanti a Ioannis, si mise sull'attenti e tenne un breve discorso.

"Signore, per me è un grande onore che tu chieda in sposa mia figlia Arghirí. Siamo persone povere, però il nostro nome splende luminoso tra la gente, candido come la neve sulle cime alte dei monti". (Chi l'ha detto che i pescatori non sono poeti?) "La mia Arghirula, benché orfana di madre, è un esempio di virtú e di generosità. La mia povera moglie è morta quando la neonata aveva soltanto due mesi. Si chiamava anche lei Arghirula. Vi auguro che nella sua bontà Dio benedica la vostra unione, e che viviate felici fino all'estrema vecchiaia".

(A me lo dici? Ah, be'... Il buon Dio aveva già avuto a che fare con le Arghirule?)

"Chinati, figlia mia. Chinati a baciare la mano del tuo salvatore".

L'umile Arghirula si chinò, strinse con devozione le mani di Ioannis e le baciò.

Poi anche il pescatore, con le lacrime agli occhi, baciò le mani di Ioannis, e tutti insieme si diressero verso la sala da pranzo per bere uno *tsípuro* e festeggiare l'incontro.

(Questi fatti me li ha raccontati dettagliatamente una cugina di papà, un tempo impiegata alla dogana: la zia Marika, la quale aveva assistito alla scena.)

Per la commozione e l'agitazione il pescatore, mentre saliva il basso gradino che separava il salone dalla sala da pranzo, inciampò nei pantaloni e cadde lungo disteso sul parquet.

"Scusate... Scusate...", gridava pieno di vergogna, senza però cercare di alzarsi.

E Ioannis, anche lui stordito dalla strabiliante dose di felicità, rispondeva:

"Prego, prego... non è niente...".

Arghirula si rincantucciò in un angolo come una gattina spaventata, e soltanto la zia Marika la calva (io e Apollonía la chiamavamo cosí per distinguerla dalle altre tre zie Marike della famiglia) mantenne il sangue freddo e aiutò il pescatore a rialzarsi da terra.

"Si è fatto male?".

"No, no, non mi sono fatto male. Mille *bardòn* per il disturbo...".

Piú tardi, dopo che si furono scolati due bottiglie di *tsípuro*, il pescatore dimenticò le sue artificiose raffinatezze e i mille *bardòn* e tornò senza remore alla sua vera natura.

"Evviva, caro sposo! Beviamo fino all'ultimo goccio! Ah,

vedrai che orate e che pagelli ti porterò d'ora in avanti... Brindo alle tue nozze, signora Marika!".

(Marika la calva era vedova da molti anni.)

"Io ormai... che nozze?".

(Quatta quatta la zia Marika...)

"Cosa 'io ormai'... Sei la piú bella delle fanciulle, tesoro mio! C'è aria di tempesta sotto quella gonna. Lascialo dire a me... Su, alla nostra salute. Evviva, e crepino i nemici. Creperanno davvero quegli stronzi appena vedranno la mia Arghirula prima damigella dell'isola!".

"Papà! ...", balbettava paonazza Arghirula.

"Ma che papà e papà! Cosa vuoi, figlia mia? Lasciami godere questa gioia! Questo giorno è nostro. L'abbiamo rubato a quel bastardo di Caronte...".

* * *

I genitori di Ioannis erano morti da tempo. La parente piú stretta era la zia Marika la calva. E ovviamente Teodosía, la sorella di Ioannis, che però non partecipò alla cerimonia di presentazione perché non condivideva la scelta.

"La figlia del pescatore? Quella che gira a piedi nudi?".

* * *

Ioannis guardava Arghirenia negli occhi e cercava di indovinare che cosa potesse renderla felice, per offrirglielo.

"Dimmi: che cos'altro desideri, mia amata?".

"Un figlio! Una bambina".

"Questo sarà fatto. Tra poco, anzi: con l'aiuto di Dio. Anch'io voglio che sia una bambina. Voglio che ti somigli. Che abbia tutte le doti che hai tu. Ma dimmi qualcos'altro. Qualcosa che ti piacerebbe. Che sogni".

"Tutto ciò che avevo sognato me l'hai donato, Ioannis".

"Non è possibile. Sicuramente hai qualche altro desiderio. Confidamelo".

"... Sai cosa vorrei? Una casetta di mattoni rossi in cima alla collina su cui abbiamo i terreni. Una casina piccola di mattoni: voglio sedermi nel cortiletto a contemplare il mare".

"Arghirenia, tesoro! Abbiamo due case grandi in riva al mare".

"Ma io non voglio piú bagnarmi i piedi nel mare. Non voglio che mi s'infradici il respiro. Sono stanca. Sono stufa del mare, però non posso vivere senza. Voglio vederlo soltanto da lontano, adesso. Voglio che il rumore delle onde arrivi come un sussurro alle mie orecchie. Gli manderò i saluti con i gabbiani".

"E perché la casetta la vuoi di mattoni rossi?".

"Una volta ne vidi una simile in una rivista e mi piacque tanto. Era una notte di luna nuova. Uscii, strinsi tra le dita la piccola croce d'oro che portavo al collo ed espressi un desiderio. Non avrei mai creduto che Dio mi avrebbe ascoltata. E invece, hai visto? Nella vita può accadere di tutto. Me la farai costruire la casetta?".

"E me lo domandi? Una casetta in cima alla collina. Con i mattoni rossi e un cortiletto di pietra, da cui la mia Arghirenia possa mandare saluti alle onde!... Te lo prometto. Solo, dovrai avere un po' di pazienza. Hai fretta?".

"No, certo che no. Anzi. La voglio tra molto tempo. Adesso aspetto altre cose...".

* * *

"Nonostante i tormenti e le brutte sorprese", dissi una volta ad Apollonía, mentre potavamo le rose, "non è bella la vita?".

Mi si avvicinò a passi lenti, con una rosa gialla tra le dita. Rimase qualche minuto in silenzio. Pensierosa.

"Come la murena...", disse piano.

"Che cosa c'entra adesso la murena?".

"La murena", proseguí appuntandosi la rosa all'occhiello, "è il pesce piú bello del mare. Danza nell'acqua e incanta i pescatori con i suoi movimenti e i suoi colori. Però è cosí imprevedibile e subdola che una volta, per esempio, nonostante fosse priva della testa riuscí a ferire un pescatore al tallone. Priva della testa! Te lo immagini?".

"Ha fatto bene, visto che quello le aveva tagliato la testa".

"Non hai capito. La testa gliel'aveva tagliata un altro".

"Allora... la questione si fa seria. Devo stare piú attenta ai miei talloni?".

Apollonía rise, di quel riso che somigliava al frullo d'ali di un uccello ferito, e riprese in mano le cesoie.

"Può darsi che la vita somigli a una murena, ma tu dal canto tuo, cara Arghirenia, somigli a una salamandra. Qualunque pezzettino ti taglino via, riesci a farlo ricrescere".

La osservavo mentre reggeva le cesoie con due dita, come se fosse a caccia di farfalle.

Impiegava un quarto d'ora per tagliare ogni ramo, e alla fine lo tagliava nel punto sbagliato.

Di sicuro la sua mente stava viaggiando altrove.

Niente in lei luccicava come un tempo. I sensi non profumavano piú. Lo sguardo non si concentrava su nessun punto. Non si incuneava. Vagava tra le foglie gialle. L'intera esistenza di Apollonía era un infinito, magnifico tramonto.

* * *

Arghirenia non tardò ad avere la bambina che sognava. Tutto era cosí meraviglioso in quella casa!...

Gioia a piene mani. Chiacchiericcio di felicità.

Era primavera quando nacque Apollonía. Aprile. Giardini fioriti, aiuole fiorite, sogni fioriti... Ioannis aveva la passione delle magnolie. Magnolie gigantesche, cariche di quegli enormi fiori bianchi che somigliano alle palme delle mani di Dio.

Sotto le magnolie, tra le mani di Dio, la raggiante Arghirenia cullava e coccolava la sua piccola. Ioannis ne era fiero. Cinguettava come il pettirosso sui rami verdeggianti.

Ah, quella benedetta "murena"!...

* * *

Passarono cosí quasi sette anni.

L'intera vita una giornata di sole. Un azzurro senza confini. Niente rivelava che ci fosse un male in agguato. Nessuna brezza maligna. Nessuna nuvola. Si fosse almeno sentito uno scalpiccío, almeno da lontano... Niente. Da nessuna parte.

È bello che gli uomini appendano l'abito della loro anima alle magnolie fiorite. È stupendo...

Solo che a volte sono già a un passo dalla trappola. L'ingresso avviene in modo trionfale.

Oppure, spesso, in modo silenzioso. Subdolo. Dipende sempre dalla vittima. Ci sono alcune persone, pochissime, che continuano a suonare la fisarmonica.

Ah, quella benedetta "murena"...

* * *

"L'uomo non nasce per godere della felicità", sostiene Apollonía. "Nasce per essere messo alla prova in un cammino prestabilito".

"Ma se è prestabilito come dici, allora che senso ha la prova? Qualcuno ci sta giocando un brutto scherzo, mi pare".

"Non è certo uno scherzo, sapientona. Ogni uomo ha una coscienza. E quindi ogni cosa ha uno scopo. Nulla avviene per caso".

Apollonía credeva non soltanto che il cammino sia predeterminato, ma anche che l'anima, prima di venire al mondo, abbia lei stessa scelto la sua sorte.

Una volta espose questa teoria a una ragazza semplice, molto poco spirituale, una nostra amica che lavorava da un macellaio.

Si chiamava Sofitsa; ascoltava e storceva il naso, si dimenava sulla sedia cercando di pazientare, finché sbottò.

"Che cavolo dici, sei matta! Scusa, ma le teorie che ci rifili sono stronzate. Vorresti dirmi che la mia anima prima di scendere sulla terra aveva scelto di tritare carne e di incartare fettine congelate? Ma fammi il piacere!".

"Ha ragione", intervenni io.

Apollonía, che rideva come una matta, si allontanò dicendo: "Si può forse suonare in una banda stonata? No che non si può!".

* * *

Eppure, mia dolce Apollonía.

Io in una banda stonata ho passato la vita intera.

Non so chi lo avesse scelto, ma molte volte l'ho trovato perfino bello.

In certi momenti sentivo addirittura il respiro di Dio sulla guancia.

L'ho sentito anche battermi le mani.

No... Non mi sono sbagliata... Non sto mentendo...

In certi momenti...

Quando le scimmie si grattavano il sedere burlandosi di me...

* * *

Ioannis e Arghirenia decisero di mettere al mondo un secondo figlio.

A dire il vero fu Ioannis a introdurre la questione. Arghirenia preferiva godersi l'ozio sul divano, o vagare come una fata per i giardini, in mezzo ai fiori, agli uccelli canterini e ai pavoni colorati.

"Non è bene che un domani Apollonía non abbia un sostegno. E poi, con tutto l'amore e la ricchezza che ci circondano, è da ingrati restare con un figlio solo. No. Voglio che ci comportiamo in modo retto. Non lascerò mai che la bilancia penda da una parte".

(Ma dove pensavi di andare, sventurato, in mezzo alla merda con le tue pantofole di velluto... Ti erano sfuggiti alcuni particolari fondamentali. Per esempio che di solito la bilancia non è precisa. E che l'ingratitudine è una carta forte per chi tiene gli occhi ben aperti... Dove pensavi di andare?)

* * *

Arghirenia doveva partorire da un giorno all'altro. Tutt'intorno si respirava la gioia dell'attesa. Ogni cosa era pronta. La culla del nascituro con i tulle e i cuscini ricamati; le vestaglie e le camicie da notte della partoriente.

Lei, con indosso una morbida tunica bianca, trascinava la pancia enorme da una poltrona all'altra, con movimenti languidi, lenti e voluttuosi.

Un cigno candido che splendeva nelle acque di un lago calmo.

* * *

Era il cuore dell'inverno. Febbraio.

Gli acquazzoni non cessavano. Si erano aperte le cateratte del cielo.

In casa erano stati stesi tappeti preziosi e nei camini ardevano grossi ceppi.

La piccola Apollonía abbelliva con cura la stanza del nascituro.

"Mamma, quest'orsacchiotto marrone sta bene con la copertina rosa?". (Arghirenia era certa che avrebbe partorito una bambina.) "Oppure è meglio che metta il coniglio bianco?".

Apollonía aveva uno spiccato senso estetico fin da piccola! E aveva anche già l'abitudine di chiedere sempre il parere altrui. In realtà poi non ne teneva conto. Non lo ascoltava nemmeno.

Semplicemente voleva uno spettatore per il suo gioco. Cercava uno specchio nel quale ammirare per un attimo la sua vanità.

* * *

Cuore dell'inverno. Pomeriggio.

Un cielo nero e spietato, tana di draghi che mugghiavano e sputavano fuoco dalle froge.

"Non c'è verso che smetta di piovere. Mamma mia, guarda il mare... Sembra che voglia inghiottirci. Un tempo da lupi!".

Ioannis era seduto alla scrivania a studiare.

"Non avere paura, Arghirenia. È solo un temporale, passerà".

Lasciò i libri, le si avvicinò, l'abbracciò teneramente e le diede un bacio caldo sulla fronte.

Una minuscola farfalla volò frettolosa tra gli anemoni viola del vaso di cristallo.

E l'universo si riempí di minuscole farfalle frettolose, di anemoni viola e di baci caldi...

"Non avere paura, Arghirenia. Non avere paura...".

* * *

Da dove spuntò quella Kristina, una bambina di cinque anni che all'altro capo dell'isola, oltre il torrente, era divorata dalla febbre? La sorte decise di farla saltare fuori proprio quel giorno? Quel giorno in cui il cielo sputava draghi? In cui il mare minacciava di inghiottire la terra? In cui la minuscola farfalla frettolosa regalava baci agli anemoni del vaso di cristallo? Proprio quel giorno?

Il padre di Kristina arrivò a cavallo, sotto i fulmini e il diluvio, e bussava come un pazzo alla porta di Ioannis.

"Dottore, aiuto! Salvaci... Sto perdendo la mia bambina... Ha le convulsioni... Vieni, ti prego. Ti supplico! Mi inginocchio ai tuoi piedi! Abbi pietà!".

"Dove vuoi andare, Ioannis, con questo finimondo? Manda le medicine... Da' istruzioni... Io sto per partorire. Non lasciarmi sola, Ioannis!".

"Non posso, Arghirenia. Come faccio a non aiutare una

bambina? Non preoccuparti. Nostro figlio non nascerà stasera. Tornerò presto".

Indossò un lungo impermeabile, afferrò la borsa e si avviò.

"Il torrente è in piena! Sei impazzito, Ioannis?".

"Dio ci aiuterà. Andiamo".

Le diede un rapido bacio e si avviò.

Clap, clap, clap... Il galoppo del cavallo riecheggiò crudele sulle pietre del cortile.

Clap, clap... E si perse.

Si spense dentro una nube nera. Nel bagliore di un lampo.

* * *

Una civetta bianca cacciò forte il suo verso tra i rami del pino, spaventata.

"*Igg... Igg...*".

Era una civetta bianca con una piuma azzurra all'estremità della coda.

"*Igg... Igg...*".

"L'uccello annuncia-sventure!", mormorarono le taccole, e si nascosero in fondo alla tana. "Sta gridando l'uccello annuncia-sventure".

"Non è niente", rispose un'altra taccola, che montava la guardia in cima al cipresso. "Non è per noi. State tranquille...".

* * *

"Mamma mia, Dio santo! Il cielo si squarcia! Dove sarà quell'uomo... Mettere a repentaglio la vita per una semplice iniezione! Perché sí, cos'altro può offrire? In fondo la bambina la potevano anche portare all'ospedale. Che ne sarà di Ioannis...".

La piccola Apollonía, che si scaldava le manine davanti al camino, rispose: "Mamma, come facevano ad attraversare il torrente con una bambina in fin di vita tra le braccia?".

"Zitta tu! Nessuno ti ha chiesto niente".

(Forse che il lusso dell'amore, la dolce sensazione della sicurezza rendono l'anima un po' sorda? Non lo so, dico, magari...)

* * *

Arghirenia vagava da una finestra all'altra, guardava la pioggia e i lampi e mormorava:

"Quell'uomo non ha cervello. Non ne ha proprio. Come ha potuto lasciarmi sola stasera nella situazione in cui mi trovo?".

Un cigno bianco impaurito, che sbatteva disperato le ali in mezzo a un lago infuriato.

* * *

Finalmente Ioannis arrivò dalla piccola Kristina.

Al centro del fiume, il cavallo spaventato si era rizzato sulle zampe posteriori, e i due cavalieri si erano trovati in balía dei vortici d'acqua. Se il giovane padre non fosse stato cosí forte e cosí abituato alla furia della natura, di sicuro Ioannis sarebbe annegato.

(Sarebbe stata una fine eroica, degna della sua fama e del suo cammino, ma Dio aveva in serbo altri progetti per quel servo fedele.)

La piccola Kristina si salvò. Ioannis la strappò letteralmente alle fauci di Caronte.

Però non gli fu possibile tornare a casa quella sera stessa. Gli diedero vestiti asciutti, gli cucinarono una zuppa calda e gli prepararono un letto.

Appena coricatosi, si addormentò.

Sereno. Contento come non mai. Beato...

* * *

"*Igg... Igg... Igg...*".

La civetta bianca con la piuma azzurra in fondo alla coda

non voleva saperne di tacere. La taccola che montava la guardia in cima all'albero giocava a lanciare bacche di cipresso alle compagne, che se ne stavano nascoste nella tana.

"Ve l'ho detto. Non è per noi...".

* * *

Prima dell'alba gli elementi della natura si erano messi in viaggio verso altri luoghi.

Il cielo si era rasserenato. Il torrente scorreva pacifico, mormorando piano. Una brezza lieve scuoteva le gocce di pioggia dai rami degli alberi.

Ogni elemento si accingeva a glorificare il nuovo giorno. Niente lasciava presagire una sventura. Niente...

Soltanto quella civetta bianca con la piuma azzurra.

Soltanto lei...

"*Igg... Igg...*".

Nessuno le dava retta.

* * *

Magari sarebbe stata la sua ora in ogni caso. Ma di certo giocarono un ruolo fondamentale l'agitazione, la paura, l'angoscia.

Verso le undici di sera Arghirenia aveva cominciato ad avere le doglie. Nel momento in cui la tempesta infuriava con maggior violenza. Nel momento in cui Ioannis stava lottando per strappare la bambina alle fauci di Caronte, e ne tastava il polso trattenendo il fiato.

In casa c'era soltanto un'anziana domestica, che si chiamava Agathò o Aganthi.

Quando Aganthi aveva cominciato a prestare servizio in casa di Ioannis – prima puliva i pesci al mercato – aveva pensato che quello fosse il dono piú grande che Dio potesse farle. Aveva indossato i vestiti nuovi, il grembiule bianco con il colletto di pizzo, si era spruzzata la colonia, si era guardata allo specchio e aveva deciso che il nome "Agathò" non faceva piú per lei.

"Aganthi, voglio che mi chiamiate Aganthi". La "n" di Aganthi era l'onorificenza che conferiva a se stessa per la sua consacrazione sociale.

"Coraggio, signora. Ce la caveremo. Prima di lavorare al mercato del pesce, io lavoravo in una stalla. Ho fatto partorire giumente, capre e pecore... Non è niente. Il piú del lavoro lo fa la Madonna. Ce la caveremo a meraviglia. Vedrai... Dài, mètticela tutta, tesoro". (Nei momenti critici le differenze sociali vanno a farsi benedire.) "Forza, Arghirenia cara...".

(La "n" splendeva alta nel cielo, come una stella luminosa.)

Arghirenia urlava e si dibatteva. La bambina era grossa, non riusciva a uscire. (Sono sempre stata golosa, ahimè, perfino quando ero nella pancia di mia madre!)

"Un parto difficile. Situazione brutta...", sentenziò Aganthi con aria professorale quando fu sola in bagno.

"Mio Dio, come farò? Che compito mi hai affidato...".

"Non avere paura, tesoro bello. Va tutto bene. Ci siamo quasi...".

"Dov'è Ioannis!", gridava Arghirenia. "Sto morendo... Dov'è mio marito?".

"Arriva... Arriva... Abbi un po' di pazienza".

Apollonía andava avanti e indietro da una stanza all'altra, in lacrime.

"Càlmati, piccola mia. Mettiti tranquilla. Va' a dire una preghiera alla Madonna...".

(Diventava una "mammina" all'occorrenza, Aganthi!)

Apollonía pregava e offriva ceri, ma invano. Il bambino non voleva saperne di cacciar fuori il naso.

("Quella tua ostinazione da mulo!", mi ha rinfacciato per una vita intera la zia Dodò.)

"Ho detto le preghiere alla Madonna, signora Aganthi. E le ho offerto un cero".

"Offrile anche un chilo o due d'incenso... Su! Provaci di nuovo...".

Di sua iniziativa, Apollonía aveva appeso alle icone tutti i gioielli che possedeva. Braccialetti, croci, tutto.

"Te li regalo, Madonnina cara. Fa' che la mamma non soffra".

In seguito, quando li tirava giú a uno a uno e li indossava, la zia Dodò la prendeva in giro.

"Ma perché te li metti? Non li hai donati alla Madonna?".

"Certo! Sono suoi. Li prendo solo in prestito".

"Ho capito... Le icone si sono ridotte a cofanetti portagioie!".

* * *

Era ormai l'alba quando si sentí l'urlo della neonata esausta per lo sforzo.

Aganthi la sollevò tra le braccia come un trofeo.

(La "n" ad altezze stratosferiche.)

"Tanti auguri, mia signora!! È una bambina!!".

Apollonía saltellava come una cavalletta e batteva le mani.

"Fammela vedere! Posso prenderla un attimo? *Uhhh*, com'è bruuuttaaaaaa!".

"Ma va', questa qui diventerà bellissima...".

Arghirenia non aveva forze sufficienti per prendere in braccio la neonata. Non riusciva quasi nemmeno ad aprire gli occhi per guardarla.

Quando Aganthi le aveva annunciato "è una bambina!", lei aveva risposto con voce rauca e strascicata:

"Lo sapevo".

E aveva posato la testa sul cuscino di piume.

Come narcotizzata. Come se si fosse addormentata.

* * *

Il sole era già abbastanza alto quando Ioannis arrivò a casa.

Clap, *clap*, *clap*, risuonava da lontano lo scalpiccío del cavallo, come un grido di vittoria.

Aganthi e Apollonía uscirono sullo scalone gridando.

"Evviva! ... È una bambina! ... È una bambina!...".

La piccola corse a nascondersi tra le braccia del papà, come un leprotto nella macchia.

"Che brutta, papino! Bruuuttaaaaa!...".

E Aganthi, dopo aver espresso gli auguri di prammatica, annunciò in tono solenne, come se si rivolgesse a un collega:

"Abbiamo dovuto affrontare molte difficoltà ma ce l'abbiamo fatta. La neonata scoppia di salute, la signora invece è stremata. È a pezzi, poverina! Ha perso molto sangue! In bagno ci sono un mucchio di asciugamani e lenzuola...".

Ioannis era fuori di sé. Tremava. Rideva, piangeva, straparlava.

"Ah, Dio mio! E io? Io non ci sono stato in questo momento cosí importante? Ah, Dio mio! Ah, Arghirenia adorata!...".

Corse nella stanza della puerpera e le si slanciò addosso.

"Mio angelo! Mia vita! Come stai?".

Lei socchiuse gli occhi, mosse a fatica due dita e sussurrò, o piuttosto fece cenno:

"Vattene... Vattene...".

"Arghirenia adorata! Sono qui!... Sono vicino a te... Non devi piú avere paura di niente".

"Vattene...", sussurrò di nuovo; o meglio, fece cenno.

Nemmeno il cobra piú terribile sarebbe riuscito a iniettare tanto veleno in Ioannis.

"Sei esausta adesso, mia gioia. Lo capisco... Ripòsati. Ci vediamo dopo. Vado ad ammirare la nostra bambina".

Uscí dalla stanza come un sonnambulo. La neonata dormiva imperturbabile, circondata da seta e tulle.

Ioannis la scoprí, la esaminò, si chinò e le baciò amorosamente la testina.

"Tanti auguri, bambina mia. Che tu viva a lungo, e che la tua via sia cosparsa di rose".

(Ma che cosa gli venne in mente? Le rose? Non pensò alle spine?)

* * *

Un bellissimo cigno candido, immobile al centro di un lago azzurro, cantava dolcemente guardando dritto il sole.

E il sole rimase stordito. Andò in frantumi. Cadde nell'acqua del lago e si spense.

Calò il silenzio. Tutto andò in frantumi. Tutto divenne blu scuro, profondo!

Un blu profondo, minaccioso, una lacrima di silenzio.

Soltanto una grande tartaruga camminava senza meta lungo la riva del lago. Sul guscio incrinato trasportava strani fiori colorati.

"Una tartaruga pazza! *Cra, cra, cra...*", gridava un corvo sorvolando rapido le acque tenebrose. Poi niente.

Soltanto le piume bianche del cigno che le onde rigettavano e disperdevano sui ciottoli del lago. Soltanto la tartaruga pazza che camminava senza meta. E quel corvo nero, che fuggiva lontano spaventato. *Cra, cra, cra...*

Arghirenia aveva presentito la morte e aveva ordinato che la vestissero con l'abito di nozze.

Dopo il parto visse per due o tre giorni, non ricordo bene. Si vociferò di una febbre puerperale, di setticemia, di incantesimo, di malocchio. Che importa...

Con Ioannis non volle scambiare nemmeno una parola. Appena lo vedeva comparire sulla soglia gli faceva segno di andarsene.

Chissà che cosa si dibatteva dentro la sua mente? Quale murena le dilaniava l'anima?

Chi sa...

* * *

Il giorno del funerale tutte le campane dell'isola suonarono a lutto. E tutte le imbarcazioni del porticciolo emisero un fischio per salutarla.

Cosí, perché Arghirenia sentisse e fosse contenta.

"Perché non perda la strada", diceva suo padre, il pescatore, "e arrivi in fretta al grande porto dei santi".

E come si sarà presentata al porto dei santi? Come l'Arghirula con gli aculei di riccio conficcati nei talloni o come la nobile Arghirenia, con il vestito da sposa di pizzo e la corona di perle sui boccoli biondissimi?

Chi sa...

* * *

Era una mattina soleggiata di febbraio. Una lunghissima processione saliva lungo la stradina verso il cimitero. Lentissima, silenziosa, con sacralità, come se obbedisse all'ordine di Dio di restituire un dono prezioso.

Ioannis indossava anche lui l'abito di nozze. Non piangeva. Non parlava. Seguiva il corteo.

Sembrava che non si fosse minimamente accorto di ciò che era accaduto. Come se la cosa non lo riguardasse.

All'improvviso, Ioannis uscí dalla sua vita e si perse.

"Sfogati, benedett'uomo!", lo scuoteva la zia Dodò. "Piangi! Grida! Non puoi tenerti dentro tutto questo dolore".

Lui niente. Nessuna reazione.

Un'ombra. Un fantasma. Un clown vagabondo in abito da sposo, buttato fuori nel bel mezzo dello spettacolo.

La zia Dodò indossava una pelliccia nera lunga fino alle caviglie e teneva Apollonía stretta per mano.

"Ma insomma, non pulirti il naso nella mia pelliccia! Non ce l'hai un fazzoletto?".

"Dov'è la mia mamma? Me lo dici?".

"In verdissimi prati".

"Come?".

"Nel giardino di Dio".

"Ma non ne avevamo tanti anche noi di giardini? Perché Dio l'ha portata là?".

"Ha avuto le sue ragioni. Senti un po', e facciamola finita: quello che è stato è stato. Da lí non torna indietro nessuno. Adesso occupati di tuo padre. Non vedi com'è ridotto? Per non parlare di quell'altra... di quella creatura sventurata...".

Apollonía indossava un cappottino nero e aveva un laccio tra i capelli, anch'esso nero.

"... D'ora in poi dovrò indossare questi abiti? Dovrò vestirmi cosí? Come un pope?".

Il dolore è sacrosanto, però lei alla civetteria non poteva rinunciare.

"Sí, ti vestirai cosí. Siamo in lutto".

"Non mi piace il lutto. Non mi piace nessuna di queste cose. E non è vero che la mamma è lí dentro, in quella cassa. La mamma è a casa e ci aspetta in cima allo scalone, appena torniamo".

"*Uhhhh*!... Mi è toccata un'altra pazza. Non ne bastava uno...".

Dodò estrasse un fazzoletto dalla borsetta di vernice e si soffiò forte il naso.

"Piangi anche tu?".

"Perché, di cosa sono fatta io? Di cemento armato? E se vuoi saperlo, io non piango per la defunta. Lei sta bene dov'è, con gli angeli. Piango per mio fratello, che è un uomo rovinato. E anche per me, che mi toccherà pagare i cocci".

"Ma allora... la mamma è un angelo?".

"Sí. E quando dirai le preghiere ti verrà accanto".

"La potrò vedere?".

"No. Gli angeli non hanno corpo".

"Però le posso prestare il mio".

"Smettila, sciocca... Non fai che dire scemenze".

"E la neonata, chi avrà come mamma, adesso?".

"La Madonna. È la madre di tutti gli uomini".

"... Lei si tenga pure la Madonna. Non mi interessa. Io avrò la mia di mamma. Le presterò il mio corpo e lei scenderà sulla terra. E io non porterò il lutto. Se vuoi vesti di nero la neonata!".

In qualche modo Apollonía riuscí a scendere a patti col dolore. Un po' con gli angeli, un po' con i corpi in prestito, per qualche tempo si sistemò. Quanto alla creatura sventurata, l'unica cosa che le risparmiarono fu di avvolgerla in fasce nere.

* * *

Ho domandato molte volte ad Apollonía:

"Che cosa ti ricordi meglio di Arghirenia?".

"Mi ricordo molte cose. Moltissime. Ma quella che mi viene sempre in mente per prima è il suo abbraccio morbido e profumato!".

Conoscevo già la risposta. Però mi piaceva sempre sentirla. Mi dava la stessa sensazione di quando mi arrampicavo sul recinto della vicina per rubare le mirabelle.

Cosí sentivo quella risposta nell'anima.

Come una dolce mirabella rubata.

* * *

"Sei fortunata, Apollonía, ad aver vissuto l'infanzia circondata da tanto amore".

"Sicuro. Chi cresce nell'amore, diceva il papà, nella vita non dovrà temere niente. Solo che anch'io non ho usufruito a lungo di quel servizio. Non ho terminato la mia porzione. Mi hanno cacciata da tavola prima che fossi sazia".

"E io cosa devo dire, che mi hanno cacciata prima ancora che mi sedessi?".

"Ma è per questo, Arghiraki, che ti metti sempre in qualche guaio. Sei capace di annegare perfino in un bicchiere d'acqua!".

* * *

Quando sono nei guai non voglio che mi caccino la testa sott'acqua, sennò annego.

Nemmeno che mi afferrino per la gola per salvarmi.

Voglio solo che mi indichino lontano... sulla linea dell'orizzonte, gli uccelli che solcano il mare.

* * *

All'improvviso, mentre oziavo al sole, arrivò Apollonía brandendo una rivista.

"Arghirenia, senti qui che roba! Sai come si chiama il fiore piú grande del mondo? Rafflesia. Cresce nella giungla asiatica e ha un diametro di un metro! Te lo immagini? Non ha foglie né stelo. È un fiore puro e semplice, che spunta direttamente dal terreno. È difficile vederlo perché resta fiorito solo per pochi giorni".

"Rafflesia, hai detto? Un bel nome. Ma non penso che tu voglia fare un viaggio fino alla giungla asiatica per vederlo!".

Sorrise. Sempre con quel sorriso che non fioriva: era soltanto un bocciolo sul viso.

"Di che colore è?".

"Rosso scuro. Il colore della passione...".

APPENA ARGHIRENIA MORÍ, AGANTHI RACCOLSE DI NAscosto la sua roba e se ne andò.

Forse ebbe paura che le chiedessero conto di quello che era accaduto. O forse non aveva il coraggio di guardare Ioannis negli occhi. Scomparve. Nessuno la incontrò piú, né si seppe mai piú nulla di lei.

Comunque, di certo la "n" di Aganthi si cancellò. Chi sa in quali acque torbide naufragò. Chi sa quale pescecane la inghiottí...

* * *

Ioannis ormai viveva perennemente chiuso in soffitta. Non parlava con nessuno e tutto gli era indifferente.

Dodò, che si era per forza di cose trasferita stabilmente a casa nostra, gli portava acqua e cibo su un vassoio. A volte lui piluccava qualcosa, altre volte lasciava il vassoio intatto.

"Vieni fuori, fratello", implorava Dodò. "Va' a darti una lavata... a raderti... Perché ti arrendi cosí alla sventura? Tu che eri forte, valente, che splendevi come una stella... Cosa dirà la gente, che si aspetta che tu dia l'esempio... Scendi a stare un po' con queste orfane...".

Niente.

Altre volte lo prendeva con le cattive:

"Senti un po', Ioannis! La pazienza ha un limite. In questa casa regna il caos. Non si capisce piú un accidenti. E tu te ne stai chiuso là sopra a fare la mummia? Sbrigati a uscire, per piacere! Esci e smettila con queste bravate...".

Niente.

"Ioannis, se non esci e non ti assumi le tue responsabilità io me ne vado da questa casa, e succeda quello che deve succedere! Che cosa credi? Cosa sono io? Io, caro il mio signore, sono una che ha bruciato la sua capanna per non farsi divorare dalle cimici. E adesso, nei pochi anni che mi restano da vivere, non ho intenzione di sacrificarmi per voi. Devi lottare, Ioannis... Devi difenderti. Sei diventato un disertore? È un peccato, Ioannis!".

Niente. Ricorse anche a misure serie. Mandò Apollonía.

"Prova tu. A te darà ascolto. Va' a parlargli. Siediti sulle sue ginocchia. Pregalo di uscire dal nascondiglio e di venire a reggere il timone della casa".

"Non voglio! Mi fa paura con quella barba".

"Mica ti mangia. Va', ti dico! Soltanto tu puoi dargli forza".

"Papà, aprimi... Aprimi... Voglio...". (Dodò era poco distante e seguiva la scena.) "Che cosa devo dirgli? Me lo sono dimenticato".

"Accidenti a te! Digli una parola buona. La prima cosa che ti viene".

"Papà!", la piccola si avvoltolava i boccoli pensierosa. "Papà... Ah! Ho trovato! Apriti, Sesamo".

"Ma che cosa dici?".

"Una formula magica".

"Ma va' a quel paese anche tu! Non starò qui a diventare matta. Domani vi saluto. Vi abbandono. Vi abbandono, e qua dentro... vada pure tutto alla malora!".

Lo ripeté quasi ogni giorno, per vent'anni...

* * *

"Sono quattro notti che non chiudo occhio con questa diavolo di neonata! Se fosse stata una creatura per bene, avrebbe tolto di mezzo l'anima di sua madre? *Uè, uè, uè... Uè* un corno, insomma! Se avessi voluto un moccioso tra i piedi avrei fatto un figlio mio. Una famiglia mia".

"Prendi una balia, Teodosía", le consigliavano le amiche.

"Una balia? Ma va' là! Che cosa direbbe la gente? Che ho consegnato a un'estranea i figli di mio fratello? Io il mio dovere lo faccio. Non diserterò come Ioannis".

"Chi se lo sarebbe mai aspettato dal signor Ioannis!".

"Non è un uomo? Gli uomini, cara mia, sono capaci solo di farsi belli agli occhi della gente. Vanno in chiesa a cavallo, a cavallo s'inginocchiano. E appena si trovano a piedi, corrono a nascondersi nella boscaglia come i leprotti. Ti pare che non lo sappia?".

L'odio di Dodò nei confronti degli uomini non era spuntato dal nulla nella giungla della sua anima, come una rafflesia. Aveva foglie e rami fitti...

* * *

Quando qualcuno le impartiva ordini, Apollonía agiva in modo insensato. Ogni volta che le si ordinava qualcosa, la sua mente si ottenebrava. Andava fuori uso. Apollonía voleva decidere da sola delle proprie azioni. Voleva sceglierle lei. Occuparsene con cura. Disporle in modo armonioso sugli scaffali della mente.

Una notte si alzò quatta quatta, prese i sonagli della neonata – erano tanti: un'orchestra intera – si piazzò fuori dalla porta chiusa di Ioannis e cominciò a scuoterli.

"Papà... Papà! Aprici! Siamo qui fuori. Siamo le tue bambine. Non ci vuoi bene? Aprici, devi prenderci in braccio...".

Dlan, dlan, dlan...

"... Apri, papà! La piccolina vuole dirti una cosa all'orecchio".

I sonagli svegliarono la zia: immersa nel primo sonno, sfinita dalla stanchezza, Dodò balzò su come un topolino terrorizzato, afferrò una lampada e corse in corridoio.

"Gesú Santo, aiuto! Sono entrati gli spiriti maligni. È entrata la schiera dei demoni. Gesú Santo, aiuto...".

Appena vide Apollonía che agitava i sonagli, diventò pallida come un cencio. Per poco non le cadde di mano la lampada.

"Oddio, ci mancava solo questo! È impazzita anche lei! Che cosa stai facendo, tesoro? Ecco! Ecco! Un matto si è barricato dentro e l'altra gli fa la serenata da fuori! Raccogli quella roba e fila subito in camera tua!".

"Volevo risvegliare in lui l'istinto paterno", piagnucolò Apollonía.

La zia infatti le diceva ogni giorno: "Cerca di risvegliare in lui l'istinto paterno".

"Ah! E l'hai risvegliato?".

"N-no".

"Va be'. Si capisce che ha il sonno pesante. Domani portiamo anche i clarini! Muoviti, fila a letto...".

Apollonía gettò i sonagli sui gradini e si buttò tra le braccia della zia singhiozzando.

"Il papà... non mi vuole piú bene!".

Dagli occhi di Dodò sgorgarono lacrime.

"Ehi, ehi! Mi fai cadere! Sta' attenta...".

Posò la lampada su un tavolino e tenne a lungo Apollonía tra le braccia.

"Su... dài... Non piangere. Devi aspirare all'amore di Dio".

* * *

L'abbraccio di Dodò somigliava a una fascina di rami secchi. Correvi a rifugiarti e crepitavano. Correvi ad aggrapparti e rimanevi impigliato. Nessun uccellino vi faceva il nido. Nessun fiore dimenticato vi sbocciava. Al massimo ogni tanto passava una lucertola, e i rami rabbrividivano.

Non è che non capisse il nostro dolore. Non è che non provasse compassione. Non è che non versasse per noi lacrime amare.

Era che si portava dentro l'anima le ceneri di un sole bruciato.

* * *

All'inizio irruppe in casa anche la zia Marika la calva, con l'intenzione di dare una mano. (In realtà la zia non era completamente calva: aveva soltanto una piccola luna piena in cima alla testa, che spuntava quando trascurava di andare dal parrucchiere.) Trascinò due enormi valigie e si accampò nella stanza degli ospiti.

La zia Marika la calva e la zia Dodò si detestavano segretamente da quando erano giovani.

Marika riteneva che Dodò fosse di un "livello culturale inferiore", e la disprezzava. E naturalmente non si lasciava sfuggire l'occasione per esprimere il suo disprezzo con parole offensive:

"Ma tu cosa parli a fare, poveretta! Occupati dello stufato, che è meglio...".

In realtà la invidiava perché era piú bella.

Dodò a sua volta non sopportava Marika per il suo profilo sociale. Marika era, l'abbiamo detto, una doganiera in pensione, teneva lezioni di catechismo nella parrocchia di san Paolo Apostolo, e in generale era una persona stimata.

"Tutto il suo sapere si limita a uno *sprechen*. Nient'altro. E l'anima è come la faccia: un fico marcio! Nessuno l'ha invitata qui. Nessuno ha chiesto il suo aiuto. E appena è arrivata ha cominciato a dare ordini e a comandare. Fa' questo, di' quello... Ma che vada al diavolo! Sdentata!". (Dodò, nonostante l'età, aveva denti bianchissimi e sani, su cui passava un giorno sí e uno no cenere di caprifoglio.) "Quella poltrona! Quella schifosa! Qui ha trovato un bagno e ci si chiude dentro due ore tutte le mattine, neanche fosse la regina dell'harem. A casa sua non le aveva di certo queste comodità! Doveva camminare un quarto d'ora con l'ombrello per andare a defecare. E invece di essere umile e grata, mi tiranneggia".

Una volta in cui Marika tardava – come al solito – a uscire dal bagno, Dodò non poté trattenersi e spiò dal buco della serratura.

"Ah ah!", monologava piú tardi in cucina. "Ecco cosa fa lí dentro. Si strappa i baffetti! Lo sposo si rade! Adesso uscirà con addosso quel maledetto accappatoio e dirà: 'Teodosía, cara, asciuga il pavimento!'. Ti rendi conto? Una schiava, Teodosía. La schiava del mammut!".

"Che cos'è il mammut?", domandò Apollonía, a cui piaceva imparare.

"Un animale".

"Che animale?".

"Un animale che parla male!".

Dodò non faceva che lagnarsi e mormorava:

"Possono vivere due galli in un pollaio? C'è spazio per due culi in una cucina?".

Aspettava l'occasione per vendicarsi. Aspettava soltanto il momento opportuno. Aveva in tasca la bomba a mano e aspettava l'occasione giusta per togliere la sicura.

"Ma come fai a pulire cosí i cornetti, povera Teodosía! Ci si conficcheranno in gola".

"Io li so pulire cosí. E cosí mi piace. Gli ordini va' a darli a casa tua".

"Impara un po' di buona educazione, poveretta...".

"Vuoi vedere come la so l'educazione?".

Oopp! E le rovesciò il catino pieno di cornetti sulla testa.

"Ti è piaciuto?".

La zia Marika la calva raccolse le sue cose e non mise mai piú piede in casa nostra.

Piú avanti, quando fummo piú grandi, ogni tanto andavamo a trovarla. Ci preparava sempre delle squisite, croccanti *lukumades*.

Quando poi Dodò lo veniva a sapere, montava su tutte le furie.

"Siete state dalla zietta? Brave! Brave, le nipotine belle! E avete mangiato anche le *lukumades*. Ecco cos'ha imparato a fare nella sua vita, quella. Ma va' là! Vuoi dirmi che erano buone? Che sapevano di qualcosa? Cacche al miele!".

* * *

Dopo qualche mese lo scenario cambiò.

Una mattina Ioannis comparve in cima alla scala della soffitta, con le braccia aperte come un Cristo in croce.

I capelli gli si erano imbiancati e la barba era lunga fino quasi alla vita. Era magro, sporco: l'ombra pietosa di se stesso. Soltanto lui poteva non spaventarsi, vedendosi.

"Il mondo mi son giocato, il mondo intero ho perso, in un istante solo!".

Una voce roca che sembrava provenire da un cunicolo profondissimo.

"Che cosa stai dicendo, Ioannis? Che cosa dici, fratello?".

Quello, come se non avesse nemmeno visto Dodò, scese lentamente la scala, sempre con le braccia aperte.

"Il mondo mi son giocato, il mondo intero ho perso…".

"Dove vai, Ioannis?".

Non rispose.

"Ma dove va, quel fuori di testa!", sospirò Dodò. "Era meglio che se ne stesse chiuso là dentro. Non voglio credere che adesso esca e ci faccia diventare lo zimbello del paese".

Ioannis andò nel guardaroba, indossò il vestito nero e la tuba e uscí.

Dodò gli corse dietro per fermarlo, e ci provarono anche alcuni contadini che lavoravano nei poderi.

"Aspetta, padrone, ti portiamo noi dove vuoi".

Ioannis non guardava nessuno. Non rispondeva a nessuno.

"Lasciatelo", disse alla fine Dodò. "Lo so dove va. Gli farà bene".

"Dove va, signora Teodosía?".

"Al cimitero. Finalmente piangerà, si sfogherà, sputerà fuori quella pietra che ha dentro".

Ioannis non andò al cimitero. Non ci andò mai. Attraverso i vetri appannati della sua mente non poteva piú distinguere nulla. I ponti con il mondo esterno erano crollati. Se li era inghiottiti il mare.

* * *

Mattina di ottobre. Pioggerellina sottile.

Migliaia di gabbiani erano appollaiati sugli scogli, pareva che aspettassero un cenno del sole per sollevare i sogni in alto, nel cielo.

I sogni dei gabbiani. I sogni degli scogli. I sogni che gli uomini hanno affidato alle ali dei gabbiani.

Sogni umidi di salsedine.

Sogni azzurri, in divise domenicali e cappelli neri.

* * *

Ioannis fece un giro in piazza, arrivò al porto, vagabondò osservando le barche dei pescatori e altre imbarcazioni, poi si sedette a un *kafenío* e ordinò un caffè.

A chiunque gli si avvicinasse, Ioannis tendeva la mano in segno di saluto. Quindi si alzava in piedi e con quella voce rauca che sembrava provenire da un cunicolo diceva:

"Il mondo mi son giocato, il mondo intero ho perso, in un istante solo! In un solo istante, caro amico. Capisci? In un istante...".

Non riconosceva nessuno. Per lui erano tutti visi appannati in una fotografia rovinata.

I piú non capivano che cosa dicesse. Alcuni ne avevano compassione, altri lo tormentavano con la loro curiosità, altri lo deridevano.

"Sí, sí, dottore... Come no".

"Bel vestito però, eh? Mamma mia, magari si mette a distribuirci un po' di grana!".

"I ricchi sono precipitati nella fame e nella miseria...".

"Che peccato! Un uomo del genere! Uno studioso cosí importante!".

"Ma che cosa dice? Cos'è che dice? Che cosa si è giocato e ha perso? Cos'è questa storia, ragazzi?".

"Sono le parole di un matto. Come fai a capirne il senso?".

"Mah, mah... Sono finiti i bei tempi".

Davvero. Erano finiti i bei tempi.

* * *

Le uscite di Ioannis sul lido, sempre secondo il medesimo rituale, proseguirono a lungo.

"Spiegami, padre!", Dodò si rivolse al pope. "Cosa vogliono dire le parole che mio fratello va salmodiando? Dalle labbra non gliene escono altre".

"Mia cara Teodosía, sono le parole che il grande Napoleone pronunciò quando perse la sua straordinaria grandezza nella celeberrima battaglia di Waterloo".

"Il Signore abbia pietà di noi, padre. Chi avrebbe mai detto che saremmo diventati anche dei Napoleoni! Non abbiamo fatto male a nessuno. Anzi, abbiamo aiutato molte persone. E allora perché Dio ci ha portati a questa Waterloo?".

"Prega, figlia mia, e non dubitare".

"Non dubito, padre. Prego solo l'Altissimo di darmi la forza. E la pazienza. Una grande pazienza, perché la croce è pesante...".

* * *

Dodò possedeva forza e pazienza e fede.

Nessuno poteva negarlo.

Ora... Per quanto riguarda quelle ortiche che le crescevano nell'anima, forse la colpa non era neanche tanto sua. Forse la terra era maligna. Forse qualcuno... una notte aveva gettato qualche seme di troppo.

Se anche avesse voluto ripulire il terreno dalle erbacce, non ci sarebbe riuscita. Non sapeva nemmeno come fare. E in fondo non lo riteneva poi un gran male.

Domandavo spesso ad Apollonía come vedesse tutte queste cose allora, quando era una bambina di sette anni.

"Non soffrivo nel modo in cui soffrono gli adulti. Hai presente: sentirsi in un vicolo cieco, con pensieri disperati, eccetera. L'anima di un bambino non si riempie di veleno. Semplicemente si raggomitola. Si rannicchia. È come vedere un film che fa paura, al cinema. Non reciti tu, però l'atmosfera ti contagia. I fatti ti si ammassano dentro come fotografie. Capisci?".

Se capisco, domanda? Perché, io non stavo forse vedendo lo stesso film? Ah, le fotografie. Molto tempo dopo i visi tornano vivi. Hanno carne e ossa. Prendono posto nell'anima. Acquistano potere e tracciano un cammino.

Ah, le fotografie!...

Apollonía aveva ragione. Io provavo esattamente la stessa cosa. Solo che lei, quando aveva paura, aveva dentro di sé l'immagine di Arghirenia. Poteva, almeno per un poco, nascondere la testa dentro quel ricordo e sentirsi protetta.

Io non avevo niente. Nessun nascondiglio. Nemmeno una tana. Un cespuglio. La pelle di un animale. Niente. Giocavo a nascondino con la paura e me la sentivo continuamente alle calcagna che batteva le mani e gridava.

"Tòppola Rorò... Ti ho vista!... Tòppola Rorò...".

Per questo io e Apollonía abbiamo caratteri cosí diversi. Un tempo, lei l'hanno portata a passeggio in altri luoghi. L'hanno portata a fare un giro nel bosco. Le hanno dato da assaggiare i frutti degli alberi. L'hanno lasciata riposare in mezzo a rami fioriti.

E lei si ricordava bene i sentieri su cui poteva camminare senza perdersi, almeno fino a un certo punto.

Io, quando mi è capitato di trovarmi nel bosco, mi sono fermata al primo albero che ho incontrato. Non sapevo procedere oltre. Mi sono rannicchiata ai suoi piedi, ho estratto il coltellino e ho inciso sulla corteccia il disegno della mia anima.

Anni e anni. Una vita intera. Io e il mio albero ferito.

Ci è passata accanto tanta gente, ma andavano tutti di fretta. Nessuno si è fermato ad ammirare il disegno...

* * *

"Che cos'hai provato la prima volta che hai sentito papà declamare le parole di Napoleone?".

"Pensai che fosse un gioco. Un gioco brutto che non volevo fare. Mi ritirai nella mia stanza a giocare da sola, con i miei giocattoli. Non avevo amiche. Dodò non permetteva che invitassi a casa bambini perché non voleva che sporcassero i pavimenti. Ma a me non importava. Non ero come te, che anni dopo saltavi dalla finestra per incontrare le tue amichette".

"E me, come mi vedevi? Che impressione ti faceva che ci fosse in casa una neonata piovuta chissà da dove?".

"Eri anche tu uno dei miei giochi. Una bambola viva, con cui non giocavo nemmeno poi tanto perché faceva la pupú e la pipí. Molto spesso desideravo che tu morissi. Era perché sentivo continuamente Dodò, che si occupava di te, mormorare: 'Hai fatto fuori tua madre e cerchi di far fuori anche me. Smettila di strillare! Cosa devo dire, povera me... Sei il mio castigo! Da quando sei nata non abbiamo avuto un attimo di tregua. Sei una creatura maledetta, ma cosa posso farci. Dio ti ha lasciata nelle mie mani, devo prendermi cura di te' ".

"Diceva cosí?".

"Sí, e non solo. Però si prendeva cura di te davvero. Ti nutriva, ti puliva... Per ordine divino, cosa volevi di piú. A volte, quando venivano a casa le sue amiche per un caffè, la vedevo che ti prendeva in braccio e ti cullava: 'Ninna nanna il bel Rorò, questa bimba a chi la do'. Allora chiamava anche me e ci teneva in braccio tutte e due. 'Non sono una meraviglia? Soprattutto la grande, identica alla madre!'. 'Ma anche la neonata! Anche la neonata è bella', aggiungevano le altre. Allora io, senza farmi accorgere, ti davo un bel pizzicotto sulla gamba e tu cominciavi a strillare. 'Ecco, andiamo bene', sospirava Dodò. 'Ah, cara Teodosía...', il coro concludeva la rappresentazione, 'ti porti sulle spalle una gran croce. Nessuna zia farebbe un sacrificio cosí!' ".

* * *

"E la tua convinzione che la mamma fosse un angelo e che potessi prestarle il corpo? Hai provato a farlo?".

"Oh...! Un sacco di volte. Anzi, prima che Dodò regalasse i vestiti della mamma alla parrocchia, io li prelevavo dall'armadio, li indossavo e pregavo la mamma di entrare nel mio corpo e di parlarmi. Alla fine mi scoraggiai. Però la vedevo in sogno. La sognavo spesso. Mi veniva accanto, mi abbracciava, mi parlava, passeggiavamo insieme in giardino... Quando facevo questi sogni mi svegliavo tutta contenta".

* * *

"Perché saltelli e beli come una capra? C'è una festa di nozze?", domandò un giorno Dodò.

"Ho sognato la mamma. E sai che cosa mi ha detto?". (Questa era un'invenzione di Apollonía.) "Mi ha detto che non devi sgridarmi e devi lasciarmi fare quello che voglio".

"Ah, ti ha detto cosí? E tu dille di farsi i fatti suoi e di non occuparsi delle cose di questo mondo. Mi ha scaricato addosso abbastanza guai. Adesso comando io!".

* * *

Credevo che mi volesse male. Non le perdonavo di aver preso il posto della mamma. E soprattutto il fatto che toccasse e usasse le sue cose. Un giorno la sorpresi davanti allo specchio mentre si incipriava dal portacipria della mamma, prima di andare in chiesa: mi arrabbiai cosí tanto che appena uscí afferrai la scatoletta e la nascosi in camera mia. "Apollonietta cara" (la elle la pronunciò molto morbida, sembrava che navigasse nell'olio), "dov'è finito il portacipria che c'era qui?", mi domandò qualche giorno dopo, volendo incipriarsi. "L'ho portato in camera mia". "E che cosa te ne fai? Lo usi?". "È della mamma". "Era! Ma tu guarda... Me ne comprerò dieci di portacipria. Non ho bisogno del tuo. Sei una vipera! Non mi regaleresti nemmeno un bicchiere d'acqua! Credi che non lo sappia? Lo so eccome, povera me. Ma non posso abbandonare il posto di guardia".

* * *

Mi ricordo che una volta, avrò avuto cinque anni, la zia Dodò mi inseguiva per suonarmele perché avevo rovesciato la minestra sul tavolo. Scesi nel seminterrato e mi nascosi dietro una fila di orci. Avevo una paura terribile. Tremavo. Non temevo tanto le botte (mi avrebbe mollato un paio di ceffoni), quanto i suoi occhi. Quando si arrabbiava, quella donna aveva due rasoi al posto degli occhi!

Apollonía – a quel tempo aveva dodici anni – camminava per il giardino chiamandomi.

"Rorò... Roròoooo...".

Io muta. Avevo paura a cacciare fuori il naso. Poco dopo Apollonía mi scovò. Mi si avvicinò, mi abbracciò e mi accarezzò teneramente la testa.

"Dài, non piangere. Io ti voglio bene. Non piangere...".

Per molti anni, dentro una scatolina di velluto nella mia anima, ho conservato la tenera carezza di Apollonía. E ogni volta che la vita mi gettava come un'onda contro gli scogli appuntiti, la carezza usciva dalla scatolina per lenirmi l'anima.

"Su, non piangere. Ti voglio bene...".

Anche soltanto per questo adoro Apollonía.

IL TEMPO PASSAVA...

Ioannis andava in giro sempre in alta uniforme e con lo sguardo perso nel vento.

"Ioannis, perché invece di indossare la redingote e andartene in giro non ti occupi un po' delle bambine? Si sono ritrovate orbe anche del padre, quantunque costui sia ancora in vita".

(Quando voleva conferire autorevolezza a ciò che diceva, Dodò si esprimeva in modo forbito. Erano vaghe reminiscenze o parole che afferrava dai testi liturgici.)

"...".

"Figurarsi se rispondi! Voce di un bue nel deserto!".

"Ma no, asina! Voce di uno che grida nel deserto". (Apollonía, che allora frequentava la scuola media, la corresse).

"Niente, niente lo strappa al suo oblio, quello lí. Nemmeno i branchi di leoni!", proseguí Dodò, che evidentemente non aveva colto l'osservazione di Apollonía.

* * *

A un certo punto Ioannis smise di ripetere le parole di Napoleone. Chissà quali oscuri processi erano avvenuti nella sua mente e nella sua anima.

Si ricordò del sogno perduto di Arghirenia, quello che non aveva avuto il tempo di donarle nell'indolenza della felicità. La casetta di mattoni rossi in cima alla collina, con vista sul mare infinito.

Si alzava di buon mattino, passava da un deposito di materiali da costruzione, comprava un mattone e lo portava a piedi fino in cima alla collina.

"Il suo mattone, dottore!", gli diceva ogni giorno il manovale in tono gentile.

Dopo, appena Ioannis aveva voltato le spalle, cominciavano i commenti e le battute.

Un mattone rosso... Tutte le mattine...

Lo reggeva in mano con una devozione tale che pareva portasse in processione un'icona miracolosa.

Quando arrivava in cima, dopo un'ora circa di cammino, lo posava a terra, si sedeva per un po' sulle rocce, e poi pian piano s'incamminava per tornare a casa. Non parlava con nessuno. Non salutava, nemmeno portando la mano al cappello come faceva un tempo.

Anche durante l'inverno o nei giorni di canicola Ioannis era lí: fedele al suo sacro compito.

Questa storia durò per tutti gli anni che visse. Ammassò un gigantesco mucchio di mattoni rossi. Non andò mai oltre. Non chiamò mai, per dire, dei muratori perché costruissero un muro. Gli bastava trasportare i materiali del sogno. Gli bastava sedersi sulle rocce e viaggiare.

Magari pensava di vederla da lassú, mentre sulla battigia, con i piedi nell'acqua, spostava le cassette con dentro le razze.

Magari le onde gli mandavano il riso di lei.

Magari lui le mandava un bacio rosso.

* * *

La zia Dodò ci teneva sempre ben lavate, pulite e in ordine. Non con le esagerazioni e lo sfoggio di Arghirenia. Niente taffetà né velluti né falpalà. Gonne semplici lunghe fino a metà polpaccio (al massimo con un sobrio merletto sull'orlo), calze bianche, stivaletti perfettamente lucidi e i capelli raccolti in trecce. Al centro della testa ci tracciava sempre una riga dritta precisissima.

"La signorilità si vede da lí. Il cuoio capelluto dev'essere splendente".

Apollonía aveva due grosse trecce di seta.

Io due code di topo castane.

Sull'isola ci chiamavano "le orfane del matto".

Il sabato sera Dodò ci portava al vespro. La domenica mattina presto alla liturgia, e poi al catechismo. Anche durante la settimana però trovava sempre qualche pretesto per portarci con sé in chiesa. Ci odoravano d'incenso perfino le mutande.

A noi non piaceva, ma non potevamo brontolare. Le punizioni erano severe. Minacce spaventose, perfino di privazione del cibo.

Prima di sederci a tavola ci facevamo il segno della croce e tutte e tre esclamavamo in coro:

"Signore, ti ringraziamo per le vivande e le bevande".

"Amen!", concludeva da solista Dodò, e serviva le pietanze.

"Che cosa vuole dire vivande e bevande?", domandò una volta Apollonía, a quel tempo molto piccola.

"Cibo e acqua".

"*Aaah*!".

"*Ah ah* trallalà! Mangia".

Il giorno seguente Dodò andò a fare visita al pope, a casa sua. Era l'unico posto in cui ci portava, e ci permetteva di giocare con la grassa figlia di lui, Rebecca, a cui piaceva giocare alla levatrice. (Ci infilava degli stracci sotto la gonna, come se fossimo incinte, poi ci metteva sdraiate sul letto, ci apriva le gambe e ci faceva partorire. Qualche volta ci tirava anche giú le mutande e ci frugava. Apollonía, che era grandicella, reagiva. A me piaceva un sacco. Non vedevo l'ora di partorire.)

"Le chiedo una grande cortesia", Apollonía si rivolse con enfasi alla moglie del pope, "mi dà un po' di bevanda?".

"Che cosa vuoi, tesorino?", domandò la buona donna.

"Bevanda".

"Dimmelo nella nostra lingua, tesoro. Mamma mia, faccio bene a non mandare Rebecca a lezione di lingue straniere. Meglio che prima impari bene la lingua madre...".

(Apollonía andava a lezione di francese.)

Il pope, che era fuori a potare la vite, capí che cosa volesse dire la bambina e rise di cuore.

* * *

La sera quando andavamo a letto dovevamo assolutamente dire un'altra determinata preghiera. Ce l'aveva insegnata Dodò, e la recitava anche lei.

"Signore onnipotente, assistici, *perché nello* sconforto non abbiamo nessun ausilio all'infuori di Te. Signore onnipotente, abbi pietà di noi".

(La ripetevamo tre, quattro e anche cinque volte, dipendeva dall'umore e dal sonno.)

Ovviamente noi non capivamo cosa significasse. E qui Apollonía fece di nuovo sfoggio delle sue conoscenze. Io, avendo paura a domandare a Dodò, domandavo a mia sorella, in quanto piú saggia. (Ogni tanto avevo i miei dubbi.)

"Che cosa sono le *perchéne*?".

"Sono le balene, sciocca! All'epoca di Gesú si chiamavano cosí. Quando siamo in pericolo, cara Rorò, il Signore, che ci ama tanto, ci manda le balene che ci portano lontano".

Quando c'erano i tuoni e i lampi e pareva che il mondo stesse per esplodere, mi rannicchiavo nel letto e pregavo Dio di mandare le balene a salvarmi. (Le sto ancora aspettando.)

Apollonía usava spesso parole forbite che le capitava di sentire, per dimostrare di essere colta e distinguersi dalla massa.

Una volta, vedendola tutta curva e pallida, la maestra le domandò:

"Che cos'hai, Apollonía? Non stai bene?".

"No, signora maestra. Provo una costernazione!".

* * *

Io cominciai a parlare molto tardi. Frequentavo la prima elementare e parlavo come una bambina di due anni. Non mi capiva nessuno, tranne Apollonía, che era la mia interprete ufficiale.

Una volta durante una gita una maestra, una ragazza giovane, mi trovò assorta a contemplare un papavero chiuso.

"Vedi, Rorò? Questo papavero pigrone dorme ancora. Vuoi che lo svegliamo? Guarda!".

Colse il papavero e lo aprí delicatamente.

"Prendilo. Te lo regalo".

Osservavo i petali rosa tutti stropicciati e lo tenevo sulla palma della mano come un uccellino appena nato. Da allora, quando vedevo i papaveri chiusi correvo a svegliarli, cercando poi per ore di lisciarne i petali sottili.

"Dove stai andando, Rorò? È ora di pranzo!", sbraitò un giorno Dodò.

"Ado liare pàero".

Vado a svegliare il papavero, volevo dire. L'interprete non c'era.

"Dove hai detto che vai?".

"Ado liare pàero".

"Gesú e tutti i Santi! Vuoi spogliare un papero? Torna qui, piccola indemoniata! Ci manca solo questo. Belle idee che ti vengono".

All'età di sette o otto anni avevo un sistema di sintassi tutto mio. Mettevo le congiunzioni alla fine della frase, soprattutto il "perché".

Dicevo, per esempio: "Non vado a scuola. Mi fa male la pancia, perché". Anzi, l'ultima sillaba la pronunciavo lunghissima, quasi cantando.

"Facci caso, signora Teodosía. Può essere dovuto a un disturbo dell'encefalo".

L'opinione degli insegnanti.

"Il suo motto è 'voglio uscire di qui'! È questo il disturbo di cui soffre, nient'altro".

L'opinione di Dodò.

(Quale delle due fosse l'opinione giusta, non mi è mai stato chiaro. Ho sessant'anni e me lo domando ancora.)

* * *

Spesso il pomeriggio – eravamo piccole, allora – uscivamo sul balcone della nostra stanza, ci sedevamo vicine vicine sui nostri piccoli sgabelli, come due colombi, e ci abbandonavamo a sogni e progetti.

"Rorò, che cosa vuoi fare da grande?".

"Voglio fare... quella che cura i neonati! Mi piacciono tanto i bambini".

"*Uhhh*! Puzzerai di pipí. Io voglio fare... quella che studia le rane".

Apollonía trascorreva ore intere in riva al laghetto del giardino (che era completamente abbandonato, non c'erano piú ninfee né piante rare) intenta a osservare le rane. Le acchiappava, parlava loro, se ne prendeva cura, a volte ne metteva una in qualche vaso di vetro e se la nascondeva sotto il letto.

"Perché non le lasci nel lago?", le domandavo.

"Perché mi hanno detto che sono tristi. Vogliono compagnia, poverine. Vogliono un po' di tepore".

Le povere rane di Apollonía!

Erano divertenti...

* * *

Io non sono diventata "quella che cura i neonati", né Apollonía "quella che studia le rane". Dodò ci iscrisse entrambe alla scuola di economia domestica.

"Dovete imparare a mandare avanti la casa. Poi troverete dei bravi mariti e metterete su famiglia. Questa è la missione della donna!".

"E tu perché non hai seguito tale missione?".

(La domanda velenosa di Apollonía, che era bravissima a scuola e desiderava studiare.)

"Perché il Signore me ne ha affidata un'altra".

"Quando il Signore ti ha affidato la missione a cui ti riferisci, era già tardi per fidanzati e famiglie".

“A te il veleno ti stilla dalla punta della lingua!”. (E cacciava fuori la lingua, cercando di rappresentare piú realisticamente la scena.) “Ecco, cosí: e stilla... Almeno Rorò non ha il pungiglione che hai tu. Perché, forse che voi non siete le mie bambine? Non siete la mia famiglia?”.

“Non sei la nostra mamma. E... non c’è nemmeno lo sposo!”. (Di nuovo il veleno.)

“Il mio sposo è Gesú. E voi? Solo perché non vi ho partorite? Chi vi ha cresciute? Chi si è presa cura di voi? Chi vi ha protette?”.

Sempre, durante i litigi di questo genere, Dodò estraeva un fazzoletto dalla manica, voltava le spalle e scoppiava a piangere a calde lacrime.

Allora noi, che in fondo non avevamo nessuno al mondo, ritiravamo i nostri pungiglioni e ci strusciavamo addosso a lei come gattine.

“Le mie bambine! Le mie brave bambine! Eh! Se anche ci scappa qualche parola di troppo, che se la porti via il vento. Siamo esseri umani”.

Tendeva le braccia e le posava su di noi, ma erano rigide. Di sicuro desiderava stringerci. Coprirci di coccole e di baci. Farci sentire la dolcezza di parole di miele. Di sicuro lo desiderava. Ma le funi che aveva dentro non si allentavano. Nella sua anima non c’era nemmeno una minuscola fonte che stillasse tenerezza.

* * *

Passammo ore interminabili alla scuola di economia domestica a imparare come mettere sott’olio i gombi e i pomodori, a ricamare su stupidi canovacci scene di caccia e signorine del diciottesimo secolo in crinoline e ventagli.

Apollonía era piú brava di me nel ricamo. A me si annodavano sempre i fili. E facevo sempre un gran risotto con i colori. Usavo l’azzurro per le colline e il verde per i laghi. Ricamavo cervi rosa e gigli neri.

"Perché non fai mai le cose come si deve!", mi sgridava Apollonía. "Esistono cervi rosa e gigli neri? Stanno bene insieme questi colori?".

"Su di me stanno bene".

"Su di te stanno bene soltanto le cose mal assortite".

* * *

Apollonía aveva ragione. Nel mio abbraccio, per tutta la vita, si sono rannicchiate a riprendere fiato le creature peggio assortite del mondo. Cervi rosa si abbeveravano in laghi verdi, e sulle colline azzurre fiorivano distese di gigli neri. Era bello, non dico... Se poi ora spuntasse un sole color lillà, che scaldasse un po' le cicatrici della mia anima, sarebbe ancora piú bello!

* * *

"Da grande ti sposerai?", domandai una volta ad Apollonía durante quei nostri discorsi sul balconcino.

"Ma certo!".

"Che lavoro vuoi che faccia tuo marito?".

"Di preciso non lo so. Comunque dev'essere ricco. Un principe, diciamo!". (Infame taffetà! Non voleva saperne di srotolarsi via dalla sua testa.) "E intelligente. E bello. Molto bello! Tu?".

"Io... Voglio che sia un pescatore". (Gli aculei di riccio di Arghirula mi si erano conficcati nell'anima.)

"Un pescatore? Ma dài, sei matta! Puzzerai sempre! *Puah*! Io non ti terrò compagnia. Comunque, sai una cosa?" (gli occhi le luccicarono furbescamente, mi si avvicinò e mi sussurrò all'orecchio, come se ci fosse qualcun altro con noi): "Io credevo che ti saresti sposata con Rebecca!".

* * *

La sensuale Rebecca, la figlia del pope!...

Quando giocavamo a quel gioco del parto, Apollonía non voleva togliersi le mutande, e un giorno Rebecca si arrabbiò e la cacciò. Io per fortuna eseguivo gli ordini. Andavo da lei quasi tutti i giorni, mi sdraiavo sul letto senza mutande e lasciavo che mi facesse partorire. Appena posava le dita sulla "bocca dell'inferno" (cosí Dodò chiamava quel punto controverso), mi sentivo incendiare. Mi illanguidivo tutta. Mi scioglievo lentamente e dolcemente, e colavo come cera nella palma della mano di Rebecca. E il parto tardava...

Nessuna delle due voleva che finisse in fretta.

"Rorò, ho pensato che potremmo fare un altro gioco", mi annunciò un giorno.

"No!", dissi io, temendo di restare priva del rito del parto. "Perché dovremmo cambiare...".

"È un gioco piú bello. Ho pensato di giocare alla coppia. Tu sarai la moglie e io il marito".

"E cosa faremo? Porteremo i nostri bambini in chiesa?".

"Ma no, sciocca! Faremo quello che fanno il mio papà e la mia mamma a letto".

"E tu come lo sai? Li hai visti?".

"Tante volte! Dico che ho paura, mi metto a piangere, e mi portano in camera loro: poi fingo di dormire e invece li spio".

"E che cosa vedi?".

"Sdràiati che te lo mostro".

Mi sdraiai trepidante, Rebecca mi spogliò completamente e cominciò a leccarmi e a baciarmi tutto il corpo. A un certo punto, quando arrivò sulla pancia, si fermò.

"Non smettere!", articolai io con una vocina che sembrava un gemito di donnola.

"Senti... Io non ho il coso di mio papà per continuare. Vuoi che ti tocchi con il dito?".

"Toccami, toccami!", mugghiai.

Si spogliò anche lei, mi spalancò le gambe e si mise a toccare ora la mia "bocca dell'inferno", ora la sua.

Ci contorcevamo entrambe. Mi sentivo come se mi si fosse nascosto tra le cosce un uccellino palpitante.

"Ti è piaciuto?", mi domandò quando fu stanca e ci fummo adagiate sui cuscini come polli decapitati.

"Molto!".

"Vuoi che lo facciamo un'altra volta?".

"Voglio che lo facciamo tutti i giorni! Solo che... ti dico una cosa: ho un po' paura".

"Di che?".

"Che mi si veda in faccia, e che la zia capisca tutto".

"Ma perché, sciocca? Mica abbiamo fatto niente in faccia!".

"E se lo vede quando sono nella vasca da bagno?".

"Sei proprio scema. Che cosa deve vedere? Quello che facciamo non si vede da nessuna parte. Lo sappiamo soltanto noi due!".

Per ogni evenienza, quando facevo il bagno chiudevo la porta a chiave con due mandate. Avevo paura che il corpo mi tradisse. Avevo il terrore che sulla mia pelle ci fosse scritto qualcosa.

Il gioco andò avanti per un bel po'. Fino a che per mia fortuna il pope fu trasferito.

Raccolse moglie, figlia e coso e lasciò l'isola.

Piansi inconsolabile per giorni. Non riuscivo a immaginarmi di vivere senza il dito magico di Rebecca.

* * *

Tutto ciò che accadeva con Rebecca, piú o meno, lo confidavo al mio consigliere segreto, Apollonía. (È dolce la gioia che non viene condivisa?)

Lei mi ascoltava attenta e mi esortava a raccontare ogni particolare: poi però assumeva un'aria da giudice e pronunciava il verdetto.

"Comunque, Rorò, sappi che quello che fai è un grande peccato. Andrai all'inferno!".

"Ci verrà anche Rebecca?".

"Certo!".

"Allora non m'importa".

Dicevo cosí, però mi bruciava. La notte mi svegliavo sudando freddo per paura. Chiedevo perdono a Gesú e giuravo che non sarei piú andata a casa di Rebecca.

Questo, al buio. Appena faceva giorno, gli incubi sbiadivano e i giuramenti si nascondevano sotto lo spesso materasso.

Nessuna innocenza è tanto rea quanto quella dei bambini. Siano pure ali di una bianca colomba...

È PRIMAVERA! SERA. LA PRIMAVERA MI SOFFOCA. MI MOZZA il respiro. La mia anima non riesce piú a sopportare tanta bellezza. È come caricare sulla schiena di un bruco una melagrana rossa.

Le vene mi si gonfiano, il sangue mi duole, i semi lottano dentro di me per germogliare, ma non c'è terra perché mettano radici. E non c'è abbastanza acqua perché vengano innaffiati.

Quando era tempo di tagliare i cespugli selvatici per liberare il terreno, non l'ho fatto. Ho avuto compassione dei serpenti, che non avrebbero trovato altre tane per nascondersi.

Quando era tempo di mettere da parte un po' d'acqua per il momento del bisogno, non l'ho fatto.

Ho avuto compassione dei cani randagi, che avevano sete.

Adesso… Adesso i bulbi come fanno a germogliare? E i sogni a essere innaffiati?…

Nonostante ciò, non posso dire di non trovare ogni tanto una soluzione. Nella mia anima c'è sempre una vecchia latta dimenticata. Mi basta per seminarci un fiore di stagione.

"Non so se esiste sulla terra una creatura che adora l'effimero quanto te!", mi disse una volta un amante.

"Certo che esiste! Le farfalle!", gli risposi.

* * *

"Ehi, Apollonía… Ti ricordi Rebecca, la figlia del pope?".

Apollonía era seduta in poltrona e lavorava a maglia.

Interruppe il lavoro, allungò un poco il collo come una papera che ha individuato un boccone e scoppiò a ridere.

"La tua prima amante? Figurati se non me la ricordo!".

"Hai piú saputo niente di lei?".

"Guarda... Se ti è venuta voglia di cercarla, mi sa che è troppo tardi".

"Smettila di scherzare. Cosa ne è stato di lei? Lo sai?".

"Certo che lo so. A un certo punto conobbi una sua cugina. Mi dispiace dirtelo, ma Rebecca è morta di cancro quando era ancora molto giovane. Prima di lei erano morti i genitori. Il pope per la puntura di una zanzara infetta: tra l'altro, hai mai sentito parlare della zanzara tigre? Ha delle striature sul dorso e trasmette malattie mortali. Prolifera soprattutto...".

"Lascia perdere le zanzare, per favore. Prosegui".

"Bene! Non ti interessano gli insetti, trovi che non siano sufficientemente poetici, procedo. La moglie è morta in un incidente. Stava andando da qualche parte in treno e il vagone è deragliato. Una famiglia davvero fortunata! Rebecca era ormai nota, una lesbica certificata! Tutta Patrasso – vivevano lí – la segnava a dito".

(E dài, di nuovo questo dito nel ruolo di protagonista!)

"... Insomma, poco prima di morire depositò un testamento – aveva un patrimonio cospicuo – secondo il quale devolveva tutti i suoi beni per la fondazione di un ente che fornisse vitto e alloggio ad anziane lesbiche indigenti!".

Restai a bocca aperta. Se per caso fosse passata di lí una zanzara tigre, di sicuro l'avrei inghiottita.

"Solo a quelle anziane?".

"Sí, Arghirenia. Alle lesbiche anziane e indigenti. Hai mai pensato a cosa vuol dire essere diverso, anziano e povero? Un po' come... quelle barche mezze marce che le onde rigettano su lidi sporchi".

"Ed è stato fondato questo ente?".

"Certo che no. Le lesbiche giovani e benestanti, alle quali Rebecca aveva affidato la prosecuzione dell'opera, si sono abilmente impossessate del patrimonio".

"Perché non mi hai mai detto niente…".

"Eh, ma anche tu, che domande! Con tutti i guai che abbiamo avuto nella vita. Dove andavo a trovare il tempo?".

Uscii perché Apollonía non mi vedesse, e mi asciugai gli occhi.

Feci una passeggiata in giardino. Soffiava un vento forte.

Tagliai una grande rosa chiara, la spetalai e la donai al vento.

Cosí, come saluto… all'anima di Rebecca.

Cosí, come saluto… alle lesbiche anziane e indigenti.

SULLA VITA DI DODÒ APPRENDEMMO MOLTE NOTIZIE DA diversi maldicenti. Di queste notizie, la metà la gettammo in mare. Erano state aggiunte troppe spezie. La storia di Dodò era diventata una specie di leggenda.

Era una persona detestata. La gente la salutava zelante, la cercava, le chiedeva consigli – soprattutto in fatto di economia domestica, di commemorazioni funebri e altri riti religiosi –, ma sotto sotto non era gradita a nessuno.

Il comando generale di quello che accadeva spettava a lei. Si agghindava, si arricciava i capelli, si appuntava al risvolto (tutti i suoi abiti, sia estivi sia invernali, avevano il risvolto), un'enorme spilla con al centro un brillante, cimelio di sua madre, ed entrava in azione.

"Kapò", la chiamava il custode. Ne aveva una gran paura.

"Aveva uno spirito negativo", concludeva Apollonía, che tendeva sempre al metafisico.

Non era lo spirito, dico io adesso. Piuttosto, la sua offerta era priva di dolcezza. Era uno scambio. Una "bustarella" a Dio. Dodò si metteva al servizio del prossimo unicamente per la gioia di comandare gli altri.

Lasciava offerte a chiese e monasteri, donava abbondanti ricompense ai pope che si portava dietro in continuazione per estreme unzioni e benedizioni, forniva nutrimento e denaro alle suore che avevano reso la nostra casa il salotto di un convento: ma né i pope né le suore baciarono mai con affetto l'anima di Dodò.

Tuttavia, Dodò non era un'ipocrita. Non indossava nessuna maschera. Semplicemente giocava secondo le sue regole. L'orizzonte del suo pensiero arrivava fino al muro di fronte.

L'atto con cui pensava di aver intrappolato Dio (certamente un Dio a sua immagine: severo e vendicativo, ma pronto a perdonare anche il peccato piú tremendo quando un figlio trovava il modo di comprarlo), era l'aver cresciuto noi.

Quando diceva alla gente che aveva sacrificato la vita per crescere due orfane, gli occhietti le luccicavano come il brillante della spilla. Si pavoneggiava tutta impettita. Si metteva in posa: il suo Dio doveva vederla bene, doveva ammirarla e cancellare i debiti dal libro nero.

* * *

Su di lei apprendemmo molte notizie dalla zia Marika la calva, quando ci leccavamo le dita per le sue *lukumades* croccanti.

Mangiare *lukumades* mentre si depreda il passato di un parente stretto! Quale piacere!

"Anzitutto", diceva la zia Marika, con la mascella che le tremava per il livore, "Teodosía non aveva niente a che vedere con Ioannis. Dov'erano la grandezza, il genio, la sensibilità e la cultura di Ioannis! La misera Teodosía non era capace nemmeno di allacciarsi le scarpe. Mah... Non riesco a spiegarmi come quelle due creature siano state concepite dallo stesso ventre".

"Era bella da giovane?". (Apollonía raccoglieva elementi.)

"Bella? Ma come fai a domandarmi una cosa del genere? Non ci vedi, scusa?".

"Ma adesso... è grande".

"Grande o piccola non conta. La bellezza appassisce. Non scompare. Lascia tracce. Ti pare che esistano tracce del genere sul viso di Dodò?".

"È sempre stata anche gobba?".

"Eh, non cosí tanto. Da giovane aveva un lieve 'formaggino'. Il peso, cara Apollonítsa. Si porta addosso il peso dei suoi peccati, poveraccia".

"Perché non si è sposata?".

"Se fosse nata in una famiglia povera, dopo tutto quello che ha combinato nessuno si sarebbe piú degnato di salutarla. Ma la ricchezza della famiglia è stata un velo che ha coperto i suoi peccati. In molti l'hanno chiesta in sposa. Cacciatori di dote, certo. Lei non ha mai voluto formarsi una famiglia. Io credo che non abbia trovato la persona adatta. Se avesse deciso di essere sposa di Cristo, che senso avrebbe avuto quel corredo cosí ricco? Uh! Un'infinità di federe e copriletti! Cosa doveva fare, preparare il talamo a Cristo? Dàgli e dàgli, è incappata nei pope e nelle suore. La terribile disgrazia di vostra madre e la tragedia di vostro padre le sono capitate a fagiolo. Ha trovato lo scopo della sua vita. Ha riguadagnato il terreno perduto".

"Be', ma non è possibile che non abbia sofferto per quello che è accaduto", intervenni io, compassionevole.

"In parte, cara. In parte. Il cuore di Dodò è una fortezza. Nulla vi entra, nulla ne esce. Ogni cosa avviene sui bastioni".

"Ma se piangeva! Me lo ricordo benissimo", reagí Apollonía.

"Hai visto come piange il Giovedí Santo quando viene esposta la croce? Nemmeno Maria Maddalena! Quelle, figliola, non sono lacrime di dolore. Sono lacrime di un momento. Una reazione psicologica".

* * *

Eh! Neppure la zia Marika la calva era la donna migliore del mondo. Apparteneva a quella categoria di persone che strozzerebbero volentieri un cigno per ornare il cappello con le sue piume.

"È vero... che ha ucciso il suo bambino?", fu la domanda tagliente di Apollonía.

Il doppio mento della zia Marika tremolava; la zia si sistemò sulla poltrona, si schiarí la gola, si asciugò i rivoletti di sciroppo di zucchero dagli angoli della bocca. (Sciroppo e bile! Un cocktail formidabile!)

"Be'... questo... lo sa soltanto il Signore. Io non ho assistito al delitto, ragazze mie. Comunque, cosí dice la gente. Se gira una voce, un fondo di verità c'è".

* * *

Secondo le chiacchiere della gente e della zia Marika, Dodò aveva circa diciassette anni quando incontrò il suo vero sposo. Non indossava né tunica né stola. Era bellissimo; entrò nella vita di Dodò come un uragano, come una tremenda tempesta di neve, e la annientò.

Tutto quello che rimase dopo il suo passaggio era uno spaventapasseri. Un pulcinella.

L'uomo che si rivelò fatale per Dodò non aveva nulla a che vedere con l'ambiente in cui lei era cresciuta, né con le persone che frequentavano la casa di suo padre.

Era un ombrellaio ambulante!

Arrivò sull'isola e cominciò a reclamizzare di casa in casa la sua arte.

"Bello come un dipinto!", raccontava la zia Marika. "Ma bastava, la bellezza? Anche i lupi sono belli! E allora? Un venditore ambulante. Feccia. Trasportava una grande borsa di tela e gridava: 'Ombrelliii... Riparooo...'. Parliamoci chiaro, ragazze! Voi vi innamorereste mai di un ombrellaio?".

"Certo!", sbottai io.

"Smettila, buffona!", mi sgridò Apollonía. "Basta che tu veda qualcosa di stonato che subito ne prendi le difese!".

"Lasciala stare", mi protesse la zia Marika. "Sta scherzando. Sono cose che non succedono alle persone ragionevoli".

"Perché, l'amore funziona secondo ragione?", continuai io, imperterrita.

"Negli esseri umani la ragione deve sempre prevalere, Rorò. Quale amore e amore... Intendi l'attrazione animale?".

Osservavo le pieghe che le pendevano sotto il mento. La luna piena sulla testa. La cenere dentro gli occhi. Pensavo, sarà mai stata sviata dall'attrazione animale?

Di sicuro no. Altrimenti, la cenere dentro gli occhi avrebbe avuto il colore della sera.

* * *

Il bell'ombrellaio passò dalla casa di Dodò. Le riparò i parasole, fecero conoscenza: risolini, galanterie, occhiate furtive, mezze parole, scintille, fiamme, e l'incendio scoppiò.

Mica ci vuole tanto.

La giovane Teodosía perse la testa. Depose la sua fragrante giovinezza, un giglio bianchissimo, tra le braccia dell'ombrellaio.

"Ombrelliii... Riparooo...".

(Che bisogno avevi, Dodò, dei parasole?)

Niente al mondo poteva fermarla: né la differenza di classe – di cui era convinta sostenitrice – né il prestigio e l'onore della famiglia, di cui era fedele custode.

Può mai una buganvillea carica di fiori fermare la neve?

E perché sarebbe dovuta riuscirci la giovane, inesperta Teodosía? Chi era quest'ombrellaio, da dove veniva, dove andava? Nessuno lo sapeva. Nemmeno il nome fu mai noto. Era un angelo precipitato. Un ruffiano di Dio. Veniva dal Paradiso e andava dritto all'Inferno. Il resto non aveva importanza.

Dopo due mesi il bellimbusto scomparve. "Aspettami", le avrà detto. "Tornerò".

Cosí dicono di solito gli angeli precipitati. I ruffiani di Dio. E scompaiono...

* * *

Quando la tempesta di neve passò, non era rimasto nulla. Nemmeno un giglio nelle aiuole. Nemmeno un nido sui ciliegi. Solo certi corvi neri gracchiavano sopra la testa di Teodosía e le odoravano l'anima come fosse un cadavere.

Di certo avrà aspettato giorno dopo giorno di vederlo ritornare. Sarà scesa alla spiaggia ad aspettare le navi. Non capí, concentrata com'era in quell'attesa? Non sapeva? Probabilmente aveva paura di ammettere quello che le stava accadendo.

Era di sette mesi quando i suoi se ne accorsero.

* * *

"Non era possibile che il padre, uomo integerrimo, rispettabile, assolutamente virtuoso, accettasse di tenere in casa una figlia traviata", diceva la zia Marika giustificandolo.

(A questo punto del racconto le pieghe del doppio mento andavano in confusione. E la zia Marika, accalorandosi, andava in confusione con le parole: "Quell'uomo intege-rerrimo, assoluta-tamente virtuo-tuoso...".)

"... Dove avrebbe trovato il coraggio di presentarla in pubblico? Con che faccia avrebbe guardato la gente se si fosse tenuto in casa una tale ignominia? Una sera, dopo una terribile discussione, la cacciò con quello che aveva indosso e nient'altro. Una vestaglia di cotonina e un paio di pantofole rosse con i pompon. 'A dire il vero ti dovrei ammazzare!', la minacciò. 'Ma ho timore di Dio e non voglio commettere un delitto... Vattene! Ti maledico, e non voglio rivederti mai piú. Vattene a morire da sola in mezzo agli sciacalli e agli avvoltoi!' ".

* * *

A questo punto del racconto noi tirammo fuori i fazzoletti per asciugarci le lacrime. Abbassammo anche la testa, perché la zia Marika era cosí espressiva che ci sembrava di avere gli avvoltoi che ci volteggiavano sopra la testa.

"Non piangete, bambine. A quel tempo i costumi erano molto severi. E quando c'erano in gioco l'onore e la reputazione, la buonanima dello zio non scherzava".

"E la madre? E il fratello?", domandò tra i singhiozzi Apollonía, che era molto sensibile.

"Vedi, nelle decisioni dello zio non c'era spazio per altre opinioni. Quello che lui diceva era legge".

"Ma la gente non lo venne a sapere in ogni caso? Avranno capito per quale ragione l'aveva sbattuta fuori di casa!".

"Certo che lo vennero a sapere tutti! Per anni il fatto ha costituito 'l'antipasto' del giorno. Comunque lo zio era convinto di aver chiarito la sua posizione, in quel modo. Di aver compiuto il suo dovere".

* * *

Da lí in poi fiorí la leggenda. All'inizio si diffuse la voce che Teodosía aveva vagato per le montagne fino a che l'avevano divorata gli sciacalli. Alcuni sostenevano di averla incontrata a bordo di una nave, con indosso la vestaglia e le pantofoline, seduta in un angolo a piangere. In seguito due militari la videro, pare, in un bordello del Pireo. Altri la riconobbero che mendicava per le strade di Atene. Ognuno creava una sceneggiatura che la sera raccontava al *kafenío*, bevendo *tsípuro* e mangiando calamari.

Nessuno seppe mai la verità. Dove e come Teodosía avesse vissuto per quattro anni. Se alla fine avesse partorito il bambino, e che cosa ne avesse fatto. A tutti piaceva – soprattutto dopo il quarto o quinto *tsípuro* – giurare di avere saputo da fonte certa che lo aveva ucciso.

* * *

Dopo quattro anni un tale informò il padre che la giovane Teodosía, la quale era a servizio in casa sua, si era ammalata gravemente, era in fin di vita e chiedeva di vederlo perché la perdonasse.

"Allora in casa ci fu un grande scompiglio. Il padre era irremovibile. 'Io non ho nessuna figlia!', sosteneva. 'Mia figlia è morta quattro anni fa'. Però intervenne Ioannis, il quale avvertí suo padre che se non gli avesse permesso di ricondurre a casa Teodosía, lui se ne sarebbe andato. E Ioannis era capace di farlo davvero. La madre minacciò di impiccarsi. In qualche modo lo zio cedette. Insomma, Ioannis andò a prendere la sorella e la portò a casa. Avreste dovuto vederla, bambine! Mio Dio, se l'aveste vista... Anche ad avere una pietra al posto del cuore, si sarebbe spezzata. Un fantasma! Uno scheletro! Non era in grado nemmeno di parlare. Nemmeno di stare in piedi. Camminava carponi. Si trascinava e guaiva come un cane prossimo alla morte. Ioannis se ne prese cura, e poco per volta Teodosía si riebbe. Il padre non le parlò mai piú. Morí senza averle concesso il perdono. La madre, poveretta, aveva paura e si limitava a portarle il cibo e i vestiti puliti. Teodosía viveva in una stanzetta vicino al podere, e l'unica uscita che le fosse concessa era per andare in chiesa. E non la domenica, quando ci andava la gente. Andava la sera, in un convento. Sembrava un pipistrello, con la testa avvolta in un fazzoletto nero".

"E tu, zia Marika? Tu non le tenevi compagnia?", domandai io.

"No. Da una parte non me lo consentivano i miei principî, dall'altra avevo paura dello zio. La nostra società, bambine, era ed è una società rigida. Bisogna stare molto attenti. Qualunque sviamento comporta delle conseguenze...".

Apollonía non condivideva le opinioni della zia Marika la calva, tuttavia la ascoltava educatamente. Ogni tanto avvampava, ma continuava a mangiare imperterrita le *lukumades*. Io ero fuori di me. Mi veniva da vomitare. Volevo a tutti i costi persuaderla del suo errore. Correggerla.

"Correggere cosa?", mi diceva Apollonía quando eravamo noi due sole. "Puoi con una paletta giocattolo spalare un'intera montagna di letame? Svegliati. Non occuparti cosí tanto degli altri. Semplicemente passa loro accanto e fa' attenzione".

* * *

"In sostanza", era la conclusione della zia Marika, "il padre e la madre di Teodosía sono morti entrambi per il dispiacere. Non hanno retto a quell'ignominia. A quella macchia! Perciò, ragazze, ve lo ripeto: at-ten-zio-ne! La morale sopra ogni cosa.

Avete visto quali conseguenze può avere un atto di leggerezza!...".

* * *

Ma perché noi saremmo dovute stare attente? Chi ci poteva andare di mezzo per le nostre azioni? Il matto Ioannis o la gobba Dodò!

Ciò nonostante, in un certo senso Apollonía fu cauta.

* * *

Quando i genitori di Teodosía "se ne andarono", la sua vita cambiò. La ragazza assunse un aspetto umano. Si fece carico della direzione della casa, andava d'accordo con Ioannis, cominciò a farsi vedere tra la gente, ad agghindarsi, ad andare in chiesa la domenica e al mare il pomeriggio.

La sua leggenda la seguiva, ma ormai era sbiadita. Proprio allora, tuttavia, ebbe inizio una nuova storia...

APOLLONÍA SI ERA AGGHINDATA E MI PROPOSE DI USCIRE A fare una passeggiata sulla collina.

"Oh, guarda che stiamo andando in collina! Non siamo invitate a un tè pomeridiano. Perché ti sei agghindata di tutto punto?".

"Ho rispetto per me stessa, stellina. È molto semplice. Perché non vai anche tu a metterti qualcosa di decente? Togliti di dosso quegli stracci, una buona volta. Ma guarda... Guarda che roba...".

"Sono a casa mia. Chi mi vede?".

"La persona migliore. La piú importante. Tu stessa, Arghirenia!".

Apollonía è cosí. Ha sempre rispetto e cura di sé. Mi soffermo spesso ad ammirarla. Una bellezza senza rumore, morbida, non piú nitida. Ti passa accanto come la frescura del mattino. Senza accorgertene, respiri profondamente.

Davanti a lei, io mi sento come uno straccio della polvere. Ho il corpo e l'anima coperti di polvere. Di alghe. Di foglie secche.

Tutto ciò che lei sente, pensa, incontra, lo sistema con cura nelle vetrine dell'anima e lo custodisce come il piú prezioso dei tesori. Anche se non è la cosa piú bella. Anche se non la ama. Io, quello che sento, che penso, che incontro, pur senza volerlo lo calpesto, lo graffio, lo stringo piú del necessario, piú del dovuto. A volte, senza accorgermene, lo abbandono o lo getto via.

Anche se è la cosa piú bella.
Anche se la amo.

* * *

Le sere d'estate, quando siamo sedute sul balcone e ascoltiamo il rumore del mare, di solito rievochiamo i vecchi tempi. A volte ridiamo, a volte piangiamo; oppure, senza accorgercene, scivoliamo in un silenzio greve. Cosí greve che ci intorpidisce. Ci serra le palpebre. Come se i pensieri ci si fossero riempiti di fiori notturni.

Di solito accade quando parliamo di Ioannis.

Quando parliamo degli ultimi anni di Dodò.

Quando parliamo delle nostre vite...

"Andiamo a dormire?", propone alla fine una delle due.

Allora ci alziamo lentamente, raduniamo le sedie, chiudiamo le portefinestre, serriamo ben bene i ricordi...

Lontano, il mare prosegue il suo canto rauco. Il mare non conosce silenzio.

Non ha ricordi.

Soltanto le stelle brillanti di giugno sanno bene come pungerti l'anima.

"Buonanotte, Apollonía".

"Buonanotte, dolce Arghirenia".

* * *

Piú di tutto ci piace parlare di cose divertenti. Di ricordi che ci fanno ridere. Per esempio dei dispetti che combinavamo alla povera Dodò.

Di solito Apollonía concepiva i piani e io li eseguivo. Per questo le buscavo di piú.

Le mettevamo ranocchi sotto le lenzuola, oppure mosche nel borsellino, oppure lombrichi nei cassetti.

Una volta versammo l'aceto in un impasto che aveva accuratamente coperto in attesa che lievitasse: le serviva per le friselle *eftàzima*.* Si era affannata tutto il giorno per preparare quell'impasto. E aveva voluto che fossimo presenti anche noi, cosí ci avrebbe insegnato. Forse per questo versammo l'aceto. Per vendetta. Perché ovviamente non avevamo nessuna voglia di imparare a fare le friselle.

"Ogni anno a Ferragosto preparerete le *eftàzima* in onore della Madonna. Dài, Apollonía. Pesta il cumino. Porta le foglie di alloro, Rorò, che le dobbiamo bollire. Ci servono tre tazze di acqua di alloro. Una manciatina di cumino, una di coriandolo. Prendi l'olio, Rorò. Tre tazze. Non piene. Altre due di zucchero, una di latte. Sette uova: quante le meraviglie del mondo. Dodici tazze di farina: quanti sono gli Apostoli. Un pizzico di sale, uno di pepe, aggiungiamo il pane da lievito e cominciamo a impastare... Si deve gonfiare sette volte. E sette volte deve essere impastata. Ah ah! È faticoso, ma tra poco il mondo intero profumerà. E i cieli gioiranno".

Apollonía insisteva perché versassimo l'aceto.

"Ho paura. Ci mangerà vive".

"Ma va'! Mica è uno squalo! Rideremo da matti. Non se ne accorgerà nemmeno. Penserà che le abbia portato male la signora Tassía".

La signora Tassía era una vicina, e quando veniva a casa ci capitava sempre qualcosa. Per esempio, tutt'a un tratto un fiore che lei aveva ammirato appassiva; oppure, quando ci faceva i complimenti, di punto in bianco ci veniva la febbre, eccetera.

"Che bell'impasto, cara Teodosía. *Mmm*... Ti verranno delle magnifiche *eftàzima*".

"Vade retro, satana. Gesú Santo salvaci...", mormorava Dodò impastando.

"Che cos'hai detto?".

"Bisogna guardarsi da lei, ho detto. Fare gli scongiuri".

Grazie all'aceto l'impasto si sedette, sputò fuori una specie di saliva come se avesse la rabbia. Per poco a Dodò non venne un accidente. Se la cavò per un pelo.

* Friselle preparate con un impasto di farina di ceci. [N.d.T.]

“Un impasto che inacidisce cosí, all’improvviso? Che schiuma? È il malocchio, figlia mia! Un malocchio brutto e nefasto! Maledetta, quella miserabile... Figlia di Belzebú! Quella è capace di far crollare perfino Santa Sofia!”.

Non poteva certo immaginare che ci fosse il nostro zampino.

Un altro dispetto che ci divertí moltissimo fu quando le legammo i fili al letto.

La notte Dodò si alzava sempre una o due volte per fare la pipí. Nella stanza aveva un piccolo lume. Non le piaceva dormire con la lampada. Noi entrammo pian piano nella stanza – era di nuovo la mente empia di Apollonía che aveva tramato – e legammo alcuni fili tra la cassettiera e il letto, cosí che, quando Dodò si fosse alzata, sarebbe rimasta impigliata senza piú riuscire a camminare.

Poi ci appostammo dietro la porta in attesa. Poco dopo, l’ignara Dodò si alzò, e, intontita dal sonno, rimase impigliata nei fili come un passero nella pania: non capiva che cosa stesse accadendo, non ci vedeva, piú provava a districarsi piú si ingarbugliava, fino a che cadde a terra, non riuscí piú a trattenersi – contribuí anche l’agitazione – e si pisciò addosso.

Anche noi cuori di pietra ci pisciammo addosso, però dal ridere.

“La notte delle pisce!”, la chiamava Apollonía. Quella volta, ovviamente, Dodò capí subito che era stata opera nostra. Ci lasciò due giorni senza cibo, e il terzo ci portò dal pope a confessarci.

“Pensate di esservela cavata cosí? Solo perché il pope Christos vi ha ordinato di fare dieci genuflessioni ogni sera per quindici giorni, pensate che Dio se ne dimenticherà? Andrete nell’inferno nero! I diavoli vi appenderanno a testa in giú nell’olio bollente e vi strapperanno le unghie e i denti a uno a uno, lentamente, con tenaglie infuocate. *Zac*, *zac*, *zac*, a uno a uno! Certo! E se la rideranno, i diavoli. Se la rideranno e si divertiranno, come avete fatto voi quando avete legato i fili. Sicuro!”.

“Mi strapperanno anche gli occhi?”, domandai io, ingenua.

"Anche gli occhi! Te li strapperà il re dei diavoli con la forchetta. Perché sei tu, sei tu il capo!".

"Non sono io".

"Sei tuuu! Segno di sventura. Abbiamo piú avuto un momento di pace da quando sei nata?".

* * *

"È davvero cosí, Apollonía? Andremo all'inferno e ci tortureranno in quel modo?".

"Ma sei matta? E che cosa ne sa Dodò? È forse andata a vedere quello che succede là sotto?".

Nonostante le rassicurazioni di Apollonía, io mi ero molto spaventata e andai a cercare conforto dalla mia amica giumenta. Credevo che lei sarebbe potuta intervenire presso Dio e mi avrebbe salvata dall'ira dei diavoli.

"Non aver paura", continuava a infondermi coraggio Apollonía. "Dio non punisce i bambini".

"Non ne sono certa, ma credo che anche la giumenta mi abbia detto la stessa cosa".

"Hai visto? Hai visto che ho ragione? Su, fifona...".

"E quello che fai tu non è male?".

"Che cosa?".

"Che imbrogli sulle genuflessioni".

Apollonía ne contava una quando si inginocchiava e un'altra quando si rialzava. Quindi ogni genuflessione contava per due.

"Ah, ma è giusto cosí. Non imbroglio. Una, due. Una, due. Si contano cosí. Se chiedi alla giumenta ti dirà che ho ragione".

* * *

Un giorno decidemmo di svuotare le boccettine di acqua santa e di riempirle con acqua del rubinetto. (Nemmeno contenessero acqua di qualche fonte celeste.) Dodò teneva allineate sulle mensole e sui comodini diverse boccette, che portava a casa da monasteri e chiese. Appena dicevamo di avere male da qualche parte, ci spruzzava con l'acqua benedetta.

"Ma non è peccato?", obiettai io in un primo momento.

Mi parve di vedere all'improvviso sopra di me Sant'Andrea – protettore di Dodò – che mi minacciava con la scimitarra.

"Non preoccuparti. Dirò io al santo di non punirci".

"Parli con i santi?".

"Parlo nel sonno, con la mamma".

"Perché io non posso parlarci?".

"Te... Non ti conosce. Ti conosce? Non ti ha mai vista".

Quelle parole di Apollonía mi si conficcarono nell'anima come vespe. Me lo ricordo come fosse ieri. All'improvviso sentii di non avere nessuno al mondo. Ero un fungo solitario nascosto tra i cespugli. Non so perché mi sentissi cosí. Un fungo.

Si è salvato un mio tema su un quaderno ingiallito della terza elementare. Il titolo era "Come vedo me stessa".

"Io sono un piccolo fungo marrone. Vivo sotto un grande pino e sto nascosta tra gli aghi secchi, perché non mi trovino i bruchi e mi mangino". (Come se non mi avessero trovata!) "Quando c'è il sole vengono a farmi compagnia le api e le farfalle. Però quando scende la sera e il vento sibila tra i rami del pino, ho tanta paura e il cuore mi batte forte. In quei momenti nessuno mi tiene compagnia. Vorrei anch'io avere una mamma. E non essere un fungo marrone. Questo però non è possibile, dice mia sorella. Mia sorella non è un fungo. È una bambina. E di notte non ha paura, perché la mamma la conosce e va a trovarla nel sonno e le parla".

* * *

Nel bel mezzo del rito, mentre stavamo svuotando le boccette, ci sorprese Dodò. Per poco gli occhi non le schizzarono fuori delle orbite, tanto si infuriò. Brandí il mattarello e cominciò a picchiarci senza pietà.

"Bestie! Pesti! Figlie di una vipera!".

Quello stesso pomeriggio invitò a casa le suore del convento della Madonna Misericordiosa, ci chiamò e annunciò che ci aveva promesse in voto alla Madonna: ci avrebbe mandate in convento, dove saremmo diventate monache.

"Soltanto cosí potrete salvarvi. Io non vi sopporto piú. Mi arrendo. Che intervenga la grazia della Vergine per liberarvi da satana. Sorella Akakía" (si voltò verso la piú anziana), "venga domani a prenderle. Saranno pronte".

Evidentemente si era messa d'accordo con le suore, le quali a una a una ci si avvicinarono, ci fecero il segno della croce, e con un sorriso di assoluta comprensione ci accarezzarono lievi la testolina. Ancora un po' e ci avrebbero dato l'ultimo addio.

Quella sera per la prima volta vidi Apollonía allarmata. Trascorremmo la notte sedute sui nostri letti a pensare in che modo ci saremmo potute sottrarre alla clausura nel convento della Madonna Misericordiosa.

"Scappiamo! Adesso, subito. Alzati... Viaa!", proponevo io, con aria di trionfo.

"Parla l'eroina! E dove andiamo? A mendicare?".

"Andiamo dalla zia Marika la calva".

"Lí ci troverebbero subito. A parte che la zia Marika non ci farebbe entrare".

"Ci nascondiamo sulle barche dei pescatori".

"A far finta di essere rane pescatrici? Ma va'... Tu sei matta. Troverò io una soluzione... Taci. Lasciami pensare".

Poco dopo tirò fuori una tavoletta di cioccolato da sotto il cuscino e me ne porse metà.

"Mangia... Mangia e poi dormi. Non avere paura. So che cosa faremo".

"Non me lo dici?".

"No. Non ho voglia di spiegartelo".

* * *

L'indomani mattina Apollonía si alzò prestissimo – balzai giú dal letto anch'io, non avevo chiuso occhio –, si lavò, si pettinò e scese in cucina.

Dodò stava facendo colazione, seduta su uno sgabello, vicino al ripiano del lavandino.

Apollonía le si avvicinò, l'abbracciò alle spalle e le baciò la fronte.

"Buongiorno, zietta!".

"Mah!". (Quella si smarrí. Non era abituata alle tenerezze.) "È il bacio di Giuda? Che cosa succede?".

"Devo dirti una cosa".

"Parla pure".

"Voglio dirti" (la vocina di Apollonía era cosí dolce che avrebbe fatto sdilinquire un intero alveare, non solo l'infelice, arida Dodò), "voglio dirti che io e Rorò ti vogliamo tanto bene e non vogliamo stare lontane da te. Vogliamo vivere con te per sempre, e quando sarai vecchia ci prenderemo cura di te e ti accudiremo come una bambolina. Se ci cacci via, tu resterai sola per tutta la vita e noi saremo due bambine orfane e disperate".

Dodò rimase senza parole. Non sapeva come reagire a quell'improvviso e inaspettato accesso d'amore.

Estrasse dalla tasca il fazzoletto e si asciugò le lacrime.

"Parli sul serio, Apollonítsa?".

"Sul serio. Lo giuro".

Appena vidi la scena, mi precipitai anch'io addosso alla zia.

"Anche tu mi vuoi bene, tesoro? Anche tu mi tratterai come una bambolina quando sarò vecchia?".

"Anch'io! Anch'io!".

La zia si asciugava gli occhi senza sosta e ci stringeva tra le braccia.

"Le mie bimbe! I miei tesori! *Kats, kats, kats*...".

(Questo era un verso tutto suo. Lo faceva quando accarezzava la gatta. "*Kats, kats, kats*...".)

"Allora non ci chiudi in convento, vero?".

(Apollonía chiedeva conferma. Dovevamo accontentarci del *kats*?)

"Ma va'. No, le mie bambine adorate. Come faccio a vivere senza di voi? *Kats, kats, kats*...".

* * *

“Hai visto?”, esultava Apollonía. “Hai visto, sciocca? Non sempre la guerra è una soluzione. Esiste anche la diplomazia”.

“E tu come fai a sapere queste cose?”.

“Come faccio a saperle? Invece di strusciarmi sul collo della giumenta come certe altre, io penso e studio. ‘Quello là’ ha un sacco di libri”.

Non riuscivamo a dire la parola “padre”. Non potevamo accettare come padre un pagliaccio disperato che vagava per le colline con una tuba in testa e trasportava mattoni. Lo chiamavamo sempre “quello là”.

Anche Dodò lo chiamava cosí. “Dov’è quello là?”. “Quello là ha mangiato?”.

Di Ioannis era scomparso perfino il nome. Era rimasto sepolto sotto i mattoni che ammucchiava.

* * *

“Non aver paura!”, mi accarezzava un giorno Apollonía.

Dodò me le aveva suonate perché mi aveva sorpresa a mangiare il cioccolato di venerdí. (Il mercoledí e il venerdí non si usava nemmeno l’olio!)

“Ingorda! Atea! Dio ti annienterà”.

“Non aver paura, dolce Rorò. Io ti so proteggere”.

“No, non sei capace!”, ribattei in mezzo a fiumi di lacrime.

“Te lo dimostro immediatamente”.

Si sedette alla scrivania e disegnò su un pezzo di cartone un enorme scarafaggio.

Io avevo il terrore degli scarafaggi. Mi assalí il panico. Spesso sognavo scarafaggi grandi come elefanti che mi davano la caccia agitando minacciosamente le antenne.

Erano le antenne a spaventarmi, soprattutto. Quella minaccia subdola. Mi pareva che avessero la forza di perforarmi. Di infilzarmi. Di dilaniarmi.

Appena ebbe finito il disegno, me lo appiccicò al naso.

“Nooo! Vattene! Vattene, ti prego!”, mi dibattevo.

E Apollonía, in un minuto, con aria da condottiero vittorioso, calpestò e ridusse a pezzettini il terribile scarafaggio.

“Hai visto? Hai visto che ti so proteggere?!”.

ERA TRASCORSO MOLTO TEMPO E LA GIOVANE TEODOSÍA aveva finalmente trovato il suo posto nella comunità dell'isola. Tutto procedeva a meraviglia. In prima fila sul palco durante le "feste nazionali", in prima fila durante le aspersioni con acqua benedetta e durante le processioni delle icone miracolose. Ovviamente sempre sotto l'ala protettrice dell'onorato Ioannis.

Fino a che... (Se il diavolo ti ha preso di mira, se ne sta mai in pace? Si trattiene?) Fino a che tutto si ridusse in cenere.

* * *

Teodosía aveva un'amica. Si chiamava Viktoría. Andavano insieme alle funzioni religiose e a passeggio, si scambiavano ricette di pasticceria, commentavano le novità dell'isola, mangiavano *ekmek kataífi*, di cui erano entrambe ghiotte, andavano al cinema e partecipavano alle iniziative a sostegno dei poveri. Viktoría era di qualche anno maggiore, piuttosto carina, sposata con un marinaio, un cugino di Teodosía, il quale era sempre impegnato in lunghi viaggi.

A un certo punto Viktoría – era giovane, il sangue le ribolliva: potevano i suoi orgasmi aspettare all'àncora in un porto? – allacciò una relazione con un giovanotto, venditore al mercato del pesce e guarda caso (!) amico intimo del marito. Markos si innamorò perdutamente della focosa Viktoría. Viveva in una casetta all'estremità dell'isola assieme all'anziana madre.

La maggior parte delle notti Viktoría volteggiava da quelle parti. Come un pipistrello.

Dicevano che Markos desse all'anziana madre una dose abbondante del sonnifero che le aveva prescritto Ioannis. (Se anche l'isola intera fosse stata avvolta dalle fiamme, di sicuro lei non se ne sarebbe accorta.)

Il marinaio navigava per gli oceani e Viktoría navigava tra le braccia di Markos, che odorava di alghe, polvere da sparo e sardine appena pescate.

Piano piano – niente resta segreto in questo mondo crudele – la gente dell'isola cominciò a mormorare.

Al mercato del pesce i venditori lanciavano frecciate a Markos che reclamizzava la sua merce.

"Qui le sardine fresche... Qui il nasello sodo sodo...".

"E che nasello!", si sentiva una voce piena di sottintesi.

"Venite, venite, orate ancora vive...".

"Oh, tu, grida piú forte! Hai perso la voce? Se l'è inghiottita la sirena?".

E altre battute.

* * *

"... Il giovanotto piú bello dell'isola!" (diceva la zia Marika). "Un vero angelo! Ma come fece a intrappolarlo cosí nelle sue reti, quell'adultera!... Il guaio fu che Viktoría non aveva mai confidato il terribile segreto all'amica del cuore. Probabilmente temeva di essere criticata. Temeva quell'occhiata capace ancora adesso di mandarti dritta nel Tartaro. 'Sono menzogne, Teodosía! Menzogne! Io? Io fare una cosa del genere a Kostís? Malignità della gente. Tu ne sai qualcosa!', rispose una volta a Teodosía che glielo aveva domandato. Ma Teodosía scema non era. E ovviamente non le credette. Smise di frequentarla. Non le parlava piú. Era convinta che Viktoría l'avesse sottovalutata. E da lí, ragazze, ebbero origine i terribili mali che seguirono".

(Pausa, sospiro, due o tre sorsi d'acqua per non far seccare il livore.)

"... Insomma, quando Kostís sbarcò, gli spioni si misero all'opera. All'inizio Viktoría lo inondò di dolcezze e lui, ignaro, fremente di desiderio com'era, inghiottiva i bocconi senza masticare. In seguito però, quando l'impeto si placò, cominciò ad angustiarsi. Allora andò da Ioannis, in quanto parente e persona retta. Bisogna premettere che Kostís era molto irascibile. Furioso nell'ira, nel lavoro, nella passione, in tutto. S'infiammava come una pietra focaia. 'Non dare peso alle chiacchiere', gli consigliò il saggio Ioannis. 'Non è successo niente. Visto però che tua moglie è una donna bella e vivace, e che la gente è assetata di pettegolezzi, faresti bene a non imbarcarti per viaggi cosí lunghi. Mi occuperò io di farti trovare lavoro sui nostri navigli'. Nonostante il rispetto che Kostís nutriva per Ioannis, non gli credette. Lesse nel suo sguardo qualcosa che non lo convinse. E per chiarire meglio il mistero si rivolse a Teodosía. Per vendetta, ragazze! Solo e soltanto per vendetta, perché non era stata messa a parte del segreto, lei attaccò di buona lena a raccontargli tutto. Tutto, per filo e per segno! Certo, in tribunale sostenne che in quel modo aveva voluto salvaguardare l'onore del cugino, poiché non sopportava piú di vederlo ridotto a uno zimbello. 'Credevo', disse, 'che Kostís avrebbe preso altre misure. Non immaginavo, signori giudici, che sarebbe arrivato a tanto. Dio mi è testimone!'. Mentiva. Sapeva benissimo che carattere aveva Kostís. Era come gettare un fiammifero acceso in una latta di benzina. E quella dannata lo fece!".

* * *

Alle cinque di pomeriggio del Mercoledí Santo, Kostís andò a chiedere informazioni a Teodosía.

Alle sette di sera risuonarono tre colpi di pistola fuori dal mercato del pesce.

Tutta l'isola era alla processione dello Sposo.

Il Giovedí Santo, mentre l'officiante salmodiava "Oggi viene appeso alla croce", l'isola intera piangeva un morto.

Non il Salvatore, che in fondo aspettava la risurrezione. Piangeva lo sventurato Markos, un giovanotto alto due metri. La madre si percuoteva il petto sopra il suo cadavere, che aveva ornato di viole e giacinti.

* * *

"La gente biasimò Teodosía. Cominciarono a odiarla. I piú non la salutavano nemmeno. Ioannis si infuriò al punto che lasciò la casa e andò a stare da solo nel centro della città, dove aveva l'ambulatorio. Pensate che non la invitò nemmeno alla sua festa di fidanzamento. Fui io a rappresentare la famiglia".

* * *

"Non può essere che non abbia una coscienza", disse molto perplessa Apollonía. "Non può non essersi pentita di quelle azioni".

"No! No!", avvampò la zia Marika, ed ebbe bisogno di bere un intero bicchiere d'acqua per ricuperare le forze. "Non ha niente. Ve lo assicuro!".

"Allora perché fa tutte quelle elemosine?".

"Quello che fa lo fa per corrompere. Crede che Dio sia come lei e cerca di fregarlo".

"E Viktoría?", domandai io. "Che ne fu di lei?".

"Viktoría emigrò in Canada. Nessuno sa nulla della sua vita successiva. Non preoccuparti, Rorò, e non essere triste. Le 'Viktoríe' non si smarriscono mai. Sopravvivono. Ma il culmine della tragedia non ve l'ho ancora raccontato".

"C'è di peggio?", strabuzzò gli occhi Apollonía.

"C'è sempre di peggio, figliola. Kostís, per il peso dei rimorsi, dopo due anni di detenzione si impiccò! Vi rendete conto?".

"Uno… due… tre…", contava Apollonía sulle dita.

"Che cosa conti?", le domandai.

"I delitti. Tre delitti si porta sulla gobba la nostra Dodò.

Primo il bambino, se è vero quello che si dice. Secondo Markos e terzo Kostís!".

"È vero! È vero anche il primo, cara Apollonía!". (La zia Marika si alzò dalla poltrona con un movimento brusco, come se volesse avventarsi contro qualcuno.)

"E che cosa ne ha fatto del bambino? Se l'è inghiottito?".

"Magari l'ha affidato a qualcuno".

"A chi? Agli sciacalli? Deve aver partorito sulle montagne, pochi giorni dopo essere stata cacciata di casa. Da sola. Come una lupa. Quando la videro sulla nave, che lasciava l'isola, non aveva il pancione".

"Sí, ma l'hanno vista davvero?".

"Certo. Testimoni attendibili".

"E se... è morto?".

"Ma chi?".

"Ma non stiamo parlando del bambino?...".

"Se anche l'ha partorito morto, è stata lei a provocarne la morte. L'ha ucciso dentro di sé. Non affannarti, figliola. Non ci sono giustificazioni. Ah! Mille 'ah!' insieme sarebbero ancora pochi. Un neonato innocente e due giovanotti. I piú valenti dell'isola".

Passò qualche minuto senza che nessuno parlasse. La zia Marika la calva si distese sulla poltrona e fece un rutto, come se si fosse appena goduta un lauto pranzo.

"*Gluck*! Ah! *Gluck*... Ahaa!".

Era un piovoso pomeriggio di ottobre. Attraverso le tende di pizzo della finestra si vedevano tre grandi corvi che dilaniavano un topolino morto.

* * *

Molto tempo dopo, quando parlavamo con Apollonía di queste vicende, concordavamo nel dire che Dodò non era una criminale consapevole. Non aveva imbracciato un'arma per uscire a uccidere un neonato e due giovanotti.

Aveva un'anima miserella e una mente povera. Quando la

spinsero giú dal ciglio del precipizio, rotolando sradicò qualunque cosa le capitasse a tiro. E quando arrivò in fondo, nuda, insanguinata, costruí un'edicoletta con il suo odio, sistemò un Dio all'esterno – una specie di spaventapasseri – per poter sperare, e vi si rincantucciò dentro in cerca di un riparo.

Tuttavia la sua anima era costantemente oppressa. Qualcosa stagnava. Dodò cercava di affrancarsi da un tormento.

Ci parlava spesso del suo grande sogno.

"Un giorno riuscirò ad andare in Terra Santa. Ormai è questo lo scopo della mia vita: arrivare là, camminare sul suolo santo. Dopo, posso anche morire all'istante. Devo dire una cosa a Dio. Soltanto là mi può dare ascolto".

E faceva progetti, metteva da parte i soldi, organizzava nella sua mente il grande viaggio.

"Ero pronta a partire, quando si abbatté la sventura sulla nostra casa. A quel punto dovevo crescere due orfane e prendermi cura di un infelice. Ma prima o poi ce la farò, non è possibile... Appena voi imboccherete la vostra strada, prenderò anch'io la mia".

Era senza dubbio convinta che se avesse realizzato quell'incontro con Dio si sarebbe guadagnata la redenzione. Non ricordo di averle mai visto uno sguardo tanto sereno e limpido come quando progettava e sognava quel viaggio. Sembrava che nei solchi profondi del viso le fiorisse la camomilla.

* * *

"Non esistono persone cattive", mi diceva Apollonía. "È la paura! È la paura che fa chiudere le anime come conchiglie nascoste tra gli scogli".

"Vuoi dire la paura della morte?".

"La paura dello sguardo altrui. La paura del rumore dei tuoi passi quando cammini in un deserto. È sufficiente una carezza morbida perché queste conchiglie si aprano. Ma chi lo fa? È chiusa, ti dicono. Morta. Buttala via".

* * *

Altre volte invece, mentre eravamo sedute in riva al mare in compagnia dei giovani gabbiani, Apollonía lasciava che i pensieri vagassero insieme con il canto lento delle onde.

"Sai alla fine qual è la questione? Staccare dagli scogli la propria anima".

"Da soli?".

"Da soli, cara Arghirenia. Perché gli altri hanno in mano un coltello!".

ERAVAMO MOLTO PICCOLE E TRASCORREVAMO ORE A CERcare il nido dell'upupa. Lo cercavamo dappertutto. Sugli alberi, tra le siepi, negli anfratti... (Come se sapessimo dove fa il nido l'upupa...)

Cercavamo di inseguirla, ma ci sfuggiva sempre e la perdevamo di vista.

Il custode ci aveva detto che l'upupa tiene nascosta nel nido una pietra: se uno la ruba e se la porta addosso, diventa immortale.

"E se troviamo il nido", dicevo ad Apollonía, "chi terrà la pietra? Tu o io?".

"Ma dài, Rorò. La terremo un po' tu e un po' io".

"E se mentre ce l'ho io, tu muori?".

"Quando una sta per morire avvisa l'altra, che corre a metterle la pietra sotto il cuscino. Cosí nessuna di noi due morirà".

Non trovammo mai la pietra segreta dell'upupa. Ma ci piacque usare questa favola come un codice, per tutta la vita, ogni volta che una delle due correva il rischio di inabissarsi.

"Arghirenia, corri! Portami in fretta la pietra dell'upupa!".

E io correvo.

"Apollonía, corri! Portami in fretta la pietra dell'upupa!".

Lei non correva sempre. Quando era felice si perdeva nella sua favola.

* * *

Uno dei giorni piú tristi della mia infanzia fu quando il custode, su ordine di Dodò, venne a prendere la vecchia giumenta per gettarla nel burrone.

L'animale si reggeva a stento sulle zampe. Non riusciva nemmeno piú a mangiare. Andavo io a nutrirla con un cucchiaino. Le davo da bere nella mia tazza. La coprivo con le mie coperte perché stesse al caldo. La vecchia giumenta era il mio rifugio. La mia maga. L'intermediaria per quello che volevo chiedere alla Madonna e ai santi. Il suo collo morbido sostituiva l'abbraccio materno che non avevo mai avuto.

A un certo punto Dodò decise che quel "mostro" doveva andarsene.

"E bada bene, sennò povero te", ordinò al custode. "Acqua in bocca! Se quel piccolo diavolo se ne accorge, comincia a fare le sue scene isteriche, e io in questi giorni ho un mal di testa terribile. Non sopporto il baccano".

(Io come al solito origliavo da dietro la porta.)

"Devo ammazzarla con un colpo di fucile?".

"Ma no! È peccato. Legala a un cespuglio, che possa morire in pace!".

Decisi di montare la guardia alla stalla, e mi misi a camminare avanti e indietro come un euzone.

Quando però giunse il momento di portarla via, Dodò mi spedí in chiesa a prendere i pani dell'Eucarestia e le indulgenze. Non ebbi il coraggio di oppormi.

Apollonía aveva la varicella ed era a letto con la febbre alta.

Sbrigai le commissioni piú in fretta che potei, ma non arrivai in tempo.

"Dov'è la giumenta?".

"Ah!", fece con finta indifferenza Dodò, mentre puliva il riso per la minestra dell'ammalata. "È morta, e il signor Alekos l'ha portata via con il carro per seppellirla".

"Bugiarda!", scoppiai a gridare. "Sei cattiva! E anche bugiarda! E nessuno ti vuole bene! L'avete portata al burrone per farla morire. Vi ho sentiti che ne parlavate. Dimmi dov'è, che vado a cercarla!".

"Vuoi che te lo dica? Adesso vedi, maledetta serpe! Adesso vedi chi è bugiarda e cattiva!".

E afferrò il mattarello.

Corsi disperata al letto di Apollonía.

"Apollonía, svegliati! Hanno portato via la giumenta! La portano in montagna cosí se la mangiano gli avvoltoi. Svegliati, ti dico! Hanno portato via la giumenta. Mi senti? Fa' qualcosa...".

Apollonía aveva la febbre alta e delirava.

"Ah! Non gridare, Rorò. La vedo. La vedo bene, in sogno. Indossa una tunica, come i santi. Ha anche una corona luminosa sulla testa. È lí vicina alla mamma e nitrisce felice".

Non avevo capito che Apollonía delirasse. (Può anche darsi che non delirasse, e che lo facesse apposta per consolarmi.)

Credevo che stesse davvero sognando quelle cose. Sollevai le coperte e mi sdraiai accanto a lei.

"Se mi addormento la vedo anch'io?".

"Sí, sí. Dormi... La vedrai".

E la vidi. La vidi in sogno, che volava in mezzo a tanti uccellini colorati.

Aveva due grandi ali d'oro ed emetteva raggi dalla criniera, come se portasse in giro il sole.

* * *

Finché fummo sotto la giurisdizione di Dodò, ogni volta che ci buscavamo il raffreddore e la tosse lei ci dava da bere la grappa col miele. In un pentolino metteva a bollire un po' di grappa con un cucchiaino di miele, e ce la faceva bere calda calda.

Era una bevanda che ci piaceva un sacco. Soprattutto a me, che ero una potenziale beona. Spesso fingevo di non riuscire a smettere di tossire, cosí Dodò mi preparava l'intruglio. In questo mi aiutava anche Apollonía. Non lo nego... Promettendole qualche piccolo favore (per esempio che avrei nascosto le sue rane nel letto), la convincevo a fingere di avere anche lei la tosse, cosí mi godevo una razione doppia.

Lo stesso rimedio Dodò lo usava per sé quando aveva qualche malanno. Ovviamente in dosi maggiori. Qualche volta, a seconda dei sintomi, ne mandava giú anche due dosi insieme. O anche tre. Non ci giurerei che lo facesse sempre per scopi terapeutici. Spesso, dopo la cura, la sentivamo salire le scale cantando.

"La zingara occhi neriii... l'ho incontrata l'altro ieriii. Mi ha incantato in un momentooo, mi ha baciato come il ventooo".

Aveva una voce metallica e stridula che sembrava lo squittío di un topo.

* * *

Avevo circa sedici anni. Apollonía aveva terminato la scuola e insegnava economia domestica in un orfanotrofio femminile.

Disponevamo di un notevole patrimonio immobiliare, ma poiché nessuno era in grado di occuparsene e di valorizzarlo non ci rendeva molto. Vivevamo in modo agiato ma non eravamo piú né signori né ricchi.

"La vita ci ha giocato un brutto tiro. Ah!... Se quello là stesse bene... Adesso come faremo a cavarcela, noi? Tre donne. Tre esseri indifesi! E poi... abbiamo ancora tanta strada. La piccola deve finire le scuole, devo preparare a entrambe la dote, sposarle... Bisogna che tutto ciò avvenga in fretta, prima che imbocchino una brutta china. Ragazzine indifese, in pasto alle belve! Si sa com'è la società. Un piede in fallo, una disattenzione, e ti inghiotte come una tigre!". (Dodò lo sapeva bene.) "Le tengo d'occhio, sto attenta, sulla morale sono un cerbero. Però anch'io... Ho i miei anni. E sono malata. Mica posso correre dietro a tutte e due in continuazione!".

Cosí diceva alle amiche, ed emetteva sospiri di fuoco.

Quanto alle malattie non mentiva. Aveva sempre le gambe gonfie e soffriva di problemi seri all'apparato respiratorio. Le mancava spesso il respiro, e ogni volta credeva di morire.

"Buttate via i fiori di quel vaso! Non vedete che gli odori mi danno fastidio?".

“Smettetela di profumarvi come cocotte! Non riesco a respirare”.

Quando la sera tardavamo un po’ a rientrare, usciva in strada a cercarci con la pila, nemmeno fossimo lumache.

Non si addormentava mai se non ci aveva messe entrambe a letto. E dopo cominciava l’interrogatorio.

“Dove siete state? Con chi avete chiacchierato? Che cosa avete detto? Che cosa vi ha detto…”.

Apollonía non le dava troppo peso. Stava in giro, andava alle feste delle amiche, usciva con i ragazzi della sua età.

Io, in quanto piú piccola, non riuscivo a liberarmene. Era diventata la mia ombra. Pretendeva di controllarmi anche il fiato.

“Perché hai fatto tardi? Hai gli occhi rossi. Hai fumato? Hai bevuto? Fatti vedere bene. Fa’ ‘*ahhh*’!”.

E da asina qual ero facevo *ahhh*, perché non avevo né bevuto né fumato.

Il sogno del viaggio in Terra Santa, Dodò lo assaporava quasi tutti i giorni.

Si sedeva, sfinita per i mestieri e la sorveglianza, prendeva il lavoro a maglia e si accendeva la “sigarettina” del sogno. Molte volte l’avevo sentita pensare ad alta voce:

“Voglio vedere quando il Signore mi concederà di partire. Ma avrò ancora le forze, quando le mie fatiche si saranno alleggerite?”. (Lunga boccata di sogno.) “Adesso… come faccio a partire? Con tutte queste preoccupazioni! Che poi, quello là lo posso affidare alle suore. Teopisti mi assicura che se ne prenderanno cura. Ma le ragazze? Le suore sono in grado di tenerle d’occhio? E se mentre io sono via succede l’irreparabile? Come farò a sopportare i rimorsi?”. (Gli altri rimorsi li aveva impacchettati per spedirli in Terra Santa.) “Apollonía è piú seria. Ha la testa a posto. Ma quel pagliaccio, la piccola, ha il diavolo in corpo. Se solo dovesse sfuggirmi un momento… addio!”.

Ogni mese aspettava con ansia le mie mestruazioni. Se avevo due giorni di ritardo impazziva.

“Perché non ti sono ancora venute le tue cose?”.

"Che ne so? Domandaglielo".

"Che ne sai? Bada bene, povera te! Aspetto altri tre giorni. Se il ritardo continua ti porto ad Atene".

"E perché ad Atene?".

"Guai a te! Quello che deve succedere succederà per mano di un'ostetrica sconosciuta. In territorio neutrale. E dopo... Sappilo, ti spedisco dritta in convento! Niente storie. La mia gobba non può reggere altri peccati".

"E cos'è che dovrebbe accadere in territorio neutrale, scusa un po'?".

"Questo, carina, ce lo dirai tu. Mi prendi anche in giro? Li vedo i tuoi occhietti, con le occhiaie bluastre. Chissà in che guai mi caccerai!".

Quando arrivavano le mestruazioni preparava il *chalvàs* con l'uvetta, i pinoli e le mandorle caramellate.

"Le mandorle le dovete aggiungere alla fine. Quando mescolate per l'ultima volta, perché il caramello non deve avere il tempo di sciogliersi".

Dava lezioni di pasticceria e scodinzolava come una cagnolina allegra. Quando ci serviva il *chalvàs*, sempre sui piattini belli, ci buttava là anche qualche complimento.

"Càspita! Ho due fanciulle... due diamanti! Chi ho cresciuto? Ho forse cresciuto due prostitute?".

"Insomma, se mi innamoro di uno e ci esco insieme sono una prostituta?".

"Certo, cara Rorò. Prostitutissima! Da questa casa uscirete sposine candide e intatte come gigli. Mangiate il vostro *chalvàs...*".

A quel tempo conoscevamo già tutte le sue vicende. La zia Marika ci aveva fornito il curriculum completo. (A parte che avevamo ricavato informazioni anche da altre fonti, piú o meno attendibili.)

"Tu non ti sei mai innamorata di nessuno?".

"No", rispondeva secca, come se sputasse le bucce dei semi di girasole, senza guardarci mai negli occhi.

Io gliela rivolgevo spesso la domanda, a volte per estorcerle qualche parola, che doveva pure sfuggirle, e ogni tanto per ferirla.

"Mai?", insistevo.

"Mai. Fin da quando ero bambina sono stata dedita alle cose divine".

"E allora perché non ti sei fatta suora?".

"Purtroppo me l'ha impedito quella buonanima di mio padre. In quanto genitore aveva altri sogni per l'unica figlia femmina".

"E qual è il segreto che vuoi confessare a Dio quando sarai in Terra Santa?".

"Questo non ti riguarda. Lurida mosca! Sono fatti miei!".

Allora diventava rossa come un peperone e trovava sempre un pretesto per uscire dalla cucina (era quella la sala delle udienze).

"Ah! Eccolo di nuovo, il gatto intruso. Se ne va dritto dritto a pisciare sull'alloro. *Psit! Psit!* Maialone...".

E l'udienza terminava.

* * *

"Come andranno le cose, Apollonía? Vivremo cosí? Con il solo obiettivo di diventare sposine e di uscire da questa casa come gigli candidi e intatti? Vado a trovare un'amica e all'improvviso eccola lí fuori dalla porta, in agguato. 'Ah! Sei qui, Rorò? Ti cercavo, bambina mia'. 'Non ti avevo avvisata che sarei venuta dalla mia amica Aretí?'. 'Sí, sí, ma me n'ero dimenticata. Va bene. Però tra mezz'oretta a casa'. Dimmi tu, è vita, questa?".

"Appena sarai maggiorenne anche tu ce ne andremo. Andremo a vivere al Pireo. Non abbiamo una casa vuota, là?".

"Figurati se ci lascia".

"Non le chiederemo il permesso. Porta pazienza, benedetta ragazza. C'è bisogno che litighi tutti i giorni? Credi di poter cambiare la mentalità di Dodò? Ce ne andremo, ti dico".

"... E la lasciamo sola? Come se la caverà quando la prenderanno le sue crisi respiratorie? Non avrà accanto nessuno?".

"Questo tuo essere compassionevole finirà per fregarti, Rorò. Ricordatelo. Daremo una mano, ma prima di tutto dobbiamo salvaguardare la nostra vita. Quando ti convincerai che se nutri un cane affamato non devi mettergli la mano vicino alla bocca? Te la mozzerà via. Lo farà, magari involontariamente. Gettagli il cibo un po' piú lontano. Non sei capace?".

No, non ero capace. Non lo sono mai stata. Tutte le volte che ho dato da mangiare **ai** cani affamati, mettevo loro la mano tra i denti. E se continuo ad avere la mano è perché con me Dio si diverte. Gli piaccio. Non c'è altra spiegazione.

"Ognuno ha il suo cammino", insisteva Apollonía. "Devi stare accanto alle persone. Ma senza precipitarti dentro come un cuneo. Hai capito? Cosí non aiuti neanche chi soffre. Danneggi te stessa e basta. La persona che soffre, cara Rorò, è un'altra entità! Tu sei da una parte e l'altro dall'altra. Tu non sei mai l'altro!".

* * *

Poco tempo dopo, Apollonía riuscí a trovare lavoro al Pireo. Una mattina radunò i suoi tre vestiti e annunciò che partiva.

"Avevi detto che mi avresti aspettata e che saremmo partite insieme. Me l'avevi promesso!".

"Devo partire ora. O ora o mai piú. Voglio vivere come piace a me. Non sopporto piú il vostro respiro qui dentro. Devi imparare a reggerti sulle tue gambe, Rorò. Appena finisci la scuola vieni da me, oppure va' a vivere da sola".

"È difficile".

"Niente è difficile. Una mattina ti alzerai e partirai senza guardarti indietro. Tappati le orecchie, chiudi gli occhi e vattene. Però sta' attenta. Se ti fermi per un solo istante, se esiti per un secondo, sei finita. Sta' molto attenta. La fuga è una strada senza curve. Prendi la rincorsa e vai. Non cercare un albero presso cui riposarti. Sarà un pretesto per tornare indietro. Capito? Se resti qui ti seppellisci da sola. Tra qualche anno farai anche tu progetti per un viaggio in Terra Santa. E ti dico anche un'altra cosa. Non è che perché me ne vado smetto di volerti bene".

* * *

Dodò montò su tutte le furie. Pianse, si disperò, lanciò terribili minacce, mandò i monaci e le monache dell'isola a cercare Apollonía per convincerla a tornare indietro.

E dopo che ebbe visto che con gli intermediari non otteneva nulla, passò a misure piú drastiche. Si mise a letto dicendo che stava per morire. Non mangiava, non beveva, gemeva, soffriva di crisi d'asma, di attacchi di cuore, di svenimenti, e nessuno sapeva quale dei malanni fosse reale. Perlomeno le crisi d'asma lo erano. Fummo costrette a comprarle l'apparecchio dell'ossigeno.

"Non hai compassione di me, traditrice?", le gridava tra i singulti. "Non ti faccio pena? Io ti ho raccolta quando eri una bambina e ti ho cresciuta. Ho dato la mia vita, ti ho considerata sacra. Adesso mi lasci morire da sola? È questo che mi dovevo aspettare da te? E cosa vai a fare, poi? Abbandoni il focolare domestico per frequentare i tuoi amanti? È questo il tuo scopo?".

"Il mio scopo è quello di prendere in mano la mia vita. E non abbandono nessuno. Prego: hai avuto bisogno e sono arrivata immediatamente".

"Come no, come no... Ce le hanno già dette altri, queste cose. Le sappiamo, tesoro. Tutto sta nel non voltare le spalle. E che cosa significa che vuoi prendere in mano la tua vita? Non ti piace che ti faccia io da facchino?".

"È proprio questo che mi dà fastidio. Non voglio facchini. In fondo, perché ti disperi? Non hai qui Rorò?".

"Rorò? Stiamo freschi! Seguirà il tuo esempio. Ti corre sempre dietro come un cagnolino. Addio Rorò. Addio a tutta la fatica che ho fatto. Addio ai miei sacrifici. Mah... Non c'è speranza. Alla fine mi metterò anch'io una lobbia in testa e me ne andrò insieme con quello là. Questa la sorte dei due sventurati fratelli. Questo il loro destino".

"Non piangere!", le dicevo, perché mi faceva pena davvero. "Io non me ne vado. Resterò con te".

"Ah, perfetto! Di te ci si può fidare...".

* * *

Passò un po' di tempo.

Dodò si abituò all'assenza di Apollonía, e anzi scoprí che le faceva anche comodo.

"Ci siamo liberate delle sue stranezze. Voleva che ogni cosa fosse perfetta. Benedetta ragazza! Pretendeva che perfino le mutande fossero stirate con la piega. Uffa! Vecchia e malata come sono, posso dare retta a queste fisime?".

Quello che piú la preoccupava era che cosa avrebbe detto la gente. Che cosa avrebbe pensato della fuga di Apollonía. Comunque trovò il modo di aggiustare la questione.

"Ah! La nostra Apollonítsa! Il nostro orgoglio! È al Pireo. Lavora come insegnante!". (Pronunciava la parola 'insegnante' come se dicesse 'presidente della Repubblica'!) "Non poteva andare avanti e indietro tutti i giorni. Le dà un occhio la sorella Mariam, superiora del convento di San Bartolomeo".

Non esisteva nessun convento di San Bartolomeo, né alcuna sorella Mariam. Se li era inventati lei di sana pianta.

"Perché dici le bugie alla gente?".

"Tu taci, Rorò. Voglio salvaguardare l'onore della famiglia".

* * *

Apollonía tornava a casa spesso. La maggior parte dei fine settimana li trascorreva con noi.

Arrivava carica di doni, di dolci e sorrisi, con la generosità propria di chi non è legato alla ruota.

Io andavo al porto ad aspettarla. Mi precipitavo ad abbracciarla come se non la vedessi da un anno.

"Mi manchi. Ti cerco. Senza di te la casa odora di muffa".

"Preoccupati di costruirti da sola il tuo ambiente. Quello che ti piace. Non fare affidamento su nessuno".

"Ho paura".

"Non aver paura. Prefiggiti una meta e leva l'àncora".

* * *

Per una vita mi sono prefissa mete, ma l'àncora era pesante e bloccata dalla ruggine. Non riuscivo a sollevarla da sola. E i miei marinai, quando c'erano, erano persone incapaci, scioperati. Nella disperazione, molte volte ho cercato di raggiungere la meta a nuoto. Ma quando poi la raggiungevo ero cosí stanca, cosí piena di ferite, che non mi diceva niente. Mi era quasi estranea...

* * *

Con il passare del tempo, Dodò cominciò a tenere in grande considerazione Apollonía. La rispettava. Non diceva niente di male sul suo conto. Al contrario, io che ero rimasta lí per metterle la maschera dell'ossigeno ogni volta che veniva colta da una crisi, io ero il suo poggiapiedi.

Quando non aveva bisogno mi mollava un calcio – *ops*! – e mi catapultava dall'altra parte.

"Perché succede cosí?", domandavo ad Apollonía. "Sei tu che le hai disobbedito, tu l'hai abbandonata, eppure ti stima moltissimo!".

"Povera Rorò! Non lo sai? È sempre il vincitore che viene stimato e rispettato. Non è giusto, ma accade cosí!".

* * *

"Domani arriva la nostra bambina", diceva Dodò.

E preparava torte salate agli spinaci, al formaggio, *chalvàs*, carne in umido col sugo rosso e coi maccheroni grossi, che era il piatto preferito "della bambina". E quando ripartiva la caricava di doni.

"Prendi queste ciambelline per la colazione. Guarda! Ti ho fatto un tappetino per il letto. Aspetta che ti raccolgo qualche fiore, che lo metti nell'acqua. Hai un vaso in cui piantare un po' di menta?".

"Ma io non cucino, zia!".

"A casa devi avere tutte le erbe aromatiche, anche se non cucini. Menta e prezzemolo, timo e lavanda".

"E che cosa me ne faccio, se non le uso?".

"Ma tu senti, che cosa me ne faccio! Ti profumi la casa!".

* * *

Apollonía aveva preso in affitto un minuscolo appartamento (la nostra casa al Pireo non le piaceva) e lo aveva trasformato in una dimora di bambole. Corone di fiori secchi, cappelli di paglia ornati con nastri colorati, drappi di seta, tulle, fatine e angioletti in ogni angolo. La cosa che piú le "invidiavo" era il letto, con la testiera di bronzo – c'era un amorino in rilievo che suonava l'arpa – e la zanzariera rosa chiaro, fissata in cima con un enorme fiocco rosa. Dappertutto si riversava la fragranza dell'anima di Apollonía. Mentre camminava, pareva che su di lei scendesse una pioggia di fiori di limone.

"Come vorrei anch'io un posto simile a questo!", le dissi la prima volta che andai a trovarla.

"Quando ti deciderai a staccarti da quello in cui sei, te lo sistemerò come piace a te".

"Be'... Io non sono il tipo da fiocchi e tulle. Qui dentro mancano soltanto Eoo ed Etone".

"D'accordo. Per te farò un fienile che ti ricordi la tua giumenta".

Ci abbracciavamo, ridevamo, mangiavamo dolci, sfogliavamo riviste, facevamo progetti. Ogni visita era una bella gita. Alla partenza mi sentivo forte. Luminosa. Volavo. Pensavo che un semplice cenno sarebbe bastato a cambiare ogni cosa.

Sulla nave del ritorno lanciavo in alto la mia anima come un aquilone, e facevo le gare con i gabbiani. Ma appena mettevo piede sulla terraferma, qualcosa mi opprimeva. Soffocavo. Mi sembrava di trasportare bagagli pesantissimi. E appena salivo i gradini di casa tornavo ad essere la piccola lucertola spaventata che cercava di nascondersi nella prima fenditura che trovava per sfuggire alla paura.

* * *

"Vuoi dirmi di che cosa hai paura esattamente?", mi domandava Apollonía durante le nostre chiacchierate. "Da' un nome alla paura. Concretizzala".

"Non ha nome. Né forma. È un'enorme bocca che si spalanca per inghiottirmi. È un lenzuolo nero che il vento mi rovescia addosso. Non so come definirla".

"Se non individui esattamente in cosa consiste la paura, non te ne libererai mai".

Ho cercato molte volte di individuarla. Le davo appuntamento per conoscerla. Per vedere com'era. Chi era. E piú la cercavo e la provocavo, piú quella diventava indefinibile. Subdola. E aggressiva.

* * *

Quando dicevo che volevo andare a trovare Apollonía, Dodò metteva su un muso lungo fino a terra.

"Ci devi andare di nuovo? Non ti piace questa casa?".

E tirava in ballo i mestieri.

"Guarda i vestiti! Ce n'è una montagna. Chi li stira?".

E se decidevo di rimandare la visita e aprivo l'asse per stirare, gridava:

"Lascia stare! Combineresti un pasticcio. Sappiamo bene come te la cavi con i mestieri!".

"Ma se sei stata tu a dirmi di non andare da mia sorella perché dovevo stirare!".

"Avevo il capogiro. Adesso mi è passato. Ci penserò io ai vestiti".

"Allora io vado...".

"E la scala, chi la lava? Non vedi che si è riempita di cacche di uccelli? Tra poco arrivano le monache. Devono camminare nello sporco?".

In realtà l'assaliva il panico all'idea che vedendo la vita di Apollonía io mi lasciassi traviare e volessi imitarla. Quando minacciavo di farlo mi riduceva l'anima a brandelli. Con la stessa identica facilità, con la stessa abilità, con lo stesso piacere con cui riduceva a brandelli gli stracci per farne tappeti.

"Ah! Tu non sei Apollonía! Non hai coraggio. Ti lasci trasportare dal vento come una piuma. Se resti sola ti perderai. Finirai nelle viscere della terra. Apollonía... lei sí che vola in alto come un'aquila".

Era vero. Io non assomigliavo a un'aquila. In questo aveva ragione. Ero un uccellino, che quando aveva sete andava ad abbeverarsi... alle cascate".

* * *

Dodò non andò mai a casa di Apollonía. Trovava sempre qualche scusa.

"Ti pare che io sia in condizione di affrontare un viaggio?".

"Lo chiami viaggio passare sulla costa di fronte?".

"Io verrò nella tua casa vera, figlia mia. Quando ti sposerai e metterai la testa a posto. Questi sono capricci. Non è roba che fa per me".

* * *

Ogni volta che veniva a trovarci, Apollonía portava via qualcosa. Aveva radunato tutti gli effetti personali di nostra madre. Gioielli, borse, cappelli, pellicce, il servizio con cui beveva il caffè, il vassoio su cui le veniva servita la colazione, il cestino del cucito.

"E a me? Non mi lasci niente?".

"Tu prenderai quello che rimane".

"Che cos'è che rimane? Il breviario di Dodò?".

"Uffa, Rorò! Tu non l'hai nemmeno conosciuta. Non hai nessun ricordo. Però... Adesso che ci penso, tu ti sei presa la cosa piú preziosa".

"Quale?".

"Il nome!".

"Hai mai sentito qualcuno chiamarmi con il suo nome?".

"Non c'entra. Ormai dipende solo da te imporlo".

Passò molto tempo prima che ci riuscissi. Dovette arrivare una persona che mi afferrò per la vita, e che io credetti mi sorreggesse. Ebbi bisogno, cioè, di illudermi che mi sorreggesse.

Ah! Anche Dodò, quando voleva tirare il collo a qualche gallina, la prendeva con le buone. La illudeva.

"Vieni... Vieni, gallinella bella. Vieni qui, gallinella cara. Vieni qui, che ti voglio bene... *Co, co, co*... Vieni qui...".

E quella si avvicinava. Apriva le ali, allungava il collo e si godeva la subdola carezza.

"*Co, co, co*, gallinella dolce".

E *chratch*... Cadeva la mannaia.

Piú o meno lo stesso accadde con la mia illusione. Aprii le ali. Allungai il collo. Mi godevo le carezze. Ottenni che tutti mi chiamassero Arghirenia!

Ioannis peggiorava. Era ridotto a un'ombra triste. Un fantasma col cappello, che vagava senza meta per le strade, insieme con i cani randagi.

Nessuno ricordava piú che quel clown malconcio era stato "Ioannis"!

I ragazzi lo inseguivano con i sonagli. Gli appendevano alla schiena lattine vuote e penne di tacchini morti. Battevano le mani e cantavano:

"Sei Na-po-le-one. One, one o-ne".

(Tutta l'isola lo chiamava cosí dai tempi in cui diceva "mi son giocato il mondo" eccetera.)

"Sei Na-po-le-one. One, one o-ne.

Vai sulla collina. Cosí crepi prima".

E "*fssss*", i fischi.

E "*svinnn*", un sasso sulla testa lanciato da qualche ragazzaccio.

Spesso tornava a casa con le guance e la fronte imbrattate di sangue.

Nessuno riusciva a ottenere che i ragazzini rinunciassero a quel divertimento. Né i genitori, né i maestri, né il pope.

Lui non reagiva. Come se non vedesse niente. Come se non sentisse niente. Come se niente lo riguardasse.

Aveva i capelli bianchi, un po' spelacchiati e sporchi. Quando erano troppo lunghi, Dodò glieli tagliava mentre dormiva. Lo stesso succedeva con la barba. A noi si rivolgeva di rado, quando capitava che lo incontrassimo. (Perché la verità è che lo evitavamo accuratamente.) Quando parlava ci diceva cose folli:

"Tra poco arriva Arghirenia. Stanotte balla sulla spiaggia. C'è una festa di pescatori. Non lo sapevate?".

Non pronunciava per intero le parole. Le labbra non gli si chiudevano. Erano penzolanti, quasi. Anzi, ogni tanto battevano come nacchere, senza che lui nemmeno parlasse. "*Blap, blap, blap*...".

Nessuno eccetto noi capiva quello che diceva.

"Tra po... arriv... Arghirrrr...". E in mezzo quel "*blap, blap*", fino a che riusciva a unire per un attimo le labbra e a proseguire.

"Sí, sí", gli diceva Dodò. "È proprio come dici, fratello mio. Hai ragione, povero fratello. Va' a riposare. E quando arriva Arghirenia, ti chiamo io. Sta' tranquillo".

E Dodò sorrideva. Con un sorriso che non le si disegnava propriamente sulle labbra. Un sorriso simile a una fenditura sulla pelle. Sulle ossa del cranio.

Non si riusciva a distinguere se esprimesse compassione, derisione o accettazione di una sorte crudele. Probabilmente tutti questi sentimenti insieme.

* * *

Apollonía viveva felice nella sua bomboniera (cosí chiamavo la sua casa). Piano piano cominciò a diradare le visite sull'isola. Una volta era stanca, un'altra volta era invitata da qualche parte, un'altra ancora aveva lezione.

In quel periodo Dodò sembrava una iena. Si scagliava contro di me per un nonnulla. Mi perseguitava anche di notte.

"Roròòòò!... Roròòòò!...". (Notte fonda.)

"Cosa c'è?".

Non mi infilavo nemmeno le pantofole per non rischiare di arrivare troppo tardi. (Mi diceva sempre: "Ti chiamo e ci metti un'ora ad arrivare. Una volta o l'altra non mi troverai viva. E allora... Vorrò vedere, allora, che rimorsi avrai...".)

"Portami subito la pastiglia! Il cuore... Il cuore mi sta cedendo...".

Il tempo di portare la pastiglia e aveva cambiato idea.

"Va' pure, adesso. Mi è passato. Meglio che non la prenda. Perché te ne stai lí impalata a guardarmi? Stai aspettando che renda l'anima?".

* * *

"Perché non vieni piú spesso, Apollonía? Ho bisogno di te".

"Non li sopporto".

"E io? Io come faccio a sopportarli?".

"Non lo so, Rorò. È proprio questo che mi preoccupa. La tua non è pazienza, tesoro. La tua si chiama sottomissione. Sta' attenta".

"Sai che cosa ti dico? La famiglia non è solo mia, per cui devo sbrigarmela da sola. È anche tua. O no? E non mi fare la sapientona 'a distanza', come dice Dodò".

"Che sciocchezze mi tiri fuori? Chi te le mette in mente queste cose? Di quale famiglia parli? Da chi è costituita? Da quello là, che è fuori uso, o da Dodò? Abbiamo dei parenti, Rorò! Soltanto parenti stretti. E se riusciamo, come riusciamo, stiamo loro accanto quando ce n'è bisogno. Punto e basta".

"Qualunque cosa sia Dodò, è lei che ci ha cresciute. Lo hai detto tu stessa molte volte".

"Può darsi che l'abbia detto, per moderare certe situazioni. Comunque, preferirei essere cresciuta in un orfanotrofio".

"Non provi niente per lei?".

"Certo che provo. E allora, cosa vuoi che faccia? Devo gettarmi nel fuoco? Ho mai rifiutato di aiutarla quando me lo ha chiesto? Senti, Rorò. Te lo dico una volta per tutte, e poi chiudo con questo discorso. Se vuoi contrabbandarmi la tua debolezza per dovere supremo, stai bussando alla porta sbagliata. Alza il culo e vattene di lí, piantala con le stupidaggini!".

* * *

Di notte mi voltavo e mi rivoltavo nel letto cercando di capire se quello che mi tratteneva fosse debolezza o compassione, e non mi decidevo a compiere il passo fatale. Non riuscivo a trarre nessuna conclusione – o mi faceva comodo cosí. Alla fine il sonno mi appesantiva le palpebre e mi addormentavo.

* * *

Era quasi una settimana che Ioannis non metteva il naso fuori di casa. Non solo non usciva, ma parlava anche in modo quasi comprensibile. Le labbra non gli battevano piú come nacchere, e gironzolava per le stanze con indosso un pigiama azzurro e la vecchia vestaglia di velluto.

Era l'inizio di gennaio.

"Zia, dici che comincia a migliorare?".

"Mah. Impossibile. Ha in serbo qualcos'altro, di peggio".

"Perché dici cosí?".

"Se lo dico vuol dire che lo so. Sono diverse notti che sogno i miei genitori. Ben vestiti, sono seduti in salotto l'uno accanto all'altra, senza parlare, con le braccia conserte. Aspettano qualcosa. È chiaro, chiarissimo, Rorò. Se non stanno aspettando me, aspettano quello là. Non sei esclusa nemmeno tu, certo. Ma tutto lascia intendere che si tratti di quello là".

"Com'erano i tuoi genitori?".

"I tuoi nonni, vuoi dire. Che tuoi genitori e tuoi genitori! Tu non fai parte della famiglia?".

"Va be', i miei nonni. Com'erano?".

"Prendi la fotografia che c'è in salotto e guardali. Cosa me lo domandi a fare?".

In salotto era appesa una grande fotografia dentro una cornice d'oro intagliata. L'avevo sempre vista ma non mi ero mai avvicinata a osservarla con attenzione.

Un uomo enorme, grasso e baffuto, con indosso un gilè su cui pendeva una catena, era seduto rigido e impettito su una poltrona che somigliava al trono di un imperatore, e teneva in mano un pesante *kombolòi*. Accanto a lui, dritta come un fuso, c'era una donna bassa, dalla vita stretta e i fianchi sporgenti come colline, i folti capelli raccolti dietro la nuca, carica di collane e bracciali.

Quello che mi colpí fu lo sguardo della donna. Uno sguardo oscuro e pieno di terrore, come se spiasse da una fessura.

Lo sguardo e il nome.

Si chiamava Nazarèt.

"E la chiamavano proprio cosí?".

"Perché, come la dovevano chiamare? Nazi? A quel tempo le persone avevano ancora un po' di dignità".

"E tuo papà… cioè, il nonno, come si chiamava?".

"Ah! Lui aveva il nome di quel grande oratore antico, Sofocle!".

"Sofocle non era un oratore".

"Ah, no? E che cos'era? Pretendi di sapere meglio di me quello che ho sempre saputo?".

"No, no, Dio scampi. Comunque sappi che Sofocle era un poeta".

"Va bene. Può anche darsi che fosse un poeta. Ma non viveva di quello…".

La discussione si concluse con un sonoro:

"*Psit*… *Psit*, stramaledetta!…".

La gatta era balzata sul tavolo e divorava con avidità la mia bistecca.

* * *

"Apollonía, Sofocle e Nazarèt stanno aspettando di portarci via".

Glielo comunicai per telefono.

"Chi sono costoro? Che cosa vuol dire 'portarci via'? Stai dando i numeri, Rorò?".

"Sono i nonni. Non sto dando i numeri. Corri a portarmi la pietra dell'upupa. Sono in pericolo…".

Le spiegai quello che era accaduto e lei rise di gusto.

"No, no, non torno. Lascia perdere, meglio che non si ricordino che esisto anch'io. Può darsi che di me si siano dimenticati. Comunque, stasera offri loro un bel caffè. D'accordo? Servi anche qualche biscottino, sennò come fanno a passare la notte...".

* * *

L'ultima volta che uscí non prese con sé nessun mattone. Salí lentamente sulla collina, e secondo quanto raccontano quelli che lo videro per caso, ridiscese lungo un sentiero ripido sul lato posteriore, poi camminò a lungo sulla spiaggia deserta. Non c'erano barche né pescatori né coppie di innamorati. Soltanto scogli selvaggi, pietre aguzze, acque profonde verde-azzurro e migliaia di gabbiani.

Io e Apollonía avevamo visto quello spettacolo molte volte. Gli scogli si riempivano di ali bianche. E quando lo stormo si alzava in volo, il mare metteva le ali e correva a incontrare il cielo.

Ioannis camminò a lungo in mezzo ai gabbiani. Soffiava un vento forte. Le onde somigliavano a cavalli imbizzarriti. Il vento gli strappò la tuba dalla testa e la infilò su uno scoglio. Poco dopo i gabbiani si levarono come una nuvola bianca e partirono verso altri lidi.

Il sole si era nascosto. E il mare, vicino agli scogli, divenne di un azzurro intenso, smeraldo. Piú oltre, in lontananza, sotto le ali dei gabbiani, diventava rosa. Di un rosa morbido e scuro. Come un bacio d'addio.

Ioannis, a testa nuda, con i capelli che gli cadevano sulla fronte come alghe, risalí lento lento il sentiero e se ne andò...

Chi sa che cosa lo condusse fin là quel giorno. Forse voleva parlare con i gabbiani.

Forse voleva mettere al sicuro negli anfratti delle rocce l'immagine della sua Arghirenia.

Poco dopo, un cormorano stanco si appollaiò sulla tuba sdrucita di Ioannis e rimase a contemplare il mare.

Oltre... Lontano...

Sotto le ali bianche. Al limitare dell'orizzonte. Là dove il mare aveva un colore rosa.

Rosa scuro. Come un bacio d'addio.

* * *

Quella sera rientrò molto tardi. Quando lo vedemmo senza cappello ci spaventammo.

"Tu, come mai sei conciato cosí?", gli domandò Dodò arrabbiata, perché il ritardo di lui l'aveva fatta preoccupare. "Qualche monello ti ha di nuovo dato la caccia e ti ha rubato il cappello?".

Ioannis si fermò poco discosto, si strinse nelle spalle come un bambino sorpreso a combinare una birichinata e sbatté due o tre volte le labbra.

"*Blap*, *blap*, *blap*... L'ha pres... Arghirè... Era l... l... là...".

"Ah! L'ha pres Arghirè! Per fortuna, perché mi faceva orrore vedertelo sempre in testa. Finalmente ha fatto qualcosa di buono anche Arghirè...", disse Dodò senza sorridere. Con una cattiveria che le scorreva come una lacrima nei solchi del viso.

"IN DEFINITIVA CHE COSA ABBIAMO CONCLUSO, IO E TE?", ha buttato lí all'improvviso Apollonía ieri, mentre ci gustavamo il gelato in salotto.

Era struccata. Indossava una tuta verde (color lucertola, a essere piú precisi), e i capelli scoloriti le ricadevano sulle spalle simili a spighe secche. Non lasciava mai crescere le radici senza tingerli, ma non riusciva a trovare il bel colore miele che avevano quando era giovane.

"Per forza, Arghirenia, tu non hai pazienza, non cerchiamo bene, non ci consultiamo. Usciamo a comprare la tinta e tu hai fretta come se ti stesse dando la caccia l'Interpol!".

"È sempre colpa mia? Perché non ci vai da sola?".

"Da sola? Da sola per una questione cosí importante? Senza il tuo parere? Il tuo 'okei'?".

"Qualunque parere io ti dia, alla fine non sarà il tuo a prevalere?".

"Sí, ma sarà stato valutato da una commissione. Lo avremo esaminato a fondo".

S'interruppe per un attimo pensierosa e poi proseguí:

"In definitiva che cosa abbiamo concluso, io e te? Che cosa abbiamo offerto all'umanità? Serpenti che si mordono la coda. Ecco quello che siamo, nient'altro. Bisce divora-code!".

"Oh, mamma mia! Ma tu guarda, bisce! Anzi... Come hai detto?".

"Divora-code".

"Suona curioso... Comunque. E chi ha detto che dovevamo

essere le salvatrici dell'umanità? Abbiamo lottato una vita intera per salvare noi stesse. L'umanità si aspettava qualcosa da noi? In fondo, quello che abbiamo potuto lo abbiamo fatto. Abbiamo accudito, nutrito, sorretto, abbiamo offerto gioia e un abbraccio... che altro?".

"... Briciole... Queste sono briciole. Ai limiti del microcosmo. Un'opera compiuta, grandiosa, magnifica l'abbiamo realizzata?".

"Sí, hai ragione. Dovevamo diventare benefattrici nazionali. Tipo Zappas, Tossitsas e via dicendo. Invece cosí, una bella mattina la storia ci busserà alla finestra e ci dirà: 'Ehi, voi! *Psst*! Figlie di Napoleone, venite ad acchiapparmi se riuscite! Non vi citerò da nessuna parte!' ".

"Prendimi pure in giro, tu. Non abbiamo niente. Assolutamente niente. Siamo saltate in aria entrambe, senza sapere né chi né perché ha piazzato una bomba. Tu sei saltata in aria nel tuo cunicolo, io sono esplosa in cielo. C'è qualche differenza sostanziale?".

"Tu non sostieni che tutto è predeterminato?".

"Sí. Ma c'è sempre un margine d'azione. Il libero arbitrio. La possibilità di ribaltare le cose".

"Perché sei cosí severa nel giudicarci? Siamo due donne semplici, ci ha cresciute una zia tutta curva accanto a un padre matto. Il fatto che ci siamo limitate a morderci la coda e non siamo uscite a sbudellare qualche passante è già un bel successo".

"Insomma... Arghirenia, tu aggiusti sempre le cose, poi ti ci siedi sopra bella comoda e ti accendi una sigaretta".

"Che male c'è?".

"È una coglionata. Ma per te la coglionaggine è uno stile di vita. E in quanto tale, da stimare. Non sei né stupida né pazza. Sei una cogliona consapevole. Comunque, come che stiano le cose, senza di te la mia vita non avrebbe senso. Se andassi da sola a cercare i fiori della sabbia, tutti penserebbero che sono tocca. E invece ci andiamo insieme. E siamo due signore con un ricco universo sentimentale. Non è cosí che ci definiscono le nostre amiche?".

“Hai finito? Dài, biscia divora-code. Vèstiti e usciamo a fare un giro, che mi sembri molto giú. E raccogli quella chioma. Domani, te lo prometto, andiamo a cercare la tinta con calma...”.

* * *

Apollonía è cosí. È sempre stata cosí. Incredibilmente mutevole. La mattina si alza con un’aria da zarina, ed entro il pomeriggio ha deciso di sdraiarsi sulle rotaie di qualche linea ferroviaria. Sono cosí anch’io. Con la differenza che io non piazzo i megafoni sulla banchina. Non voglio che ogni mio pensiero e ogni mia decisione siano annunciati da trombettieri, né che rullino i tamburi.

FUI SVEGLIATA DA UN VIOLENTO TONFO PROVENIENTE DALla scala della soffitta: come se fosse rotolato giú un mobile.

Glup, glugluglup!!!

Era mezzanotte passata. Pioveva forte, c'erano tuoni e lampi. All'inizio pensai che fosse caduto un fulmine. Accorsi spaventata e trovai Ioannis in maglia e mutandoni disteso sul pavimento.

Non c'era nessuna luce accesa. Aveva cercato di scendere la scala della soffitta al buio.

Non l'aveva mai fatto prima. La soffitta disponeva di un bagno con la doccia e di una piccola cucina, nel caso in cui qualcuno desiderasse acqua, un frutto o un caffè.

* * *

"Apollonía, corri!", la informai appena fece giorno. "Quello là... si è fracassato cadendo dalle scale!".

"C'è rimasto secco?".

"No. Lo abbiamo portato all'ospedale. Non posso dirti quello che abbiamo passato ieri notte. Non riuscivamo a sollevarlo da terra. Lo abbiamo lasciato lí e lo abbiamo coperto con il piumone, poi gli abbiamo messo degli impacchi freddi sulla testa. Prima di andare a dormire, Dodò aveva preso le pastiglie quindi riusciva a stento a comunicare. A un certo punto è inciampata e si è accasciata anche lei sul pavimento della cucina.

Per fortuna non si è fatta niente. E fuori pioveva come Dio la mandava! E il telefono era fuori uso. Capisci, Apollonía?".

"La legge di Murphy".

"Che cosa stai dicendo?".

"Te lo spiego un'altra volta... Quindi quello là è vivo?".

"Per fortuna non si è rotto niente. L'ha aiutato la grazia del santo, dice Dodò. Per tutta la notte, invece di stargli vicino e di assisterlo ha acceso lumini e ha pregato Sant'Andrea".

* * *

Apollonía accorse immediatamente e andammo insieme all'ospedale. Era quasi mezzogiorno. Il tempo era bello. C'era un sole dolce. Dodò rimase a casa a cucinare.

"È arrivata anche la ragazza, devo cucinare almeno una gallina... Dopo la notte che abbiamo passato abbiamo bisogno di un po' di brodo per rimetterci in forze. Chi sa che cos'altro ci aspetta...".

* * *

Entrammo nella stanza in punta di piedi. E all'improvviso... Non capivamo se fosse un sogno, se fossimo nella stanza sbagliata, dalla persona sbagliata, in un momento sbagliato della nostra vita. Ioannis, con indosso il pigiama azzurro, seduto sul letto, lavato, pettinato, sbucciava con grande cura una mela.

"Come stai?", gli si avvicinò sorpresa Apollonía.

Io ero immobile sulla porta e guardavo come una scema.

"Sei arrivata?".

"Mio Dio, ha parlato!", balbettai. "Ha parlato in modo comprensibile. Gli si è sciolta la lingua".

"Certo che sono arrivata. Ti sei fatto male? Ti fa male da qualche parte?".

"No, no. Sto bene, molto. E ho fame. Tu chi sei?".

"Eccoci!", balbettai di nuovo. "Gli si è sciolta la lingua, ma la testa niente!".

"Non sono tua figlia? La tua Apollonítsa. E lí in piedi sulla porta c'è l'altra tua figlia, Rorò".

"Non mettermi in mezzo", le dissi. "Vedetevela voi due".

"Ti ricordi di me?".

"Certo! Come no! La mamma ti amava tanto". (Nessun accenno a Rorò.) "Sai che cos'è successo ieri sera, bambina mia? È arrivata la mia Arghirenia! In mezzo alla tempesta e al finimondo è venuta a trovarmi la mia Arghirenia. Era in salone, in piedi. Fradicia di pioggia. Intirizzita per il freddo, e mi ha gridato: 'Ioannis... Ioannis...'. Sono corso a prenderla tra le braccia e sono scivolato. Non so lei che fine abbia fatto. Apollonítsa, pensi che la mia Arghirenia ritornerà? Dimmi, ritornerà?".

I suoi occhi si muovevano senza posa. Le mani gli tremavano. Le parole gli uscivano dalla bocca lentamente, però erano quasi del tutto intelligibili. Soltanto quando ebbe finito di dire quello che desiderava buttò lí uno o due "*blap*, *blap*".

"Oh, sí! Certo che tornerà. Ma non devi alzarti al buio, rischi di ammazzarti. Fammi questo favore. Domani ti compro un campanello. Appena arriva la tua Arghirenia, scuoti il campanello e Rorò si alzerà ad accenderti tutte le luci e i lampadari della casa e condurrà Arghirenia da te. D'accordo?".

(Gli parlava con quella voce cantilenante, al ritmo di un'onda, con cui raccontiamo le favole ai bambini. "E vissero tutti felici e contenti...".)

Non riuscii a non dire la mia:

"Verrai tu ad accendergli le luci quando comparirà la sua Arghirenia. Va bene?".

"Taci", mi disse voltando per un istante le spalle a Ioannis.

Avanzai e mi sedetti su una sedia di plastica in un angolo della stanza.

Apollonía, curva su di lui, lo accarezzava teneramente e lo baciava sulla fronte.

"Dormi, piccolo Ioannis", gli diceva come se fosse suo figlio. "Dormi. Va tutto bene. Càlmati...".

La ammiravo. Io non sarei mai riuscita a comportarmi in

quel modo. Lo avrei lavato, imboccato, gli avrei dato da bere, ma paroline dolci e favole come fosse un figlio non sarei stata capace di dirle. Mancanza di tenerezza o contraccambio dell'anima?

* * *

Quando chiedemmo spiegazioni ai medici, ci dissero che quello che era accaduto con la parola non era un miracolo di Sant'Andrea. Era dovuto allo shock della botta violenta.

"Ha il cuore molto debole, e l'organismo nel complesso è provato. Dovrà rimanere in ospedale".

* * *

Il funerale venne celebrato un pomeriggio di gennaio, sotto una pioggia battente. Alla fine il cuore non gli aveva retto, e Ioannis aveva esalato l'ultimo respiro come un passerotto tra le braccia di Apollonía.

Cosí ebbe fine la vita di Ioannis. Una notte arrivò Arghirenia a chiamarlo.

Sofocle e Nazarèt smisero di scendere a vegliare nel nostro salone e a preannunciare lutti.

Al funerale c'era pochissima gente. Per tutti Ioannis era morto molti anni prima.

L'uomo che vagava sulla collina con l'abito nero e la tuba era un clown decaduto che si credeva Napoleone.

La zia Marika la calva era in ospizio. E il nonno, il padre di Arghirenia, si era perso con la sua barca un anno dopo la morte della figlia. Altri parenti in vita non ce n'erano.

Accompagnavano la salma in qualità di portatrici di mirra le monache del convento della Madonna Misericordiosa e le convittrici dell'orfanotrofio in cui Apollonía aveva insegnato per un periodo economia domestica. Queste ultime erano tutte vestite con una divisa color kaki, sembravano soldatesse, e avevano i capelli tirati all'indietro: alcune li appuntavano con mollette variopinte (forse le piú fortunate, quelle che ricevevano qualche visita).

Stessi vestiti, stesse scarpe, stessa pettinatura, stesso sguardo che vagava assorto...

Erano arrivate tenendosi per mano, a due a due, ognuna con un minuscolo giglio bianco.

Erano presenti anche la moglie di un consigliere comunale, la parrucchiera del quartiere e pure due o tre signore dell'associazione per l'assistenza agli indigenti, di cui Dodò era presidente.

Il morto, finalmente vestito in modo decente, con un abito grigio, una camicia bianca inamidata e una cravatta rosa, era coperto di crisantemi.

Accanto, da una corona di fiori bianchi pendeva un nastro dorato: "Al nostro amato papà. Le figlie, Apollonía e Arghirí".

Mi parve molto buffo. Era una corona che avremmo dovuto spedire diciassette anni prima. Ormai non aveva piú nessun senso. Una delle tante fanfaronate.

Dodò sedeva accanto al morto. Noi di fronte, con contegno. Eravamo vestite di nero ma non avevamo gli occhi gonfi.

Dodò, per non venir meno al dovere e perché la cerimonia fosse decorosa, teneva in mano due fazzoletti con cui si soffiava continuamente il naso.

"Facci caso", mi diede di gomito Apollonía. "Non le scende nemmeno una lacrima. Ma a furia di sfregare e sfregare, si è fatta venire il naso rosso come una barbabietola...".

Ogni tanto lanciava un grido di dolore.

"Povero il mio fratellooooo.... Perché mi abbandoni, mio sostegnooooo...".

"Su, coraggio", la consolava la sorella Teopisti, che vedeva bene quanto la situazione fosse ridicola.

"Il sostegno eri e sarai tu, cara Teodosía. Il poveretto ha finalmente trovato la pace. Dio l'ha finalmente liberato della sua debole carne".

* * *

“Che cos’erano le scemenze che gridavi?”, le dissi quella sera, mentre sorbivamo una fumante e squisita zuppa di pesce per riprenderci dalla giornata difficile e per “perdonare” colui che se n’era andato.

“Mangia la zuppa e taci. Mio fratello, nonché tuo padre, è stato un grande uomo! Un gioiello! Un uomo straordinario!”. (Aveva ingollato anche un certo numero di bicchieri di vino, con la scusa del “perdono”.) “Volevi che lo lasciassi andare cosí? Illacrimato? Come un esule? Come un fuggiasco?”.

Senza accorgersene, disse quello che davvero Ioannis era stato dopo la morte di Arghirenia. Un fuggiasco!

* * *

“Vieni a stare da me!”, mi propose Apollonía nei giorni successivi. “Vieni per un po’ a riposarti. A cambiare aria”.

“Che cos’hai detto?”, saltò su Dodò, affilata come una spada. “Progettate di lasciarmi sola adesso? Adesso? In questo grande dolore? In questo lutto terribile?”.

Io non riuscivo a vedere né il grande dolore né il lutto terribile. Al contrario, mi pareva piú tranquilla, piú in salute e di buonumore che mai.

A causa del lutto non usciva di casa, però si dedicava con passione alla cucina, ai dolci, al ricamo, attività che da sempre la rendevano felice.

“Ah! Vieni Rorò… Oggi ti insegno a preparare la torta meringata. Vuoi che prepariamo anche le meringhe? Su. Mettiti il grembiule”.

“Non ho voglia. Lasciami stare”.

“Non hai voglia? Quando avrai bisogno di queste cose io non ci sarò piú a insegnartele. Approfitta dell’occasione”.

Che lo volessi o no, indossavo il mio grembiulino e mi mettevo a sbattere gli albumi con due forchette.

“Veloce. Non fermarti. E ricordati che per ottenere una meringa perfetta devi spremerci qualche goccia di limone”.

La verità è che non ho mai mangiato meringhe tanto squisite quanto quelle di Dodò. Si sciogliveano in bocca lasciando un fantastico sapore delicato. Non si frantumavano come pezzi di calce, né si conficcavano nella lingua come pezzi di guscio. Inoltre, ogni meringa conteneva mezza noce.

"Le noci le devi schiacciare al momento. Non conservarle già schiacciate come fanno le casalinghe pigre!".

In seguito ho cercato molte volte di preparare le meringhe di Dodò, osservando la ricetta alla lettera. Ma non venivano mai come le sue.

"Il ricordo dei sapori", diceva Apollonía, "è magico, perché contiene la nostalgia. Non si può ripetere. Però c'è anche un'altra spiegazione. C'è quella che si chiama 'mano'. Ossia un tenero contatto tra il demiurgo e l'oggetto. Una comunicazione segreta".

"Dodò era in grado di avere teneri contatti e comunicazioni segrete?".

"Certo. Con le cose inanimate. Come tutte le persone disprezzate".

"Se è cosí, mi dispiace davvero di non essere stata una meringa!...".

* * *

Oltre a dedicarsi alla cucina e alla pasticceria (in quel periodo mangiammo piatti strepitosi: la punta massima fu il coniglio in umido), Dodò scendeva al mercato a comprare gli oggetti piú disparati. (Uscire per fare la spesa non era considerato un comportamento sacrilego.) Fiori finti, saponi profumati, colletti di pelliccia, stoffe e scarpe.

"Sono per il lutto, tutte queste cose?", la presi in giro.

"Certo, cara la mia signora. Avremo la cerimonia di commemorazione. Il trigesimo. Ci sarà un andirivieni di religiosi. Va' anche tu a comprarti scarpe e vestiti. Sei conciata che sembri una donna di servizio. Non vedi quell'altra? Non le assomigli nemmeno un po', povera te!...".

* * *

Ho trovato un blocchetto su cui in quel periodo di "lutto terribile" annotavo i miei pensieri per sfogarmi.

"Io sono un pagliaccio randagio.

Soltanto i pagliacci hanno il diritto di parlare di solitudine. Vago senza meta per le piazze deserte. Ho due pomelli rossi sulle guance, e la mia anima se ne va in giro con la tuba di Ioannis.

Caccio fuori la lingua e faccio le smorfie.

Faccio i gestacci. Sconcezze. Ballo.

Mi accuccio dietro le panchine e rido. Rido tanto. Soprattutto per cose per le quali dovrei piangere.

Se un giorno mi preleverà un cellulare della polizia, sarà perché nelle ore di quiete pubblica ridevo troppo forte".

* * *

"Dovunque io vada, Apollonía, non resisto. Voglio scappare. Non mi piace. Sono impaziente di tornare. Di sprofondarmi nel nostro luogo triste".

"Dodò ti ha letteralmente castrata. Mordi la mano del despota, tesoro! Non ti dico di mozzargliela. Ma fagli un po' male. Deve capire che non ti ha assoggettata. Che un giorno o l'altro potresti anche dirgli di andare al diavolo. Insomma, Rorò, vieni a stare per un periodo da me, scuoti un pochino Dodò. Tira fuori il muso dalla spazzatura...".

* * *

Non ci andai. Non ho mai morsicato la mano di nessun despota. Al contrario. L'ho lavata, l'ho cosparsa di profumo, le ho tagliato le unghie e l'ho coperta con un panno morbido perché non prendesse freddo.

Che cosa ci ho perso? La mia immagine. Qualche volta anche la reputazione.

Che cosa ci ho guadagnato? L'anima. Ne ho scovati minuscoli frammenti colorati sepolti sotto mucchi di spazzatura.

Se non avessi cacciato il muso nella spazzatura non li avrei trovati. Non avrei scoperto che erano preziosi. Che erano miei. Che potevo darli in pegno per riscattare, di tanto in tanto, la mia esistenza.

* * *

Un pomeriggio stavamo bevendo il caffè in salotto, senza particolare ufficialità (la maggior parte dei Ludovichi erano coperti), Dodò, la sorella Teopisti, Apollonía e io. Non ricordo di cosa stessimo parlando, ma in un momento di pausa Teopisti, dopo un lungo sospiro, concluse:

"*Uhhh*! Povera Teodosía! Non hai avuto nessuna gioia nella vita. Proprio nessuna. Peccato! Ma non dimenticare che questa vita è semplicemente una prova".

Dodò si sistemò sulla poltrona, contrasse il viso come se avesse mangiato uva acerba, posò la tazzina sul tavolo e rispose con una voce roca, piena di ammaccature:

"E invece no! Invece no, cara sorella Teopisti. Ti sbagli. Di gioie ne ho avute eccome. Le mie uscite al fianco di Ioannis prima che lui si sposasse non erano gioia? Non eravamo ovunque gli invitati piú prestigiosi? L'isola intera ci ossequiava. E dopo? La cosa piú importante! Loro! Tu te le ricordi quando erano piccole. Con le belle calze bianche, i colletti di pizzo, con la scriminatura nei capelli che riluceva di pulito. Dovunque le portassi, la gente le ammirava. E io mi gonfiavo d'orgoglio come un pavone. Perché ero io la madre. Io il padre. Io il pedagogo. Non era gioia, quella? Non era felicità?".

"Sí, certo. Hai ragione, Teodosía. Se la metti cosí hai perfettamente ragione".

"E come la devo mettere? In un altro modo? Ci vuole ancora tempo. Non molto. Voglio sistemarle, vederle donne di famiglia nelle loro case. E dopo sarò in tutto e per tutto libera di realizzare il mio grande sogno".

"Andare a Gerusalemme, vero?".
"Certo".
"Che Dio te lo conceda".
"Amen! Allora potrò esclamare le parole dell'apostolo Paolo. 'Il cammino...' ".
Si schiarí la gola perché non si ricordava il seguito, ma se ne fece carico Teopisti e Dodò ripeteva come un'eco l'ultima sillaba dell'ultima parola.
"Ho compiuto il cammino...".
"...-no".
"Ho conservato la fede...".
"...-de".
"Si stende su di me la corona della giustizia".
"...-zia. Porto un po' di torta di noci?".
"È di magro?".
"Certo! L'ho preparata questa mattina apposta per te. Sapevo che saresti venuta a bere il caffè".
"Le uova sono di magro?".
(Non sono mai stata capace di tenere a bada il diavoletto che mi si nasconde sotto la lingua.)
"Ma cosa dici, Rorò? Ti sogni?".
"No. Ti ho vista che mettevi nell'impasto cinque uova. Per questo domando".
Dodò arrossí e mi fulminò con uno sguardo carico del veleno di un potente scorpione. Però riuscí a cavarsela.
"Ah! Ma quello era un altro impasto. Era la torta che stavo preparando per Apollonítsa. Ma tu pensa...".
Teopisti non era sciocca. Figuriamoci se le credette. Ma lei stessa cercava un pretesto. Un alibi per divorare quattro enormi fette di torta di noci.
Appena Teopisti se ne fu andata, Dodò mi assalí come un gatto furibondo.
"Perché mi hai offesa? Perché mi hai messa in una situazione difficile?".
"È colpa mia? Dovresti vergognarti di trascinare nel peccato una monaca!".

“Ma fammi il piacere! Solo perché ha mangiato un pezzo di torta?”.

“Quattro pezzi. Per essere precisi”.

A un certo punto dovette trovare anche lei la cosa divertente, perché sorrise.

“Hai visto? No, dico, hai visto come divora i dolci quella benedetta donna? Come un coccodrillo la preda. Che cos’altro può fare, poveretta... Ha qualche altra gioia? La preghiera e il cibo”.

“Nessuna delle due cose fa per me”.

“Tu non ficcare il naso dappertutto!”.

Fece per andarsene, ma dopo alcuni passi tornò indietro indispettita.

“È lei che non ha mai avuto nessuna gioia. Non io! Detto tra noi, tu lo sai da dove viene? Da un orfanotrofio! Certo! Figlia di padre e madre ignoti. Battezzata con il nome di Kliò. Ma come Kliò non ebbe fortuna, perché nessuna persona con un po’ di senno avrebbe accettato di adottare quella bambina orribile con il corpo a forma di fagiolo. Rimase dunque nell’istituto fino a un’età avanzata, poi finí in convento col nome di Teopisti. Piaceri della vita, come puoi ben immaginare, zero. Soltanto la promessa del paradiso e... ogni tanto un dolce di Teodosía”.

“E tu come le sai tutte queste cose? Te le ha raccontate lei?”.

“Certo che no. Ho le mie fonti. Lei dice di essere nata in una famiglia molto numerosa, povera ma pia, e che furono i genitori a chiuderla in convento. Come Mariam, Dio mi perdoni!”.

“Hai capito? Adesso il primo poveraccio con una ciurma di figli salta su a rivendicare l’aureola di santo. Hai visto come ha cercato di fare la furba? Eh? Ma io gliel’ho messa a posto, la lingua”.

“Cioè, quello che le hai detto non è la verità?”.

“Certo che lo è. E gliel’ho spiattellata sul muso per evitare che continuasse a guardarmi con compassione. Ma chi? La fu Kliò! La bastarda! Il fagiolo!”.

“Non ti vergogni? Definire cosí la tua migliore amica?”.

“Amica? Tu sai che cosa sono gli amici? Compagni di viaggio casuali. Compagni di autobus. Ognuno ha il suo scopo. La sua meta. Per far passare il tempo facciamo due chiacchiere. Offriamo un biscotto. E se il viaggio è lungo mettiamo in tavola anche un piatto di polpette. Amicizie… A me lo dici?”.

* * *

Una domenica Dodò invitò a pranzo Apollonía e la sorella Teopisti (probabilmente per avere un testimone e assistente). Appena terminato il pranzo – agnello al forno in salsa di limone con piccole patate intere – lasciò la tavola apparecchiata, chiuse ben bene la porta e ci annunciò con un’aria da alto prelato:

“Ragazze, prego, passate in salotto per il caffè e il dolce. Ho preparato una sublime torta alla crema di latte. Prego, sorella Teopisti. Voglio che sia presente al discorso che seguirà”.

Io e Apollonía ci guardammo come se ci fossimo incontrate in un sogno. In un incubo, per essere piú precisi, visto che aveva a che fare con Dodò.

“Va’ avanti tu”, le dissi. “Non ci aspetta niente di buono”.

“Oh, come sei catastrofica! Qualunque sia l’argomento, ci divertiremo. E poi quello che conta è la torta”.

Ci sedemmo l’una accanto all’altra sul divano, con le gambe inclinate di lato come novizie. Teopisti si stravaccò di fronte, su una poltrona profonda.

“*Grrummm!*”, le sfuggí un rutto sonoro.

“Scusate! Mi sono fatta trascinare dalla tua squisita cucina, cara Teodosía, e ho caricato un po’ troppo lo stomaco”.

“Salute, cara, non preoccuparti…”.

Dodò portò una grande busta, che posò sul tavolo, poi sprimacciò un poco il cuscino della *bergère* sulla quale si accingeva ad assidersi come su un trono.

“Di quale anorgasmico Ludovico abbiamo detto che è quella mostruosità?”, sussurrai ad Apollonía.

"Sta' zitta. È un pezzo di grande valore. Era quello preferito da Ioannis".

"Ahh!".

"Ah ah!".

Di solito i mobili li tenevamo coperti con lenzuoli bianchi. Soltanto in occasioni molto serie venivano scoperti (funerali, commemorazioni, estreme unzioni e riunioni di associazioni di cui era presidente Dodò).

"Dunque. Ragazze!! Dopo che per una settimana ho digiunato e ho pregato, dopo che mi sono confessata e comunicata...".

"... Dio ti ha chiamata e ti ha consegnato le dieci tavole", dissi io scherzando.

"Non interrompere, figliola", mi rimproverò Teopisti.

Dodò mi fulminò con un'occhiata. Ma non disse niente.

"Insomma, dopo che ho purificato il corpo e lo spirito, mi sono messa a inventariare con cura il nostro patrimonio. Sasso per sasso. Ogni cosa".

Apollonía non riuscí a trattenersi.

"E che bisogno c'era, zia, di tutto quel digiuno e della preghiera?".

"Non avere fretta, Apollonía. Non essere impertinente come tua sorella. Non ho semplicemente inventariato i nostri beni patrimoniali, cosa che comunque non avreste potuto fare voi, dal momento che non sapete nemmeno quello che succede fuori dal nostro giardino; li ho anche divisi in due parti esatte. Per questo ho pregato e digiunato. Perché il Signore mi illuminasse e non commettessi iniquità".

"Hai agito molto bene, sorella. Molto bene!". (Teopisti si fece il segno della croce.) "*Grrumm*!... Ah, lo stomaco... Nostro Signore ti benedica".

"Quindi", proseguí in tono solenne Dodò, "adesso tiriamo a sorte e ognuna riceverà l'elenco dei suoi beni. Tutto appartiene a voi, è naturale. Ma fino a quando ci sono io, l'amministrazione spetta a me. Lo devo al mio povero fratello. Voi siete due ragazzine senza cervello e senza esperienza. I furfanti sono sempre in agguato. Per concludere, devo dirvi che la mia azione ha soprattutto lo scopo di rendere noto con precisione a ciascuna ciò che le appartiene, cosí che i rapporti tra di voi non si guastino per questioni di eredità, come accade anche nelle migliori famiglie".

Allora quella messa in scena ci parve ridicola. Appena fu terminata, ci buttammo avidamente sulla torta alla crema di latte...

* * *

Anni dopo, la notaia rimase ammirata dalla precisione e dall'equità di quella suddivisione.

"Càspita! Impressionante, la zia! Davvero brava. Doveva essere una persona in gamba. E doveva amarvi molto".

"Certo!", concordò Apollonía, e morsicò avidamente un biscotto ripieno. "Certo!", ripeté, e si leccò le dita.

Io non aprii bocca. Fingevo di staccare dal mento il palloncino della cicca.

* * *

A me, tra le altre cose, toccò la zona della collina con i mattoni.

Non mi piaceva andarci. Mi pareva che da qualche sentiero sarebbe sbucato "Napoleone" con la tuba e le lattine appese allo smoking.

Di sicuro l'anima di Ioannis stava in agguato sotto quei mattoni.

Che cosa se ne faceva del monumento di marmo del cimitero, ornato di convolvoli, orchidee di plastica e angeli grassottelli? Nemmeno lí andai mai.

"Figlia crudele e senza cuore! Non sei andata ad accendere il lumino a tuo padre?", mi sgridava in continuazione Dodò. "E non ti sto parlando di tua madre, che non hai conosciuto, e per la quale sei giustificata...".

* * *

Là in alto sulla collina, tra i mattoni coperti di ragnatele, insieme con i serpenti e le lucertole, doveva trascinarsi anche l'anima di Ioannis, aspettando i gabbiani del crepuscolo per nascondersi tra le loro piume e volare fino al mare.

La prima e ultima volta che salii sulla collina era il crepuscolo. Uno stormo di uccelli bianchi volò rapido dagli scogli verso il mare aperto.

Una nube di ali candide.

Come la furia di un vento estivo.

Come un'ingannevole deviazione dell'azzurro.

Come un folle, irrealizzabile sogno degli scogli.

Gridai con tutte le mie forze:

"Ioaaanniiiiis!... Arghireeeniaaaa!... Baaaciiiii...".

Poi scoppiai a piangere. Fu l'unica commemorazione che celebrai in loro memoria.

L'unica volta in cui pensai che ci eravamo incontrati tutti e tre. E piansi. Piansi tanto. Per il vento estivo incollerito che aveva disperso i miei desideri.

Per l'ingannevole deviazione della mia vita.

Per i miei folli sogni irrealizzabili.

Un sabato d'estate, nell'ora in cui i girasoli salutavano taciti il sole…

Nell'ora in cui i colombi selvatici che avevo addomesticato – Frisso ed Elle – ciarlavano sulla soglia della mia porta…

Nell'ora in cui leggevo un romanzetto d'amore e mi gustavo una granita, passò fuori dal nostro giardino un furgone con un megafono.

"Questa sera al club Vrachàkia canterà Mimis Venetatos. Venite stasera al club Vrachàkia…".

Gettai via il romanzo e spalancai con furia la porta per sentire di nuovo il megafono ed essere sicura che non stessi sognando.

Frisso ed Elle si spaventarono e volarono via. Fecero due o tre giri sopra il giardino e scomparvero.

Lontani… Remoti… Verso il mare…

* * *

Insieme con Frisso ed Elle, quella sera d'estate si spaventò e fuggí anche la mia anima. Aggrappata alle ali dei colombi, fece due o tre giri sopra il giardino e scomparve.

Lontana… Remota… Verso il mare…

Quando la cercai, anni dopo, Frisso ed Elle non c'erano piú per potermi dare notizie. Alcuni frammenti dell'anima si erano attaccati su conchiglie rotte. Altri si erano infilati nelle fenditure degli scogli. E altri si erano incollati con la ruggine ad àncore naufragate.

Non sono certa che tutti i frammenti che ho trovato fossero miei. È che non mi ricordavo piú tanto bene l'immagine della mia anima. Comunque li pescai. Li selezionai. Li lucidai, li incollai.

Nessuno si accorse dell'alchimia. Tutti dicevano: che donna coraggiosa Arghirenia!

Nessuno faceva caso a quanto mi dolevano le commessure.

Soprattutto nei crepuscoli d'estate.

Nell'ora in cui i girasoli chinavano il capo e davano l'addio al sole.

* * *

Mimis Venetatos era il mio cantante preferito. L'idolo mio e delle mie amiche. Avevamo sue fotografie appese alle pareti delle nostre stanze, e quando ascoltavamo le sue canzoni ci prendevano gli attacchi di isteria. Nessuna potenza sulla terra sarebbe stata in grado di fermarmi. Avvisai tre amiche e ci demmo appuntamento fuori del locale.

Dodò era furibonda.

"Se ci fosse qui tua sorella, potresti andare. Ma cosí non se ne parla!".

"Se anche fosse qui, mia sorella non verrebbe perché Venetatos non le piace. Sono con altre tre ragazze. Che cosa può succedere? Che ci mangi il lupo cattivo?".

"Non ci vuole tanto perché avvenga l'irreparabile. Tu non vai da nessuna parte".

"Sí che ci vado!", dissi, e le sbattei la porta sul muso.

"Me la pagherai! Me la pagherai cara!".

Uscí sul balcone a strillare.

Per l'agitazione e l'emozione, mentre scendevo le scale scivolai e picchiai seriamente una gamba.

No, mi dissi. Questo favore non glielo faccio. Fossi anche su una barella, io da Venetatos ci andrò.

Arrivai al "Vrachàkia" zoppicando. Poco dopo la gamba era diventata una trave e mi faceva un male terribile.

* * *

"Ora che ci penso", mi diceva Apollonía trent'anni piú tardi, "quella caduta era un messaggio inviatoti dal tuo angelo custode. Ma tu... come facevi a capire".

"Perché, tu avresti capito?".

"Certo che no. E sai che cosa ti dico? Se stiamo lí a soppesare ogni messaggio, se prendiamo tutte le precauzioni, se andiamo in giro ben armati e con indosso una tuta mimetica, che gusto può avere la vita? L'amore ti deve scrivere sulla pelle nuda, diceva Stéphane. E poi, ancora. Una barca, quando è continuamente ormeggiata in porto, non rischia certo di affondare. Però si perde i bei viaggi. Le acque cristalline. I giochi dei delfini. Se anche dovesse arrivare una tempesta ad affondarla, pensaci, Arghirenia: quanta grandezza, quanto mistero ci sono in una barca affondata? E invece che schifo, che tristezza una barca ormeggiata, che marcisce lentamente e si disfa al sicuro nel porto! Io se non avessi conosciuto Stéphane mi sarei persa il viaggio piú bello della mia vita. Forse abbiamo fatto naufragio. Ma abbiamo conservato dentro di noi tutta la magia del viaggio. Perché l'amore, il grande amore voglio dire, non completa sempre il suo ciclo. Non è un virus dell'influenza. Traccia una parabola. Un arcobaleno".

* * *

Dice bene, Apollonía. Ha sistemato tutto con ordine, nell'anima. Una fila di boccette con inebrianti profumi di nostalgia. È perché non l'hanno mai rapinata. Non l'hanno umiliata. Non se la sono giocata ai dadi certi brutti ceffi. Non si è mai trovata a vomitare all'alba in via Athinàs senza nemmeno ricordarsi come si chiamava. Del grande amore, ciò che le è rimasto nell'anima è un luminoso, splendente arcobaleno.

* * *

Durante l'intervallo del concerto proposi alle mie amiche di andare a chiedere un autografo a Venetatos. Loro si vergognavano. Allora mi alzai io sola, ero lanciatissima e non mi sarei lasciata fermare da niente; trascinai la mia povera gamba gonfia tra le sedie e mi avvicinai a Venetatos.

Era seduto al bancone e beveva un whisky insieme con il chitarrista.

"Salve, signor Venetatos. Mi fa un autografo, per piacere?".

"Non faccio autografi", rispose lui indifferente, e riprese a chiacchierare con il chitarrista. Era magro ma forte, non molto alto. Pelle bruna, capelli castani mossi, occhi castani dal contorno nero. Aveva stampata sul viso l'espressione di un bambino che guarda con avidità un giocattolo in una vetrina.

Un'espressione ingorda e nello stesso tempo timida. Non riuscivi a capire se promettesse tutto o chiedesse tutto.

(Può darsi che niente fosse spontaneo in quel bel viso tondo. Né l'aria da bambino, né la virilità che gli scorreva limpida dalle profonde rughe agli angoli della bocca. Eppure qualcosa vagava su di esso. Qualcosa di indefinito che ti incantava. Ti disarmava. E alla fine ti ipnotizzava.)

"Mi scusi...".

Furono le sole parole che riuscii a balbettare, e tornai al mio posto con la coda tra le gambe.

"Ma scusa, pretendi che dia retta a te? Sai che pezzi di donne gli cadono ai piedi? Guarda quella che è seduta nella loro compagnia. Da far perdere la testa. Svegliati, Rorò. E vuoi anche farti passare per furba".

"Ma... Ragazze, non gli ho chiesto una relazione. Ho chiesto un autografo. Sono un'ammiratrice. Mica ci ho provato".

"E invece provaci, se hai il coraggio! Ah, ah, ah...".

E mentre dicevamo cosí, mi accorsi che il mio idolo, il mio mito, era in piedi dietro la mia sedia e mi teneva le mani sulle spalle!

"Scusami, piccola, sono stato sgarbato. Non mi ero accorto

del tuo problema. Me l'ha detto dopo il ragazzo". (L'anziano chitarrista.) "'Ma scusa', mi ha detto, 'non ti vergogni? Hai cacciato via una ragazza invalida!'".

La terra si era spalancata e mi aveva inghiottita tra le sue viscere, ma perfino da laggiú cercavo di non perdere completamente il controllo della situazione. A parte che mi ero un po' irritata: se fossi stata davvero una ragazza invalida, lui come si permetteva di starmi sopra la testa a profondere la sua magnanimità?

"Vede... Mi sono fatta male alla gamba per la fretta di venire a sentirla. Tutto qui. Ha capito?".

"Che cosa dici, cara?".

"Quello che ha sentito. E se fossi davvero invalida, adesso probabilmente le mollerei un ceffone!".

(Come avevo fatto ad arrampicarmi cosí in fretta fuori dalle viscere della terra? Dove avevo ritrovato la favella, visto che fino a poco prima mi sentivo la lingua penzoloni come quella dei cani assetati?)

"Come ti chiami, piccola?", domandò fissandomi con quello sguardo che in due secondi ti mandava in tilt.

"Ro...". (Stavo per dire Rorò, ma mi parve ridicolo.) "Arghirenia! Mi chiamo Arghirenia", risposi fiera.

"Che bel nome! Dunque, Arghirenia, adesso non ho con me nemmeno una fotografia. Se vuoi, torna domani sera che te la porto".

"Domani sera? Non posso. Già pagherò cara questa uscita".

"Perché dici cosí?".

"È una storia lunga".

"E allora facciamo in un altro modo. Vuoi che ci diamo appuntamento per domani pomeriggio alla spiaggia?".

"Alla... Alla spiaggia? Certo, certo... Volentieri".

Le altre erano rimaste di sasso.

"Stiamo sognando? Ti ha dato appuntamento alla spiaggia?".

"Lo avete sentito".

"Veniamo anche noi".

"Ha invitato me. Non ho bisogno di compagnia!".

* * *

Tornai a casa tardi. Dodò, per dimostrare che era arrabbiata, aveva chiuso la porta a chiave. Però, per essere certa che non mi sarei rifugiata altrove, aveva lasciato aperta la finestra della cucina, come per sbaglio...

Naturalmente non riuscii a chiudere occhio. Per tutta la notte mi rotolai nelle distese del paradiso. Svolazzavo su nuvole rosa e d'oro. Gorgheggiavo con i merli nel folto di cespugli fioriti.

Appena albeggiò, per prima cosa spalancai l'armadio e cominciai a cercare i vestiti per il pomeriggio. Ne tirai fuori a decine... Sul letto se ne accumulò una montagna. Non me ne piaceva nessuno. Uno mi ingrassava, l'altro mi stringeva, non riuscivo a scegliere.

Scesi in cucina per fare colazione, decisa ad affrontare non Dodò, ma Maciste in persona.

"*Mmm*... Fresca come una rosa!".

"Letteralmente!".

"Ti vedo molto contenta".

"È stata una serata meravigliosa".

"Senza il mio permesso?".

"Devo avere il tuo permesso per essere contenta?".

"Devi avere il mio permesso per qualunque cosa! E non credere che quello che hai fatto finisca qui. Uscita limitata per due settimane".

"Ah, ah, ah! Che cosa sono, un soldatino? Ho diciassette anni e mi imponi l'uscita limitata?".

"Mi hai sentita? Questa è la minore delle pene per la tua disobbedienza. Ne seguiranno altre peggiori, se non ti metti in riga".

E mentre parlava, apparentemente calma, all'improvviso fu come se una gigantesca onda le avesse inghiottito il cervello.

"Mostro!", cominciò a urlare, e prese a scagliare le posate

nel lavandino. “Mi hai rovinato la vita! Serpe! Ragno! Donnola! Lenin!!!”.

“Passi per gli animali e gli insetti. Ma... Lenin da dove salta fuori? Sei impazzita?”.

“No che non sono impazzita. Sono tutte sventure che infestano l’umanità”.

“E sono anch’io una ‘sventura’ che infesta l’umanità?”.

“Certo! E tra le peggiori!”.

“Càlmati... Niente panico. Non è successo niente di male”.

“Non è successo? E io come faccio a saperlo? Quand’è che ti devono venire le mestruazioni?”.

“Tra cinque giorni”.

“Ah, mio Dio! Ah, mio Dio! Come faccio ad aspettare cinque giorni...”.

“Digiunando e pregando”.

“Prendimi in giro... Prendimi in giro... Perfino sulla mia tomba scoppierai a ridere e ti burlerai di me!”.

* * *

Consumai una colazione abbondante e salii imperterrita in camera per continuare le prove.

All’improvviso fece irruzione Dodò. Senza bussare. Come un ciclone.

“Che cos’è questa montagna di vestiti? Che cosa stai facendo?”.

“Li provo”.

“Ossia?”.

“Voglio vedere quali non mi vanno bene per darli alla parrocchia. Siamo sommersi di vestiti, qua dentro”.

Mi credette.

“Dovresti dirlo a tua sorella. Lei sperpera lo stipendio in lussi. E non considera che felice è colui che si accontenta”.

“Colui che si accontenta del poco”.

“Proprio cosí. Vedo che lo sai...”.

* * *

L'ora si avvicinava e io non avevo ancora deciso né che cosa avrei indossato né come sarei fuggita dalla reclusione. Piú che altro mi preoccupava quello che avrei indossato. Quanto al resto, infatti, sarei stata capace di espugnare una fortezza pur di arrivare alla mia meta.

* * *

Alle sei e mezza ero pronta. Alla fine mi vestii nel modo peggiore. Non c'era nemmeno la benedetta Apollonía a darmi un consiglio.

In fatto di abbigliamento io ero un cucciolo inesperto. Abbinai una maglietta verde acqua con una gonna grigia a due pieghe (sembravo una sposa di Gesú) e scesi in cucina. Avevo gli occhi gonfi per le poche ore di sonno, e i capelli, nonostante li avessi pettinati, sparavano in aria come aghi di pino.

Per mia buona sorte Dodò era andata al vespro. Quindi la fortuna era dalla mia parte. Quindi l'universo mi aveva acceso la sua lucina verde.

Mimis mi aspettava sul lungomare con una rosa chiara tra le dita. A mano a mano che mi avvicinavo, le gambe mi tremavano. Barcollavo. A un certo punto ebbi un capogiro e mi fermai. Lui dovette accorgersi di qualcosa e mi venne incontro di corsa.

"Arghirenia, cara, che cosa ti succede? Perché sei cosí pallida?".

"No… niente… Niente. Sono troppo contenta, tutto qui".

Mi abbracciò come se ci conoscessimo da anni e mi adornò i capelli con la rosa.

"Come sei bella… E che buon profumo ti sei messa… Che cos'è?".

(Mica me lo ricordavo! Lo avevo pescato a caso dal cassetto di Apollonía.)

"È… 'Fleurs d'amour!' ", dissi con tono da profumiera.

(Mi venne fuori cosí. In realtà non so niente di profumi.)
"Meraviglioso. Te lo voglio regalare".
(Se lo trovi scrivimi!, pensai. E l'agitazione mi fece arrossire tutta.)
"Vuoi che ci sediamo qui da qualche parte, vicino al mare?".
Camminammo abbracciati e ci sedemmo su una panchina vicino agli scogli della baia.
"Che bello, qui!".
"È la prima volta che ci vieni?", domandò meravigliato.
"Certo che no! Però è la prima volta che mi accorgo di quanto sia bello".
"Mia piccola Arghirenia... Quante cose hai ancora da vedere. E come sarei contento di essere io a fartele scoprire".
"Tu?!".
"Sí. Perché sei sorpresa? Non mi vuoi come guida nell'universo della bellezza?".
"Non riesco a crederci. Non riesco a credere che tutto ciò stia accadendo a me".
"Credi nel destino?".
"Sí. Cioè, ci crede di piú Apollonía, ma sono d'accordo anch'io".
"Chi è Apollonía?".
"Mia sorella".
"E allora, se credi nel destino non c'è altro da dire. Rifugiati tra le mie braccia come un uccellino e dimentica il resto. Volta pagina, Arghirenia... Cominci una nuova vita".
Restammo seduti sulla panchina fino all'ora in cui lui doveva andare a cantare. E chiacchierammo... Chiacchierammo... Come se da tanti anni ci aspettassimo a vicenda per condividere i nostri segreti.
Gli posavo la testa sulla spalla. Lui mi stringeva teneramente la mano.
Gli raccontai la mia vita. Me ne stavo nascosta in una grotta marina variopinta. Lontana dal mondo. In un luogo in cui nessuno mi avrebbe potuto fare del male. E sentivo il bisogno di

gettare via quello che mi appesantiva. Quello che mi spaventava. Quello che mi perseguitava. Sentivo il bisogno di pregare. Di redimermi. Di ripulire il mio volto dalla terra.

Il cuore mi batteva come un tamburello. Il corpo mi si scioglieva. I sensi erano una fiamma che ardeva implacabile. Che si diffondeva come l'incenso durante la liturgia, come un'offerta, ai piedi del grande esperto della bellezza!

Mi disse che era anche lui orfano. Che non aveva nessuno al mondo.

"... O meglio, non avevo nessuno fino a poco fa. Adesso ho il mondo intero tra le braccia".

"Proprio tu dici cosí? Ma se ti inseguono orde di ammiratrici?".

"Intendi le ragazzine? Quelle sono pillole di vanità. Potenti ed efficaci. Però... Non ti sono vicine. Capisci? Ti aiutano a saltare. A volare come un aquilone. Ma non ti garantiscono che non cadrai sui fili della corrente. E sai che cosa intendo per fili della corrente, Arghirenia? Le notti gelide. Le notti in cui la tenebra ti piomba addosso come un inferno. In cui pensi che l'alba non arriverà mai. Hai vissuto notti del genere?".

"Molte...".

"Per questo te lo dico. Non so per quale ragione, ma sei l'unica persona di cui ho sentito di potermi fidare completamente fin dal primo istante...".

* * *

"Ah, quel... 'fin dal primo istante'! Quando lo senti dire, fuggi a gambe levate, bella mia!", filosofeggiava un tempo Apollonía. "È una trappola. I rapporti si costruiscono. Non sono colpi di dadi".

"Insomma, nella vita non può capitare una brava persona... come un colpo di dadi, diciamo?".

"Può capitare. Ma non devi considerarla un messia fin dall'inizio. Devi aspettare. La devi mettere alla prova".

"E il colpo di fulmine?".

"È un semplice invito erotico, che può anche avere un esito positivo. Come si lancia una lenza, tesoro? Tu lo sai bene. Non peschi mica? È una questione di fortuna".

* * *

Quanto alla sua condizione di orfano, allora non mi raccontò i particolari. Riferí soltanto di non avere mai conosciuto i genitori, di essere stato cresciuto da un'anziana signora che viveva facendo le carte e leggendo i fondi del caffè, e di avere avuto un'unica zia, sorella della madre, infermiera, che però quando era piccolo non si era mai occupata di lui.

"Adesso si interessa a me e mi lecca il culo, la puttana. Ora che sa che ho la grana, ogni tanto si fa viva e mi vende un po' di affetto. Ma io me ne fotto di queste cose, Arghirenia. Per me il mondo è un'arena piena di belve. Sopravvive chi riesce a fare fuori l'altro. Mi capisci, piccolina? Tutto il resto sono idiozie!".

* * *

No, non capivo di preciso. Anche se le cose stanno cosí, io non voglio considerarle da questo punto di vista. Ero e sono una sostenitrice di Cristo. Anche se appartengo alla compagnia di Tommaso.

Ho cercato e cerco di accostarmi all'amore. Fosse anche per afferrargli soltanto la coda.

Ho cercato e cerco di avere rispetto degli altri. Anche se i risultati non sono mai stati straordinari.

Ho creduto e credo che le persone debbano essere solidali. Anche se non ho pergamene da mostrare.

E se tutte queste sono "idiozie", preferisco vivere con le mie idiozie piuttosto che ringhiare nell'arena lottando per fare a pezzi la vittima.

* * *

"Sai qual è il trucco?", diceva durante i nostri incontri successivi. "Spassarsela. Vivere bene. Non da baldracca. Né da romantici. E per riuscirci esiste una sola via. Devi dare uno spintone all'altro al momento giusto. *Zac*! L'hai messo sotto. *Bam*! Gli hai fregato il posto. *Zac-bam*, sei tu che controlli il gioco. E quando sei tu a controllare il gioco, bambina, nessuno piú si ricorda come sei diventato il padrone. Capisci?".

Non capivo. E nemmeno trovavo coerenti i suoi discorsi. Una volta diceva certe cose, quella dopo il contrario.

Ma avevo diciassette anni! E lui era il mio idolo! Forse c'entrava anche un altro fattore, indipendente dall'età. Io ero sempre pronta – secondo Apollonía – a consegnarmi a un despota (e se aveva anche le rughe del fascino, meglio ancora). Era un paesaggio in cui sapevo muovermi bene.

* * *

"Quello che dici è crudele ed è una provocazione!", gli rispondevo.

"Non dirmi che abbracci il precetto 'se uno ti schiaffeggia la guancia destra, porgigli anche la sinistra!' ".

"Non esattamente. Però credo che l'umiltà sia il principio della santità".

"Ah, ah, ah… Senti un po', bambola. Se uno ti schiaffeggia la guancia destra, mollagli un bel calcio nelle palle, a quello stronzo, cosí si leva dai piedi e ti lascia tranquilla. Io sono un tipo pragmatico. Non vivo mungendo chimere. E se posso fartela a mio vantaggio, te la faccio".

"Ti riferisci a me?".

"Per modo di dire. In generale…".

* * *

Molto tempo dopo venni a sapere che sua madre era stata una prostituta. Appena partorito il bambino, lo aveva affidato a un'anziana cartomante, a cui pagava ogni mese una somma considerevole. Quando il bambino aveva sei mesi, la madre fu trovata accoltellata in un vicolo. Si chiamava Raffaella.

L'anziana cartomante tenne il bimbo e lo usò come mezzo per spillare soldi ai clienti compassionevoli.

"Lasci qualcosa anche per l'orfanello! È un peccato... Non voglio consegnarlo a un orfanotrofio".

Il neonato fu battezzato da un vecchio ebreo, amante storico della madre, che gli pose il nome di Rafaíl. Come poi gli si sia appiccicato quel "Mimis", è un'altra storia.

La sorella della madre, l'"infermiera" (sí, infermiera, figuriamoci!), si chiamava Pelaghía. Nel quartiere la chiamavano Ghitsa, e in seguito divenne Peli. (Io la conobbi come Peli.)

Lei non aveva nessun contatto con Raffaella né con il bambino. Conviveva con un vedovo e le sue due figlie.

Quando Mimis diventò famoso, Peli e compagnia cominciarono a comportarsi come se fossero la sua famiglia. Bazzicavano sempre per i camerini. Si facevano fotografare con lui, rilasciavano interviste, gli preparavano la *bugatsa*,* il suo dolce preferito, gli stiravano le camicie e via dicendo.

"E tu, perché hai accettato questa situazione? Perché non hai reagito fin dall'inizio, visto che li detesti?", gli domandai molto tempo dopo.

"In teoria li avrei dovuti riempire di botte". (Per Mimis era un gioco farlo. Quasi tutti i mesi era in tribunale per pestaggio.) "Ma ho un nome. Ho una carriera. È tutto appeso a un filo. All'improvviso, per un niente, può succedere che io vada a finire tra gli oggetti smarriti che nessuno reclama. Insomma, ho avuto paura, magari quelle pezze da piedi cominciavano a chiacchierare con i giornalisti da tre soldi che aspettano come avvoltoi di frugare nella vita delle persone famose. Non volevo che venissero rese note certe cose. Capisci?".

(Questo lo capivo. E molto bene, anche.)

"E la cartomante come si comportava con te?".

"Mi usava. Ero il piattino in cui le persone compassionevoli

* Sfoglia riempita con crema dolce o formaggio. [N.d.T.]

gettavano l'obolo. Mi sfruttò anche come strumento sessuale".

"Passi come... piattino. Ma come strumento sessuale... In che modo?".

"Come faccio a dirtelo... Quando avevo tre anni, o forse quattro visto che me lo ricordo, la notte mi portava nel suo letto perché ero pieno di fobie e piangevo. E come potevo non averle, in una stanza buia, con un teschio sullo scaffale e le minacce di lei: 'Ti prenderà il vecchio. Ti consegnerò allo zingaro. Ti mangerà il mostro divora-bambini' ".

"E chi è il mostro divora-bambini? Non l'ho mai sentito prima".

"Nemmeno io l'ho sentito da altri. Doveva essere una sua invenzione. Lo descriveva come un uomo gigantesco con le orecchie d'asino e la bocca simile a un calderone. Che si nutriva soltanto di bambini disubbidienti. Spalancava la bocca e *aaahmmm*, li inghiottiva. Passava tre volte al giorno fuori da casa nostra. E com'è che io non l'ho mai visto?, le domandavo. Ha una polverina magica grazie alla quale diventa invisibile. Solo quando sta per mangiare un bambino diventa visibile. Queste cose me le diceva con estrema serietà, ed era molto persuasiva, che Dio l'abbia in gloria. Queste e molte altre. Insomma, mi portava nel suo letto, tirava fuori una mammella, una pelle di pecora con un capezzolo rinsecchito come una merda di cavallo, e mi pregava: 'Vieni qui... Vieni qui, bambino mio. Succhia un po' lí sotto, cosí ti calmi e ti addormenti. Succhia'. Hai presente come si dà il ciuccio ai bambini? Qualcosa del genere. Io succhiavo, può anche darsi che mi piacesse, non mi ricordo, e lei si portava la mano alla fica e si toccava. A un certo punto sentivo degli *ahhh*, *mhhh*, *ahhh*, *mhhh*, poi mi dava uno spintone. 'Basta! Adesso basta. Mi hai sfinito, accidenti a te. Dormi'. A quel tempo ovviamente non sapevo che cosa facesse. In seguito capii. Inoltre, una volta alla settimana si presentava un impostore, che era suo amante dalla giovinezza, sposato e con tanto di nipoti: mangiava a casa nostra, dormiva, e quando lei era al lavoro nella stanzetta lui mi prendeva sulle sue ginocchia, fingeva di darmi consigli e di accarezzarmi, ma con la mano sozza mi stringeva per bene il pisello. Si chiamava Mitsos. Come potevo sapere, allora, che cosa faceva quel porco? Se l'avessi saputo gli avrei piantato un coltello nella schiena. Anche se ero un bambino. Il mio coltellino ce l'avevo sempre in tasca. Era utile. Per rubare un frutto, per affilare un legno e farlo diventare un'arma con cui decapitavo i passerotti che catturavo con le panie. E a causa di quel vecchio, lei chiamava anche me Mimis. Per onorarlo come si conveniva. Aveva un debole per lui. Quando diceva 'il mio Mitsos', andava in brodo di giuggiole. Ricordo lui seduto in poltrona come un bey, coi mutandoni, e lei in ginocchio che gli lavava i piedi in un catino e gli tagliava le unghie. '*Uhhh*! Piano! È un'operazione chirurgica?'. 'Ti ho fatto male, Mitsos adorato? Ti ho fatto male, mio pascià?'. E giú, si chinava a baciargli i piedacci. Ancora oggi, se voglio vomitare, penso a quei piedacci".

"Lei come si chiamava?".

"Iulía. I clienti la chiamavano Signora Lia".

"E di Mitsos che cosa ne è stato?".

"Quel vecchio porco l'ha abbandonata quando lei ha cominciato ad avere problemi di salute. Io, appena sono stato un po' piú grande, me ne sono andato a vivere da solo, ma non l'ho mai abbandonata. È morta prima che diventassi famoso. Figurati che l'avevo ricoverata in una bella casa di riposo, e per mantenerla facevo tre lavori. Se lo meritava. I suoi auguri mi hanno aiutato a diventare quello che sono. Magari non era la persona migliore del mondo, ma io non avevo nessun altro. Era lei che mi nutriva. Che mi vegliava quando ero malato. È stata lei a mandarmi a scuola. Il resto è umano. E comprensibile. Come fai a vivere se non divori un po' delle carni del tuo vicino?".

"Anche se è un bambino?".

"Che cosa vuol dire bambino... Certe persone non hanno avuto il lusso di essere bambini!".

* * *

Forse per questo gli aleggiava perennemente sul viso quel vago sorriso infantile. Un sorriso che era stato spaventato appena prima che spuntasse. Qualcuno lo aveva terrorizzato. E quello si era nascosto. Si era rincantucciato in un oriente nuvoloso, cercando invano una strada per splendere alto nel cielo.

FUI FORTUNATA. QUANDO RINCASAI DOPO IL PRIMO INCONtro con Mimis, Dodò non era ancora tornata. Come mi disse poi, le signore dell'associazione per i poveri l'avevano trattenuta per un tè.

Era di buonumore anche lei e insieme passammo una bella serata. Mangiammo frittelle, noccioline americane, bevemmo *tsípuro*, ci facemmo un sacco di risate...

"Vedi come sei brava quando vuoi? È stato cosí tremendo rimanere in casa come una ragazza rispettabile e ubbidiente? E allora. Perché tu sappia che zia hai, la punizione è revocata".

"Sono in libera uscita?".

"Certo. Solo che ovviamente devo conoscere ogni tuo spostamento".

"Si capisce".

Era sabato. Apollonía sarebbe arrivata quella mattina, e per il pomeriggio io avevo di nuovo appuntamento con Mimis.

* * *

Aspettavo mia sorella come un messia. Volevo condividere con lei il peso della felicità. Non riuscivo a reggerlo da sola. Le mie amiche fingevano di essere contente, ma nel loro sguardo distinguevo chiaramente una piccola, minuscola tarantola pronta a sputare veleno appena se ne fosse presentata l'occasione. Andai al porto ad accogliere Apollonía. Ballavo. Saltavo. Volavo. Indossavo una maglietta rosa a maniche lunghe – Dodò non permetteva che indossassimo abiti senza maniche – e una gonna verde chiaro con i volant.

“Ma come ti sei conciata? Sei un’indovina? Perdio, Rorò! Diventerai vecchia senza aver imparato a vestirti come un essere umano”.

“Non chiamarmi piú Rorò. Mi chiamo Arghirenia. E non sono un essere umano. Sono un uccello del paradiso, fuggito per poco dal suo regno apposta per incontrarti”.

“Ah ah! Sei malata sul serio. Prima avevamo i Napoleone, adesso gli uccelli del paradiso”.

La strinsi tra le braccia e le feci fare una giravolta.

“Fermati, sei matta! Finiremo per cadere... Mi gira la testa...”.

Indossava una lunga gonna viola con i pizzi e una maglietta fucsia punteggiata di perline. Aveva una borsetta ornata di nastri variopinti, e tra i nastri luccicavano vetrini colorati di forma irregolare.

“Scusa un po’, pensi forse che il tuo abbigliamento sia piú degno?”.

“Non c’è paragone. I miei sono vestiti indiani. Hanno uno stile. E se vuoi, simboleggiano un’ideologia. Un modo di vivere”.

* * *

A quel tempo Apollonía faceva parte di un gruppo di sinistra. (Se Dodò l’avesse saputo l’avrebbe fatta fuori.) Andava ai concerti, frequentava caffè defilati in cui giocava a tavola reale con diversi individui, scriveva su giornalini di quartiere, era fermamente convinta di aiutare anche lei il mondo a cambiare in meglio, per quanto poteva.

“Arriverà finalmente l’alba di un mondo nuovo! Di un mondo giusto! Pulito! Bello!”.

“Un paio di palle!”, le disse Mimis quando lei gli illustrò la sua teoria.

Da allora non si parlarono piú...

Apollonía era convinta che tra i pizzi della sua gonna stesse pian piano sorgendo la speranza di quel mondo migliore. Che dentro la borsetta ornata di nastrini e lustrini si nascondesse il segreto di un domani luminoso. Che con le canzonette, i chitarristi, l'*uzo* con il pesce sotto sale, le sigarette arrotolate e le scappatelle nei boschi sarebbe arrivato piú in fretta l'agognato cambiamento dell'umanità.

(Naturalmente un cambiamento su misura per Apollonía e la sua cricca. Dove tutti sarebbero stati uguali, ma alcuni al di sopra degli "uguali".)

Apollonía desiderava quel cambiamento con tutta se stessa. Però doveva avvenire senza che i pizzi della gonna le si sgualcissero. Senza che si incrinasse nemmeno un lustrino della sua elaborata borsetta.

* * *

Ci sedemmo in un caffè e le raccontai le mie sconvolgenti novità. Lei mi ascoltava in silenzio fumando una sigaretta dietro l'altra. Io ero agitatissima. Ero via con la testa. Ogni tanto mi distraevo e mi mettevo a parlare a voce alta, come se stessi tenendo un'arringa.

"È cosí bello! Cosí dolce! Cosí stupendo!".

"Abbassa la voce, uccello del paradiso! Ci guardano tutti".

"Stasera abbiamo appuntamento. Viene da Atene apposta per me".

"Càspita! Un gran sacrificio!".

"Apollonía, ti ho raccontato tutto per condividere con te la mia gioia. E tu mi prendi in giro?".

"Ascoltami un po', Rorò".

"Arghirenia, abbiamo detto".

"Va bene. Senti un po', Arghirenia...".

Mi prese le mani, gelide per l'emozione, e se le accostò alle labbra.

"Tu sai quanto ti voglio bene. Non avevo mai immaginato che sulla tua strada si sarebbe potuto trovare un individuo del genere. Non lo conosco di persona, ma ho sentito dire di lui le cose peggiori. Prima di tutto è fascista".

"Ma che cosa dici! Chi non è comunista è per forza fascista e lo depenniamo? È questo il criterio?".

"No. Anche se sarebbe sufficiente. Ma non è tutto, c'è dell'altro. Ha il vizio del gioco ed è un alcolizzato. Cercherò informazioni piú dettagliate e ti farò sapere. Per il momento non lasciarti andare. Non avviare una relazione. Non darti via, cazzo, come una foglia secca al primo vento! Aspetta di sapere".

"Queste sono chiacchiere della gente. Cattiverie. Non capisci che è tutta invidia? È all'apice della carriera e lo vogliono danneggiare".

"Sciocca, a me non importa di lui! Io voglio proteggere te. Perciò aspetta che ti porti notizie fondate. Motori al minimo".

"Motori al massimo e non voglio sentire storie. Mi copri stasera?".

"Non ti smuove niente... Vero?".

"Non mi smuove niente di niente. Mi copri? Parla".

"Ti copro se mi prometti che non farai nessuna concessione prima che indaghiamo. Me lo prometti?".

(A me premeva che mi coprisse. Per il resto, ero disposta a promettere di tutto. Che cosa mi costava?)

* * *

La sera dicemmo a Dodò che saremmo uscite noi due sorelle.

"Andate pure. Se siete insieme non ho timori. Però non fate tardi. E prendete qualche soldo. Non voglio che siate in debito con nessuno. Offrite voi alle amiche. D'accordo?".

Apollonía si incaricò di occuparsi del mio aspetto. Mi abbigliò con vestiti che si intonavano, mi truccò, mi pettinò, mi regalò anche una collana e un paio di orecchini.

"Sei splendida. Ma non ti consegno a quello lí. Stasera digli che hai deciso che per il momento rimanete buoni amici".

"Tu non sei innamorata, Apollonía?".

"... Va be', ho una storiella".

"E non mi hai detto niente?".

"Non è ancora tempo. Prima voglio essere sicura che siamo fatti l'uno per l'altra".

"Ah, ho capito. State studiando insieme il *Capitale*".

* * *

Uscimmo di casa a braccetto. Dodò ci accompagnò alla porta e ci fece il segno della croce.

"Che Dio sia con voi, bambine mie. Dio e Sant'Andrea".

"Guarda!", si arrestò un momento Apollonía. "Guarda la passiflora! L'abbiamo piantata l'anno scorso. È fiorita! I rami sono arrivati fino ai gradini".

Non mi voltai nemmeno. A me erano fiorite anche le unghie. E i miei rami arrivavano fino al cielo.

* * *

Poco piú avanti ci separammo. Apollonía andò con le sue amiche e io mi avviai verso la panchina vicino alle barche dei pescatori dove avevo appuntamento con Mimis.

Tardava. Per poco non mi buttai in mare per l'angoscia.

Fermò l'auto oltre l'insenatura e mi raggiunse correndo.

"Scusa, bellezza! Mille scuse se ti ho fatto aspettare. All'ultimo momento la compagnia mi ha trattenuto. C'è in ballo un disco nuovo, capisci...".

"Certo, certo! Capisco. Non importa. Basta che tu sia arrivato".

"Ti è passato per la testolina che sarei potuto non venire?".

"Sí".

"Che ragazza sciocca! Soltanto se fossi morto non sarei venuto. Su, andiamo".

"Non voglio fare tardi. Mi copre mia sorella. Non so fino a che ora resisterà a vagare per caffetterie...".

"Ti porto ad Atene. Nel locale in cui canto. Lascia perdere tua sorella. Troverà qualcosa da fare".

"Mimis, non posso tornare tardi...".

"Adesso parla Mimis! Sei mia. Decido io che cosa puoi o non puoi fare. A meno che tu... scelga di non essere mia, Arghirenia".

"No, no. Però...".

"I 'ma' e i 'però' appartengono al passato. Andiamo".

Non riuscivo a oppormi. Tremavo all'idea di quello che stavo per fare, ma non riuscivo a oppormi. Il suo corpo mi attraeva come una calamita. Era colpa delle due rughe agli angoli della bocca. Era lo sguardo. Il respiro. La pacata sicurezza che infondeva la sua voce rauca.

* * *

Mi sedetti al tavolo d'onore nel locale in cui cantava. Mi lanciava continuamente gardenie, mi mandava baci, mi dedicava canzoni. Tutti capivano che io, l'insignificante "Rorò" male in arnese, ero la sua ragazza.

Le ore passavano. Sudavo freddo, ma una felicità cosí grande non l'avevo mai nemmeno sognata, e ora la stavo vivendo. Era reale. Era mia. Se anche mi avessero detto che da lí a qualche minuto il mondo sarebbe naufragato, a me non sarebbe importato niente.

Lasciammo il locale all'alba. Mimis guidava come un pazzo. Mi abbracciava, mi baciava, guidava contromano, violava qualsiasi norma, sporgeva la testa dal finestrino e gridava:

"Io amo Arghireniaaaa!... Arghirenia è la mia ragazza!...".

A un certo punto perse il controllo dell'auto, uscimmo di strada e ci trovammo a faccia a faccia con un grande bidone della spazzatura traboccante di rifiuti. Mi sentii cedere le ginocchia.

"Hai avuto paura, piccola?".

Tirò fuori le sigarette e me ne offrí una.

"Andiamocene!".

"No... Aspetta. Devo dirti una cosa. Una cosa molto seria".

"Qui?".

"Qui! O qui o da nessuna parte. O adesso o mai piú".

Mi strinse tra le braccia e sullo sfondo del bidone traboccante di rifiuti mi chiese di sposarlo.

"Ma... proprio qui dovevi farlo? Non è un posto molto romantico...".

"Io non sono un tipo romantico. Le sciocchezze non mi piacciono. Qui. Adesso. Con questo saggio bidone dei rifiuti come testimone. Accetti o no di diventare mia moglie? Rispondi subito. Siamo in ansia".

"Siamo chi...".

"Io e il testimone. Rispondi".

Premeva le labbra sulle mie. Mi teneva stretta. Mi toglieva il fiato.

"Sssí... Sí! Accetto!".

All'improvviso fece un tratto in retromarcia, poi prese velocità e – *bammm*! – annientò lo sventurato "testimone".

"Non hai piú niente da vedere, vecchio sporcaccione. Non c'è piú ragione che tu viva...".

Continuò a guidare come un matto e a gridare dal finestrino: "Arghirenia diventerà mia moglie!... Arghirenia è mia!...".

* * *

Quando scesi dall'auto, fuori da casa, non ero piú padrona del mio corpo né della mia anima.

Di sicuro camminavo sopra una nuvola. Su un crinale. Ma non sapevo che cosa fosse. Dove fosse. Su un abisso, in paradiso, all'inferno, poco prima o poco dopo una gigantesca esplosione.

Erano le nove, e in teoria Dodò doveva essere uscita per andare in chiesa. A meno che non mi stesse cercando con Apollonía in qualche posto di polizia.

Entrai dalla finestra come un ladro e salii le scale con grande cautela.

In effetti Dodò non c'era. Apollonía era seduta sul letto, in attesa. Appena mi vide saltò su come una vipera.

“Va’ al diavolo, brutta stronza! Egoista! Deficiente! Sei viva? Dov’eri? Dove sei stata? Perché mi hai cacciata in questa situazione? Avevo qualche debito con te?”.

Non fece una pausa nemmeno per respirare. Una mitragliatrice.

“Lascia che ti spieghi”.

“E come mai sei conciata cosí? Che cos’è successo? Dove ti ha portata?”.

“Mi lasci parlare?”.

“Lasciarti cosa! Per poco non sono impazzita! Sono stata in giro per la spiaggia fino alle tre, come un vampiro. Poi ho perso le speranze e sono venuta qui. Dodò non dormiva. Ci aspettava, ma per fortuna era a letto. ‘Siete arrivate?’, ha strillato. ‘Siamo arrivate’, rispondo io. E sono salita in fretta e furia in camera. ‘Ci vediamo domani mattina!’, ha gridato. E un quarto d’ora dopo russava. Io però? In che condizioni ero, io? Puoi immaginarti come sono stata e che cosa mi sono figurata? Sono impazzita!”.

“Mi ha portata nel locale in cui canta. Ad Atene. Non potevo venire via prima”.

“Sei una grande egoista! Basta che stia bene tu, e di tutto il resto chi se ne frega. Non me lo aspettavo da te”.

“Sopporti di sentire il seguito?”.

“Avete fatto l’amore? Dimmi anche questo, cosí ci leviamo il pensiero”.

“Mi ha chiesto di sposarlo!”.

“Cooosa? Di sicuro era ubriaco. Fumato. E tu? Non dirmi che hai abboccato. Dimmi che l’hai mandato al diavolo. Dimmi almeno che sei scoppiata a ridere, Rorò. Ti prego, dimmi che è una barzelletta”.

“Ho accettato!! Per tutta la strada è andato avanti a gridare fuori dal finestrino che sono la sua donna!”.

(Potevo dirle in che luogo mi aveva fatto la proposta?)

“... Ah, grandioso. Eccellente! Domani vado a cercarlo e lo sistemo io. Ti devo allontanare da lui. A qualunque costo. Con ogni mezzo”.

“Sta’ bene attenta. Non immischiarti nella mia vita. Tu vuoi migliorare il mondo, Apollonía. Io voglio costruirmi una famiglia. Avere una casa con l’uomo che amo. Non sarai tu a distruggere i miei sogni”.

“Non è lui l’uomo adatto alla casa e alla famiglia che sogni. Voglio che tu capisca questo”.

“Per me lo è. Fine! Non ti dirò piú niente. Tu hai la tua vita e io la mia. D’accordo?”.

“Perfetto. Visto che la metti cosí, perfetto. Non sei uscita nemmeno due volte con quel disgraziato e hai già rinnegato tua sorella. Brava, signora Arghirenia!”.

“Non ho rinnegato nessuno. Voglio proteggere me stessa”.

“E hai scelto come paladino Venetatos?”.

“Sí”.

“Bene! Adesso sí che posso dormire sonni tranquilli!”.

“Non prendermi in giro. Io lo amo e lui mi ama. Questa è la realtà”.

“Quando ti accorgerai di qual è la realtà, l’uccellino sarà volato via. E Apollonía non sarà piú lí a soccorrerti. Sono stata chiara, sorellina?”.

“Non voglio consigli. Né minacce. Né profezie. In fondo, se io sono contenta di spaccarmi il muso, a te che cosa importa? Non chiederò certo il tuo aiuto”.

* * *

Ero amareggiata con Apollonía. Magari ero al settimo cielo, sí, però volevo che lei stesse in basso a osservarmi. Volevo vedere il suo visino. Volevo che agitasse il fazzoletto. Che mi mandasse baci. Che mi facesse le smorfie, cosí avremmo riso...

Volevo dirle del bidone dei rifiuti. Desideravo tantissimo descriverle quell’immagine. L’avrei potuta condividere soltanto con lei.

Tuttavia non c’era modo. Me la vedevo davanti come una maestra severa, che agitava una bacchetta e mi minacciava.

* * *

Da quando avevo conosciuto Mimis, i miei rapporti con Apollonía erano cambiati. All'inizio lei aveva cercato di consigliarmi. Di farmi ragionare. E visto che non c'era riuscita, aveva preso le distanze. Era gentile, generosa come sempre, ma non mi accarezzava l'anima. Come se temesse di prendersi una malattia infettiva.

Non ero solo amareggiata, con lei. Ero arrabbiata. Ogni tanto mi passava per la testa, anche se in modo superficiale, l'idea che potesse essere invidiosa della mia grande felicità. Ovviamente non si trattava di niente del genere.

A quel tempo Apollonía era convinta che io avessi preso velocità e ruzzolassi giú lungo un pendio di cui nessuno poteva vedere la fine. E aveva paura a essere presente.

Si comportava da Ponzio Pilato.

* * *

Dopo anni e anni che discutevamo di queste cose, lei ammise di aver commesso un tragico errore.

"Dovevo starti piú vicina. Tenendomi un po' in disparte per non interrompere la tua furia, ti avrei dovuto gridare: 'Ti voglio bene'. Ma anch'io, come facevo a sapere, a quel tempo... Non avevo esperienza. Dovevano passare molti anni perché capissi che non si possono fermare né l'amore né la morte. Li si può soltanto addolcire. Lenire. Dovevano passare molti anni perché capissi che anche colui che ha firmato la propria condanna – anzi, proprio costui – pretende gli applausi.

* * *

Mimis veniva all'isola una volta la settimana, passava a prendermi e andavamo a fare un giro in qualche posto lontano, oppure andavamo ad Atene e finivamo a casa sua.

(Un appartamento sporco, pieno di vestiti gettati a terra. Di riviste. Di portacenere colmi di cicche. Di bottiglie di ogni genere.)

Non era l'amante straordinario e divino che mi ero immaginata. Semplicemente esercitava un fascino incredibile – quasi un assoggettamento – sul mio corpo, sulla mia anima e la mia mente.

La maggior parte delle volte l'atto sessuale non gli riusciva. Le sue prestazioni erano sotto la media, con il risultato – data la mia inesperienza – che mi sentivo a disagio e credevo di essere io inadeguata; oppure la mia fantasia impazzava e gli facevo tremende scenate di gelosia.

"Non c'è nessun'altra donna nella mia vita, Arghirenia. È colpa della stanchezza, delle notti in bianco, dell'ansia. Riesci a capire che cosa significa tirare fuori ogni sera il meglio di sé e offrirlo a una folla insaziabile ed eccitata? Che cosa ti rimane? Hai pensato a queste cose? Io appartengo agli altri. Appartengo alla mia carriera. Da te esigo che tu sia comprensiva e che non ti comporti come una donnina".

Alla fine riusciva a persuadermi che quello che diceva era la verità. L'aveva sempre vinta perché io ero pronta, come un fico troppo maturo, a cadere e ad aprirmi ai suoi piedi.

* * *

Mi presentò anche a sua zia Peli.

"Cosí non hanno da sparlare, quegli infami. Non voglio che si arrabbino e ci freghino quando meno ce l'aspettiamo".

Allora trovavo esagerato che temesse cosí tanto i ricatti di quella famiglia. In seguito capii che aveva ragione.

Avrebbero potuto diffondere sui giornali la storia della sua vita. Far sapere a tutti che era un alcolizzato e un giocatore. Le voci impazzavano, ma sarebbe stato molto piú interessante se un parente stretto avesse rivelato i particolari.

Sempre in seguito appresi che la compagnia di Mimis usava la casa di Peli come bisca. E che sostanzialmente Peli, il marito e le figlie traevano il loro sostentamento da quella.

* * *

“Zia! Ragazze! Padrone!”. (Cosí Mimis chiamava il marito di Peli, canzonandolo.) “Venite che vi presento la futura signora Venetatos!”.

Io ero tutta impettita. Diventai piú alta. Nessun pavone ha mai fatto la ruota con piú orgoglio di come io aprii le braccia e strinsi i nuovi componenti della mia “famiglia”!

Peli, abbreviazione di Pelaghía, era una donna strana. A metà tra uno spaventapasseri, una maga e un vampiro.

Alta, ossuta, sgraziata, completamente asimmetrica. Come se qualcuno avesse buttato una badilata di ossa e carne – *fraapp*! – e poi avesse abbandonato l’opera. Era rimasto deluso.

Capelli nero corvino tinti, occhi neri come grotte umide. Avevo la sensazione, mentre la osservavo, che in fondo a quegli occhi avessero la tana pipistrelli appesi a testa in giú. E che se appena appena l’avessi contrariata, i pipistrelli si sarebbero svegliati e mi avrebbero aggredita direttamente alla gola.

Non mi diede troppo retta. Probabilmente non ero di suo gradimento. Il suo compagno, il signor Stavros, evitava di guardarmi. Anche quando mi rivolse la parola guardava altrove. Come se avesse deciso che non desiderava conoscermi. Come se volesse mettere in chiaro la sua posizione. Come se volesse restarne fuori.

Aveva un volto enorme da molosso e uno sguardo untuoso. Né cattivo né astuto né ingenuo. Solo, emanava una certa untuosità. Una mollezza. Un… “due dita lontano dal mio culo”.

Le discendenti non si somigliavano affatto.

Kòstia aveva capelli color paglia, due labbroni dipinti di un colore intenso, cerchi viola-giallognolo intorno ai piccoli occhi lascivi. Nitriva senza sosta e agitava in modo lussurioso le membra, come se un pene in erezione le vibrasse perennemente sul corpo!

La maggiore, Iota, era un tipo completamente diverso.

Grassa, sguazzante, inchiodata al suo posto, incredibilmente indolente.

"Quella grassona di Iota?", aveva detto Mimis ridendo. "È un unico, lungo sbadiglio. Le si posa una mosca sulla guancia oggi e lei la scaccia domani!".

Una folta chioma riccia disordinata e occhi sempre sul punto di imbambolarsi e addormentarsi.

Iota era lei stessa un lungo sbadiglio.

(Questa fu l'impressione che riportai all'inizio. Poi con il tempo cambiai opinione.)

Mostrò fin dal primo momento, a modo suo, che le stavo simpatica. Parlava pochissimo, non rideva quasi mai, ma ciarlava con le carni. La sua presenza emanava tepore. Calore. Una specie di approvazione. Un consenso. Una tacita ninna nanna. La simpatia fu reciproca.

(Ho sempre preferito, e preferisco, la dolce comunicazione del corpo. La promessa del tatto. Non è mai falsa.)

Kòstia e Iota lavoravano come venditrici di fiori nei locali in cui cantava Mimis. Cioè, Kòstia lavorava. Iota assisteva semplicemente. Si piazzava in un angolo e beveva whisky e Coca-Cola a ripetizione.

Il "Molosso" aveva un banchetto di bruscolini al mercato. (Anche lui si era sistemato grazie alle conoscenze di Mimis.)

Madame Peli si dichiarava orgogliosamente "casalinga".

(Figurarsi se si limitava a fare la casalinga, quella gran vampira!)

Abitavano in una casetta bassa, a Peristeri. Il cortile era lastricato con piastrelle mal assortite, ornato di bidoni colorati pieni di gardenie, camelie e altre piante nobili. I bidoni avevano subito interventi figurativi. Per esempio, quelli verdi avevano chiazze arancioni o viceversa, eccetera.

La struttura architettonica del cortile era opera del "Molosso". Andava particolarmente fiero del laghetto – grande quanto una tinozza – al centro del cortile, nel quale galleggiavano due o tre papere di plastica azzurra.

* * *

Pochi giorni dopo che avevamo fatto conoscenza mi invitarono a pranzo, senza dubbio su suggerimento di Mimis.

La tavola era apparecchiata con una tela cerata a fiori, il vino si versava da una caraffa di alluminio, ma... c'era di meglio. La zia Peli aveva tirato fuori dal buffet i bicchieri belli. Quelli con il gambo.

(Dove sei, Apollonía, pensavo: ti verrebbe un colpo!)

Ci sedemmo a tavola e loro cominciarono a succhiare con voluttà certe grosse lumache. "*Fchiuuup*! *Fchiuuup*!".

E "*zak zak*, *zak zak*", le picchiettavano per estrarle dal guscio.

La maglietta bianca che indossavo era diventata la cartina fisica della Grecia a causa dei "proiettili vaganti".

Io non ero in grado di succhiare né di picchiettare. Guardavo al colmo dell'imbarazzo e mangiavo l'insalata.

Anche noi a casa mangiavamo le lumache, ne eravamo golose. (Forse ne avevo fatto cenno a Mimis e lui aveva prescritto che preparassero quel piatto.) Però avevamo le forchettine apposite e Dodò rompeva sempre la parte posteriore della conchiglia prima di cucinarle. Perciò non era necessario compiere imprese particolari per estrarle. E poi non mangiavamo mai sulla tela cerata. La tavola era sempre apparecchiata con tovaglie ricamate di lino o di tela.

Vedevano che ero sconcertata e ridevano sotto i baffi.

Almeno, Kòstia e Peli. Gli altri erano tutti assorti nel loro "*fchiuuu*" e "*zak*".

Per fortuna Mimis si prese la briga di togliermi da quella situazione difficile.

"Ci vuole tecnica, piccola. Lascia che ti nutra io. Non essere triste".

"*Mmm*!", muggí ironica Peli. "Sciocchezze! La cosa migliore è il sughetto. Devi succhiare il sughetto. Non sai mangiare, figliola".

Non è che fossi completamente scema e che non capissi dove mi trovavo. Vedevo benissimo le loro espressioni e la loro ipocrisia. Però non volevo rendermi conto di quello che vedevo. Non volevo accettarlo. In fondo mi sentivo bene. Mi piaceva essere in quella casetta bassa con i bidoni imbrattati di colore e le papere di plastica. Sedere a quel tavolo con la tela cerata a fiori e i bicchieri col gambo.

Lí c'era un modo di comunicare a me sconosciuto, che mi incantava. Desideravo diventare anch'io una piastrella stonata in quel cortile. Diventare parte di una famiglia!

Sul bordo della mia anima era in agguato l'abbraccio di Arghirenia che per me non si era mai spalancato.

Per questo mi intrufolavo e mi accomodavo nelle tane degli altri. Per questo seguivo come un cucciolo chiunque tendesse la mano per accarezzarmi i capelli.

Ho sempre agito cosí. Con chiunque avessi a che fare, amici, vicini di casa, amanti – di solito mi affezionavo ai peggiori –, non tendevo la mano perché gli altri salissero sul mio gradino: scendevo io sul loro. Ruzzolavo. Ero capace di arrivare agli inferi pur di riuscire gradita. Pur di non perdere il contatto.

* * *

Con Dodò litigavo furiosamente. Ogni volta che Mimis passava a prendermi, dovevo inventarmi tutta una storia. Di solito lei non mi credeva, ma non sospettava che ci fosse di mezzo un uomo.

"Finiranno per consumarti, quelle amiche! Non hai una casa? Mi puoi dire che cosa vi raccontate per ore e ore? Invece di dedicarti a un lavoro a maglia, a un ricamo... Un giorno metterai su famiglia. Quale uomo accetterà di condividere la sua vita con una che è sempre in giro?".

La battaglia campale avvenne una volta in cui dovevo andare con Mimis ad Atene. Avremmo fatto tardi, perché lui insisteva per andare a mangiare con i suoi amici in un ristorante elegante.

"Che cosa dico? Mia zia mi fa fuori".

"Ma basta! Una volta la zia, l'altra la sorella. Non hai una personalità? Sei grande, ormai".

“Devo salvare le apparenze”.

“Mi hanno rotto le tue apparenze! Vieni o mi devo trovare un’altra accompagnatrice?”.

“No, no, vengo! M’inventerò qualcosa…”.

* * *

Passai da un’amica stretta, Rea, e le illustrai la situazione.

“Si suppone che io e te siamo al cinema insieme. Il film durerà tre ore, e poi andremo a mangiarci un *suvlaki*. Mi copri?”.

“Ma certo! Ci mancherebbe. Tanto non ho nessuna ragione per uscire, me ne starò in casa…”.

“Rea cara! Adorata! Mi salvi proprio…”.

* * *

“Per dove hai issato le vele?”.

“Vado al cinema con Rea”.

(Dodò si fidava di Rea perché aveva una zia “suora”.)

“Mica sarà un film vietato ai minori?”.

“Uffa, ma dài! Sono una bambina?”.

“Non sei una bambina, ma hai poco cervello. È molto facile che ti lasci traviare e finisca per prostituirti”.

“Non temere, non mi prostituisco”.

* * *

Due ore dopo circa, mentre io vogavo sul corpo nudo di Mimis (alla fine non andammo al ristorante), Rea passò da casa nostra. Dodò era in cortile. (Può darsi che avesse subodorato qualcosa.)

“Buonasera signora Teodosía”.

“Ma?! È già finito il film? Dov’è Rorò?”.

“Ah… Non lo so. Oggi non ci siamo viste”.

* * *

In seguito mi disse piangendo (ah, le lacrime del falso pentimento!) che suo padre l'aveva mandata a comprare le uova dal pollivendolo e che lei non poteva passare da nessun'altra strada. Aveva sperato, disse, che a quell'ora Dodò non fosse in cortile.

"Ma è stato il diavolo, cara Rorò. Il diavolo ha fatto andare le cose come voleva lui".

"Non potevi trovare una scusa per non uscire? Per esempio dire che ti era venuto il mal di pancia".

"No. Non ci ho pensato".

Alla fine il danno lo combinò il diavolo. Che cosa gli era saltato in mente tutto a un tratto di mangiare una frittata, a quel golosone...

Sapevo che Rea era invidiosa della mia storia con Mimis. Quando andavo a trovarla mi faceva sempre venire i nervi.

"Si divertirà un po' e poi ti lascerà". "Aspettava te il signor Venetatos?". "Vorrei sapere che cosa ha trovato in te", eccetera eccetera.

Ma non credevo che sarebbe arrivata al punto di tradirmi.

Fu la prima volta che ricevetti una coltellata alla schiena da un'amica. E piansi amaramente.

(Perché, le altre volte non ho pianto? Ci si abitua forse al tradimento? Fa sempre male, come la prima volta.)

Solo che allora... avevo un'erba magica per le ferite. Il pensiero di Mimis guariva tutto.

* * *

Dodò mi aspettava in cucina, seduta sulla sua poltrona, con la maschera dell'ossigeno ai piedi.

"Buonasera...".

"Sei arrivata? È finito il film?".

"Sí. Un film stupendo. Non ti senti bene? Perché hai preso la maschera?".

"Rea dov'è?". (Era pallida e respirava a fatica. Le tremava il mento.)

“Cosa doveva venire qui a fare? È andata a casa”.
“Le è piaciuto il film?”.
“Certo!”.
“È passata di qui a raccontarmelo!”.
Non capii piú niente. Mi sentii mancare la terra sotto i piedi. I sette cieli mi schiacciarono.
“Ah!... Sí?”. (Scoppiai a ridere per l’imbarazzo.) “Be’, ci sono andata da sola. Ti ho detto una piccola bugia perché tu non ti preoccupassi”.
Si alzò come un satanasso, con la schiuma alla bocca, gettò via la maschera dell’ossigeno, mi si lanciò contro e cominciò a prendermi a schiaffi. “Sfacciata! Schifosa! Svergognata! Confessa! Con chi eri? Che cosa ti ha fatto? È avvenuto l’atto?”.
Non mi aveva piú picchiata da quando ero piccola. Le afferrai le mani e le diedi uno spintone. Che cosa mi venne in mente? Perché non porsi “anche la guancia sinistra”? La discussione sarebbe finita lí.
Per la spinta perse l’equilibrio, cadde all’indietro e si bucò la testa sullo spigolo di un’asta di metallo che il diavolo, dopo la famosa frittata, era andato a posare proprio in quel punto.
Dalla ferita il sangue scorreva rapido. Dodò respirava a fatica, strabuzzava gli occhi, si dibatteva sul pavimento come un pesce e gridava con voce roca e secca, come se stesse spirando: “Aiu... to... Muo... io!...”.
Benché vedessi chiaramente che stava recitando, me la feci sotto per la paura. Le misi un impacco di acqua ossigenata (tempo dopo era in giro con una ciocca bionda in cima alla testa) e chiamai la Croce Rossa.
“Non ha niente”, mi rassicurarono i medici. “Esagera. Però stasera può restare qui, visto che è terrorizzata”.
Aveva messo in subbuglio l’intero ospedale.
“Che cosa ti è successo, signora Teodosía?”, le domandavano tutti.
“Sono caduta... Ho avuto un giramento di testa e sono caduta”.
E quando rimanemmo sole noi due: “Non dico la verità,

mostro dell'inferno! Non voglio che tutti ti odino. Non voglio che tu ti attiri il biasimo della gente per le tue azioni immorali".

"Quali sono le mie azioni immorali?".

"Mi hai quasi ammazzata! O non è vero?".

"Vaneggi? Mi stavi prendendo a sberle come un'indemoniata e io ti ho dato uno spintone. Ti pare che avessi intenzione di farti cadere e di procurarti una ferita alla testa?".

"Potevo anche restarci secca! Non ti perdonerò mai! Chiamami Apollonía e Teopisti".

"Perché tu dica loro che ho cercato di ucciderti?".

"Tacerò la verità. E ti ho spiegato il perché. Voglio soltanto avere vicino le persone che amo, in questo momento difficile".

* * *

A Teopisti disse che aveva avuto un capogiro ed era caduta.

Invece ad Apollonía raccontò tutto. In ogni dettaglio.

"Hai capito, questa scostumata? Dirmi una bugia del genere e poi aggredirmi anche?".

"Ma su, zia, esageri".

"In quanto sorella, tu cerca di sapere che cosa sta succedendo. E che cosa è accaduto esattamente".

"Cioè?".

"Se la relazione è arrivata al punto cruciale...".

* * *

Ci ridemmo su, io e Apollonía.

"Credo che tu debba dirle la verità".

"Riguardo al punto cruciale?".

"Riguardo al fatto che hai una storia. Altrimenti non si placherà. Non hai detto che intendete sposarvi? Quindi è tempo che la prepari".

"E se la prende male?".

"Deciderai cosa fare. Comunque, io ho il dovere di avvertirti. Mimis è un tipo molto pericoloso. Ho incrociato le informazioni. Ha il vizio del gioco e beve. Ha debiti con mezzo mondo, sebbene guadagni un mucchio di soldi".

"Nessuna notizia positiva?".

"No. Gli aspetti positivi li vedi soltanto tu. Con le tue lenti deformanti".

"Mi aiuterai?".

"A liberartene? E me lo domandi?".

"Non hai capito. A dire a Dodò che ho una storia. Tu sai come fare... Sai come prenderla".

"... Ti farò questo piacere. Ma d'ora in poi non tirarmi piú in mezzo, qualunque cosa accada!".

* * *

"Zia, la nostra Rorò è innamorata".

"Era piú chiaro del sole! E... E? Va' avanti, Apollonía. Arriva al... sodo".

"Non è successo niente. È un amore innocente. Una simpatia. Come posso dirti...".

"Da lontano?".

"Quasi".

"Che cosa fa questo... tale?".

"È un cantante molto conosciuto. Anche lui la ama e verrà a chiederla in sposa".

"... Che cosa c'entriamo noi con i cantanti? Sono gentaglia!".

"Non tutti. È un giovane serio. Guadagna un sacco di soldi ed è di buona famiglia. Almeno, stando a quello che dice Rorò, no? Comunque verrà a farsi conoscere, e Rorò mi ha promesso che se non ti piace non porterà avanti la cosa".

* * *

"Ma insomma... Perché le hai detto cosí? Perché le hai fatto una promessa del genere? Ma tu guarda, 'se non ti piace non porterà avanti la cosa'...".

"L'ho fatta sentire importante, sciocca. Le ho lasciato credere che comanda lei, no? È il suo punto debole. D'ora in poi dipende da voi due conquistarla. Il mio compito termina qui".

* * *

"Mimis, le cose sono a un punto tale per cui non si può agire diversamente. Devi venire a casa a chiedere la mia mano".

"Dici sul serio? Nomineremo la zia comandante della nostra vita?".

"Ma lei *è* un comandante! Se non ti conquisti la sua simpatia, mi sbatterà fuori di casa con i vestiti che ho addosso e nient'altro. È lei che amministra i miei beni. Non dimenticare che sono minorenne".

"Ah! Ecco... E cosí dipendiamo da lei. D'accordo, bambola. Non avere paura. Saprò farmi onore. Fidati di me...".

* * *

Non credevo che ci sarebbe riuscito e mi rodevo dall'ansia. Avevo perso tre chili in una settimana. Non bevevo e non mangiavo.

"Ti ha conciata per le feste l'amore, povera te! Guarda come sei ridotta. Sei piena di cispe. Mi piacerebbe sapere dove l'hai trovato quell'arnese!".

"Non è un arnese. La Grecia intera lo conosce e lo stima".

"Mah. La Grecia intera? Oh, quale privilegio!". (Le brillarono gli occhi, si sentí lusingata.) "E... questo tale, cosí famoso, ha scelto te? La cisposa? E che cosa se ne fa? Puoi sloggiare le prostitute che sicuramente lo circondano? Tu non sei stata educata per il palco. Voi siete ragazze serie, con un'educazione cristiana, adatte a diventare mogli di avvocati, di medici, di scienziati".

"Non ho intenzione di salire sul palco. Lui mi ama per quello che sono".

"... Vedrò, giudicherò e pronuncerò il verdetto".

(Era proprio quello che mi terrorizzava. Il verdetto!)

L'incontro fu fissato per un venerdí pomeriggio.

"Verrà con i genitori, immagino. No?".

"Non ha genitori. È orfano".

"Uh! Doveva proprio capitarci un orfano? Non ha fratelli, tutori, niente? E come è venuto al mondo? Per intervento dello spirito santo?".

"Ha dei parenti ma verrà da solo".

"Comunque... Saranno presenti Apollonía e Teopisti. Verranno offerti caffè, un dolce, liquore. L'incontro non durerà oltre le due ore. Questo per informarti".

PER DUE GIORNI STROFINAMMO PAVIMENTI, PULIMMO, SPOLverammo, lavammo le tende come se dovessimo ricevere la regina d'Inghilterra.

"Perché tutto questo? Credi che Mimis si metterà a giudicare se siamo brave donne di casa?".

"Non mi interessa quello che penserà Mimis. Io ho il dovere di essere all'altezza della situazione. La prima impressione, mia cara. La prima impressione è la metà dell'opera".

Preparò tre volte la torta di noci prima che le riuscisse quella perfetta. Assaggiò tutti i liquori – alla fine era brilla – prima di decidere quale avrebbe offerto.

"Il mandarino è un po'... 'anspro'". (La 'n' la aggiunse probabilmente per conferire maggiore solennità alla cerimonia.) "L'albicocca... Mi sembra che non sia ancora pronta. Lo cherry... Uff! Banale. Qualunque casalinga fa essiccare le amarene sul balcone. Kumquat! Ah! *Mmm*! Eccellente! Offriremo questo. Lava bene i bicchierini con il bordo d'oro. E lucida il vassoio d'argento".

Il giorno stesso andò di buon mattino dal parrucchiere e si fece fare un'enorme crocchia, grande come un uovo di struzzo.

"Oh Dio, ma dove li hai trovati tutti quei capelli?".

"Il ripieno non è mio. Si vede?".

"Hai un po' esagerato, credo. Nemmeno Caterina de' Medici!".

"Hai sempre una parola gentile! Non ti smentisci mai... Vieni qui, che cosa pensi di questo completino? Mi dona? Vado a prendere anche il collier di perle della buonanima. L'ho tenuto per le occasioni speciali".

"Ma perché questi grandi preparativi? Magari poi il fidanzato non ti piace".

"Non importa. Visto che dite che è famoso, voglio che resti colpito. Deve sapere che quelle che lo hanno respinto non erano persone qualunque!".

* * *

Pomeriggio di agosto. Faceva un caldo spaventoso. I "Ludovichi" ribollivano.

"Ma con questo caldo dobbiamo proprio stare sedute in casa? Perché non usciamo in giardino?", domandò contrariata Apollonía.

"Sei matta? Ti pare che un incontro del genere possa avvenire all'aperto? Quale occasione migliore per aprire i nostri saloni, insomma?".

"L'inverno".

"Smettila, figliola. Lasciatemi pilotare la situazione...".

Ci sedemmo in salone fin dalle cinque. Mimis sarebbe arrivato verso le sette. Ci colava il sudore per la canicola. Agitavamo i ventagli e bevevamo senza sosta visciolata con ghiaccio.

Teopisti, che era anche grassa, quasi stramazzava.

"Ah, Teodosía! Il tempo non passa piú".

"Bevi ancora un poco di visciolata. Porta pazienza".

"Mi verrà la sciolta con tutti questi liquidi".

"Bevi, bevi. La visciolata è astringente".

Io sentivo una vampa. Un'agitazione. Andavo e venivo dal bagno. Il cervello mi si era bloccato. Mi era impossibile prevedere dove ci avrebbe portate il pilotaggio di Dodò. Andai a rifugiarmi accanto ad Apollonía, cercando disperatamente conforto.

"Spostati un po' in là, benedetta creatura! Ci attaccheremo le cimici!".

"Non ce la faccio piú. Scoppio. Aiutami...".

"Prendila come una scena comica. Come se stessimo girando un film. Quello che sta accadendo è completamente assurdo. Qui la follia ha raggiunto livelli allarmanti".

"E dove andrà a finire...".

"Soltanto Dio lo sa. E non posso nemmeno accendermi una sigaretta, cacchio, per fumarmi la situazione".

* * *

Verso le sette e un quarto, con una frenata brusca e spettacolare, la cabriolet grigio argento di Mimis si fermò fuori da casa nostra.

"*Aaah*!", esclamò Teopisti, che corse per prima alla finestra. "Una macchina da principe! Che lusso, cara Teodosía!".

E si fece due volte il segno della croce.

"Il Signore sia con noi".

Mimis scese dall'auto: indossava un elegante abito beige e aveva in mano un mazzo di orchidee.

"Ecco, incede lo sposo", mormorò Apollonía, e si schiarí la gola.

Nonostante fossi agitatissima, mentre Dodò andava ad aprire la porta le osservai il mento. Tremava come la barba di un capro.

"I miei rispetti!", disse Mimis con una voce piú dolce dello sciroppo della torta alle noci. "I miei rispetti alla bella e cara signora".

Aggiunse con un lieve inchino, depositò i fiori tra le braccia di Dodò e le baciò teneramente la mano.

Allora per la prima volta capii che Mimis era molto piú bravo come attore che come cantante.

Dodò era in brodo di giuggiole.

"Davvero gentile da parte sua... Prego! Entri! Rorò ci ha parlato di lei. Le presento la sorella Teopisti. Amica di famiglia. E Apollonía. L'altra... mia... figlia!".

"Molto piacere. Sono onorato di trovarmi in mezzo a voi".

"Anche noi. Anche noi siamo onorate della sua presenza".

“Sorella Teopisti, la sua benedizione”.

Si chinò e baciò con devozione la mano di Teopisti.

“Sii benedetto, giovanotto”, balbettò stupefatta la monaca.

“Apollonía, sono davvero contento di conoscerti. So quanto ti vuole bene Arghirenia”.

“Piacere mio”, rispose Apollonía come se stesse declamando una poesiola.

(Io, che la conoscevo bene, capii che stava recitando la sua parte, e che anzi si divertiva un mondo.)

“Arghirenia, tesoro, come stai?”, si rivolse anche a me. “Sono cosí felice di conoscere la tua famiglia. Di trovarmi nella tua splendida casa”.

“Si sieda! Si sieda!”, Dodò scodinzolava come un pechinese, rapita da tanta gentilezza, da tanta galanteria.

Ci accomodammo su poltrone e divani, poi calò un silenzio improvviso. Un imbarazzo.

Teopisti tormentava il rosario, Apollonía era sul punto di scoppiare a ridere, io mi mangiavo con furia le unghie e Dodò sistemava nervosamente sul vassoio i bicchierini del liquore. All'improvviso l'abile capitano prese il timone e disincagliò la nave dall'iceberg.

“Nella vita sono stato molto fortunato. Dio mi ha condotto su una buona strada”. (In quel momento Dio doveva essere proprio distratto, altrimenti ci avrebbe fatto crollare il soffitto sulla testa!) “Ho una carriera brillante. Ho perfino superato gli obiettivi che mi ero prefisso. Ma il dono piú grande è stato aver conosciuto questa ragazza. Lei deve essere una persona meravigliosa, signora Teodosía, per aver cresciuto Arghirenia in questo modo. Sarei il piú felice dei mortali se con la sua benedizione questa creatura straordinaria che lei ha plasmato diventasse un giorno mia moglie! Le prometto che la onorerò e la rispetterò come merita. Voglio formare una bella famiglia sui fondamenti e sui principi che lei, nobile signora, le ha trasmesso!”.

Non credevo alle mie orecchie. Pensavo di sognare. Teopisti lo guardava ammirata e rispettosa, come se vedesse un'icona sacra. Dodò aveva le lacrime agli occhi. Il suo viso si era trasformato. Era cosí in solluchero che sembrava dovesse stillare miele da un momento all'altro. Soltanto Apollonía muoveva gli occhi di qua e di là come se scagliasse dardi infuocati. Non riuscivo piú a capire se stesse per scoppiare a ridere o se stesse per impugnare un frustino.

"La ringrazio... La ringrazio tanto...", disse Dodò con voce rotta. "Le sue parole sono un balsamo. Anch'io sono felice di conoscerla. Se i sentimenti che lei nutre nei confronti di mia nipote sono quelli che descrive, le do la mia benedizione. Adesso tocca alla sorella parlare. Che cosa dici, Apollonía?".

"È una questione che riguarda Rorò. Io non ho voce in capitolo", gracchiò.

"Lei, sorella Teopisti?".

"Le do la mia benedizione. Nostro Signore Gesú Cristo benedica i suoi passi per i secoli dei secoli...".

(Be', adesso, per i secoli dei secoli... Deve averlo detto per abitudine. Probabilmente ha pensato per un istante di essere assisa sullo scranno.)

"Amen! Amen!", concluse quasi cantando Dodò.

(Ancora un po' e sarebbero arrivate al "Pietà di me, Signore, pietà di me"!)

Poi il teatrante si alzò, ci abbracciò una per una e ci baciò affettuosamente.

Dodò portò il dolce e il liquore, e il teatrante tornò sulla scena.

"Squisita questa torta! Lei è meravigliosa! Deve insegnare anche ad Arghirenia a preparare queste squisitezze".

"È capace! È capace! Ho insegnato a entrambe".

"Permette che la chiami anch'io 'zia'?".

"Ma certo!", rispose Dodò, che stillava miele perfino dalle orecchie.

Dopo qualche istante, però, si riebbe e cominciò a tornare in sé.

"... Mimis... Ossia Dimitris, no?".

"Mi chiamano tutti Mimis". (Rafaíl rigirò la questione.)

"So che i tuoi genitori sono scomparsi".

"Purtroppo sí. Ma ora avrò lei come madre".

(A quel punto, in quell'istante, Dodò si squagliò completamente. Liquefatta!)

"Oh!!". (Non riuscí ad articolare altro.)

Dopo qualche attimo di silenzio, e dopo che si fu leccata le labbra ed ebbe ingollato un altro kumquat, proseguí:

"Non ci sono parenti?".

"Come no! Ho anch'io una zia, sorella di mia madre, suo marito e due cugine. Glieli farò conoscere".

"Sono stati informati della tua decisione?".

"Certo! E sono assolutamente d'accordo".

"Hanno conosciuto Rorò?".

"No. Ma ho parlato di lei. Ho raccontato talmente tante cose che è come se la conoscessero".

(Mi venne in mente il pranzo con le lumache. I *fchiuuu* e *zak-zak*. I bidoni e le papere di plastica... Eh, cara Dodò! In quale oceano di menzogna navighi!)

"E... Hai intenzione di proseguire con l'attuale professione, ragazzo? Non la trovo cosí stabile, e nemmeno adatta a un capofamiglia serio".

"Lei ha proprio ragione, zia. Non posso cantare per tutta la vita. Ho in mente di mettere da parte un po' di soldi per poi investirli in immobili".

"Ah! Bravo! Bravo davvero. È proprio una bella idea".

Teopisti aveva mandato giú un certo numero di bicchierini e sbadigliava. Ma doveva pur dire qualcosa anche lei.

"Lei è un cantante lirico, Dimitris?".

La domanda produsse l'effetto di una bomba.

Apollonía non riuscí a trattenersi. Finse di tossire. Io non riuscii a fingere e risi forte. Mimis mi fulminò con lo sguardo.

"Sarei potuto diventarlo, sorella Teopisti. Tuttavia ho preferito la musica leggera perché gode di maggior favore presso il pubblico".

"Se lo dice lei".

"Un'altra cosa, caro Mimis", proseguí Dodò poco prima

della fine dello spettacolo. “Una faccenda molto seria, di cui non abbiamo parlato”.

“Mi dica, zia. Mi dica”.

“Tu hai avuto la cortesia di non accennare alla dote di Rorò. In questi casi tuttavia bisogna essere chiari. Il suo compianto padre, nonché mio fratello, era l’uomo piú ricco dell’isola. Il patrimonio di Rorò…”.

“Zia, la prego. La prego”. (Mimis si alzò, fingendosi offeso.) “Non voglio che aggiunga altro. Il patrimonio di Arghirenia non mi riguarda. Appartiene a lei”.

“Bene, ragazzo mio. È proprio quello che desideravo sentire da un giovane gentiluomo! Perfetto! Ancora una cosa, però. Un mio desiderio”.

“Ciò che lei desidera è per me un ordine. Dica”.

“Voglio che venga fissata al piú presto la data delle nozze. Come hai forse intuito, la nostra casa è una sorta di cappella del convento. Vengono regolarmente in visita monache, sacerdoti, presidenti e membri di associazioni per i poveri, eccetera. Non è conveniente che avvengano incontri di fidanzati… Capisci che cosa intendo”.

“Capisco. Mi lasci un margine, il tempo di… far cucire l’abito di nozze”.

“Grazie, mio caro. E ringrazio anche Dio, che ti ha inviato alla nostra casa…”.

* * *

Quando Mimis se ne fu andato, Dodò si mise a saltellare come una cavalletta.

“Brava, Rorò! Brava! Non me lo sarei aspettato da te. Un gran signore! Ti perdono per tutto quello che mi hai combinato. Questa tua scelta apre alla famiglia nuovi orizzonti”.

Scoppiai a ridere.

“Mi perdoni anche… di averti quasi uccisa?”.

“Lo so. Lo so che non l’hai fatto apposta. Non ho mica cresciuto due criminali!”.

* * *

"Mi domando come ho fatto a trattenermi dallo spaccargli il muso".

Apollonía era fuori di sé.

"Che commedia, Dio santo! Che ipocrisia! All'inizio mi sono divertita, ma poi mi è venuta la nausea. La torta di noci mi si è bloccata sullo stomaco come una pietra!".

Io ero cosí felice, che qualunque cosa Apollonía dicesse nemmeno mi sfiorava.

"Come potrai vivere accanto a un individuo del genere, Rorò?".

"La vita è mia. Non immischiarti".

"Sei cieca. Fa' pure quello che ti pare, ma cerca di evitare che io me lo ritrovi davanti. Non sono certa che riuscirei a controllarmi e a non aggredirlo".

* * *

"Hai visto, Arghirenia?", si vantava Mimis. "Hai visto, tu che avevi paura? Le ho fatte diventare agnellini, quelle arpie! Anche solo a sentire il mio nome si metteranno a fare le capriole! Di Mimis, cara mia, ce n'è uno solo! È unico. Dopo che hanno fatto lui si è rotto lo stampo. Solo quell'acida di tua sorella ha fatto la sostenuta. Che antipatica, mamma mia!".

"Apollonía non si lascia certo incantare da uno come te. Non abbocca".

"Tu dici? Dammi un po' di tempo e vedrai. Queste damigelle io le uso come portacenere. E chi si crede di essere, mademoiselle? È una fica scipita. Una contessa dei miei coglioni".

"Per favore! Non parlare cosí di mia sorella. È l'unica persona che ho".

"L'unica persona che hai sono io! Mettitelo in mente una buona volta. E ti dico anche un'altra cosa, perché tu... non hai capito un accidenti, cara. Tua sorella è in-vi-dio-sa. Schiatta d'invidia. Ma sí, mi guardava e si scioglieva. Penserà, è arrivata per prima e si è cuccata quel bel tipo. Se potesse ti farebbe fuori, cara Arghirenia".

"Apollonía non è mai stata invidiosa di me".

"Perché finora non ce n'è mai stato motivo, sciocca!".

* * *

Non è che credessi alle parole di Mimis. Non è che i miei sentimenti fossero cambiati. Però a furia di sentirmi ripetere certe storie... Qualcosa dentro di me si stava inceppando.

Scavava, scavava, scavava... Sollevava un sacco di polvere. Non riuscivo a vedere distintamente. L'anima mi si riempiva di pulviscolo.

* * *

"Voglio farti un piacere, cosí non avrai piú niente da dire: dammi l'occasione di dimostrarti chi è tua sorella. Sarei in grado perfino di uscire con lei. Le conosco bene queste scorregge loffie, io!".

Cercai di evitare che avvenisse un secondo incontro con Apollonía, perché piú o meno prevedevo l'esito. Lui però insisteva. Mi aveva legato un guinzaglio al collo e mi trascinava. Mi trascinava dove gli pareva. E io seguivo il padrone correndo a quattro zampe e facendo le feste, per piacergli di piú.

"Apollonía, usciamo a bere qualcosa con Mimis? Vuole conoscerti meglio. Ha capito di non piacerti ed è furioso".

"Mah! È proprio quello che voglio, che sappia che non mi piace".

"Per favore. Solo questa volta. Fallo per me".

* * *

Ci sedemmo in una caffetteria lungo la spiaggia, all'isola, e ordinammo caffè freddo.

Dentro di me pregavo perché avvenisse un miracolo. Perché si trovasse un ponticello, magari una semplice asse di legno, attraverso la quale quelle due persone riuscissero a comunicare, visto che entrambe avevano un ruolo fondamentale nella mia vita.

Sí... Mi dondolavo oziosa sull'amaca della passione amorosa, però avevo bisogno del consenso di Apollonía. Volevo un sostegno per la mia gioia. Esiste gioia se non si ha un sostegno? La si può reggere?

All'inizio chiacchierammo di argomenti neutri. L'isola, il turismo, i traghetti. Apollonía era molto gentile. E molto fredda, certo. Distante anni luce. Mimis incassava, e gli montava la rabbia. Può anche darsi che Apollonía lo facesse apposta: anzi, probabilmente lo faceva proprio apposta, per innervosirlo.

Poi il discorso si spostò su temi piú impegnativi. Sugli ideali dell'uomo, sui sogni, sugli obiettivi.

Apollonía illustrò con molto garbo la sua teoria riguardo all'uguaglianza, alla giustizia e alla solidarietà.

Mimis la ascoltava e gli si rizzavano i capelli in testa.

"Cazzate!", disse a voce alta. (Probabilmente lo sentí tutto il locale.) "Queste sono cazzate belle e buone!". (E proseguí in fa bemolle): "L'uomo è una belva crudele, avida e sanguinaria. Ma dove vivi, tesorino? Ti si sono impallati i neuroni?".

"Il mio mondo è questo. Mi piace vivere e pensare in questo modo. E se proprio vuoi saperlo, anche Rorò crede negli stessi valori".

"Lascia stare Rorò. Rorò non ti riguarda piú. L'hai sfruttata abbastanza".

"Mimis!", cercai di ricondurlo alla ragione. "Che cosa stai dicendo?".

"Zitta tu! Adesso parlo io. D'ora in poi sarò io a parlare".

"Vuoi rovinarla, farla diventare come te, eh?", sferrò il colpo Apollonía. "Se è quello che desidera anche lei, non tiratemi in mezzo. Soltanto sappi, caro Mimis, che me non mi incanti. Conosco fin troppo bene le tue prodezze".

"Ma vattene a fare in culo, puttana di merda", ruggí Mimis, e scaraventò a terra i caffè.

Apollonía si alzò con le guance paonazze e gli occhi che stavano per rovesciarsi sul pavimento.

"Rorò, cosa fai, vieni con me? Decidi adesso. È la tua ultima occasione".

Io non avevo piú cervello, né corpo né anima. Tutto, dentro di me e intorno a me, era un caos nero e roboante. Per un istante, come ipnotizzata, feci per alzarmi.

"*Opppps!*", Mimis allungò il braccio. "Tu sta' seduta qui! Non intendo lasciarti in balía di chi ti sfrutta. Basta!".

Apollonía scappò di corsa.

* * *

"Perché l'hai fatto? Perché mi hai divisa da mia sorella? Credevo che volessi avere un buon rapporto con lei".

"Non volevo avere un bel niente! Non l'hai vista, la stronza? È venuta qui con un'intenzione precisa. È venuta a rovinare la nostra gioia. 'Attenzione, sta per esplodere la dinamite', gridava da lontano. Quell'acqua sporca! Si appende al collo cinque collanone da zingara e poi salta su a insegnare a me, a me, come si cammina nella vita. A chi? A me? Io della mia vita ho fatto bruscolini, e me li sono lanciati in bocca uno dopo l'altro! *Amm*! E giú un bruscolino. Non ho mai sbagliato mira. Cara Apollonítsa! Cara fichina!".

* * *

"Apollonía, perché non ti sei trattenuta? Perché mi hai messa in una situazione cosí difficile?".

"Ti ho offerto un'occasione. L'hai persa. Tu sei la mia Rorò. Ti voglio bene, ma non sono legata al tuo carro".

"Non verrai nemmeno al matrimonio?", le domandai piangendo a dirotto.

"Sí che verrò al matrimonio. Non piangere. Non voglio che Dodò abbia un pretesto per biasimarmi. Da qui in poi, però, le nostre strade si dividono".

"Avrò i sensi di colpa finché vivrò", mi dice ancor oggi Apollonía. "Non avrei dovuto lasciarti sola, allora. Mi sarei dovuta tirare in disparte senza perderti di vista. Avrei dovuto aspettare dietro uno scoglio, pronta a intervenire. Dovevo procurarmi un salvagente e convincerti che in qualunque momento tu ne avessi avuto bisogno io te lo avrei lanciato. Cosí agiscono quelli che amano davvero. Alla fine, non si sviluppa dipendenza soltanto dagli stupefacenti. La si sviluppa anche dalle persone. E con gli stessi risultati, se non peggiori. Quelli a cui sta davvero a cuore il malato lo abbandonano? Eppure... Era l'arroganza della giovinezza. L'odio nei confronti di Mimis, che non mi lasciava vedere il tuo sguardo smarrito. Mi perdonerai, Arghirenia?".

"Non ti ho mai serbato rancore. Però ci restavo male. Se tu sapessi quante volte di notte cercavo di comunicare con te attraverso il pensiero... Cercavo di inviarti un messaggio. 'Portami la pietra dell'upupa, Apollonía!'. Ma tu non sentivi. Vedi, chi soffre cerca l'ombra di una persona per sedercisi sotto, per rannicchiarsi e piangere in tutta tranquillità. Il dolore ha bisogno di un riparo. Di un rifugio in cui placarsi. Quando non c'è niente diventa piú crudele. Piú tagliente. Ti segue, e appena ti raggiunge ti prende a coltellate, fino a che ti distrugge. Soltanto le persone molto forti e molto corazzate ce la fanno. Io non sono mai stata forte. E tanto meno corazzata. Tu sei sempre stata un buon capitano di nave. Avevi la bussola. Mantenevi salda la rotta. Hai ormeggiato la barca in un porto riparato dal vento. Io la mia barca l'ho affondata. Ho fatto naufragio. Sono arrivata qui perché mi ci hanno sbattuta le onde. Viaggiavo in un mare sconosciuto e avevo le orecchie aperte soltanto per le sirene. Andavo dove mi dicevano loro".

"È il tuo carattere. Cosa credi, di essere cambiata? La prima sirena che ti troverai davanti la seguirai. In fondo è la tua ragione di vita. Aspetti una sirena".

"Tu invece...".

"Io cerco la quiete dell'anima. Mi godo il pensiero che si deposita. Gioisco dell'universo che mi circonda e cerco di sintonizzare l'anima sulla sua magnificenza. Tu invece hai un'anima che è un bar per nottambuli. La porta non è mai chiusa a chiave. E c'è un cartello scritto con le lettere grandi, cosí che possano vederlo anche i ciechi: 'Tirare'. Tirare ed entrare. È tutto pagato. Bevete, divertitevi, spaccate quello che vi pare...".

Mi fece ridere quel... "tirare". Mi parve molto buffo. Eppure. È cosí. Proprio cosí!

DOVETTI LOTTARE DURAMENTE PER DISTOGLIERE DODÒ dal proposito di invitare a pranzo i parenti di Mimis. Mi aiutò anche lui. Sotto sotto temeva quell'incontro.

"Dobbiamo per forza invitare i parenti dello sposo. Mica vorremo conoscerli direttamente in chiesa! Che cosa penseranno?".

"Ma se te lo abbiamo spiegato. La zia è malata. Ha la lombalgia. Per il momento non può uscire".

"Mandiamole un mazzo di fiori. Qualcosa dobbiamo fare. Perché non porti almeno le ragazze?".

"Ho mandato un mazzo di fiori da parte tua. Non preoccuparti. Prima o poi verranno anche le ragazze. Nemmeno avessimo poco tempo!".

"E visto che abbiamo tempo ci mettiamo a oziare? Quando una cosa non avviene al momento giusto, perde lustro".

Dall'altra parte non c'era la stessa premura. Probabilmente non era tra le loro priorità conoscere Dodò.

* * *

In quel periodo Teopisti aveva mobilitato due monache perché tutti i giorni lavassero, stirassero e inamidassero il mio corredo da sposa.

Dodò estraeva, estraeva roba dai bauli, non c'era mai fine.

Ricami ingialliti, pizzi, maglierie, sete, lane, tessuti. Pezzi che fin da quando era bambina aveva destinato a se stessa.

"Che signora dote!", esclamava ammirata Teopisti. "Quanto tempo ti ci è voluto per prepararla...".

"Alcune cose erano di mia madre. E di mia nonna. Ah, sorella Teopisti! E sono poche quelle che hanno fatto le mie mani?... Ma non ho avuto la fortuna di godermele io, ecco".

"La volontà del Signore, cara Teodosía".

"La volontà del Signore. Esattamente".

Ripeté con una tristezza profonda, ma anche cosparsa – io la conoscevo bene – di una buona dose di cattiveria fresca fresca.

"Va be', ma darai tutto alla piccola?".

"Ho tenuto alcune cose anche per la maggiore. Ma questa qui è piú attenta alla casa. Apprezzerà di piú. La maggiore non se ne cura granché. E poi, posso dirti una cosa dal fondo del cuore? Sono molto soddisfatta dello sposo. Gli preparerò una casa di quelle...! I suoi parenti resteranno a bocca aperta".

* * *

Dal giorno della presentazione ufficiale a quello delle nozze passò un mese.

Mimis veniva regolarmente a casa, e ogni volta Dodò lo viziava. Cucinava, preparava dolci, mancava solo che stendesse tappeti rossi su cui fargli posare i piedini.

"Caro Mimis" di qua, "Mimakos caro" di là, "bevi un succhino che ti dà forza", "prendi il cuscinetto per tenere su la schienina"... E lui ovviamente non era da meno. "Zietta dolce", "ziettina cara".

Un amore folle, potente!

La caricava sulla Mercedes e la portava in giro per l'isola. Lei si accomodava sul sedile di pelle, si spaparanzava, abbassava il finestrino e distribuiva sorrisi e saluti. Nemmeno un sindaco in periodo preelettorale. Quando andavo con loro mi toccava il sedile posteriore. "La zia! La zia ha la precedenza. Tu siediti dietro, Arghirenia...".

"Sto vivendo momenti bellissimi, sorella Teopisti. Come allora, al tempo di Ioannis. Non mi sarei mai aspettata che questa creatura mi regalasse una gioia cosí grande".

"Hai incontrato Rorò?".

"Ma no, che Rorò? Sto parlando di Mimakos. Vieni anche tu, ti portiamo a fare un giro in macchina".

"Io adesso... Come faccio? La 'veste', capisci?".

Però aveva l'acquolina in bocca. L'idea l'attirava.

"No, no, verrai. Lascia perdere la 'veste'. Mica se ne va dal suo posto. Dove ti piacerebbe che ti portassimo? Qual è il tuo desiderio? Dillo a me che ci penso io".

"Be', cara Teodosía... Mi piacerebbe andare al convento di San Giovanni Battista. È un voto che ho fatto tanti anni fa, ma come potrei arrivare lassú, tra monti e gole? È molto lontano... È difficile, eh? Non credo che Mimis sarà d'accordo. La strada è pericolosa".

"Tu non preoccuparti. Preparati, e la settimana prossima ci andiamo".

E ci andarono.

"Sii benedetto, giovanotto caro! È il giorno piú felice della mia vita...", disse Teopisti quando la lasciarono davanti alla porta del convento.

* * *

"Cara mia, quello è capace di piazzare davanti al monumento dei caduti il papa vestito da euzone. Tanto è sfacciato! Tanto è astuto!", diceva Apollonía. "Mettigli un freno, Rorò, perché non so dove voglia arrivare".

"Io mi diverto. Mi sembra tutto cosí divertente".

"A me invece... proprio per niente!"

* * *

Apollonía veniva raramente a casa, e sempre nei giorni in cui non c'era Mimis. (Prima telefonava e si informava.)

"Apollonítsa, vieni sabato che c'è anche il nostro giovanotto. Preparo la torta di zucchine. Piace a tutti. Dài, che finalmente mangeremo come una famiglia, per una volta".

"Purtroppo non posso. Ho un impegno".

"Sono piú importanti i tuoi impegni che la famiglia".

"Non posso. Non c'è verso".

"Eh, cosa sarà mai? Uffa, basta! Quando ci degnerai della tua presenza? Me lo dici?".

"Prossimamente".

"Ma tu senti... prossimamente! Dove siamo, al cinema? C'è un film?".

"Mi colpisce l'atteggiamento di tua sorella. Mi domando se non sia rósa dall'invidia. Non me l'aspettavo da lei".

"Apollonía invidiosa? È escluso. Semplicemente, in questo periodo è molto impegnata. Ci siamo incontrate ad Atene piú volte. Con Mimis va d'accordissimo".

"A me questo comportamento non piace. Di' a Mimis di cercare di prenderla con le buone... di darsi un po' da fare, insomma!".

(Si era già dato da fare, purtroppo...)

* * *

Oltre a sbiancare e a inamidare la dote, Dodò aveva in ballo anche altre faccende, molto piú serie. Sempre con l'aiuto e la collaborazione di Mimis.

Lui la caricava sulla Mercedes e assieme correvano per avvocati, banche, notai e agenti immobiliari.

A parlare era sempre Dodò. In tutto. Mimis era l'accompagnatore. Non esprimeva pareri, non interveniva nelle decisioni.

Agiva in un altro modo. Piú astuto. La lusingava in continuazione. Se la intortava. Le dava a piene mani quello che lei non aveva mai avuto nella vita. Il consenso! E lei, per corrispondergli, per risultare gradita, cercava di indovinare ogni suo desiderio e di realizzarlo.

Vendette una parte dei terreni e mi acquistò una grande casa su due piani ad Atene. Quasi quasi non chiesero nemmeno il mio parere. Diedero la caparra senza che io l'avessi nemmeno vista.

"Per Mimis è quello che ci vuole. I suoi amici rimarranno a bocca aperta. Avresti dovuto vedere come gli brillavano gli occhi quando l'agente ce l'ha mostrata. 'Cosa dici, Mimis?', gli ho domandato. 'Ti piace?'. 'Sei tu che decidi, zia', mi ha risposto. Ma io l'ho visto, ho capito che era rimasto incantato".

"Perché hai comprato una casa cosí grande? Come farò a mandarla avanti?".

"La nostra famiglia ha sempre abitato in case grandi. Tuo marito guadagna. Ti prenderai una donna di servizio".

* * *

"Rorò mi mancherà. L'ho sempre avuta vicina. Verrete a trovarmi spesso, eh, Mimakos?".

"Non preoccuparti, zietta. La maggior parte del tempo la trascorreremo qui. Pensi che ti lascerei sola?".

Arredammo la casa secondo i gusti di Mimis. Dodò non si intromise. Si limitò a pagare i conti. Pregai Apollonía di aiutarmi, ma non accettò. Mi accompagnò soltanto a scegliere le tende. E il suo gusto rifulse! (Le tende erano la suppellettile piú bella della casa.) Dodò fu molto contenta quando lo seppe.

"Che brava! Finalmente anche lei si è interessata a qualcosa. Non è cattiva, la nostra Apollonítsa. Posso dirti che ha un'anima piú bella della tua? Eh!... Ci è rimasta un po' male che tu ti sia presa un uomo cosí bello e famoso. È comprensibile!".

* * *

Arrivò il giorno in cui trasferimmo il corredo, adornammo la casa e preparammo il letto nuziale.

Il convento della Madonna Misericordiosa ci raggiunse al gran completo. C'erano anche alcune componenti del consiglio dell'orfanotrofio femminile, di cui Dodò era presidente.

"Questo posto è diventato nero per il gran numero di tonache", mormorava Apollonía. "Sono calate le cornacchie?".

Dodò andava avanti e indietro madida di sudore, carica di tutti i suoi gioielli. Spille, collane, orecchini, braccialetti...

"Non somiglia al Santo Sepolcro?", dissi ad Apollonía.

"... Compianto!", commentò lei.

Non si fermò a lungo. Era lí per cortesia: come voleva la tradizione posò la moneta d'argento sul letto nuziale (su cui era steso il pezzo piú straordinario realizzato da Dodò), mi baciò sulle guance e uscí.

* * *

Ogni volta che se ne andava, Apollonía lasciava un vuoto dentro di me. Era lo sgabellino del balcone su cui ci sedevamo da piccole a progettare le nostre birichinate.

Quello sgabellino restava vuoto! E mi doleva. Pesava. Per la mia anima non era facile spingerlo piú in là.

* * *

Ero contenta. Piú che altro ero in uno stato confusionale. Ero al settimo cielo per la felicità. Ma quello che mi accadeva intorno sembrava non riguardarmi. Come se avvenisse per un'estranea. Ero una spettatrice. Non un'attrice.

All'improvviso comparvero anche Peli e le "figlie".

(Fortuna che Apollonía se n'era andata.)

Peli indossava una maglietta di lamé e una gonna nera di taffetà stampato, e alle orecchie le pendevano enormi cerchi d'oro. Kòstia e Iota – come mai mi sembrarono due pesci rossi immobili? – anche loro vestite con abiti vivaci, si guardavano attorno incuriosite, ridacchiavano, parlottavano, si davano di gomito in tono canzonatorio osservando le monache che chiacchieravano e trangugiavano con rara avidità i bruscolini e i dolci.

Peli e Iota mi baciarono e mi fecero gli auguri di rito. Iota mi si strusciò anche lievemente sulla spalla, come un gatto. (Lo faceva sempre quando mi vedeva, per esprimermi la sua simpatia.)

Kòstia guardava estasiata una coppia di splendidi colombi di cristallo, un dono che mi aveva fatto Apollonía per consolarmi quando Dodò aveva somministrato il grano avvelenato a Frisso ed Elle perché imbrattavano "sfrontatamente" il marmo.

"*Piki, piki, piki*!", celiava Kòstia, e cacciò fuori la punta della lingua, pronta a dare un bacio con risucchio ai colombi.

"*Ohè*!", la redarguí Peli. "Vieni qui a fare gli auguri".

"Ah! Cara Arghirenia! Tanti auguri. E speriamo che arrivi il successore!".

"Ma cosa dici, bestia!", impallidí Peli.

"Dico giusto. Speriamo che arrivi il successore. Ossia l'erede. Arghirenia ha capito. È istruita".

E tornò ai colombi.

"*Piki, piki, piki*!...".

Ridemmo tutti tranne Peli, che continuava a fare le smorfie e che moriva dalla voglia di dare una bella legnata a Kòstia.

In quel momento Dodò stava chiacchierando con le signore dell'associazione.

"Zia, vieni che ti presento i parenti di Mimis. La signora Peli e le sue figlie, Kòstia e Iota".

"*Ohhh*! Le mie care consuocere! Benvenute, benvenute. Lunga vita ai nostri ragazzi! Come va la salute, consuocera?".

"Benissimo".

"Riesci a camminare adesso?".

"Tocca ferro, benedetta donna! Perché, quando mai non ho camminato?".

"Mi riferisco alla lombalgia...".

Furba com'era, Peli fiutò qualcosa e non le diede corda.

"Tutto bene, tutto bene", disse con un'aria che chiaramente significava "va' al diavolo, anche tu". E si avviò verso la camera degli sposi.

Le "care consuocere" lanciarono ostentatamente tre monete d'oro sul copriletto finemente ricamato e se ne andarono.

"*Piki, piki, piki*!", mi sentivo continuamente nelle orecchie. E non sapevo se ridere o piangere per quello che mi accadeva intorno. (Mi confondo sempre tra le due cose. Non riesco a distinguere i confini dell'una e dell'altra.)

Dodò continuò a vagare per le stanze, ad ammirarle e a farsi il segno della croce.

"Sia ringraziato Dio. È tutto perfetto! Tutto come si deve! Sia ringraziato Dio!".

Solo che a un certo punto...

A un certo punto la sorpresi accanto a Teopisti, intenta a riporre certi ricami – suoi, sempre – in un cassetto. Aveva le lacrime agli occhi. Sul viso aveva dipinta un'amarezza.

"Teodosía dappertutto! Teodosía dappertutto!", mormorò, guardandosi intorno con occhi gelidi. "Teodosía dappertutto e la sposa... è Rorò!".

La monaca mi vide, capí che avevo sentito e tacque.

* * *

Quando restammo sole a casa, la sera, anche se sfinita dalla stanchezza e dall'emozione, Dodò trovò il tempo, durante la cena, di comunicarmi i suoi pensieri.

"Sei contenta, Rorò?".

"Molto. Ti ringrazio per tutto quello che hai fatto".

"Ho fatto il mio dovere. Spero che l'anima del mio compianto fratello sia soddisfatta".

"Anche quella della mia mamma".

"Certo...". (Nessun commento.)

Poi, dopo una lunga pausa proseguí:

"Comunque mi è dispiaciuto molto che tua sorella se ne sia andata. Doveva restare con noi fino alla fine della giornata".

"*Piki, piki, piki*!", mi sentivo risuonare nelle orecchie. E all'improvviso mi scappò da ridere.

"Ridi? Che cosa ci trovi di divertente? Si è comportata in modo inaccettabile. Ci sono rimasta male. Che cosa avranno pensato le monache?".

“Io so che mia sorella mi vuole molto bene. Non mi interessa quello che pensano le monache”.

“Ma tu... vivi tra le nuvole. Giorno e notte prego che tu non cada giú rompendoti l’osso del collo. Povera bambina...”.

(Dio non si è mai curato di nessuna preghiera di Dodò. Avrebbe ascoltato proprio quella? In ogni caso, il Signore considerava Dodò meno di uno zero. Lei si doleva e gli bruciava incenso, e lui le faceva *piki*, *piki* e rideva.)

“Ho anche un’altra cosa da dirti. Di somma importanza”.

“... Somma?”.

“Esattamente. E smettila di prendermi in giro. Queste consuocere non mi sono affatto piaciute. Credi che sia sciocca? La lombalgia non c’è mai stata. Era una scusa per non portarle qui. Temevi il mio giudizio... D’accordo, Mimis... Mimis non ha niente a che vedere con quelle donnacce. Ha altre origini. Dove sono la signorilità, la gentilezza, l’affabilità di Mimis? E... come si chiama quella che belava come una pecora in calore? Kostas? È un ermafrodito?”.

Per poco non soffocai, perché mi serví quell’ermafrodito mentre stavo mandando giú un boccone.

“Kòstia. Si chiama Kòstia, è una ragazza”.

“Ah! Va be’... Che si chiami Kostas o Mitsos, è una meretrice. Mamma mia, mamma mia. Pochi contatti con quella gente. Pochissimi. Il minimo indispensabile, per educazione, e anche quel minimo col contagocce. Hai capito? Non sono persone adatte a noi. Appartengono a un altro mondo”.

“Lo so. Non c’è bisogno che tu me lo dica”.

“Un cavolo, sai. Ti appiccichi a qualunque essere che la società rifiuti. Non ti conosco? Quando vedi un cane randagio, diceva la buonanima di tuo padre, non guardarlo negli occhi. Se lo guardi resti prigioniero. Ma questi sono concetti troppo elevati per te. Non so che geni ti porti dentro”. (Era chiarissimo, si riferiva alla famiglia di mia madre.) “Noi, nella nostra famiglia, abbiamo sempre frequentato gente della nostra classe sociale!”.

(Evidentemente non volle ricordarsi dell’ombrellaio...)

* * *

"Che idea fissa, Arghirenia!", mi diceva di recente Apollonía. "Tutto quello che è diverso ti attrae come una calamita. Corri e ti ci incolli sopra a occhi chiusi. Qualunque persona bislacca, tocca, o... fuori dagli schemi, insomma, per te costituisce un modello. Ciò che è diverso è interessante, non dico di no. Ma non ti offre nessuna garanzia. Il fatto che una persona sia originale non significa che non possa avere un coltello nella tasca dei pantaloni. Capisci, cara?".

Cosa dovrei dire? Che ho capito? Che smetterò di guardare i randagi negli occhi? Che... da lunedí cambio? Quel giorno, le razze che un tempo mio nonno pescatore arpionò torneranno in vita e mi fischieranno.

* * *

Il matrimonio si celebrò in una chiesina sperduta. Mimis non volle festeggiamenti e io fui d'accordo. Dodò invece ne fu molto amareggiata. Aveva altri sogni. Una carrozza con cavalli bianchi mi avrebbe portata da casa alla Cattedrale! Avrei indossato un vestito con uno strascico lunghissimo e ci sarebbero stati i paggetti a fare da cherubini. La gente nelle strade ci avrebbe gettato riso e petali di rosa. Limousine nere avrebbero trasportato gli invitati. Ricevimenti, interviste etc. etc.

"È un evento cosí importante! Perché negargli lustro? Perché non godercelo? Come se nella nostra famiglia avessimo avuto la fortuna di vivere molti momenti felici!". (In questo aveva ragione.) "Delle spese mi faccio carico io".

"Chi ne fa una questione di spese, cara zia?", osservò Mimis. "Semplicemente non vogliamo che un momento cosí personale diventi una festa di paese. Non è opportuno nemmeno per la mia carriera che si sappia che mi sposo. Vedi... Tutte quelle sciocche ammiratrici... Sono un cantante giovane. Devo tenermi caro il pubblico. Alla cerimonia parteciperanno soltanto i parenti stretti".

“Nemmeno le monache? Nemmeno le signore delle associazioni?”.

“No, no, nessuno. Tu, mia zia con la famiglia, Apollonía e il testimone”.

“Almeno Teopisti? Lei è parte della famiglia. Verremo anche noi con la famiglia. Come tua zia”.

(Era la prima volta che Dodò alzava la voce con Mimis.)

“Va bene. Non voglio addolorarti, Teopisti può venire”.

“E la sposa? Non indosserà nemmeno l’abito?”.

“Ma certo che lo indosserà. Il piú bello!”.

“Perché la veda chi, ragazzo mio? Tua zia?”.

“Io! Non è la mia sposa? La ammirerò io!”, le rispose teneramente Mimis, e le schioccò un bacio sulla guancia.

Bastava quello. Per un bacio Dodò era capace di vendere la sua vita. Figuriamoci lo strascico del mio abito da sposa.

“Come volete. Siete voi i protagonisti...”, sussurrò reclinando il capo sulla spalla, come un giglio delicato.

* * *

Era un pomeriggio d’inverno. Il cielo era coperto di nuvole grevi. Pioveva. Ero con Apollonía, chiacchieravamo.

“Mi accompagnerai a scegliere l’abito?”.

“Certo che ti accompagnerò! Vuoi vestirti da sposa senza il mio gusto? Tu saresti capace di andare in chiesa con un pigiama a righe”.

“Ah! Che bello! Avevo paura che magari... a causa di Mimis...”.

Si ricordò del vizio che avevo da bambina di aggiungere alla fine di ogni frase un “perché”, e mi volle prendere in giro:

“Non sopporto lo sposo, perché. Non la sposa”.

Ridemmo di gusto. Prendemmo il tulle e cominciammo a confezionare le bomboniere. In ognuna mettevamo un fiore di gelsomino finto legato con un nastrino rosa.

Eravamo sedute sui nostri sgabelli, come un tempo, l’una di fronte all’altra, e confezionavamo le bomboniere.

Dodò ci offriva in continuazione pistacchi e cioccolatini.

"Cosí mi piace vedervi. D'amore e d'accordo. Adesso sí che sono felice...".

Apollonía prese un nastrino rosa e se lo legò al dito mignolo.

"Su... Dammi anche il tuo".

Uní i nostri mignoli, li legò stretti e mi abbracciò.

"Giura. Giura che nessuno mai ci separerà".

"Lo giuro!", esclamai, e la coprii di baci.

"Ricordatelo sempre questo, Rorò. Ricordati sempre il nastrino rosa".

Quella sera, la vigilia delle nozze, annunciai a entrambe che non volevo piú essere chiamata Rorò.

"Il mio nome è Arghirenia. Comincio una nuova vita. Il nome Rorò dovete dimenticarlo".

"Giusto! Hai ragione", ammise Dodò. "Sposi un uomo famoso. Come ti citeranno i giornalisti? Come Rorò?".

Apollonía sorrise.

"Ah, la mia dolce, povera Rorò... Rimarrà sempre qui, seduta sul suo sgabello, a mangiarsi le unghie. La nostra Rorò non ce la tocca nessuno. Il signor Venetatos si prenderà Arghirenia".

Capii che cosa intendeva e mi vennero le lacrime agli occhi.

Dodò era immersa nei suoi pensieri.

"Stasera avremmo dovuto avere qui un sacco di gente. Le vostre amiche, le mie... Avremmo dovuto festeggiare, offrire da bere, ricevere gli auguri. Non si è mai visto che solo due persone preparino le bomboniere!".

* * *

Era un pomeriggio di novembre. Il cielo era carico di nubi nere. Pioveva.

Una rosa, all'ingresso di casa nostra, era stracolma di fiori. La chiamavamo "la rosa pazzerella" perché fioriva tutto l'anno. Fiori grandi e gialli, gonfi di pioggia. Sembrava piangessero. Noi tenevamo in mano grandi ombrelli neri.

“Guarda, guarda la rosa!”, mi gridò Apollonía mentre chiudeva la porta di ferro del giardino. “Sembra quasi che ti voglia seguire!”.

Salimmo tutti insieme sull’automobile di Mimis. La famiglia di Peli sarebbe venuta in taxi.

“Non si fanno cosí queste cose”. (Dodò non riusciva proprio a mandarla giú.) “Lo sposo doveva essere in chiesa con i suoi ad aspettare. E io gli avrei dovuto affidare con tutti gli onori la mia figliola. E invece niente auto con i nastri, né chiesa addobbata…”.

“Non brontolare, zia. La sostanza è altrove!”, la sgridò Apollonía.

“Per risaltare, la sostanza richiede anche una cornice appropriata. Adesso è come se stessimo mangiando caviale in piatti di latta”.

Nessuno aprí piú bocca fino a quando arrivammo alla chiesina. Un silenzio greve e umido era rannicchiato tra i tulle e i gelsomini finti.

* * *

La chiesina era sospesa sul ciglio di una gigantesca rupe. Come se l’avesse sputata fuori il mare.

Un silenzioso pomeriggio di novembre. Con la pioggia. Il mare aveva un colore grigio scuro. Quasi inchiostro nero. Uno stormo di gabbiani volava sopra la rupe. Due davanti, tre seguivano, e piú dietro ne venivano altri quattro.

Volavano frettolosi, come se inseguissero le nuvole.

“Guarda! Guarda!”, mi diede di gomito Apollonía – anche lei, non poteva starsene un po’ tranquilla? – mentre salivo i gradini di pietra verso la chiesina. “Guarda i gabbiani! Volano nella stessa formazione con cui noi stiamo camminando. Mancano soltanto gli ombrelli. Dici che vanno anche loro a un matrimonio?”.

Sollevai la testa per guardare, e la coroncina bianca che mi ornava i capelli rotolò a terra.

“Sei sempre distratta!, si arrabbiò Mimis. “Pensa se ci fossero i fotoreporter!”.

* * *

“Il servo del Signore Dimitrios sposa…”, etc.

(Tempo dopo venni a sapere che il pope si era fatto pagare profumatamente per non pronunciare il vero nome di Mimis!)

“Alla fine”, lo provocai quando fummo soli, “Non ho sposato te. Ho sposato un certo Dimitrios”.

“Meglio. Cosí io sarò il tuo eterno amante!”.

* * *

Sentivo che dovevo essere felice.

Mimis era mio.

Il sogno era diventato realtà.

E tuttavia… Non riuscivo a indossare sulla pelle quella felicità. Mi stringeva. Mi pizzicava.

Il mio sogno era diventato realtà!

Una grande rosa gialla tra le mie braccia, carica di pioggia.

Sembrava piangesse!…

* * *

Mi domando sempre perché i sogni si dileguino appena sfiorano la soglia della realtà.

Perché non ci aspettano lí, per accoglierci…

E se accade che qualcuno resta lí, è perché reclina il capo, appassito, e piange…

I PRIMI ANNI DELLA MIA VITA CONIUGALE NON EBBERO PARTI-colari “turbolenze”. Le nubi si addensavano, ma io non guardavo l’orizzonte. Nutrivo i colombi in terrazzo.

Ero la fan piú accanita di Mimis, e questo mi bastava. Lui prendeva tutte le decisioni, io lo seguivo leccandogli i piedi come un cane fedele.

L’unica preoccupazione che avevo era rendergli la vita sempre piú piacevole.

Mi bastavano un suo sguardo, una carezza, e mi sentivo al settimo cielo. Non contava altro.

Di solito rincasava all’alba in uno stato pietoso e dormiva fino al pomeriggio inoltrato. Non permettevo che volasse neanche un moscerino, niente doveva disturbare il suo sonno beato.

Era raro che mi portasse nei locali in cui lavorava. D’altra parte non era una cosa a cui io aspirassi. Non sopportavo gli assalti delle ragazzine, che gli si buttavano addosso come indemoniate e gli strappavano i vestiti. Da un lato provavo una gioia immensa perché lo avevo tutto per me, dall’altra ero terribilmente gelosa.

In quei momenti avrei voluto essere una vipera per morsicare le schiere di stupide ragazzine che osavano contendersi il mio angelo.

“Devi essere piú serio! Perché le lasci fare?”.

(Che pretese, come se io fossi stata una persona seria!)

“Ma cosa dici, tesoro? Ci sei con la testa? Queste puttanelle ci assicurano il pane!”.

Quale pane… Diceva di guadagnare un sacco di soldi ma aveva il portafogli sempre vuoto. Le spese della casa le coprivo interamente io con le mie entrate.

"Che fine fanno i soldi, Mimis?", osai domandargli una volta.

"Non preoccuparti. Un giorno vedrai. Vedrai e ti stropiccerai gli occhi dallo stupore, cara Arghirenia!".

(Eh già, non me li sono forse stropicciati? Ancora un po' e perdevo la vista!) Non volevo indagare. Lasciavo che gli eventi facessero il loro corso. Temevo di scoprire qualcosa che mi distogliesse dall'incanto.

"Chi ha deciso di vivere con le illusioni, fa bene", filosofeggiava anni dopo Apollonía. "Basta che non chiuda la porta in faccia alla realtà. Deve osservarla con discrezione, sia pure attraverso uno spiraglio…".

* * *

"Non sai che vizio ha il tuo bello?", mi disse un giorno Iota mentre mi si strusciava come un gatto contro il braccio. (Era l'unica che venisse a tenermi compagnia.)

"Di che vizio stai parlando, scusa?".

"Del fatto che gioca, dài… Casa nostra è diventata il ritrovo fisso della sua compagnia. E quella donna, mia… 'madre'… Che dirti! Non so dove trovi la forza di preparare caffè e servire cocktail fino al mattino!".

"Di sicuro ha il suo tornaconto".

"Naturale. Di cosa credi che viviamo?".

(Avevo subito un lieve shock, ma cercavo di mantenere il sangue freddo.)

"Sono in molti nella compagnia?".

"Cinque o sei fissi. Due medici, un agente immobiliare, un banchiere, un musicista e chiunque altro capiti. Ascolta, Arghirenia" (mi strinse con fervore le mani, pronta a inginocchiarsi), "non cercare mai di cambiarlo. Ti caccerà. E invece io desidero cosí tanto averti vicina! Ti voglio tanto bene!… Non so se ti ha raccontato la sua storia con Marina".

"Quale Marina?".

Ritirai bruscamente le mani e balzai su come se mi avesse morsa uno scorpione.

"La sua ex. Era una storia importante. Un amore folle. Una ragazza simpatica, ma non certo del tuo livello. Niente a che vedere con te".

"Bella?". (Subito al sodo, io.)

"Carina... Insomma, questa qui gli stava sempre alle costole. Era diventata la sua ombra. Sapeva tutto e cercava di farlo cambiare. All'inizio con le buone, poi con prepotenza. Una sera venne a casa nostra e piantò un gran casino. Prese a schiaffi Mimis, insultò Peli, spaccò una bottiglia in testa a mio padre, io e mia sorella ci nascondemmo sotto il letto... Un delirio, ti dico. Il risultato? Lui la cacciò brutalmente!".

"E lei non lo ha piú cercato?".

"Noi non l'abbiamo piú vista. Mimis ci ha detto che ha anche tentato il suicidio. È arrivata a questo punto. Perciò te lo dico: se vuoi tenertelo, non dargli contro. Magari da solo... piano piano... Lo sai che mio padre non vuole vederti?".

"Perché, che cosa gli ho fatto?".

"Dice che si vergogna".

"Per quale ragione?".

"Perché... Ma sí, be'... Perché in un certo senso copriamo Mimis in quello che fa di nascosto da te. Cioè, loro lo aiutano. La coppia. Avevo questo peso e volevo parlartene. Qualcosa mi diceva che lo avevi già capito. Non sei mica una stupida, tu. Non ti chiedi dove vanno a finire i soldi di Mimis?".

"E perché tuo padre, invece di vergognarsi, non fa qualcosa?".

"Chi, mio padre?! In casa comanda la signora Peli. Lui è lo schiavo. Lascia perdere, va'... Cosa credi, che siamo una famiglia a posto?".

"Ma non mi dire!", pensai. E cambiai discorso, perché mi ero già addentrata a sufficienza nel campo minato.

"Ti va se andiamo al cinema, stasera?".

"Sí, che bello! Non ti sei arrabbiata con me per quello che

ti ho detto, vero? Io ti starò sempre vicina. Non mettermi sullo stesso piano degli altri".

"In ogni caso ti distingui per la mole!", pensai, e scoppiai a ridere.

"Voglio vederti ridere sempre", mi disse affettuosa, e mi si strusciò di nuovo contro il braccio.

* * *

No. Non cercavo di cambiarlo. Gli dimostravo assoluta comprensione. Anch'io pensavo, come Iota (due sveglione!), che magari... un giorno... piano piano... lui avrebbe apprezzato il mio atteggiamento e sarebbe diventato una persona rispettabile.

Come se i vizi avessero qualcosa a che vedere con il senso dell'onore. Allora non sapevo – e anche se lo avessi saputo dubito che ne avrei tenuto conto – che certe persone usano la comprensione degli altri come paravento per commettere dietro di esso, con piú calma, i loro misfatti.

* * *

La maggior parte delle volte, quando Mimis tornava a casa ruttava a piú non posso e puzzava di alcol.

"Perché bevi cosí tanto, Mimis? Non hai paura di rovinarti il fegato?".

"Tu non mi capisci, Arghirenia. Non sai niente. Come faccio a dimenarmi come una scimmia per tante ore davanti alla folla se non mi do un po' di carica? Mettiti nei miei panni. Tutti i giorni la stessa storia. Che tu abbia voglia o no, devi piacere. Devi far divertire gli altri. È possibile senza... un 'aiuto'?".

Lo trovavo logico. Comprensione ne avevo da vendere!

* * *

Non dico che non vivessi momenti di felicità accanto a Mimis. Quando mi prendeva sulle sue ginocchia, mi stringeva tra le braccia e mi copriva di baci e di parole dolci, ero al settimo cielo.

"Sei la cosa piú bella che potesse accadermi nella vita. Senza di te non sono niente. Non ti lascerò mai".

"Voglio che facciamo un bambino", gli dicevo.

Pensavo – altra illusione grossolana – che un figlio avrebbe suggellato il nostro rapporto e che avrebbe aiutato Mimis a dare un taglio ai vizi. Ma oltre a questo, desideravo formare una famiglia. Dare quello che non avevo ricevuto. Volevo un porto sicuro. Volevo gettare l'àncora. Ero stufa di vagare per i mari con la mia barca malconcia.

"Non avere fretta, Arghirenia. Non è ancora tempo. Prima devo sistemare alcune cose. Lascia a me il timone, per favore".

E io glielo lasciavo.

E la barchetta malconcia navigava senza rotta, nel mare infuriato. E io ero un mozzo ubriaco, che quando vedeva le secche si rannicchiava in coperta a contare le stelle.

* * *

Andavamo spesso sull'isola. Dodò era molto contenta. Mimis le portava la frutta esotica, di cui era golosissima, e la accompagnava a sbrigare le commissioni in Mercedes. Questo era il suo passatempo preferito! Si fermavano per esempio davanti alla farmacia, Dodò scendeva tesa come una molla, allungando il collo piú di una tacchina, ed entrava frettolosa nel negozio.

"Svelti, per favore... Il mio genero ha un appuntamento urgente alla casa discografica!".

Spesso andava a trovarla da solo. Senza informarmi.

"Avevo un po' di tempo e ho fatto un salto all'isola, per vedere se magari la zia avesse bisogno di qualcosa".

"Perché non mi hai chiesto se volevo venire anch'io?".

"L'ho fatto intenzionalmente, Arghirenia! Non voglio che la zia pensi che vado a trovarla per tua iniziativa".

"Non riesco a capire perché ti stia tanto simpatica Dodò".

"Vergognati, ingrata. È la donna che ti ha cresciuta. Non

basta che provveda io per te, devo anche sentirmele! E comunque è una donna adorabile".

Non ricordavo di aver mai visto la "adorabile" tanto contenta, soddisfatta e loquace.

"Dài, che sposo anche l'altra... Magari avesse anche lei la stessa sorte, Dio mio, cosí potrei compiere il mio dovere".

"Perché non lo 'compi' adesso?", le domandavo. "È un periodo felice per te".

"No, no. Prima devo portare a termine il mio compito. Non posso abbandonare l'agone a metà".

* * *

Apollonía la vedevo di rado. Ci davamo appuntamento in qualche caffè, di solito al Pireo. Mi domandava come andasse la mia vita e io le rispondevo che ero molto felice. (Non era neanche completamente falso.) Lei faceva una smorfia con la bocca e si grattava la testa.

"Non sei contenta di questo?".

"Come no, certo! Sono contenta".

"Non lo dimostri".

"Che cosa devo fare, Arghirenia? Le capriole? Magari fosse come dici tu. Perché invece io ho altre informazioni".

"Non voglio che tu me le riferisca".

"Non ho nessuna intenzione di farlo".

Si accendeva la sigaretta e mi guardava. Semplicemente mi guardava. Preoccupata. Con amore. Con paura. Mai con commiserazione. Mai con disprezzo.

"Sta' attenta", mi raccomandava ogni volta che ci separavamo baciandoci. "Abbi cura di te".

Mi piaceva sentire quella frase. Indipendentemente dal fatto che non mettessi in atto la raccomandazione, avevo un bisogno tremendo di sentirla. Era come se avessi freddo e lei mi gettasse sulle spalle uno scialle caldo.

* * *

“Non voglio avere nessun rapporto con Apollonía. Lascia che ti protegga. È una persona che ci fa del male. Hai visto? Per Dodò corro a destra e a manca. Ma quell’altra non la voglio davanti nemmeno dipinta”.

“Stai commettendo un grosso errore. E questo tuo atteggiamento mi addolora. Non mi puoi separare da mia sorella”.

“Posso e lo farò”.

“Non è possibile”.

“Allora mi sa che… devi scegliere tra me e lei”.

Quel dilemma mi piombò sul cuore come un macigno.

“… Sono sola. Tu sei sempre fuori. Voglio anch’io qualcuno vicino”.

“Se ti senti sola va’ a casa di Peli. Chiama le ragazze. Iota non viene qui? Vuoi un’amica migliore della nostra amata Iotara?”.

“Figuriamoci! È la famiglia dei miei sogni!”.

“Fai dell’ironia? Non ti ho certo tirata io per i capelli. Ci hai scelti tu!”.

In questo non aveva torto.

“Non faccio nessuna ironia. Nemmeno tu stimi molto la famiglia di Peli”.

“Conosci il proverbio che dice: ‘Il parente può dir male, ma non sta ad ascoltare’? Quindi taci e fa’ come ti dico”.

Scoppiai a piangere. Allora mi venne vicino per proteggermi col suo corpo.

“Scusami se ti ho parlato cosí. Può darsi che a volte diventi brusco, ma ho il dovere di proteggerti. Sei il mio diamante. Il mio tesoro… Non piangere. Ti amo e ti amerò sempre… Piccolo, adorato scoiattolo!”.

Mi chiamava cosí. Scoiattolo.

“Che cos’ho che ti ricorda uno scoiattolo?”.

“Due occhietti intelligenti. Una coda folta. Una pelliccetta calda. Sei un animaletto strano e amabilissimo”.

“Un animaletto di sicuro. Ma la coda folta dove la vedi?”.

“Lasciami fantasticare un po’, insomma. Uffa…”.

Mi appoggiai alla sua spalla, mi rifugiai nel suo abbraccio e piansi a lungo. (Sempre, cercando di salvarmi, mi infilavo nella buca in cui avevano fatto la tana i serpenti che mi davano la caccia.)

Piansi di felicità, perché lui mi teneva tra le braccia e mi giurava amore eterno.

Piansi perché dentro quell'amore io sbattevo le ali come un uccellino prigioniero. Non potevo costruire un nido. E non avevo un orizzonte per volare. Per volare in alto... Per volteggiare sopra la mia felicità, e ammirarla...

Piansi perché mi vennero in mente i capelli corvini e lo sguardo tenebroso di Peli. La testa del "Molosso". Il nitrito di Kòstia. Le carezze di Iota.

E ancora di piú piansi perché cercavo dentro di me, senza trovarlo – l'avevo messo al sicuro ma non ricordavo piú dove – il nastrino rosa con cui Apollonía aveva legato un giorno i nostri mignoli.

* * *

Era un caldo mezzogiorno di giugno.

Nessun uccellino cercava ombra sui davanzali delle mie finestre.

Il mio giardino non aveva siepi né viti.

E Mimis odiava i girasoli.

Ero cresciuta contemplando il mare e i gabbiani. Passeggiando in mezzo ai roseti, ai caprifogli e ai gelsomini.

I pensieri si riempivano di ricordi. Ma non sono tanto le immagini dei ricordi a ferire.

È piú che altro il loro profumo.

Magari il tempo sbiadisce le immagini, ma non riuscirà mai a eliminare il profumo. Lui resta lí, ben nascosto nel cuore. Inalterato.

Dentro di me profumavano i caldi meriggi d'estate.

L'arsura del cortile lastricato. La sorgente a cui si abbeveravano tutti i colombi dell'isola.

I miei sandali dimenticati sotto la scala.

Il balconcino della mia camera, ricoperto da una buganvillea rossa.

Era un caldo mezzogiorno di giugno.

(E non era mio...)

* * *

Io e Apollonía smettemmo di vederci. Nemmeno lei mi cercava. Se fossi stata appena appena furba l'avrei potuta incontrare di nascosto. Come avrebbe fatto a saperlo Mimis? Ma quando sei cosí dipendente da una persona, ne avverti ancora di piú la presenza quando lei non c'è: te la senti al fianco. La sua ombra ti segue. Ti spia. Ti minaccia.

* * *

Adesso le domando: "Perché non hai cercato di evitare che ci perdessimo, in quegli anni?".

"Perché sapevo che era inutile. Avevo capito la situazione e non volevo metterti in difficoltà. Se uno ha deciso di buttarsi nel fiume e di annegare, fino a che è in piedi sul ponte e non si è ancora buttato puoi afferrarlo per la manica e salvarlo. Ma se uno ha deciso di dare in pegno la propria vita, è inutile cercare di fargli cambiare idea. La spinta all'autodistruzione è forte quanto l'istinto di sopravvivenza".

"E per che cosa diamo in pegno la vita?".

"Me lo domandi proprio tu?".

"Cosí, tanto per chiacchierare... Mi piace ascoltarti".

"Per l'amore. Per la religione. Per qualche ideologia. Per niente... succede anche questo.

"Ci sono persone che non desiderano altro che distruggersi. Semplicemente per il piacere di farlo. Tu sei un po' cosí. Ma in quegli anni eri prigioniera dell'amore. È una caserma in cui nessuno può mettere piede. È recintata con il filo elettrico. Io comunque alla fin fine ero lí fuori ad aspettarti. La cosa piú importante nella vita è sapere che qualcuno ci aspetta".

"Ma io non lo sapevo. Avresti dovuto ripetermelo in continuazione".

"È stato proprio questo il mio errore. Lo abbiamo già detto. Però se anche te lo avessi ripetuto non mi avresti ascoltata. Non avresti mai accettato nessuna voce che potesse turbare la tua prigionia".

"Anche tu ti sei innamorata. Eri prigioniera in una caserma?".

"Era una situazione completamente diversa. Io avevo una conversazione dell'anima. Mi sono innamorata di una persona. Dell'uomo che mi stava davanti, non di un idolo che avevo plasmato con la fantasia!".

* * *

Con me, Mimis faceva il tenero e il premuroso. Iotara veniva a casa a tenermi compagnia, cominciai a sistemare il giardino... Il tempo passava.

Tuttavia l'assenza di Apollonía spalancava dentro di me un baratro. Se avessi gettato un sasso non l'avrei sentito toccare il fondo. Possibile che quello sgabellino nell'angolo del nostro balcone occupasse tanto spazio?

* * *

Un giorno venne a trovarmi Iota, era molto crucciata.

"Che cosa ti è successo?", le domandai.

Sapevo che era innamorata di un musicista del gruppo di Mimis.

"È successo qualcosa con il tuo bello?".

"No, no... Non so se devo dirtelo".

"Riguarda me? Visto che hai cominciato, continua. Ho le spalle forti".

"Be', lo so...".

Mi venne vicino e cominciò a strusciarsi come era sua abitudine.

"Mimis!...", miagolò.
"Mimis cosa? Parla, benedetta figliola!".
"Non sono sicura. L'ho saputo da Kòstia".
"Ah! Da fonti autorevoli".
"Kòstia mi ha detto che quella... Quella che ha tentato il suicidio. La sua ex! Frequenta il locale in cui canta Mimis. Si siede al tavolo d'onore e gli lancia fiori di gardenia".
(Iota non lavorava piú come venditrice di fiori nel locale. Accudiva un'anziana maestra.)
Impallidii. Mi sentii mancare. Mi sentii scomparire dalla faccia della terra.
"Dài, su...". (Mi si era buttata addosso con tutto il corpo.) "Non preoccuparti... Può darsi che non sia niente".
"E lui? Che cosa fa, lui?".
"Non la accompagna, in ogni caso. Lei se ne va da sola".
"Domani vado a verificare. Comparirò all'improvviso".
"No... Non osare! Ti prego. Succederà il finimondo. Lo conosco bene, Mimis. Lascia perdere... Andrò io e ti riferirò i particolari. Ma c'è anche... un'altra questione".
"Che altro? Il colpo di grazia?".
"È una faccenda piú seria".
"Ossia?".
"Mimis ha un sacco di debiti. Tantissimi. Gli stanno dando la caccia. L'ho sentito dai discorsi dei miei".
"È escluso. Mimis non guadagna poco. E poi, se avesse un problema del genere me lo direbbe. Lo sa che ho da parte qualcosa".
"Se vuoi la mia opinione, Arghirenia, devi stare attenta a questa faccenda". (Da quando accudiva la vecchia maestra, la cara Iota era molto cambiata. Si era connessa col cervello.) "Magari Marina va al locale per conto suo. Nessuno le può sbarrare la porta. Non è detto che Mimis corrisponda i suoi sentimenti. L'altra faccenda però...".
"No, no. È Marina che mi preoccupa. La questione dei soldi non esiste. Probabilmente Mimis racconta panzane ai tuoi perché si è stufato di aiutarli".

“Ma cavolo, Arghirenia, ti dico che lo stanno cercando certi tipi strani! Gli hanno teso un agguato anche a casa nostra!”.

“E perché questi tipi non vengono qui?”.

“Non sanno certo dove vive! Ma si informeranno! Chissà come andrà a finire... Per questo te l’ho detto. Devi essere pronta”.

Mi assalí una grande agitazione. Tremavo tutta.

“Non fare cosí... Contròllati... C’è sempre una soluzione, basta non perdere il sangue freddo. Cosí dice la signora Arsinòi...”. (La maestra.)

* * *

Figurarsi se io avevo la pazienza di aspettare le informazioni di Iota.

Figurarsi se ascoltavo il consiglio della signora Arsinòi.

La sera dopo, poco prima di mezzanotte, mi presentai nel locale come Dracula. Mi sedetti in un angolo e cominciai a gurdarmi intorno. Era venerdí e c’era un mare di gente. Mi tremavano le gambe, il cuore faceva il salto con l’asta, può darsi che mi battessero anche i denti. Non capivo niente. Scrutavo e basta. Per poco non mi si catapultavano fuori gli occhi. Avevo la gola secca.

Il tempo passava e non vedevo nessuna donna seduta da sola nei primi tavoli. Cominciai piano piano a riprendermi. Mimis non mi aveva visto, all’inizio. Ma appena mi riconobbe... poco mancò che divorasse il microfono. Terminata la canzone si precipitò come una furia dov’ero seduta.

Era paonazzo. Gli occhi lanciavano saette.

“Che cosa c’è, Arghirenia? Ti è successo qualcosa?”.

“Volevo farti una sorpresa. Credevo che saresti stato contento”.

“Ascoltami, bella! Sei troppo scarsa per metterti a giocare con me. Raccogli i tuoi stracci e tornatene subito a casa. Ci vediamo domattina. Vattene immediatamente! Se tardi due minuti spacco tutto!”.

Mi spaventai. Afferrai la borsa, e in men che non si dica mi avviai barcollando verso l'uscita.

"Se ne va, signora Venetatos?", mi domandò il proprietario del locale. "Le offro da bere? Si sieda a vedere lo spettacolo...".

"No, grazie. Ero passata a dire una cosa a Mimis. Buonanotte...".

E volsi in una fuga disordinata.

Mi aspettavo che il mattino seguente, quando sarebbe tornato, avrebbe fatto crollare la casa.

Avevo ingoiato mezza bottiglia di whisky e due tranquillanti. Un abbinamento micidiale! Niente a che vedere con il consiglio della signora Arsinòi.

Appena sentii i passi mi raggomitolai e finsi di dormire. Mi venne accanto e mi abbracciò.

"Mio piccolo, sciocco scoiattolo... Che non ti venga mai piú in mente di ripetere quello che hai fatto ieri sera. Se non ti fidi di me, non c'è ragione che stiamo insieme. Ti adoro e ti adorerò fino a che vivrò. Niente mi può allontanare da te. So benissimo perché sei venuta al locale. Sono cresciuto per strada. So leggere le persone come un libro aperto. Qualche 'uccellino' ha cantato. Non è cosí? Il locale è per tutti. Anche per i matti. Soprattutto per loro. Tu non hai colpa. L''uccellino' canterino però verrà punito in modo esemplare".

"Nessuno mi ha detto niente. Non tirare in mezzo persone che non c'entrano".

"È una faccenda che sistemerò io".

Non aveva senso che continuassi. Aveva capito tutto. Mi rannicchiai tra le sue braccia e dormii fino al pomeriggio. Fu uno dei sonni piú placidi e felici che godetti al suo fianco.

* * *

Dopo due giorni, verso sera, comparve Iota in uno stato isterico.

"Perché mi hai fatto questo, Arghirenia? Perché mi hai tradita? Io volevo aiutarti e tu mi hai ripagata in questo modo?".

"Te lo giuro, Iota, non ho detto assolutamente niente".

"Non hai detto, ma sei andata là a fare il Poirot! È venuto a casa nostra e l'ha sentito tutto il vicinato. Io e Kòstia le abbiamo buscate di santa ragione. Ci picchiavano sia lui sia Peli. Alla fine tutti e tre picchiavano me. Peli, Mimis e Kòstia. E bisogna ammetterlo, Kòstia aveva anche ragione. Probabilmente perderà il lavoro".

"Non riesco nemmeno a immaginare una scena del genere. Non riesco a pensare che Mimis si comporti cosí".

"Non riesci? Cosí, e anche peggio! E non è certo una novità! Ha picchiato molte volte sia Peli sia noi ragazze".

"Peli?".

"Eh, già! Una volta lei ha provato a fare la furba e ha riferito certe cose alla persona sbagliata. Comunque...".

"Quali cose?".

"Lascia perdere, adesso. Mimis è cosí. Il giorno dopo si pente e arriva carico di dolci e di regali. Noi lo conosciamo. In fondo non è cattivo".

"Non voglio vedere mai questo lato del suo carattere".

"Te lo auguro, però non credo...".

(Be', l'"in fondo" lo sto vivendo. Si capisce che le sorprese mi aspettano "in larghezza", pensai.)

"Sai che cosa dice la signora Arsinòi? Che non esistono persone cattive. Esistono soltanto cattive azioni".

"Saggia la signora Arsinòi. Tu lo credi?".

"No. Però mi piace dirlo. Mi suona bene".

"Hai conosciuto persone cattive?".

"Fossero soltanto una o due...".

"Dimmene una, per esempio".

"Chi?".

"Una del gran numero di cattivi che hai conosciuto da ragazzina".

"*Mmm...* Peli".

"Peli? Non ti vergogni?".

"Io dovrei vergognarmi o lei, che faceva finta di non vedere quando quel vecchio porco, il paralitico, mi toccava? Sai quanti anni avevo allora, Arghirenia? Sette! E quel verme, quell'infame, mi calava le mutandine, mi accarezzava e se lo menava. Per fortuna non andava oltre. La signora Peli fingeva di non capire. Perché quell'infame lasciava dei soldi. Molti soldi. Fu il nostro periodo piú florido".

"E tu? Tu come reagivi?".

"Ero una bambina. All'inizio avevo paura. Appena lo vedevo scoppiavo a piangere. Poi... mah, sai che quasi mi piaceva? A parte che mi riempiva di regali. Figurati che portavo un orologio d'oro! A scuola non ce l'aveva nessuno!".

"E tuo padre?".

"E chi se ne frega di quello?".

"E Mimis?".

"Una sera ci fu un gran trambusto. Mimis riempí il vecchio di ceffoni e gli mise in mano la dentiera. Da allora non lo si è piú visto. Non so se il casino sia successo per quella ragione o se avessero delle questioni loro, affari personali. Per questo ti voglio bene, cara Arghirenia! Perché tu sei pulita. Ti distingui. Profumi... come una saponetta. Non so come dirlo".

Le carezzai la testa e me la strinsi al petto. La tenni a lungo cosí, appoggiata addosso a me. Le cantai anche una canzoncina scherzosa per bambini, per distrarla.

"C'era un chitarrista,
grande e grosso artista.
Aveva un parasole
Do si la sol, fa re mi sol.
Partí per un bel viaggio
Con solo una valigia
E dentro un parasole
Do si la sol, fa re mi sol...".

Piangeva. Piangeva sommessamente e mi si strusciava addosso al ritmo della canzone.

Come se volesse dimenticare. Sognare. Navigare lontano.

Molto lontano. Oltre le acque stagnanti che la sua anima si portava dentro.

"Do si la sol, fa re mi sol!".

* * *

Mimis fece una lunga tournée nella Grecia del nord e mi portò con sé.

Era dolce. Amoroso. Generoso. Appena terminava lo spettacolo mi veniva vicino. Lo adoravo.

Cominciai a risentirmi con quelli che parlavano male di lui. Soprattutto con Apollonía.

Nessuno conosceva Mimis meglio di me (ne ero sicura).

Soltanto io lo potevo giudicare. Perché soltanto io lo amavo. Gli altri, che s'impiccassero pure, pensavo nella mia esaltazione.

Il tavolo d'onore, in questo mondo, era Mimis.

Ed era mio. Riservato per sempre...

(Che cretinata questo "sempre" accanto a riservato...)

* * *

Durante quella tournée – che posso dire fu il periodo piú felice della mia vita – conobbi un Mimis che mi faceva credere di essere soltanto mio. Là, in mezzo alla folla che lo applaudiva, che lo osannava, in mezzo alle ragazzine in delirio, dimostrava a tutti con ostentazione che io ero la sua donna. La sua amata. La sua compagna.

Tutto questo mi entusiasmava. Avevo ali piú grandi dell'aquila reale.

Ero felice quando mi guardavo allo specchio. Ero bella. Risplendevo. Camminavo sempre in punta di piedi aumentando provocatoriamente la mia bassa statura.

Un gallo dai colori sgargianti che credeva gli fosse stato concesso in esclusiva il privilegio di annunciare l'alba.

* * *

La tournée durò circa un mese.

Quando tornammo ad Atene, lo scenario cambiò. La mia barchetta della felicità cominciò a imbarcare acqua.

Mimis piantò grane nel locale in cui lavorava e lo cacciarono. Per il dispiacere – cosí sosteneva – gli venne un attacco di raucedine e non poteva piú cantare.

Cominciò a bere piú del solito. Già a colazione si scolava una bottiglia di whisky. La sera rientrava barcollando. Non osavo parlargli. Se appena appena lo contraddicevo, se una sola parola nei nostri discorsi non gli piaceva, non lasciava in piedi niente.

La mattina dopo si prostrava ai miei piedi e mi chiedeva scusa. (Ecco l'"indomani" di cui parlava Iota.)

"Scoiattolo, perdonami. Non lo farò piú. Ti amo. Per me esisti soltanto tu".

Dopo poche ore riprendeva la sua strada.

"Non avevi detto che non l'avresti piú fatto?".

"L'ho detto. E allora? Che cosa c'è che non va? Ho bevuto due bicchieri giusto per rimettermi in sesto. Dài, scoiattolo, non rompere".

Avevo le spalle forti. Stringevo il timone della barca ed ero convinta di farcela.

La speranza non è solo l'ultima a morire, come si dice. È anche quella che sa preparare le trappole piú ingannevoli.

Ma questo lo si impara quando è ormai inutile.

* * *

"Porta pazienza", mi diceva Iota. "Con dolcezza. Finché puoi, con dolcezza. Quando arriva a casa ubriaco fradicio non parlargli affatto".

"Se anche non gli parlo, lui trova lo stesso un pretesto per litigare. Si appella proprio a quello: 'Non parli?'. E comincia".

"Chiuditi a chiave in una stanza. E non uscire di lí, qualunque cosa accada. ‘Il pazzo ha visto l’ubriaco e si è terrorizzato’. Non l’hai mai sentito dire?”.

“No. Non l’ho mai sentito. Avrei dovuto? E tu quand’è che hai imparato tutte queste cose, che parli con tanta esperienza come una vecchia?”.

“Ho studiato alla grande scuola di Peli! Soddisfatta?”, rispose un po’ ironica, un po’ triste, un po’ rancorosa.

* * *

In quella gran tempesta, all’improvviso un mattino... scoprii che il sole continuava a sorgere e ad attraversare il cielo.

Ero incinta! Era un miracolo! Il segno che tutto sarebbe cambiato. Adesso, pensavo, metterà la testa a posto, non può essere altrimenti. La nostra vita prenderà un’altra rotta. In fondo, anche se non dovesse piú tornare a cantare che cosa importa? Abbiamo il nostro patrimonio. Non sarà mica la fine del mondo.

Un mezzogiorno lo aspettai (la sera tornava a casa ubriaco marcio ed era impossibile parlare) con la tavola apparecchiata a festa. L’elegante tovaglia ricamata, i bicchieri di cristallo, candele, nastri ai lampadari, sul vassoio la sua pietanza preferita, agnello in salsa rossa con melanzane.

Avevo indossato il vestito bello, avevo ornato tutti i vasi con fiori.

* * *

“Cosa succede qui? C’è qualche anniversario?”.

“C’è una grande festa”.

“Ossia?”.

Mi buttai tra le sue braccia.

“Mimis... Sono incinta! Avremo un bambino!”.

Mi spinse via con furia e mi fece capitombolare sul divano. (Per fortuna c’era il divano. Altrimenti mi sarei spaccata la testa sul pavimento!)

"Che cos'hai detto? Perciò hai messo in piedi questa buffonata? A me hai domandato qualcosa? Pensate tutti di poter fare di me quello che vi pare?".

"E che cosa ti dovevo domandare?", riuscii a balbettare quando mi ripresi dall'atterraggio anomalo. "Mi sono ingravidata da sola?".

"Tu vivi sempre sulle nuvole! Ti pare che siamo nelle condizioni di avere un '*uè*'?".

"Solo perché hai avuto un problema? Lo supereremo. Affronteremo insieme le difficoltà. Le soluzioni ci sono".

"Questo lo dici tu. Perché sei scema! Perché non hai mai capito che cosa significa per me la carriera. Cosa vuol dire per un artista vedere all'improvviso i riflettori che si spengono. Non condividi il mio dolore e i miei problemi".

"Io, Mimis? A me vieni a dire queste cose?".

"Sí, a te! Domani mattina vai ad abortire!".

"... Abortire?". (Mi piombò addosso il soffitto, schiacciandomi.) "Non se ne parla! Io, uccidere il mio bambino?".

"Ma che bambino, scema! È muco! Domattina te ne vai dritta da Alekos". (Era un medico che frequentava la bisca.) "Se hai paura porta con te Peli. Se ne intende di queste cose".

"Sí, magari mi porto anche il 'Molosso'? Questa volta non cedo al tuo volere. Io il mio bambino lo farò nascere!".

Mi accasciai su una poltrona e scoppiai in un pianto disperato. E lui, invece di venirmi vicino e attaccare con le solite moine (in fondo era quello che mi aspettavo), sferrò un calcio alla tavola apparecchiata a festa facendo cadere tutto a terra, e se ne andò sbattendo la porta (poco mancò che la scardinasse).

La carne e le melanzane impiastricciarono il velluto del divano. Il pavimento era cosparso di cocci del servizio bello. Feci appena in tempo a spegnere la tovaglia, che aveva preso fuoco dalle candele.

Non avevo la forza di pulire la casa. Non avevo la forza di pensare. Non avevo la forza nemmeno di sentire il dolore. Stavo annegando in un vortice e non facevo nessun tentativo per sfuggirgli.

Il pomeriggio in qualche modo mi ripresi, dopo che ebbi ingurgitato una robusta dose di barbiturici, e chiamai Iota ad assistermi. Lei ripulí i mobili, raccolse i cocci di cristallo, riordinò la casa, "aspetta che metto a posto qui e dopo ci facciamo una chiacchierata". Poi si versò un whisky triplo con una bella dose di ghiaccio e si sdraiò accanto a me nel letto.

"Non abortire, Arghirenia. La signora Arsinòi dice che il bravo capitano si vede nella tempesta".

"Dice bene la signora Arsinòi, ma io capitano non sono mai stata. Temo che alla fine Mimis riuscirà a persuadermi".

"No, Arghirenia, questo no! Non te lo permetterò!".

Mi prese le mani e le strinse con forza.

"Giurami che terrai il bambino. Ti arrendi alle prime difficoltà? E dopo cosa farai? Ti aspetta una strada lunga, e devi mostrare quanto vali. Quando ci sarà il bambino, le cose saranno diverse. Avrai un altro obiettivo. Non dipenderai piú dalle lune di Mimis".

"Ti ringrazio, Iota... Non mi aspettavo che tu fossi cosí ragionevole ed equilibrata...".

"Ragionevole sí. Equilibrata no. Ascolta una cosa. Chi cresce in mezzo alla sporcizia deve mettere in moto il cervello per sopravvivere. Se non lo fa, è perduto. In queste situazioni il cuore non è un buon consigliere".

"Anch'io sono cresciuta in circostanze difficili. Non credere. Senza madre, senza tenerezza, con un mare di problemi in famiglia".

"C'era 'puzza'? L'ambiente che ti circondava, tesoro, puzzava?".

"No. Al contrario, era insopportabilmente 'pulito'".

"Hai visto? Adesso però le cose sono cambiate anche per te. Mi dispiace constatarlo, ma mi arriva un 'tanfo'! Per questo te lo dico. O prendi le decisioni giuste o sei perduta".

"Se non ci fossi tu, Iota, a sostenermi...".

"Io? Ma dài! Io non sono capace di sostenerti. Io semplicemente ti voglio bene".

"Te ne verso ancora un po'?".

"E me lo domandi? Versane anche per te. Stasera ci sbronziamo. Ubriache fradicie! Festeggiamo la lieta notizia. Non abbiamo bisogno di nessuno stronzo".

"Alla tua salute, Iotara".

"Cin cin, amica mia. Alla salute del nostro bambino!".

Mio Dio, pensai nel mio stordimento, questo "nostro" mi aspettavo di sentirlo dire da un'altra bocca. Come ha fatto a intrufolarsi di nascosto con tanta tenerezza dalla finestra, e a incollarsi come una fogliolina fresca sulla mia anima...

* * *

Quella sera Mimis non rientrò tardi. Mi si avvicinò mite come un agnellino, mi si sedette accanto e prese ad accarezzarmi i capelli. Non puzzava di alcol dieci metri lontano come le altre volte. Avevo avuto torto a sentirmi venir meno quando aveva girato la chiave nella toppa.

"Ho esagerato, eh? Ho rovinato tutto".

"Visto che te ne sei accorto, non importa".

"Dobbiamo parlare, scoiattolo. Dobbiamo parlare seriamente".

"Non tirare in ballo di nuovo l'aborto. Ho deciso. Il bambino nascerà". (Iotara, aiutami!, dissi tra me e me.)

"No. Voglio parlarti di altro".

Mi rilassai. Mi scivolò via dal petto un blocco di cemento.

"Ti ascolto".

"La situazione è molto grave".

"Alludi al lavoro? Ne abbiamo già parlato. Pian piano si sistemerà tutto. Non perdere la fiducia in te stesso. Sei Mimis Venetatos!".

"E a chi gli frega di Venetatos? Venetatos è finito. Non esiste piú. I problemi seri sono altri".

"Che cosa c'è di piú importante della tua carriera?".

"Arghirenia, è giunto il momento che tu sappia la verità".

Nascose il viso sulla mia spalla e scoppiò a piangere come un bambino.

"Mimis, càlmati! Che cosa succede?".

"Domani o dopo mi metteranno in prigione. Ho un mare di debiti. Ho firmato degli assegni con gli usurai. Arghirenia, devi mantenere il sangue freddo. Per questo ho perso la voce. Per l'angoscia. E proprio a causa di questa situazione non voglio che teniamo il bambino. Niente mi può salvare, ormai. Mi ci vedi, me, la belva selvaggia, chiuso in una gabbia? Lontano da te? Puoi immaginare che io abbia un figlio che cresce senza il mio abbraccio?".

Mi sentivo come se qualcuno mi stesse succhiando il sangue con una cannuccia. Mi sentivo come se qualcuno mi avesse rapito l'anima e l'avesse gettata in una discarica.

"Mimis, non è possibile che le cose stiano cosí. Che la situazione sia tanto tragica. Perché hai tutti quei debiti? Dove hai speso i soldi?".

"Senti. Non ho bisogno di un giudice che mi interroghi. Ho bisogno di una persona che mi dimostri comprensione. Mi sono fatto prendere la mano due o tre volte al casinò... Lascia perdere... Non fare domande".

"Lo sai che abbiamo del denaro da parte. Perché non hai detto niente in tutto questo tempo? Rimedieremo alla situazione. Non disperare. Non è che esageri?".

"Va bene! Domani quando arriveranno gli agenti con il mandato di arresto dirai loro che... esagerano!".

"Pagheremo, tesoro mio. Per fortuna abbiamo quei soldi da parte".

"Briciole, abbiamo da parte! Sto parlando di somme grosse. Senti, scoiattolo. Se davvero mi ami, devi dimostrarlo adesso".

"Non sei ancora convinto?".

"È nelle difficoltà che si vedono i rapporti tra le persone. Finché le cose vanno bene sono tutti santi".

"Insomma, che cosa posso fare?".

"Se vuoi... Dico e sottolineo: se vuoi. Se vuoi che continuiamo a stare insieme e che teniamo il bambino...".

"Su, allora? Non c'è cosa che non possa fare pur di stare con te e tenere il bambino".

“Vendi qualche immobile, cosí io posso pagare quei cazzo di debiti”.

“Tutto qui? Come ho fatto a non pensarci da sola! Ma abbiamo il tempo? Non è che prima che riusciamo a sistemare le cose ti sbattono dentro?”.

“Non preoccuparti. Se tu decidi di salvare il nostro matrimonio e il nostro bambino, al resto penso io”.

“Ma certo che lo decido. Però voglio che mi prometti una cosa. Che dai un taglio alle brutte compagnie e al bere”.

“Se c’è una cosa che detesto sono le limitazioni. Ti amo, però...! Lascia perdere, piccola, lascia perdere. Limitazioni da te non ne accetto!”.

“Non arrabbiarti. Non ti sto ponendo dei limiti nel senso che intendi tu. Voglio semplicemente che viviamo una vita bella e serena”.

“So io come comportarmi! Non sono un bambinetto che se ne sta lí buono buono e ascolta i consigli. Né ti bacerò le mani se mi aiuterai. Se vuoi essere una vera signora, lo farai solo e soltanto perché mi ami. Perché sono quello che sono. Il tuo Mimis. Punto e basta! Okay?”.

“Ma certo che lo faccio per quello. Posso almeno chiederti un favore personale?”.

“Cioè?”.

“Non voglio che nessuno venga a conoscenza delle mie azioni. Soprattutto Dodò”.

“Sono d’accordo. Le faccende di casa nostra restano in casa nostra. Su questo... hai ragione”.

“Non so se hai fatto bene”, mi disse il giorno dopo Iota.

(Io ero tornata al mio posto tra le nuvole. In loggione, sí, però col posto assicurato!)

“Avrei dovuto lasciare che mio marito andasse in prigione? Se tu fossi stata al mio posto come ti saresti comportata?”.

“Non lo so. Sinceramente non lo so. Dimmi un po’, hai altri beni?”.

“Certo! Venderemo due terreni. Mi restano una casa, negozi sull’isola, azioni in una compagnia di navigazione...”.

“Roba tua o anche di tua sorella?”.

“Roba mia. Mia sorella ha il suo patrimonio. Soltanto la casa paterna appartiene a entrambe. Anche nel caso in cui Mimis non dovesse piú lavorare, avremmo di che mantenerci. A parte che, per come l’ho visto... è la volta buona che impara la lezione. Ha chiuso con certi vizi. Non è piú tempo”.

“Te l’ha detto lui?”.

“Me l’ha fatto capire. In fondo non è un cattivo ragazzo. Non dici cosí anche tu?”.

“Perché, credi che tutti quelli che diventano schiavi dei loro vizi siano cattive persone? Ah, povera Arghirenia...”.

“Insomma, che cosa vuoi? Vuoi seminare zizzania? Io sono contenta cosí. Salvo l’uomo che amo e sto per mettere al mondo un bambino”.

“Comunque. In futuro cerca di stare attenta. Con il bambino guadagni punti. Sei tu che conduci il gioco, adesso. Vedi di non spendere tutto in una volta sola. Soltanto gli alcolici si mandano giú d’un sorso”.

“È quello che dice la signora Arsinòi?”.

“La signora Arsinòi dice... Aspetta... Com’è che dice esattamente? Ah! Che bisogna donare solo quello che si ha in eccedenza: allora si diventa degni di rispetto. Ha ragione. Anche Cristo, scusa, ha detto di donare un mantello. Mica ha detto di togliersi le mutande!”.

* * *

Andavamo spesso a trovare Dodò. Mimis molte volte faceva un salto da lei anche da solo, per aiutarla nelle commissioni fuori casa.

“La zia si è appesantita. Ha ancora piú bisogno delle nostre attenzioni”.

Quando venne a sapere della gravidanza non stava piú nella pelle dalla gioia.

Ci abbracciava, ci baciava, mi accarezzava la pancia, batteva le mani.

"Bravo! Bravo, Mimis, ragazzo mio. Mi hai regalato la gioia piú grande".

"E perché solo Mimis, scusa? Io non ho contribuito?".

"Anche tu, anche tu, cara Arghirenia… Ma è Mimis che ha dato lustro alla nostra casa. Inviterò le monache per festeggiare. Preparerò i pani da offrire alla liturgia. Farò una donazione al convento…".

"Oh! Oh! Non partire in quarta. Aspetta che nasca il bambino!".

"Già adesso! Già adesso che è in arrivo. Mimis, ragazzo mio, in questi giorni andremo per negozi io e te. Senza Arghirenia. Non ha mai capito niente delle cose pratiche. Dobbiamo comprare filati e tessuti… Devo lavorare a maglia copertine e giacchini, devo ricamare lenzuolini, bavagline…".

"Tutte queste cose, zia, si trovano già confezionate".

"Compreremo anche quelle. Ma gli oggetti fatti a mano hanno un'altra grazia. Diventano conduttori d'amore".

* * *

Non potevo tenere quella gioia per me sola. Per quanto fossi arrabbiata con Apollonía, sentii il bisogno di condividerla con lei. Il bambino mi dava grande coraggio. Cominciai a prendere iniziative senza rendere conto a Mimis. Comprai dei mobili nuovi per il salotto. Chiamai un giardiniere e gli feci riempire il giardino di fiori. Mi comprai dei vestiti. Io e il mio bambino "cominciavamo a giocare", Iota aveva ragione. Diedi la notizia ad Apollonía e stabilimmo di trovarci al parco di Kifissià.

Non m'importava che qualcuno potesse vedermi e fare una soffiata a Mimis.

* * *

Restammo abbracciate per un quarto d'ora. Piangevamo, ridevamo, tornavamo ad abbracciarci, scoppiavamo di nuovo a piangere e a ridere.

"Lo sapevo, Arghirenia. Me l'ha detto Dodò pochi giorni fa, quando sono andata a trovarla. Ha perso completamente la testa, eh? Straparla dalla gioia. Io però aspettavo di sentire la novità da te. Mi domandavo, non me lo dirà quella matta? Riesce a tenersi la notizia per sé? Brava! Credo che ora la tua vita cambierà".

"Anch'io lo credo".

"Ah, ti dico una cosa che ti farà ridere. Dodò mi ha rivelato che il tuo bello le ha promesso... Senti come la prende in giro! Dice che se nascerà una bambina la chiamerete Teodosía. E se sarà maschio, Ioannis. Per questo è completamente impazzita...".

"Mah! Io non sono al corrente di tali accordi".

"Sono i loro piccoli segreti. Che dire... E dopo che ci eravamo raccontate queste belle cose riguardo al nascituro, Dodò mi ha buttato lí un'altra questione, che mi è sembrata seria. 'Devi sapere', mi ha detto, 'che ho da parte dei soldi. Sono per il mio voto, oppure se dovessi aver bisogno per qualche problema di salute, per il funerale – tocchiamo ferro –, la messa di suffragio, eccetera. Ho pensato a tutto. Non graverò in alcun modo su di voi. Sul mio libretto di risparmio ci sono il tuo nome e quello di Rorò'. Ti chiama ancora cosí quando non sei presente. 'Sto pensando di aggiungere anche quello di Mimis', ha proseguito dopo una breve pausa. 'Ormai è anche lui mio figlio...'. Le ho detto che secondo me bastano i nostri due nomi. Credo di averla persuasa".

"Solo questo le hai saputo dire? Che bastano i nostri due? Anche tu, non ti lasci sfuggire l'occasione di dimostrare la simpatia che provi per Mimis".

"Ma no. Però pensa che lavaggio del cervello le ha fatto. Ritenerlo un figlio. Càspita! E cos'altro mi ha sparato dopo. 'Se dovesse succedermi qualcosa all'improvviso voglio che tu, Apollonía, ti occupi di esaudire un mio ultimo desiderio. Rorò è buona e degna, ma di te mi fido di piú. Lei poi avrà il bambino e sarà occupata. C'è un oggetto che voglio tu mi metta nella bara. È una scatola che custodisco nel secondo cassetto della mia cassettiera'". (Il secondo cassetto della sua cassettiera era sempre chiuso a chiave. Non eravamo mai riuscite a violarlo. Dodò ci diceva che lí custodiva alcuni ricordi personali, soprattutto documenti, vecchi contratti eccetera.) "'Voglio che tu mi prometta che non la aprirai. Semplicemente, la porrai accanto alla mia salma'. 'Smettila adesso con salme e funerali', le ho detto. 'Stiamo aspettando eventi felici...'. 'Non riaprirò piú il discorso. Giurami soltanto che esaudirai questo mio desiderio'. Gliel'ho giurato. Secondo te cosa c'è nella scatola, Arghirenia?".

"Come faccio a saperlo?... Magari... un ombrello?".

"Ma smettila! Comunque mi ci sto spaccando la testa. Magari c'è dentro un mazzo di fiori secchi... una piccola croce... Di sicuro, ricordi di quel suo amore. Ma che cosa?".

"Basta con le faccende macabre di Dodò. Raccontami di te. Sei splendida. Mi sa che ti sta succedendo qualcosa di bello".

"Ci incontriamo, Arghirenia, in un momento della vita in cui siamo tutte e due molto felici. È stupendo!".

"Dimmi, dimmi. Lo vedo dai tuoi occhi. Non sono mai stati tanto luminosi".

"Ho conosciuto un uomo che riempie ogni anfratto della mia anima. Un uomo con cui ci capiamo senza bisogno di parole. Basta che ci sfioriamo. Basta che ci guardiamo negli occhi".

(In quel momento mi punse superficialmente una piccola vespa invidiosa, ma superai il fastidio.)

"Come si chiama?".

"Stéphane".

"Me lo farai conoscere?".

"Certo. Gli parlo spesso di te".

"Avete intenzione di sposarvi presto?".

"Non abbiamo intenzione di sposarci. Né io né lui crediamo che il matrimonio ci donerebbe niente di piú di quello che già stiamo vivendo. D'altra parte Stéphane... Va be'. È una storia strana".

"Raccontamela. È sposato?".

"È separato, ma...".

"Ma cosa? Mi fai preoccupare. Parla chiaro".

"Quando era in Francia a studiare storia dell'arte, Stéphane aveva sposato una ragazza. Si chiamava Christiane. Erano felici. Una vita da studenti a Parigi, capisci. Amori, rivoluzione, ideali eccetera eccetera. Hanno avuto una bambina, Espérance. Lo stesso nome della madre di Christiane. La chiamano Espé. Espé è una bambina con la sindrome di Down! Quando finirono gli studi, Stéphane portò in Grecia tutta la famiglia. Ossia Christiane, Espé grande ed Espé piccola. Christiane è figlia unica e sua madre – vedova e poverissima – non poteva vivere da sola in Francia. Christiane resse per pochi anni, poi non ce la fece piú, cara Arghirenia. La sua anima non riusciva a sopportare la piccola Espé. Non l'aveva mai amata. Non l'aveva accettata. E disertò. Quindi Stéphane rimase con le due Espé. La nonna non seguí la figlia. Si era molto affezionata a Stéphane, ebbe compassione della piccola, e dopotutto qui aveva assicurati un tetto e cibo. Stéphane ha un patrimonio ragguardevole da parte del padre".

"E Stéphane come ha affrontato queste sventure? La fuga di Christiane...".

"Non le ha serbato rancore. L'ha capita. Dice che non tutte le persone sono forti. E quelle deboli non vanno mandate davanti al plotone di esecuzione".

"Che storia infelice mi racconti, Apollonía".

"Ti sbagli. Non è infelicità quello che non somiglia ai modelli a cui sono abituati gli altri, e che gli altri seguono. Sai che cos'è l'infelicità? Non avere un orecchio che ti ascolta piangere o ridere. Non sapere quello che si vuole, dove si va. Giocare a moscacieca per tutta la vita... Noi siamo in due. Ci teniamo stretti per mano. E le altre due persone che vivono nel nostro spazio, semplicemente... le amiamo!".

(In quel momento la vespa invidiosa mi punse violentemente. Mi conficcò il pungiglione nell'anima.)

"La piccola Espé mi vuole molto bene. Viene a rannicchiarsi tra le mie braccia. Le insegno un sacco di cose. Non sai come sono felice, Arghirenia, quando impara. Siamo davvero contenti. È una festa. Anche la signora Espé mi vuole bene. Mi ha accolta come una figlia".

"E se... Ci pensi mai, se un giorno dovesse ritornare Christiane?".

"Nessuno può escludere niente. Non mi sono dichiarata impresaria di felicità. Mi basta quello che vivo e che ricevo adesso. Io e Stéphane abbiamo pensato di cercare una casetta fuori città dove andare a vivere tutti insieme. Presupposto irrinunciabile, ovviamente, è che sia vicina al mare".

"Tu, Stéphane, la piccola Espé e la grande Espé!!".

"Esattamente".

"Proprio una bella famiglia!".

"Tu puoi fare dell'ironia, com'è tua abitudine. Invece siamo una famiglia incredibile. Quando verrai a trovarci lo vedrai".

"Dodò è al corrente di questa storia?".

"Sa che sono innamorata di un uomo che si chiama Stéphane. Nient'altro".

"E non si tormenta con la data del matrimonio?".

"Sa che con me queste cose non attaccano. E poi adesso è tutta presa dal corredo del bambino".

"Non desidera conoscere Stéphane?".

"Sí, certo. Le ho promesso che glielo porterò. Ma non le piacerà. È sicuro. Stéphane – lo chiamo anch'io cosí, ho preso l'abitudine dalla grande Espé – è un tipo molto serio e romantico, appartiene a un altro mondo".

* * *

Quando ci salutammo non riuscivo a classificare i miei sentimenti. Non sapevo se essere contenta o addolorata per Apolonía.

Tenni soltanto la luce che le avevo visto negli occhi.

Quei due soli che splendevano alti nel cielo e che non avevano nessuna intenzione di tramontare.

* * *

Ero al settimo mese. Dodò aveva preparato un'enorme valigia con il corredo del bambino.

"Chiama tua sorella e andate a comprare i vestiti per la maternità. Camicie da notte, vestaglie eccetera. Comprate le piú belle. Tutti riconosceranno Mimis, che andrà avanti e indietro da lí. Devi stargli accanto in modo degno... Voglio preparare ancora due giacchini a maglia. Quello rosa è quasi pronto. Comincerò anche quello azzurro. Per quanto mi riguarda, io ho finito quasi tutto. Teopisti sta confezionando i pizzi da applicare sulle federe e sulle copertine estive".

"Ma non c'è bisogno di tutte queste cose. I bambini crescono in fretta. Quando farà in tempo a usarle?".

"Non importa. Le terrai anche per gli altri figli. Resterai con uno solo? Io come faccio a sapere se sarò ancora viva per aiutarti? Di' a Mimis di venire lunedí a prendere la valigia. Hai preparato la cameretta del bambino? La culla la scelgo io. Anche la carrozzina. Non mi fido di voi, magari comprate roba da tre soldi. Mi occuperò io dell'arredamento della cameretta. Hai capito?".

* * *

Ero contenta, ma dentro avevo un'angoscia. Una stretta. Mi angosciava un po' la storia della piccola Espé...

"Mimis, sarà sano il nostro bambino?".

"E perché non dovrebbe esserlo? Con tutti gli esami che hai fatto. Alekos mi ha assicurato che la gravidanza procede benissimo".

"Però non ti vedo contento. Ti rendi conto di quello che sta per accadere?".

"E che cosa dovrei fare? Mettermi a saltare e a ballare? Ci sono anche dei problemi, oltre alle stupidate a cui pensi **tu** dal mattino alla sera".

"È stupido attendere con gioia la nascita del proprio figlio?".

"D'accordo. Ma non siamo mica i primi. Sul pianeta nascono bambini ogni momento".

"E quali problemi abbiamo? Non li avevamo risolti? Ti si è perfino schiarita la voce. Tra poco ricomincerai a cantare".

"Può darsi. Comunque non tra poco".

"Voglio che mi spieghi tutto. Adesso. Non puoi tenermi sulle spine".

"Lasciami in pace, Arghirenia! Lasciami in pace, anche tu... Va' avanti a vivere nel tuo cavolo di mondo e lasciami in pace. Punto".

Quando Mimis diceva "punto" era come se calasse una pesantissima spranga. Io non avevo la forza di sollevarla.

* * *

Continuava a rincasare molto tardi, quasi all'alba, ed era sempre ubriaco. Perfino i muri puzzavano di alcol.

"Tornerai a casa in queste condizioni anche quando nascerà il bambino? Questo puzzo lo soffocherà".

"Sono stufo di sentire parlare di bambini! In fondo, chi ti ha detto che io ero pronto per questo ruolo?".

"E per che cosa sei mai pronto? Me lo dici? Solo per mandar giù una botte di whisky e tirar mattina giocando ai dadi?".

(Quale diavolo mi pungolò e mi fece alzare la testa? Non stavo bene china sulla mia pancia?)

"Io sono fatto cosí!", gracchiò come un corvo ferito, e scagliò una sedia contro lo specchio grande del salone.

"Se ti piace! E se non ti piace, andate al diavolo tu e i tuoi neonati e tutte le tue storie!".

Rimasi sbigottita. I frantumi dello specchio mi caddero addosso. Per fortuna indossavo un pigiama pesante.

Era gennaio. Faceva molto freddo e scendeva una neve fitta e maligna.

"Hai rotto lo specchio! Sei impazzito? Hai portato la sventura in questa casa!".

"La mia vita è tutta una sventura! E tu sei quella peggiore!", gridò, e uscí.

Raccolsi i frantumi dello specchio e li gettai nella pattumiera. Era gennaio. Faceva molto freddo. E cadeva una neve fitta e maligna che somigliava a schegge di cristallo.

Guardai dalla finestra e vidi le impronte degli stivali sul sentiero del giardino.

* * *

Quando rientrò, verso mezzogiorno del giorno seguente, era di nuovo ubriaco.

"Che cosa c'è? Piangi? Lo sai che non mi piacciono le lacrime né le scene di vittimismo".

"Che cosa sta succedendo, Mimis? Perché mi tratti cosí? Non hai rispetto della mia condizione! Ho avuto il terrore di partorire ieri sera!".

"Ma sei tu che non mi lasci in pace, scoiattolo! Mi mandi fuori della grazia divina, per Dio! Insomma!".

"Mi spieghi che cosa succede?".

"Niente. Va tutto benissimo".

"Lo vedo!".

"Non lo vedrai a lungo. Ho pensato di liberarti di me".

Nella mia mente tutti gli specchi del mondo andarono in frantumi.

"Te ne vai? Mi abbandoni? È questo che vuoi dire?".

"Perché, hai bisogno di me? Tra poco avrai il bambino!".

"Mimis, sei geloso?".

"Al contrario. Io sarò di troppo qui dentro. Il mio puzzo vi soffocherà. Ah ah ah!".

"Sei ubriaco e non sai quello che dici".

"Sí, sono ubriaco! E mi sta bene cosí, mi piace cosí, anzi ne sono anche fiero. E non aggiungere una parola. Hai capito? Non voglio sentire una parola. Pa-ro-la... Pa-ro-la... Pa-ro-la...".

Aveva aperto la credenza e a ogni sillaba lasciava cadere per terra un bicchiere col gambo.

Mi rifugiai in camera mia, come mi aveva consigliato Iota. Dopo che ebbe distrutto l'intero servizio, sentii la porta sbattere con fragore. Chiamai urgentemente Iota. Era dalla signora Arsinòi.

"Come faccio a venire via, Arghirenia? La signora Arsinòi è malata".

Dopo venti minuti era da me.

"*Uh, brrrrr*! *Uh, brrrrr*! Che freddo! Sono tutta intirizzita!".

Le guardai gli occhi. Erano gonfi di lacrime.

"Un tempaccio, eh? Un tempaccio da lupi, cara Arghirenia...".

Sapevo bene che cosa intendeva.

"Hai lasciato da sola l'ammalata?".

"Mi ha mandato via lei. 'Non muoio stasera', mi ha detto. 'Va' dalla tua amica. Deve avere un gran bisogno' ".

"Iota, se n'è andato! Se n'è andato!".

Mi buttai tra le sue braccia singhiozzando.

"Mimis? E dov'è andato?".

"Mi ha abbandonata! Dice che qui è di troppo".

"... Arghirenia, non essere sciocca. È impossibile che Mimis ti abbandoni. Te ne sta combinando qualcuna. Chissà che cosa ha in serbo. Lasciami un po' di tempo e mi informo. Cercherò di sapere da Peli. Adesso vieni qui che ci sediamo come due brave ragazze e mettiamo a posto tutto".

Mi prese quasi in braccio e mi fece sedere sul divano.

"Vado a preparare un po' di tè, cosí ci scaldiamo le ossa".

"Ma tu senti, se n'è andato!", parlava da sola in cucina. "Quell'infame... M'informerò io, m'informerò...".

Portò due tazze di tè aromatizzato e le posò sul tavolino.

"Non c'è niente di dolce in questa casa?".

"Con il freddo non esco e ho il frigorifero vuoto".

"Domani vengo qui a preparare una *lemon pie*. Ci sei?".

"Ah, Iota, Iota... Dove trovi la forza?".

"Le faccio *psst* e arriva... E io che non vedevo l'ora di raccontarti la bella notizia".

"C'è anche una bella notizia?".

"Certo! Ho incontrato Marina in autobus. Vedi... Affinché tu non abbia nemmeno la piú piccola ombra di preoccupazione, ti dirò che aveva un gran pancione ed era accompagnata da un signore molto elegante, il quale continuava a bisbigliarle paroline dolci all'orecchio e ad abbracciarla. Probabilmente si è sposata. Non è mica rimasta lí a lanciare fiori di gardenia a quel buono a nulla!".

"Mi ero dimenticata di lei".

"Ehi! Amica! Stai parlando con Iota. Dimmi la verità. Quando Mimis ti ha sciorinato queste cretinate sul fatto che se ne va, il tuo cervello non ha pensato un pochino a lei?".

"Mi è venuto un sospetto...".

"È una faccenda chiusa, insomma. L'abbiamo risolta. Si sistemerà tutto. Non aver paura. Ora qui pulisce Iota".

E mentre diceva cosí, all'improvviso si spalancò la porta e comparve Mimis con un enorme mazzo di gladioli.

"Ahhh! Le amiche! Sei qui?", disse accigliato a Iota.

"Me ne stavo andando".

Iota afferrò la borsa e si avviò in fretta.

"Ciao Arghirenia, ci vediamo domani".

A lui non rivolse nemmeno un cenno.

"Mio piccolo, amato scoiattolo. Mi perdoni? Non preoccuparti per lo specchio, tesoro. Te ne comprerò un altro piú bello. Ti comprerò anche i bicchieri. E tutto quello che desideri. Basta che non mi serbi rancore".

"Perché ti comporti cosí, Mimis?".

"Perché non ne posso piú, Arghirenia! Sono distrutto! Si sono accumulati talmente tanti problemi dentro di me... Mi sento scoppiare... Ho superato il limite".

"Questo... lo vediamo tutti".

"Tu e la tua amica, vuoi dire? *Mmm*, non è certo per fare del bene che quel verme entra in questa casa. Lo so. Tu non ti preoccupare che sistemerò io la faccenda".

"Tieni giú le mani da Iota! Già mi hai separata da mia sorella, vuoi separarmi anche da lei?".

"Non ho voglia di litigare di nuovo...".

"Ti supplico, dimmi chiaro e tondo che cosa sta succedendo. Mi vuoi lasciare? Ti sei stufato?".

“Non intendevo questo quando ho detto che ti libererò della mia presenza”.

“Allora?”.

“... Certe volte mi trovo in un terribile vicolo cieco. Mi sento impazzire. Voglio morire, Arghirenia. Ormai la vita mi annoia. Hai capito? Voglio morire!”.

Si chinò nel mio abbraccio e si mise a ululare come un cane triste.

“Sono maledetto. Sono nato unicamente per seminare infelicità. Devo trovare un modo per morire”.

Gli accarezzavo teneramente la testa.

“E il tuo scoiattolo? Da solo sull'albero? E lo scoiattolo piccolino? Chi gli insegnerà a procurarsi il cibo? Su, Mimis, ti prego. Perché sei cosí in crisi? Vuoi che andiamo da uno psicologo?”.

“Che cosa vuoi che faccia uno psicologo! Ho bisogno di un altro genere di aiuto”.

“Di quale aiuto? Dimmelo! Sai che potrei fare qualunque cosa per te”.

“Vuoi dire che mi ami ancora?”.

“Non lo vedi?”.

“Quanto mi ami?”.

“... Da qui... fino alle mura di Harar! Poco prima di arrivare nel Gibuti. Lí finisce il mio amore... Ma dài, Mimis! Sii serio!”.

Quella sera non uscí da solo. Insistette perché andassimo a mangiare in una taverna.

“Vèstiti, fatti bella... Voglio che festeggiamo, perché il nostro amore è cosí forte che niente lo può spezzare. Mi hai dato una grande gioia, Arghirenia”.

“Perché ti ho dato una grande gioia?”.

“Perché mi assicuri che mi ami. Almeno fino al Gibuti! Mi basta!”.

* * *

Si scolò cinque o sei birre una dietro l'altra, poi sprofondò di nuovo in una malinconia greve.

"Mi dici una buona volta cos'è che ti tormenta?".

"Sí. Te lo dirò. Non ce la faccio piú a tacere. È una questione di soldi, amore".

"Di soldi?! Credevo che quel problema fosse stato risolto".

"Credevi! Ci sono cascato di nuovo. Adesso le cose sono piú serie. Minacciano di farmi fuori. Ma non ne avranno il tempo, quelle carogne. Non darò loro questa soddisfazione. Mi sarò fatto saltare in aria questo stupido cervello, prima di allora".

"Perciò hai voluto che mi vestissi bene e mi facessi bella? Per spiattellarmi queste belle notizie?".

Mi stavo sfregando sulle mani un tovagliolo di carta. Lo strofinai fino a che lo ridussi in pezzettini.

Avevo una smania, volevo spaccare qualcosa. Frantumare qualcosa. Ridurre qualcosa in poltiglia.

Lui vuotava un bicchiere dietro l'altro. Non parlava.

* * *

"Non sai fare a pezzi nient'altro che un tovagliolo di carta", mi disse il giorno seguente Iota, quando le raccontai l'accaduto.

* * *

"... Si tratta di molti soldi?".

"Io avevo intenzione di agire come si deve, senza riferirti niente. Sei tu che hai insistito. Questa volta non ti chiedo niente. Mi vergogno... Abbandonami al mio destino... Non mi merito nessun aiuto. Mi basta sapere che non mi odî. Questo mi dà la forza e la serenità per progettare il... viaggio. Voglio che ti ricordi sempre che non ho amato nessuno piú di te. Voglio anche che tu dica al nostro bambino che sono stato una brava persona e un artista importante. Per questo certi infami mi hanno sfruttato... Per questo mi hanno scavato la fossa. Voglio che tu glielo dica...".

“Smettila, per piacere! Smettila! Nostro figlio deve avere un padre vivo. Vivo e contento. E anch’io voglio avere accanto l’uomo che amo. Non preoccuparti. Ne usciremo di nuovo... Te lo chiedo ancora. Si tratta di molti soldi?”.

“Moltissimi. Ma se vendiamo i negozi sull’isola risolviamo la questione. Però io non te lo sto chiedendo. Capito?”.

“... E vendiamoli, i negozi! Se però continui di questo passo, ci ritroveremo in mezzo a una strada”.

“No, no, Arghirenia. Basta. Se mi salvi anche questa volta, te lo giuro, ti do la mia parola d’onore di uomo che tutto cambierà!”.

* * *

“Hai visto, Iota? La solita solfa”.

“Lo so. Peli ha vuotato il sacco. I soldi che aveva ricavato dai terreni, quello schifoso se li è giocati al casinò. Ne ha data una parte minima agli usurai perché non lo facessero fuori, e gli altri se li è giocati. Adesso è ai ferri corti anche con Peli. Non si parlano. E se ti dicessi il perché...”.

“Dimmelo. A questo punto mi aspetto qualunque cosa”.

“Le deve dei soldi”.

“Anche a Peli?”.

“Certo. Lei voleva venire qui a piantare grane. L’ho trattenuta a fatica. ‘Ma perché vai a mettere in agitazione una donna incinta?’, le ho detto. ‘Non ti vergogni? Che colpa ne ha lei?’. ‘Ha la sua parte di colpa’, mi ha risposto. ‘Non è capace di far funzionare le cose in casa sua. Perché gli passa i soldi? Perché non lo lascia marcire in gattabuia?’. Dài, Arghirenia... Ha chiesto dei soldi perfino a Kòstia! Ma ci pensi? A Kòstia! Che lavora giorno e notte come una schiava in quei locali del cavolo per guadagnarsi pochi spiccioli!”.

“È caduto davvero cosí in basso? Mi viene voglia di ammazzarlo”.

“Ti porto un tovagliolino di carta?”.

“Prendimi in giro, tu...”.

“La signora Arsinòi dice che la caduta ha un inizio ma non una fine”.

“Anche questa signora Arsinòi, com’è severa! E se si trova uno che porge la mano allo sciagurato che cade e lo aiuta a risollevarsi, non esiste salvezza?”.

“Non lo so, Arghirenia. L’unica cosa che so è che ho molta paura per te”.

“Questa volta ha giurato. Ha dato la sua parola d’onore”.

“*Aaah*, come no! Ma dove vivi, tesoro? Per individui di quel genere significano qualcosa la parola d’onore e i giuramenti? In ogni caso, tu sei piú intelligente, piú istruita e anche maggiore di me. Fa’ quello che credi. Io al tuo posto lo manderei al diavolo. Non si discute”.

“E se... tenta di suicidarsi?”.

“Chi tenta di suicidarsi? Mimis? Se anche l’intera umanità dovesse decidere di suicidarsi in massa, Mimis troverebbe il modo di salvare la pellaccia! Sono tutte palle che rifila a te perché sa che abbocchi”.

“Io lo amo, Iota. Non posso lasciarlo nelle fauci del lupo, solo e indifeso”.

“Ma è proprio lui il lupo, tesoro bello! È questo che non riesci a capire”.

In quel momento avevo bisogno di Apollonía. Che cosa non avrei dato per averla accanto. Sentii il profumo del suo collo. Avessi potuto rannicchiarmi tra le sue braccia! Sentire le sue dita morbide percorrere il profilo del mio viso... Mandarle un messaggio in cui le dicevo che avevo bisogno della pietra dell’upupa...

“A che cosa stai pensando, che ti sono venute le lacrime agli occhi?”.

“A mia sorella. Mi manca”.

“Vuoi che vada a prenderla?”.

“No, Iota. Potrei cercarla, ma sono certa che non le racconterei quello che mi succede”.

“A volte non ti capisco. Sai qual è la differenza tra noi, Arghirenia? Io ho sempre dovuto reclamare la mia fetta di pane.

E se qualcuno cercava di strapparmela, gli piantavo un bel morso nella mano. Tu la fetta di pane te la sei sempre trovata servita, anzi, anche imburrata. La tua preoccupazione era quale marmellata spalmarci sopra. Eri incerta, per dire, tra la fragola e l'albicocca. Non hai imparato a lottare. Hai imparato solo a condividere. Ecco la differenza tra noi".

"Mia piccola, saggia Iota. Può darsi che sia come dici tu. Ma è tardi perché io cerchi di cambiare. Non credi?".

"Le persone non cambiano. Le persone si formano durante l'infanzia".

"Questo lo dice Arsinòi?".

"Sí, lo dice lei. E mi raccomanda continuamente: 'Sta' attenta, Iota. Un giorno, quando avrai dei bambini, non sottovalutare la loro intelligenza. Sanno molte piú cose di quante tu possa credere. E soprattutto, non cercare di agire di nascosto da loro. Hanno antenne piú sensibili di quelle degli scarafaggi'. E ride. Ride sempre, quella donna. È praticamente costretta a letto, Arghirenia. Soffre di dolori tremendi. Ha quasi novant'anni e fa ancora progetti. 'Dove trovi tanta voglia di vivere?', le domando. 'Non lascio che la tristezza mi prenda in trappola', mi risponde. 'Ho sempre accettato il tempo come un maestro, non come un carceriere'. È una donna incredibile, sai. Se io l'avessi avuta come madre, di sicuro non sarei la Iota che vedi".

"Anche adesso che l'hai conosciuta sei cambiata moltissimo. Può darsi che il carattere non cambi, come dice lei, ma l'anima somiglia a un terreno incolto. Un bravo giardiniere lo può trasformare in uno splendido giardino".

* * *

Una cosa che non c'entra, ma mi è venuta in mente pensando alla signora Arsinòi. Tempo fa chiacchieravo con Apollonía di bambini. Capitammo sul discorso. Non ricordo come.

"Hai fatto caso, Arghirenia, a quanto può essere crudele un bambino? L'innocenza dei bambini è una favola. Non sono innocenti, i bambini. Sono inconsapevoli. Quello che vedi nei loro occhi, quando li spalancano e ti fissano, non è innocenza. È inconsapevolezza. Si preparano".

Non so se Apollonía avesse ragione. Io ho voluto molto bene, e tuttora voglio molto bene, a quei bambini ignari che spalancano gli occhi e ti fissano, chiedendo a te, sapientone, una risposta.

"Qual è la bellezza piú grande che hai incontrato nella vita e che ricordi?", ho domandato l'altro giorno ad Apollonía per distrarla dai suoi pensieri, perché mi sembrava malinconica.

"L'amore!", mi ha risposto senza pensarci nemmeno un secondo.

"Vuoi dire Stéphane?".

"No. Intendo l'amore che è diffuso intorno a noi. Pensa, Arghirenia, a tutta la bellezza che vediamo: i colori, i profumi, i cinguettii... Ti sei mai domandata che senso hanno?".

"... Sono un dipinto che ci ha donato Dio".

"Sono semplicemente un invito amoroso! Un flirt".

Non ci avevo mai pensato. Sono rimasta sorpresa. La magia della natura, il canto degli uccelli, i colori e i profumi sono semplicemente un invito d'amore!

"Tutto quello che non c'entra con questo invito", proseguí Apollonía, "devi temerlo. Nasconde violenza. Ti può dilaniare".

"A cosa ti riferisci?".

"A ciò che lotta per sopravvivere o per imporsi. L'uomo per primo".

"L'uomo non partecipa a questo invito erotico?".

"Sí, certo. Ma di solito non usa come mezzo la bellezza. Nell'uomo prevale l'istinto. E gli istinti assomigliano un po' ai rettili. Anche quando hanno una pelle sgargiante, anche quando non hanno veleno, sono pericolosi. Oppure, nel migliore dei casi, repellenti".

“Tu sei stata fortunata. Hai trovato la bellezza anche nell’amore personale. La mia vita è stata un naufragio in una tempesta. Sono salpata con una barchetta male in arnese nella speranza di trovare coralli variopinti”.

“Solo che li cercavi sulle coste del Golfo Saronico!”, scoppiò a ridere Apollonía. “Non è colpa della tempesta se la tua imbarcazione è affondata. È colpa del fatto che hai messo come timoniere il cuore”.

“Un timoniere pazzerello! Senza esperienza! Addio… la barca l’ha bella che affondata”.

“Errore umano”, avrebbe scritto la perizia. (Rise di nuovo.) “Adesso non rinfocolare i ricordi e non intentare un processo a te stessa. Vivi la bellezza come ti si offre oggi. La bellezza lava via. La maggior parte delle volte salva. La bellezza ti guida a incontrare la tua anima. Guarda, Arghirenia. Magari uno vaga in lungo e in largo per la terra con bussole e carte cercando la sua anima, e non riesce a trovarla. E può darsi che la trovi inaspettatamente, un meriggio d’estate, sotto l’ombra di un alloro in fiore. Forse qualcuno gliel’aveva sottratta e l’aveva nascosta lí. Oppure… cosa piú probabile, preso dalla furia l’aveva dimenticata lui stesso…”.

APPENA VENDEMMO I NEGOZI, A UN PREZZO IRRISORIO perché il tempo stringeva, Mimis mise su il solito disco e attaccò con le moine e le smancerie. Sosteneva di essere in cerca di un lavoro e mancava da casa per molte ore. Ormai ero all'ottavo mese.

"Voglio tornare a cantare. Voglio riguadagnare quello che ho perso. Ho trovato un giovane compositore, bravissimo, che scrive canzoni soltanto per me. Avrò un grande successo, scoiattolo. Vedrai...".

Non tornava a casa ubriaco. Beveva, però apriva la porta come un signore. Anzi, la maggior parte delle volte mi portava fiori, dolci o piccoli doni.

(Ero salita di nuovo sull'altalena della felicità. Non che avessi bisogno di molto per farlo. Un semplice pettine era in grado di mandarmi sul trono del pantocràtore.)

* * *

Una mattina, mentre gli servivo il caffè, mi disse: "Arghirenia, ora che si avvicina il giorno tanto atteso, ho pensato che è meglio che ti porti all'isola".

"Ma... Manca ancora un mese. Preferisco stare a casa mia. Non c'è ragione che mi sciroppi Dodò e Teopisti".

"No. Insisto. Là sarai al sicuro e io potrò correre indisturbato a sbrigare le mie faccende. Adesso cominceremo le prove per le canzoni. Tu resteresti sola. Perché dovrei tormentarmi al pensiero che ti succeda qualcosa? Appena capirai che si avvicina l'ora, mi informerai e io correrò. È lontano? In quattro e quattr'otto ti consegnerò ad Alekos".

Preferii non dargli contro.

"Ricordati di pagare il giardiniere. Non voglio tornare a casa e trovare i fiori seccati. Tra una settimana digli di piantare i bulbi".

"Sarà fatto. Non preoccuparti. Vedi di badare a te stessa e non preoccuparti di giardinieri e bulbi".

A Dodò non piacque affatto l'idea che io mi stabilissi là.

"Perché ti allontani da tuo marito? Se succede qualcosa di urgente – Dio ci protegga – sarò in grado di affrontare la situazione? No, no! Voglio che venga anche Mimis".

"Non può. Sta preparando le nuove canzoni. Non vuole essere disturbato".

"Canzoni? Ricomincia con lo stesso mestiere? Adesso diventerà padre. Non può stare lontano dal focolare domestico. A me aveva promesso altre cose".

"Che cosa ti ha promesso?".

"Che aprirà una sua casa discografica. Io sono stata assolutamente d'accordo. Mimis ha un nome, è intelligente, farà strada. Insomma, diciamocelo, un conto è essere cantante, un altro essere imprenditore!".

Mimis non mi aveva mai parlato di affari di quel genere. C'era qualcosa nel discorso di Dodò che non mi convinceva, ma non volevo indagare. Il metodo del gatto era da sempre il mio preferito (copriamo alla svelta tutto cosí non puzza, e passiamo oltre). In quel periodo poi ero molto debole. Soffrivo di malesseri vari. La pancia mi doleva, avevo le gambe gonfie, ero diventata una botte. (Divoravo una torta intera per volta e una pagnotta inzuppata nel latte.)

Dodò mi stava sempre tra i piedi.

"Ti preparo qualcosa di caldo? Un ovetto sodo? Non alzarti! Te le porto io le pantofole... Appena senti anche solo un dolorino, avvertimi. Non aspettare. Abbiamo il precedente di tua madre".

La mattina arrivava anche Teopisti, di solito con una guarnigione di monache.

Mi portavano i biscotti, mi recitavano preghiere, mi ronzavano intorno come mosche cavalline.

"Per l'ansia e l'angoscia", diceva Dodò, "non riesco nemmeno a finire il lavoro a maglia. Mi tremano le mani. Il giacchino azzurro del neonato resterà con una manica sola".

"Non importa. Gli metteremo quello rosa".

"Se è maschio gli mettiamo quello rosa? Ma dai i numeri?".

"Perché, hai paura che decida di cambiare sesso?".

"No, ma che cosa dirà la gente...".

"Non c'è ragione che tu sia cosí preoccupata e nervosa".

"Non so. Vivo in uno stato di ipereccitazione. Mimis non doveva farmela, questa. Io sono al tramonto della vita. Posso reggere una responsabilità tanto grande? Se succede qualcosa? Quando ci penso mi sale la pressione!".

"Non nominarmi di nuovo la mamma. Sono stufa di sentire questa storia".

"Non te lo dirò, però è quello che mi tormenta".

"Non spaventarla, Teodosía", le consigliò Teopisti. "Deve stare serena. Allora... erano altri tempi. Non c'erano i mezzi di oggi".

"Serenità in questa casa non ce n'è mai stata, sorella Teopisti. Ah, questo Mimis! Sabato, quando arriva, gliene dico quattro".

Ma appena lo vedeva dimenticava tutto. "Mimakos! Vuoi questo? Vuoi quello?".

"Non ho fatto in tempo a prepararti la torta salata, tesoro. Vedi, devo continuamente stare al fianco della partoriente".

"Càlmati, zietta", rideva Mimis abbracciandola.

"Te ne vai, tesoro? Fermati ancora un po'. Piú passano i giorni piú mi sento paralizzata. Appena ti chiamerò correrai, giusto?".

"Ce le siamo già dette queste cose, zietta. Non agitarti...".

Andavo in bagno e Dodò mi aspettava fuori della porta.

"Perché ci metti tanto? Stai bene?".

"Di che cosa hai paura? Che partorisca nel gabinetto?".

"Tutto può accadere".

Di notte, poi, aprivo gli occhi e me la trovavo davanti come un fantasma.

"Mi hai fatta spaventare, benedetta donna! Che cosa vuoi?".

"Credi che riesca a dormire? Sono venuta a vedere come stai. Se hai bisogno di qualcosa".

"Se avessi avuto bisogno di qualcosa ti avrei chiamata".

"Non capisco piú niente, figlia mia. Sono in preda al panico. Ho gli incubi. Mi vengono pensieri orribili".

* * *

In tutto quel periodo Apollonía venne a trovarci soltanto una domenica. Mi prelevò e facemmo un giro al porto. Fu l'unico giorno in cui mi sentii davvero bene. Mangiammo pesce freschissimo e polipo alla brace, bevemmo buon vino, ridemmo; fu come se avessimo ritrovato per un po' quel nastrino rosa che avevamo legato un giorno ai nostri mignoli.

"Sono impaziente di vedere mio nipote. Che cosa preferisci? Che sia maschio o femmina?".

"Mi hanno angosciata cosí tanto che non mi interessa. Basta che questa storia finisca bene. Dodò è in delirio. Appena faccio 'Ah', si piscia sotto dalla paura. 'Hai male? Dove hai male?'. 'Al braccio', le dico. 'Telefoniamo a Mimis! Dobbiamo telefonargli immediatamente!'. E corre su e giú come un folletto. 'Ma dài, ti pare che possa partorire dal braccio?'. Però non c'è verso che si calmi. Mi combina scherzi del genere. Per non dire del fatto che ogni giorno mi ricorda il caso di nostra madre. Lo sai che mi ha suggestionata?".

"Non conosci ancora Dodò dopo tanti anni? Non darle peso. Devo dirti la verità, da te mi aspetterei di tutto. Perfino che tu partorisca dal braccio. Bada, povera te. Non voglio che mi nasca un nipote nevrotico".

Apollonía era molto contenta. Viveva probabilmente i giorni piú felici della sua vita. Qualunque cosa io le dicessi, la ascoltava appena, come per dovere. Niente riusciva a oscurare lo splendore dei suoi occhi, nemmeno per un attimo.

Mi parlava senza sosta della sua nuova vita. Dei progressi della piccola Espé, di Stéphane, dei loro sogni.

"Ora stiamo preparando la casa. È piccola, all'estremità di un golfo. Pensa, il giardino finisce dove comincia il mare. Non è stupendo? Stiamo comprando i mobili, oggetti vari... Ora Stéphane sta imbiancando. Spero che non combini guai con i colori: gliel'ho raccomandato, la camera da letto la voglio rosa salmone. Espé è una cuoca strepitosa. La porto con me nei negozi, dovresti vedere com'è contenta, poverina! Non fa che comprare pentole e mestoli. 'Merci, Apolloní', cinguetta di continuo. E ha una vocina... Come un graffietto su una lamiera".

"Dài, perché non fai anche tu un bambino con Stéphane?".

"Non sono mica matta! Per diventare una botte come te? Sto benissimo con la piccola Espé. Dà senso alla mia vita. La adoro. Sono impaziente di presentartela. Appena avrai partorito e ti sarai ripresa, metterai il neonato nella sua cesta e verrai a trovarci".

"Ci sarai di sicuro quando partorisco, eh? Ti voglio vicina, Apollonía!".

"Ti pare che possa mancare a un evento del genere?".

* * *

Dodò era molto amareggiata con Apollonía.

"Non sarebbe dovuta venire qui a darci una mano? Se ne va a spasso con il suo amante e... *la terra alle fiamme*!".

"E questa dove l'hai sentita? Sai che cosa significa?".

"Vuoi che non lo sappia? Significa 'tutta la terra sia abbandonata al fuoco'. Per chi mi hai presa? Magari non ho frequentato scuole importanti, però sono cresciuta al fianco di Ioannis. E dopo sono stata accanto a Teopisti. Teopisti ha studiato. È una donna di scienza! Io scelgo sempre le persone a cui mi accompagno. Bado alla mia posizione. Non frequento il primo venuto". (No comment.)

“Apollonía è molto impegnata. Ma quando ho bisogno di qualcosa corre”.

“E... scusa un po’, perché quel damerino non viene qui, cosí lo conosco anch’io? Il suo atteggiamento dimostra che è disonesto. Che non ha intenzioni serie. Mi ammalerò di dispiacere per Apollonía. Non ci pensa a come espone la famiglia? Hai visto Mimis? Appena vi siete conosciuti è venuto a casa, il giovanotto. Perché Mimis è un uomo. Un signore con la S maiuscola!”.

Poco mancò che le dicessi “non giurarci”. Ma, data la condizione in cui ero, preferii mangiarmi una bella fetta di torta al cioccolato.

* * *

Era pomeriggio e mi riposavo su una poltrona nella mia stanza. Sfogliavo riviste, sgranocchiavo pistacchi e contemplavo il mare.

Mi domandavo per quale ragione non navigassi in oceani di felicità. Cos’era che stringeva con un nodo la mia gioia? Giungevo a due conclusioni. Primo, ero preoccupata per Mimis. Non sapevo di preciso che cosa stesse architettando e perché mi tenesse lontana da casa. Secondo, l’agitazione di Dodò mi aveva suggestionata. Entrambi i motivi erano fondati. Però c’era dell’altro. Qualcosa di piú profondo. Di piú diffuso, che non riuscivo a definire. Mi mettevo a fantasticare sul bambino e il pensiero s’inceppava. Poi scoppiavo a piangere all’improvviso, senza motivo.

“Può anche darsi... che alla fin fine sia una questione di ormoni”, dicevo per consolarmi.

Sfogliavo svogliatamente le riviste, mangiavo meccanicamente i pistacchi e ogni tanto lasciavo vagare lo sguardo lontano, all’orizzonte; lo lasciavo compiere giri senza meta, al seguito dei gabbiani.

Non so perché ma quel giorno di febbraio – la vigilia del parto – i gabbiani volavano lenti, come se compissero un rito, sopra un mare che aveva il colore della minaccia. Cinereo, scuro, quasi plumbeo...

* * *

Il giorno dopo il tempo era orrendo. Pioveva senza sosta e il vento del sud soffiava come in preda a un attacco di epilessia.

All'improvviso in giardino si udí uno schianto, nemmeno fosse crollato l'intero muro di cinta. Corremmo alla finestra e vedemmo il grande eucalipto schiantato sul vialetto di pietre che portava all'uscita della casa. Erano circa le dieci. Dodò aveva appena servito lo spuntino di metà mattina.

"Madonna Gesú! Guarda, Arghirenia! Guarda! È come se qualcuno lo avesse abbattuto con la scure. In tanti anni che vivo qui è la prima volta che vedo una cosa del genere... una catastrofe simile! Questo eucalipto c'era ancora prima che Ioannis costruisse la casa. E adesso che cosa facciamo? Siamo isolate. Hai capito? Mica posso spostare io un albero di quelle dimensioni! E se ci succede qualcosa come faremo a uscire?".

"Càlmati. Troveremo degli uomini che rimuovano il vecchio eucalipto".

"Con questo tempo del diavolo? E chi troviamo? Te lo sogni!".

Telefonò al convento e pregò che le inviassero gli operai che lavoravano là.

"Non c'è nessuno, Teodosía. Chi lavora con un tempo del genere?...".

Al telefono piangeva cosí disperata che a Teopisti si spezzò il cuore.

Poco dopo comparve il furgoncino coperto del convento con a bordo cinque robuste monache.

Indossavano incerate nere lucide e stivali grigi. Le osservavo da dietro i vetri. Non dimenticherò mai quell'immagine.

Svolazzavano tra i rami dell'eucalipto come storni che roteano disperati in cerca di un nascondiglio dopo che è stato loro distrutto il nido.

Il vento gonfiava le incerate, la pioggia le sferzava impietosa, le monache gridavano, gracchiavano, spingevano, si arrampicavano. “*Eeee-oppp*! *Eeee-oppp*!”.

E pioveva... Piú le ore passavano, piú la pioggia rinforzava. E quel vento epilettico non voleva saperne di collaborare. Alla fine le monache ce la fecero. Poi entrarono in casa ansimanti, con le guance paonazze e le mani intirizzite.

“Con la forza del Signore... Sia gloria a Dio...”, pigolavano.

Dodò offrí loro tè caldo, cognac e ciambelline alla cannella.

* * *

Le ore passavano. Un pomeriggio cupo di febbraio.

“Ti preparo qualcosa da mangiare, Arghirenia?”.

“No, non mi va”.

“Qualcosa da bere?”.

“Non voglio niente”.

“Ti vedo pallida. Stai bene?”.

“Sto benissimo”.

Non sapevo se dovessi dirglielo o no. Temevo di spaventarla. In effetti però era dalla mattina che non mi sentivo bene. Avevo dolori atroci ai fianchi. Mi sembrava che mi si dovesse staccare la pancia.

“Sarà un'impressione”, pensavo. “D'altra parte Alekos mi ha detto che devo aspettare l'evento per la fine del mese”.

* * *

“Arghirenia, quando vuoi cenare? Ti ho preparato il brodo di gallina. Quello che ci vuole con questo gelo”.

“Non ho fame”.

“Non hai fame? Tu che mangi come un lupo? Qui sta succedendo qualcosa”.

Avevo tutti i sintomi del parto. Ormai ero certa che fosse giunto il momento. Non potevo tenerglielo nascosto oltre.

"Forse...".
"Forse cosa? Forse cosa? Non dirmelo perché impazzisco. Stai per partorire?".
"Credo di sí".
Mi saltellava davanti come un giocattolo a molla.
"Dio aiutaci!... Dio proteggici!".
Andò al rubinetto e vi infilò sotto la testa. Poi, senza asciugarsi, gridò: "Mimis! Mimis!... Che cosa aspetto? Devo telefonare a Mimis...".
Erano già le undici!
Telefonava a casa, ma non rispondeva nessuno. Entrava e usciva dalle stanze, piangeva, straparlava, afferrava oggetti a caso, li lasciava giú, mi veniva vicina e mi tastava la fronte.
"Ma cosa fai? Vuoi vedere se ho la febbre? Non lasciarti prendere dal panico... Arriveremo in tempo".
E riprovava a telefonare. Telefonava in continuazione, senza risultato. A un certo punto aprí la finestra e scoppiò a piangere e a singhiozzare.
"Chiudi la finestra! Entrano il freddo e la pioggia. Sei impazzita?".
"Dobbiamo prendere aria... Dobbiamo prendere una boccata d'aria, tesoro, che non ci venga un accidente. Ma dov'è quell'uomo? Dov'è, perché non è al suo posto? Perché ci tratta cosí?... Che cosa gli abbiamo fatto?...".
Si accasciò ai miei piedi e attaccò la geremiade.
"In una notte come questa... In una notte cosí è cominciata la nostra sventura... No, no, non posso sopportare che si ripeta!... In una notte cosí...".
"Smettila! Non voglio sentirti!".
Scoppiai a piangere anch'io.
"Chiama un taxi. Mimis lo cercheremo piú tardi".
"Un taxi? E se succede qualcosa a bordo del taxi?".
"Perché, se invece succede a bordo della Mercedes... Fa' come ti dico".
Provò a telefonare piú volte al parcheggio dei taxi. Non ce n'era nemmeno uno.

"Di taxi non ce ne sono. Non esiste misericordia. Stasera l'Onnipotente ha decretato la nostra rovina. Non c'è altra spiegazione".

"Va' a prendere la valigia, cosí siamo pronte, e poi vediamo cosa fare".

"Ah! Sí... La valigia! Dove andiamo senza la valigia?".

Nello stato confusionale in cui era non chiuse bene l'enorme valigia. E mentre la spingeva per farla scivolare giú lungo le scale, *fraaap*!

Camicie da notte, biancheria intima, il corredo del bambino, tutti indumenti lavati e stirati e profumati, si sparpagliarono sul pavimento.

"Nooo! Una maledizione del genere no, mio Dio! Non fino a questo punto...".

"Taci! Non ti sopporto piú. Aspetta che vengo a darti una mano".

"No! Non muoverti dalla tua poltrona, tu".

"Perché, se mi muovo mi cade il bambino? Ma che cosa credi, scusa? Che i bambini nascano cosí facilmente?".

"Ti è già capitato di partorire, per saperlo?".

"Perché, tu invece hai partorito?".

"Cosa sento... Cosa sento, povera me... Me sventurata... Me maledetta!".

Radunò in fretta e furia i vestiti, li infilò nella valigia in un unico ammasso e tornò al telefono.

"Niente. Da nessuna parte. Nessuno!".

Parlai con Alekos, il quale mi raccomandò di andare il prima possibile alla clinica. Mi aspettava.

"Non trovo Mimis. Non so come venirci".

"Prendete l'ambulanza! Non tardare, Arghirenia...".

Sull'isola c'era una sola ambulanza, che era in officina.

"Ma quale officina?", cominciò a sbraitare Dodò. "Con tutte le donazioni che vi abbiamo fatto io e il mio compianto fratello! Per una volta che abbiamo bisogno di voi, non siete in grado di assisterci? Ingrati! Miserabili!".

Alla fine, dopo che a furia di telefonare e supplicare, di inveire e gridare ebbe messo sottosopra l'isola intera, ci portò alla clinica il sindaco con la sua auto personale!

"Stia tranquilla, signora Teodosía. Va tutto bene".

"Macché bene e bene, sindaco! La piccola sta per partorire e io non riesco a comunicare con nessuno? Sono spariti tutti i taxi! Lei deve proporre che vengano ritirate le licenze. Buoni a nulla! Hanno visto il tempaccio e si sono messi tranquilli a giocare a carte!".

"Si calmi... Adesso mi sono fatto carico io della questione".

* * *

Mi sarei aspettata di tutto, pensai mezzo stordita. Ma chi l'avrebbe mai detto che il mio parto sarebbe avvenuto con l'ausilio dell'autorità comunale!

"Scusi, però" (alla fine il primo cittadino lanciò la frecciata), "il marito... dov'è?".

Io in quel momento avevo un male terribile e non fiatai.

La povera Dodò si morse le labbra, deglutí, ma poi serví la sua bella risposta.

"In tournée!", disse a voce alta, come se gridasse "evviva". "Il ragazzo è in tournée, signor sindaco! Nella Grecia settentrionale. Vede... aspettavamo il lieto evento per la fine del mese. E invece adesso siamo qui a dare ordine che la nave salpi immediatamente. Non c'è un minuto da perdere".

"Certo, signora Teodosía. L'abbiamo detto. Mi sono fatto carico io personalmente dell'evento!"

E la "Ekaterini K." salpò in tutta fretta con soli passeggeri il sindaco, me, Dodò e Vanghelas il matto, che non aveva un tetto e viveva in un cantuccio sulle navi.

"*Brrr...*", ogni tanto bussava al finestrino. "*Brrr...* Tio! Tio! Mi gnai una mognetigna?".

Dodò aprí la borsa per fargli l'elemosina.

"Non gli dia niente, signora Teodosía", intervenne il sindaco. "Sa che furbacchione è questo qui? Raccoglie un sacco di soldi e se li beve tutti. Anche adesso è ubriaco fradicio".

"Lei dice? Non lo sapevo... A volte essere caritatevoli porta a fomentare i vizi di questa feccia".

"Ha detto proprio bene. Si tratta di feccia".

"*Brrr...*", insisteva la "feccia". "Tio, Tio...".

Poi, quando vide che nessuno gli dava retta, si allontanò un poco e gridò:

"*Brrr...* Tio! Tio! Ei uno stronso!".

* * *

Dodò si era ormai tranquillizzata. Si mise comoda sul sedile e mi abbracciò.

"Hai visto?", mi sussurrò in un orecchio. "Hai visto che lusso? Ci porta il sindaco in persona! E la nave è salpata apposta per noi!".

Mi venne da gridare un lungo *brrr*!, ma mi trattenni.

"Con la furia che ti ha presa, ancora un po' e ci seguiva l'intero consiglio comunale! Hai avvisato Apollonía?".

"Nell'agitazione me ne sono dimenticata. Ma come poteva aiutarci Apollonía? È un altro quello che doveva essere qui adesso. Un altro!".

E per la prima volta Dodò fece allusione a quell'"altro" come se avesse una miccia sulla lingua.

Appena arrivammo alla clinica, strinse entrambe le mani al sindaco.

"Grazie mille, sindaco. Le siamo debitrici. Non lo dimenticherò mai! Tenga presente che io controllo tre associazioni e l'intero convento della Madonna Misericordiosa. Farò quel che di dovere...".

"La prego, signora Teodosía. Ho agito unicamente per amore del prossimo".

Per un istante mi sembrò di avere davanti Vanghelas che gridava:

"Tio, Tio, ei uno stronso!".

Poco mancò che scoppiassi a ridere.

* * *

Quando arrivarono le infermiere a prelevarmi, Dodò si chinò su di me e mi diede un bacio.

"Coraggio, bambina mia... Coraggio, tesoro... Adesso sei in buone mani. La Madonna ti sgraverà".

"Avvisa subito Apollonía!", le raccomandai.

"Corro, tesoro, corro...".

* * *

"Mimis è arrivato?", domandai ad Alekos mentre mi contorcevo dal dolore.

"Arriverà, cara. Adesso devi pensare soltanto al bambino. Andrà tutto bene".

"Chi c'è fuori ad aspettare?".

"La signora che ti ha accompagnata e una ragazza bionda".

Bene, pensai, e raccolsi le forze. Apollonía mi è vicina.

* * *

All'alba sentii il pianto del neonato.

"È un maschio!", gridò Alekos entusiasta. "Lunga vita, Arghirenia. E che maschio! Un gran bel bambino!".

Mi fecero un'iniezione e mi addormentai immediatamente.

Non ebbi il tempo di guardare bene il mio piccolo.

Lo vidi cosí, come una sagoma.

Come un fotogramma.

* * *

Mi svegliai nella stanza, tra le braccia di Apollonía. Un po' discosta, Dodò sedeva sul letto. Appena aprii gli occhi mi strinse le mani e prese a baciarle.

"Brava, tesoro mio! Hai visto, tu che avevi paura? È tutto perfetto! E che bambino... Non ne è mai nato uno cosí bello".

Cercai con lo sguardo Mimis. Era in piedi all'altro capo del letto, con l'aria smarrita. Mi si avvicinò come se qualcuno lo spingesse a forza.

La puzza di alcol mi asfissiò. Mi venne un conato.

"Scusa, a… amore mi… io. Scusa se ti ho la… sciata so… sola. Mi sono fa… fatto tirar de… dentro da una com… pagnia. È succe… sso cosí all'improv… viso!".

Aveva gli occhi rossi e torbidi. La giacca sgualcita. Indossava una cravatta gialla allentata, come se stesse per impiccarsi.

"Lun… ga vita, bam… bina mia…".

La puzza investí anche Apollonía. Vidi che fece una smorfia di disgusto. Temetti che scoppiasse una scenata tra loro.

"Va bene, Mimis. Scostati un po'… Anzi, è meglio che tu vada a casa a riposarti. Torna nel pomeriggio".

"Pri… ma ti voglio da… dare un bacio!".

* * *

"L'avete visto il bambino?", domandai ad Apollonía.

"Se lo abbiamo visto? È magnifico!".

"Mimis, tu l'hai visto?".

"Da lontano", rispose Apollonía. "Il medico non gli ha permesso di avvicinarsi. Guarda com'è ridotto!", aggiunse, mentre osservava Mimis che si sforzava di coordinare le gambe per uscire.

"Anche tu smettila, però!", s'intromise Dodò. "Ha esagerato un po'… Si è lasciato tirar dentro. È un uomo. E poi non si aspettava che nascesse adesso…".

"Andate a riposare, ora. Vi siete strapazzate abbastanza… Apollonía, puoi domandare per piacere quando mi portano il bambino?".

Uscí svolazzando, lieve come una farfalla, e ricomparve dopo pochi minuti.

"Prima passerà il medico, Arghirenia. Io torno a trovarti domani. Non lasciare che niente ti rovini questo giorno. Capito?", mi sussurrò allusiva.

Mi si fermò un attimo davanti, come per ammirarmi. Era cosí felice che splendeva.

"*Yuppiiii!*", gridò, e chiuse la porta.

* * *

Rimasi da sola nella stanza. Dalla finestra si vedeva un vasto, verdissimo giardino. Il tempo si era messo al bello. Era una dolce giornata di sole nel cuore dell'inverno. Le gocce di pioggia brillavano sulle foglie degli alberi come mille diamanti. All'improvviso mi parve che gli alberi, le piante si riempissero di fiori variopinti. Anche la mia anima si riempí di fiori variopinti. E di gocce di pioggia che somigliavano a mille diamanti. Mi sentivo bella. Forte. Mi veniva voglia di gridare al mondo intero: "Buongiorno!". Non serbavo rancore nemmeno a Mimis per il suo comportamento. La mia gioia era cosí grande che scrosciava dentro di me come una cascata. Niente poteva resistere. Piegai la testa sul cuscino e chiusi gli occhi per qualche istante.

Ero colma. Sazia. Un frutto dolce e maturo che si pavoneggiava sull'albero della vita.

* * *

Le ore passavano e nessuno mi portava il bambino. Domandavo il perché e mi rispondevano adducendo vari pretesti.

"Ha un piccolo problema", disse finalmente la caposala. "Lo risolveremo".

"Che problema?".

"Al sistema respiratorio. La terrà informata il medico".

"Dov'è il medico?".

"Porti pazienza...".

"Voglio scendere a vederlo! Perché non mi è permesso?".

"È in terapia intensiva. Piú tardi... Piú tardi... Prima dovrà parlare con il pediatra".

Cominciai ad angosciarmi. I sentimenti delle ore precedenti

pian piano mi abbandonavano. Come se le bellezze dell'universo fossero passate di lí soltanto a farmi una visita. E dopo che la mia anima le aveva accolte ed esse avevano vuotato i vasi di frutta sciroppata e avevano bevuto l'acqua fresca fino all'ultima goccia, a una a una mi auguravano la buonanotte e se ne andavano...

* * *

Mimis mi si sedette accanto e mi prese mollemente la mano. Era giallo come un limone. Aveva i capelli arruffati. Indossava gli stessi abiti di prima, aveva solo stretto il nodo della cravatta gialla.

Masticava nervosamente una cicca e gli occhi erano quasi scomparsi dentro le orbite.

"Fatti forza, scoiattolo. È andata cosí".

"Cosí come?... Qualcuno mi dica chiaramente cosa succede! Perché nessuno parla...".

Avevo capito, ma non volevo ancora crederci. Cercavo di guadagnare anche solo un minuto di speranza.

"Il bambino", disse Mimis come se stesse dettando un telegramma, "purtroppo ci ha lasciati".

Non ricordo nient'altro. Quando mi riebbi avevo accanto Alekos, la caposala e due infermiere. Preparavano le flebo, mi facevano aria, mi accarezzavano, cercavano di aiutarmi a mettermi seduta sul letto per farmi bere un succo di frutta.

Mimis si era accasciato su una poltrona in fondo alla stanza e masticava la sua cicca.

"Com'è successo?", riuscii a domandare ad Alekos. "Perché?".

"Purtroppo, cara Arghirenia, il bimbo aveva un problema molto grave al cuore. Abbiamo fatto tutto il possibile...".

"Non ho nemmeno avuto il tempo di vederlo! Non l'ho nemmeno conosciuto. Non l'ho neanche potuto abbracciare", dissi tra i singhiozzi.

"Meglio. Forse è meglio cosí. Cerca di tenere duro. Sei giovane. Hai tutta la vita davanti. Voglio che dimostri quanto sei forte! Lotta!".

* * *

Parole! Perché la prima cosa che ti dicono i consolatori inesperti è che devi essere forte? Cosí, tanto per dire qualcosa. Qualcosa che suoni importante. Qualcosa di eroico.

E chi mai è forte, in momenti del genere? Chi non depone le armi? Chi non cade in ginocchio davanti alla morte?

Chi ha percorso quel sentiero, o almeno ci si è trovato molto vicino, non dirà schiocchezze del genere. Semplicemente ti starà accanto. Ti accarezzerà una spalla. Ti dimostrerà senza parole, con il linguaggio del corpo o con l'espressione del viso, che lui è lí. Al tuo fianco. Il resto non serve. I consigli verranno dopo. Lotte ed eroismi magari verranno molto dopo. Quando la morte avrà smesso di fissarti negli occhi.

* * *

Iota mi si era buttata addosso, come al solito. Mi tastava il viso con le dita, mi asciugava gli occhi, mi dava da bere.

Come tutte le persone che hanno sofferto, Iota conosceva i rimedi. Mi aiutava, ma non poteva alleviare il dolore della mia anima. A volte penso che l'amore è simile al sangue. Puoi accettare una trasfusione solo se c'è compatibilità.

Ti salva solo l'amore della persona che hai scelto di amare.

* * *

"Andatevene tutti!", cominciai a gridare come un'isterica, nonostante i tranquillanti di cui mi avevano imbottita.

"Uscite", consigliò loro l'infermiera. "Accomodatevi nella sala".

"Vuoi che io resti con te?", domandò timidamente Mimis.

"No! Vattene anche tu!".

* * *

La stanza somigliava a una tana negli abissi. Eravamo io e il dolore. Non avevo nessuna intenzione di misurarmi con lui. Volevo cedergli. Abbandonarmi ad esso.

Volevo lasciare che mi triturasse. E dopo… se dentro di me avessi continuato a desiderare la vita, avrei raccolto i pezzi e avrei cominciato a incollarli. A incollarli al contrario. Mal assortiti. Stonati. Come sempre. Qualcosa di simile alle piastrelle asimmetriche di un cortile.

All'arrivo della primavera, ci sarà di sicuro qualche seme che aspetta di germogliare nelle commessure. Come accade sempre…

* * *

Rimasi sola nella stanza per due ore.

Ogni tanto qualcuno bussava discretamente alla porta. Era Iotara.

"Arghirenia, stai bene? Entro?".

"No, non entrare… Sto bene".

A un certo punto mi alzai, andai in bagno e mi spruzzai sul viso abbondante acqua. Non avevo il coraggio di guardarmi allo specchio.

Appena mi sdraiai sul letto, mentre cercavo i fazzoletti di carta, sentii bussare forte.

"Arghirenia, sono Apollonía".

"Vieni", le dissi.

In quel momento avevo assoluto bisogno di lei. Era l'unica "trasfusione" che mi poteva salvare.

Restammo abbracciate a lungo. Mi chinai sul suo collo e mi sembrò di rintanarmi in un nascondiglio.

"Alzati un momento", mi disse. "Non rimanere sdraiata. Vèstiti che passeggiamo per la stanza… Non lasciare il corpo in balía dell'anima".

Estrasse dalla mia valigia una bella vestaglia, mi aiutò a indossarla, poi prese dalla sua borsa un piccolo pettine e me lo passò dolcemente tra i capelli.

"Ecco, brava la mia piccola... Brava, cosí...".

Ogni suo gesto mi dava la sensazione di un'onda amorosa che mi travolgeva.

Mi travolgeva teneramente e mi guidava fuori dai fondali dell'oceano verso una riva placida.

"Brava, cosí...".

Mi prese per mano e ci sedemmo davanti alla finestra.

"Senti", le dissi. "È crollato tutto... È tutto secco. Sporco... Non è rimasto in piedi niente".

"Sí...", ammise dopo aver riflettuto. "È cosí. Però... Vieni a vedere una cosa. Là... In fondo al giardino. Vedi? Vedi il ramo fiorito di un mandorlo? Devi prendere lui come guida, mia piccola, amata Arghirenia. E se ascolterai bene quello che ti dice, di sicuro ti ricondurrà sulla strada della vita. Aspetta. Vado a prenderlo...".

Scese nel giardino e tornò con un lungo ramo di mandorlo fiorito. Lo sistemò in un vaso che mi posò sul comodino.

"Bada di ascoltare bene quello che ti dice", mi raccomandò con il sorriso piú dolce del mondo. E se ne andò.

* * *

Era crollato tutto. Non era rimasto in piedi niente. Soltanto un ramo di mandorlo fiorito.

* * *

Nel tardo pomeriggio piombò lí un sacco di gente. Un gran vociare, pianti e strepiti, parole di conforto, esempi (del tipo "E allora cosa dovrebbe dire quella donna, che ha perso un giovanotto di ventidue anni"). I presenti circondarono il letto come se fossi stata una moribonda e facevano a gara a chi avrebbe sparato la fanfaronata piú grossa. Amici e conoscenti, "gente che si radunava dai confini della terra".

Iota, Kòstia, Peli, il "Molosso" (perfino il "Molosso"), Teopisti con il "team" di monache, Alekos e la moglie, il sindaco dell'isola, la mia amica d'infanzia Rea (che non vedevo da anni), colleghi di Mimis eccetera eccetera.

Erano corsi a dire "presente!", a vedere, a parlare, a commentare, probabilmente alcuni erano lí anche con il proposito di starmi vicini. Peli reggeva in mano una *makarià*,* una grande scatola di biscotti ripieni.

"Prendete, prendete, sono di buon augurio".

"Ma quale buon augurio, scusa?", le domandò Iota paonazza.

"So quello che dico. Non sono mica scema. Bisogna augurare consolazione a Mimis e ad Arghirenia. O dovrei dire 'siano perdonati i peccati del neonato?' ".

Teopisti mi portò le icone, le "sorelle" amuleti e rosari.

Quando la stanza fu piena, la gente si riversò in corridoio e in terrazzo. Quelli che erano un po' piú distanti dal letto discutevano di argomenti vari. Ridevano, chiacchieravano, sgranocchiavano biscotti, le signore si scambiavano perfino ricette di cucina. L'unica compassionevole era Dodò.

Era seduta accanto a me – un ammasso di carni vizze, avvolte in qualche modo in tessuti neri – e piangeva.

"Che disgrazia, bambina mia! Che sventura! Una maledizione grava sulla nostra casa. Aveva ragione la zingara che me lo disse tanto tempo fa. Qui dentro non rimarrà in piedi niente, mi disse. Niente".

"Soltanto un ramo di mandorlo", balbettai senza volerlo.

"Che cosa dici, Arghirenia? Hai la febbre, tesoro? Stai delirando? Sorella! Sorella! Il termometro. Febbre puerperale! Abbiamo il precedente della madre…".

"Smettila. Non ho niente".

Si calmò un momento poi riprese la lamentazione.

"Avevo molti sogni su questo bambino. Però… che dire… Dio è grande. Avrete altri figli… Adesso devi sostenere tuo

* Cibo che i parenti del defunto offrono ai convenuti in casa dello stesso. [N.d.T.]

marito, Arghirenia. Non è una disgrazia da poco quella che gli è capitata, perdere all'improvviso un figlio".

"Scusa, per me è diverso?".

"L'uomo è impotente davanti ai colpi della sorte. Sappilo. A noi donne, Dio ha concesso una capacità di sopportazione molto maggiore. L'uomo vale di piú come timoniere. Lí convoglia tutte le sue forze".

"Specialmente Mimis!", fui sul punto di esclamare, ma tacqui. Comunque, nonostante l'interessamento per Mimis, poco dopo aggiunse con una sfumatura assai diversa nella voce:

"Senti un po'... Quando uscirai di qui verrai a casa nostra. Bisogna che mi prenda cura di te. Devi rimetterti in forze. Con tutto quello che hai passato, pulcino mio... A chi ti affido? A questi... popolani?".

E accennò, con un moto di disgusto, alla famiglia di Peli.

* * *

Per tutte quelle ore Mimis continuò a entrare e uscire dalla stanza come un sonnambulo. Parlava sottovoce con Alekos, mi si accostò due volte e mi domandò in tono impersonale come stessi. Aveva un'aria inquieta. Spaventata. L'aria di un bambino che ha combinato un grosso guaio e trema al pensiero che qualcuno lo scopra. Sono i sensi di colpa, pensai. Sensi di colpa per come mi ha trattata in questo periodo. Mi fece compassione. Mi venne voglia di stringerlo tra le braccia. Di dirgli che lo amavo. Che non gli avrei serbato rancore. Che sarei stata per sempre il rifugio della sua anima.

* * *

Quando fui dimessa dalla clinica, nonostante le preghiere di Dodò non andai a stare da lei. Preferii rimanere a casa mia. Non avevo nessuna voglia di sorbirmi la folla variegata dei consolatori, e soprattutto Teopisti con le sue tirapiedi che mi stordivano ripetendo sempre le stesse cose: "Tieni alto il morale… Invoca l'aiuto di Dio. Va' in chiesa a pregare. Soltanto lí troverai la redenzione".

Non cercavo di tenere alto il morale. E non avevo nessuna voglia di correre in chiesa. Desideravo un cantuccio dove accoccolarmi. Una tana in cui intrufolarmi come una donnola, e da lí con calma mandare un messaggio al mio Dio.

Un messaggio come lo sentivo io. Nella lingua della mia anima. Non quello che suggeriva Teopisti.

Ricordo che una volta Apollonía mi disse, in tempi non sospetti (quando le veniva l'estro, le sue parole avevano il suono di una poesia):

"Dio non lo si contempla dall'alto. Né gli si fa un segnale allungando il collo come i cigni. Lo si aspetta da qualche parte nel proprio angolino. Nella propria tana. Canticchiando… Dio non è fuoco, non brucia. Non è fulmine. È un seme minuscolo, che puoi tenere tra le dita. E se lo ami molto, può anche fiorirti sulla palma della mano!".

Mi avevano colpito quelle parole, perché io sapevo che gli uomini cercano Dio nella grandiosità. Nell'infinito. Nell'immenso. Apollonía invece… lo cercava tra le sue dita!

* * *

Un'altra ragione fondamentale per la quale volevo restare a casa mia era Mimis. Sentivo di dovergli stare accanto. Nei giorni in cui andava e veniva dalla clinica era un rottame. Riusciva a stento ad aprire la bocca per dire le solite tre banalità. Si sedeva per un po' e poi se ne andava, come se gli stessero dando la caccia.

"Dove vai? Resta qui a farmi compagnia…".

"No, non posso… Ho le prove…".

"Ma se non stai in piedi! Che prove vuoi fare…".

"Sto bene. Solo che questo posto mi deprime. Appena esco di qui, l'umore mi sale a mille!".

* * *

Fin dalla prima sera in cui tornai a casa "gli strumenti cominciarono a suonare".

E che strumenti! Tutte percussioni, col volume al massimo.

Anziché restare a prendersi cura di me, Mimis gettò la mia valigia sul divano e sparì.

Da sola la svuotai del corredino, che infilai in un sacchetto di plastica e gettai nel ripostiglio.

Quello fu il momento piú duro della prova. Era la tomba del mio bimbo. E la eressi da sola. Senza salmi, senza fiori, senza pianti né lacrime. Non riuscivo a piangere. Mi si erano inariditi gli occhi. Sentivo soltanto un dolore al petto, un bruciore nell'anima e una grande rabbia.

Rabbia perché era cosí ingiusto, cosí assurdo che io dovessi seppellire una creatura che avevo amato tantissimo ma che non avevo mai conosciuto. Per questo stropicciai i ricami. Per questo li infilai nel sacchetto di plastica e li gettai nel ripostiglio. Non riguardavano piú nessuno. Erano un inganno. Un'illusione. La camicia a brandelli di un sogno svanito.

* * *

Mimis rientrò all'alba, ubriaco fradicio.

E io che credevo che il suo atteggiamento in clinica fosse dovuto ai sensi di colpa e ai rimorsi... Io che volevo stargli accanto per assisterlo... Io che mi aspettavo che ci saremmo abbracciati, che ci saremmo scambiati carezze, che avremmo tracciato con il nostro amore un nuovo sentiero...

(Io che... per tutta la vita mi ero beccata ceffoni e li avevo incassati come carezze... Ben mi stava, dopotutto!)

* * *

"Mimis, non mi avevi detto che saresti cambiato, che non avresti piú bevuto?".

"Sí, scoiattolo. Te l'ho detto. Non lo nego. Ma la vita ci ha mandati a gambe all'aria. Il treno è deragliato. Tu sei forte. Hai superato il trauma. Io non ci riesco. Perché non mi lasci stare...".

"Ti voglio bene. Voglio aiutarti. Per questo sono qui...".

"Anch'io ti voglio bene. Però lasciami in pace... Nessuno mi può aiutare".

* * *

Iota veniva a trovarmi ogni giorno. Sbrigava le faccende (la casa era diventata una stalla), cucinava, insisteva per imboccarmi come se fossi una bambina, mi raccontava barzellette, sarebbe stata capace di mettersi a fare le capriole pur di vedermi ridere per un attimo.

"Sai che cosa mi ha raccomandato di dirti la signora Arsinòi? Che il dolore è il grande maestro dell'uomo. Ci dona la saggezza dell'anima".

"Auguro ogni bene alla signora Arsinòi. Però io al momento sono una pessima allieva. Temo che il maestro mi boccerà... Cosa pensi che ne sarà di Mimis, Iota? Non l'ho mai visto cosí giú".

"Sai cosa ti dico? Io osservo le cose con distacco. Tu non sei mai riuscita a vedere il Mimis reale. L'amore ti dà un'altra immagine di lui. Falsa. Dunque, io penso che Mimis non sia addolorato per quello che è successo. Fin dal primo giorno ha gozzovigliato con la sua compagnia! Chiedilo a Kòstia. Non volevo dirtelo per non ferirti. Ma è meglio che tu sappia la verità, cosí magari una volta o l'altra apri gli occhietti".

"Ma se... arrivava alla clinica come un derelitto! Come un cane bastonato...".

"Recitava! E adesso sfrutta questa vicenda come scusa. Come alibi per combinare le sue bravate. Hai capito, Arghirenia?".

"Sei ingiusta, Iota. Non è possibile che usi come alibi la morte di suo figlio! Nemmeno una bestia lo farebbe. Ti ricordo le tue parole: in fondo, Mimis è buono. Quante volte me l'hai detto?".

“Se devo arrivare cosí in fondo, scavare cosí tanto, nel frattempo la terra mi avrà ricoperta! Lascia perdere, Arghirenia... Io ti consiglio di andartene. In un certo senso sei ancora in tempo, anche se non per molto”.

* * *

Cominciai a diventare un po’ fredda con Iota. Mi feriva. Mi poneva dilemmi che non ero pronta ad affrontare. Io amavo ancora Mimis, tanto. Ero convinta che quando ami una persona non hai il diritto di sbarazzartene solo perché non ti ha donato la vita che sognavi. (D’altra parte l’avevi sognata tu.) Non puoi abbandonare chi è caduto a terra. Devi dargli una mano perché si rialzi.

Certo, dimenticavo un dato fondamentale. Non basta che tu ami quella persona, quella che è caduta a terra. Ti deve amare anche lei. Almeno un pochino. È indispensabile.

* * *

Mimis peggiorava di giorno in giorno.

Rincasava barcollando, con gli occhi ridotti a una fessura e le labbra che penzolavano. Il volto somigliava a una poltiglia rancida. Tentava di parlare, ma le parole gli uscivano come l’elastico moscio di un pigiama.

Era ingrassato, aveva cominciato a perdere i capelli... Niente a che vedere con il bel cantante che quando saliva sul palco mandava in visibilio le ragazzine.

Apriva la porta – penava dieci minuti per infilare la chiave – e mi si piazzava come un vampiro sopra la testa. Per quanto mi sforzassi di non parlare, a volte non ci riuscivo.

“Come mai sei conciato cosí, Mimis? Come ti sei ridotto?”.

“Senti un... un p... po’. I... io sono Memes. Sono Memes, che ti pia... piaccia o no! *Gne gne*?”.

“D’accordo... Memes! Come credi. Ma visto che cosí a me non piace, domattina appena mi alzo me ne vado. *Gne gne*?”.

"Ah, ah, ah! Buo... buon viaggio... Scrivimi... Memes non ha biso... bisogno di nes... suno!".

Se proseguivo il "dialogo", la situazione sfuggiva al controllo. Mi insultava, urlava, spaccava oggetti. Aveva ridotto in frantumi quasi tutti i servizi di piatti. I mobili erano segnati dai suoi calci.

Spesso lo sentiva tutto il vicinato. Se era notte vedevo le luci accendersi alle finestre intorno. Se invece era giorno, all'improvviso qualche testa spuntava da dietro tende mezzo tirate.

* * *

Ah, quelle luci a notte fonda che ti illuminano le ferite come fari violenti!

Ah, quelle testoline curiose dietro le tende, che diventano osservatrici avide della tua disfatta!

Se qualcuno ha vissuto esperienze simili, sentendole raccontare può arrivare a piangere.

Se non le ha vissute, il suo grugno assume un'aria di riprovazione: "Ah, robe da matti! E tu restavi lí? Come potevi tollerare uno sfacelo del genere!".

(Perché invece tu... eh? Non essere frettoloso, amico. Nella vita non esistono soltanto i viali ampi. Ci sono anche certe mulattiere oscure, invase dalle acque di scolo e dal piscio dei cani. Meglio non trovarsi in posti del genere. Di solito la via d'uscita non si vede. Dunque, irreprensibile amico, non essere frettoloso nel trarre le tue conclusioni.)

* * *

Dopo quelle esibizioni cadeva stecchito dal sonno e dormiva fino a tardi. E quando si svegliava, attaccava con la solita tiritera.

"Scusami, Arghirenia. Ho di nuovo combinato un casino, eh? Scusami, scoiattolino. Non posso vivere senza la tua bella coda folta. Dammi un po' di tempo. È che... quella perdita, capisci... Non l'ho ancora superata".

E versava fiumi di lacrime, s'inginocchiava ai miei piedi, me li baciava perfino.

"Piantala con questa balla della perdita!", gli dissi un giorno. "Non attacca. La usi per coprire le tue colpe!".

(Parlavo con la bocca di Iota.)

"Cooosa? Osi sbattermi sul muso una tale infamità? Non mi sarei mai aspettato di sentire queste parole uscire dalla tua bocca! Me le sta dicendo Arghirenia? La mia Arghirenia? Dimmi che non lo pensi davvero! Altrimenti vado a prendere una lametta e mi taglio queste maledette vene qui davanti a te!".

"Tàgliatele!", gli dissi. "Se sei un uomo, tàgliatele!".

Chi si è trovato davanti in pieno giorno Belzebú e non è rimasto terrorizzato? Chi non si è sentito perduto trovandosi la morte sopra la testa?

"Va' al diavolo!", ruggí.

E fece a pezzi uno sgabello che aveva davanti.

"Vattene al diavolo, puttana! Non sarai tu a dirmi se sono un uomo o no!".

Gli occhi sprizzavano scintille infuocate. Ebbi paura che se avesse fatto un altro passo mi si sarebbe lanciato contro e mi avrebbe ammazzata.

"Sei una puttana, come tutte le donne! Non sei affatto diversa! E poi mi domandi perché bevo, eh? Perché mi ubriaco? Perché sono invischiato con froci e puttane. Ecco perché, cavolo! Hai bisogno di una ragione piú seria?".

Inveí per un po', entrava e usciva dalle stanze, finché si buttò sul letto e scoppiò a piangere.

Mi fece compassione. Gli andai vicino e mi misi ad accarezzargli la testa.

"Va bene. Non lo penso davvero quello che ti ho detto. Ha parlato la mia indignazione. La mia rabbia... Scusami. Alzati, adesso... alzati che ti preparo un caffè...".

* * *

Chiedere scusa per un errore commesso è segno di cortesia e

magnanimità. Ma chiedere scusa al proprio aguzzino, che cosa significa?

"La disfatta totale!", rispose senza neanche pensarci Apolonía, una volta in cui glielo domandai.

Poi fece alcuni passi, si fermò un attimo e aggiunse:

"Oppure... significa che passi con il massimo dei voti la prima classe della santità...".

* * *

Ormai avevo smesso di riferire a Iota quello che accadeva. Volevo vivere con l'illusione che un giorno tutto sarebbe finito. Che prima o poi "Memes" avrebbe capito e sarebbe tornato in sé. Senza questa illusione mi era impossibile sopportare una vita del genere.

"Come vanno le cose?", mi domandava Iota quando ci incontravamo.

"Un po' meglio. Forse sta per mettersi sulla buona strada".

"Mi sembra difficile... Bada che non ti stia preparando qualche altra sorpresa".

Spesso, all'indomani di una nottata selvaggia, non le aprivo la porta. Non avevo la forza di affrontarla.

"Dove vai, ultimamente?".

"Ogni tanto esco per distrarmi. Una volta a fare spese, l'altra per qualche commissione...".

"Speriamo. Vuoi che passi a prenderti questa sera e usciamo a bere un caffè?".

"No. Non voglio essere fuori quando rientra Mimis".

"Sta' attenta che... non lo divori la solitudine...".

* * *

In seguito appresi altre notizie su Mimis. Me le confessò un giovane fisarmonicista, Aris, che una mattina all'alba me lo riportò quasi di peso.

"Gli dicevamo 'smettila, vattene, torna a casa', ma lui niente! A furia di vomitare mi ha ridotto la macchina uno schifo".

Lo mettemmo a letto, lo coprimmo – era in uno stato di totale afasía – e ci sedemmo in salotto a bere qualcosa. Erano le cinque del mattino.

"Va be', l'ultimo, signora Arghirenia. Questa sera ho esagerato anch'io. Se Rea lo scopre mi caccia".

"La tua ragazza si chiama Rea?".

"Sí. Sa quando ci siamo conosciuti? Il giorno in cui siamo venuti alla clinica a farle le condoglianze".

"*Oplà*!", pensai. "Accanto al mio letto di dolore si sono perfino combinati matrimoni".

"Una ragazza in gamba, eh? Mi ha detto che siete amiche intime".

(*Uh*... ci mancava soltanto questo! Addirittura amica intima della spiona, sono diventata.)

"Sí... Una ragazza in gamba! Solo ti prego, Aris, non dirle niente di quello che è accaduto stanotte. Rea vive vicino a mia zia. Non voglio che la gente cominci a spettegolare...".

"Non si preoccupi, signora. D'altra parte è nell'interesse di entrambi".

"Suoni per le canzoni che sta preparando Mimis?".

"Quali canzoni, signora Arghirenia?".

"Quelle che il nuovo compositore ha scritto per lui".

Ebbe un attimo di incertezza, si rabbuiò...

"Me ne versi un altro. Tanto ormai... In ogni caso, stasera il danno è fatto... Non ci sono canzoni, signora Arghirenia. Né compositore. Mi scusi se glielo dico, ma la stimo in modo particolare. Se le mentissi avrei i rimorsi. Venetatos è un cantante finito. Questo mi dispiace molto. Era notevole. Dio gli ha donato un grande talento e lui lo ha gettato nella spazzatura. Io e lui siamo amici. Anche se ultimamente i rapporti si sono un po' raffreddati. E non per...".

Si interruppe. Deglutí e si accese una sigaretta.

"Insomma...".

"Non è per?...".

(Vi colsi subito un'allusione maliziosa.)

"Per quelle merdose diecimila dracme che mi deve. Ho perso la stima che nutrivo per lui. È caduto talmente in basso. Non avrei mai immaginato che un uomo del genere si sarebbe ridotto in uno stato miserabile".

"Aris, passa domani che i soldi te li do io...".

"No, no, non l'ho detto per questo! Non passerò di certo... Mi offenderei".

Mi riempii il bicchiere e lo vuotai tutto d'un fiato.

"Le ho dato una preoccupazione, eh?".

"Sono abituata alle preoccupazioni. Solo che questa è arrivata un po' all'improvviso".

(Qualcosa mi diceva da tempo che la storia delle canzoni era l'ennesima, schifosa bugia.)

"Aris, potresti per favore non riferire questi fatti a Rea? Lo so, è difficile. È la tua ragazza. Però te lo chiedo come un grande favore. Mia zia è malata. E la cosa peggiore è che stravede per Mimis. Non riuscirebbe a sopportare la verità. O forse... hai già parlato con Rea?".

"No, non siamo mai venuti sul discorso. Però... Mi stupisce. Lei non ha parlato di questo dramma con la sua migliore amica?".

"Nessuno sa niente. Nemmeno mia sorella".

"Mi scusi. Non sono nessuno per darle un consiglio, però non credo che sia giusto. Gli amici esistono per questo. Per essere di sostegno nei momenti difficili. Comunque, io sarò muto come un pesce. Glielo giuro".

Pochi giorni dopo decisi di andare a trovare Apollonía. Glielo avevo promesso.

Comprai dolci, fiori e una bella caraffa di ceramica. (Apollonía aveva la passione della ceramica.)

Presi un taxi e mi presentai da lei senza avvisarla.

* * *

Era una casetta con il giardino e i pergolati, naturalmente vicino al mare. Un paradiso! Quando arrivai era quasi mezzogiorno. Stéphane aveva portato a passeggio i cani (due enormi cani lupo, Odisseas e Kimon). Stava rientrando in quel momento. Ci incontrammo sulla porta d'ingresso.

Mi baciò e mi abbracciò con affetto fraterno. Era alto, magro, con i capelli grigi, il viso solcato da rughe profonde. Bastava che ti guardasse o che ti sfiorasse e sembrava che ti avesse consegnato le chiavi della sua anima. (Da quel momento in poi tu entravi, ti sistemavi comodamente, e se ti andava potevi anche appoggiare i piedi sulla poltrona.)

Apollonía indossava un vecchio paio di jeans e un ampio maglione colorato. Era in giardino, china a piantare le cipolle. Appena mi vide impazzí dalla gioia.

Gridava, saltellava, mi si avvicinò e mi abbracciò.

All'improvviso mi trovai a navigare in un oceano d'amore.

"Benvenuta! Benvenuta! Finalmente ti sei decisa. Dove sono le valigie?".

“Non sono venuta per restare. Non correre. Me ne andrò verso sera”.

Si rabbuiò per un attimo, ma il suo viso tornò subito a risplendere.

“Almeno... Almeno per un poco. È la cosa piú bella che ci potesse accadere. Vieni che ti faccio conoscere il resto della famiglia”.

Stéphane andò a sistemare i cani e Apollonía, tenendomi stretta per mano, mi introdusse in salotto.

“Mettiti comoda dove preferisci”.

Mi guardavo attorno incantata.

“Mi piace tutto, qui”.

“Bene! Allora arrampicati sulla credenza!... Vuoi che ti porti un paio di pantofole cosí stai piú comoda? Cosa ti è venuto in mente di metterti quegli stivali color cacca? S’intonano con la giacchina azzurra?”.

(L’Apollonía di sempre.)

Era un posto meraviglioso. Mi sembrò la scenografia di uno spettacolo teatrale. Un comò d’antiquariato con il ripiano di marmo rosa tra due armadietti, due divani vecchio stile ornati con decine di cuscini di velluto, fruttiere di vetro e ciotole sul tavolo, tende di cotone leggero che Apollonía aveva tinto di colori stupendi e un mucchio di altri oggetti che sembravano usciti dalle favole.

Prese la caraffa che le avevo regalato e la accarezzò.

“È molto bella! La riempio subito di vino. Abbiamo uno squisito vino semidolce: il tuo preferito. L’ho comprato ieri, nemmeno avessi saputo che saresti venuta a trovarci”.

“Sto ammirando i colori delle tende... Come hai fatto?”.

“Preparo i colori da sola, con materiali naturali. Raccolgo crochi, alghe, melagrane, foglie e cipolle secche... Ho fatto progressi”.

“Non so se c’è un’altra persona capace di prendere questo tessuto da niente e renderlo poesia!”.

La casa di Apollonía aveva un’aura magica. Una serenità come quella che si incontra nelle chiesine sperdute. La mia anima si riempí della morbida melodia che si riversava da ogni parte. Dai muri, dai mobili portavaso, dalle fruttiere, dalle impronte dei piedi di Stéphane e di Apollonía. Se qualcuno avesse voluto concepire pensieri squallidi lí dentro, non sarebbe riuscito. Una piccola spugna di velluto cancellava tutte le brutture dell'anima.

* * *

"*Maman*, vieni a conoscere Arghirenia!", gridò Stéphane in francese.

"Vedrai che non arriverà subito", rise Apollonía. "Prima andrà ad agghindarsi e a ravviarsi i capelli. Vuole farti una bella impressione".

Poco dopo comparve – camminando piano, come se temesse di svegliare qualcuno – la grande Espé.

Indossava un tailleur ciliegia, stivaletti scamosciati, una collana, orecchini, e tra i corti capelli grigi portava un cerchietto con le perline. Era anziana, camminava con fatica, ma ogni particolare su di lei (soprattutto il cerchietto con le perline) rivelava quanto le piacesse la vita.

Mi si avvicinò e mi baciò.

"Sono molto contenta di conoscerti! Apolloní ti vuole molto bene!". Naturalmente in francese.

(Per fortuna Dodò aveva sempre pagato il doppio l'insegnante di francese: eravamo indisciplinate, e quella minacciava continuamente di cacciarci.)

La grande Espé si sedette di fronte a me osservandomi incuriosita. Aveva occhi azzurri completamente sbiaditi, come se si fossero scoloriti dopo tempeste di lacrime. Il suo sguardo, anche se indagatore, non mi infastidiva. Era lo sguardo di una persona affranta, di una persona che ha sofferto, e non lasciava graffi. Semplicemente chiedeva di sapere. Di trovare un luogo adatto in cui ripararsi e sentirsi a suo agio.

"Stéphane, va' a prendere la bambina... Che cosa sta facendo di là?".

"Sta giocando con le costruzioni di legno che le hai portato ieri. Vado a prenderla. Arghirenia, adesso conoscerai il nostro tesoro. Sai... prima che tua sorella se ne occupasse, Espé era selvatica come una belva. Né io né sua nonna riuscivamo a controllarla. Adesso, grazie a Dio, Apollonía sa come prenderla e si è abbastanza calmata".

Poco dopo si aprí la porta e comparve Stéphane che teneva per le spalle la bambina.

Mi sforzai di non lasciar trapelare il mio turbamento.

Anche se piú o meno sapevo che cosa avrei visto, la realtà superava quello che mi ero immaginata.

Una creatura grassissima, quasi priva del collo, con la testa incassata tra le spalle come una lagenaria. Il labbro inferiore penzolava lasciando colare la saliva, le guance erano innaturalmente gonfie, le pupille turbinavano in modo scoordinato e incosciente dentro il caos.

"Mio Dio!", pensai. "Come hai fatto a progettare questo essere! Era tanto forte l'odio che provavi per il genere umano in quel momento?".

Però mi investí l'aura d'amore diffusa in quel luogo. Arrivò la spugnetta di piume e mi cancellò dalla mente i pensieri abietti.

La piccola Espé ringhiò e si rifugiò tra le gambe di Apollonía. Lei la accarezzò teneramente.

"Vieni, piccola mia... Da' la mano alla nostra Arghirenia. Su, su... No, non quella, l'altra. L'altra manina. L'altra, abbiamo detto... Espé, ascoltami. L'altra".

Con l'aiuto di Apollonía, Espé allungò la mano verso una direzione qualunque.

"Hai visto? Questa è la nostra ultima conquista. Ha imparato a salutare. L'altro ieri abbiamo organizzato una festa. Piano piano fa progressi. Ha bisogno di amore e di una pazienza infinita".

"Brava, Espé!", articolai io, per dimostrare la mia partecipazione all'entusiasmo. "Brava! Guarda che cos'ho per te...".

E le porsi una scatola di dolcetti alle mandorle.

Ringhiò di nuovo, afferrò la scatola, si accoccolò sul tappeto e cominciò a sbocconcellare i dolcetti.

"Le piacciono molto i dolci!", commentò fiero Stéphane.

"Attenta, Espé", la rimproverò dolcemente la nonna. "Non mangiarli tutti. Ti faranno male, piccolina".

"Lasciala, *maman*. All'inizio ci si avventa sopra, ma poi li lascia lí. È piuttosto golosa, la nostra piccola!".

Dopo che ebbe divorato una decina di dolci, la piccola golosa rovesciò per terra quelli che rimanevano e cominciò a calpestarli emettendo grida inarticolate. Sembrava che si divertisse un mondo.

"Oh oh!", arrossí Stéphane vergognandosi. "No, amore. Abbiamo ospiti. Devi essere educata".

"Lascia, me ne occupo io", disse Apollonía, e le portò dalla sua stanza alcuni mattoncini colorati di plastica.

Stéphane sorrise soddisfatto e raccolse pazientemente i pezzetti di dolci dal tappeto.

Eravamo seduti tutti insieme e discorrevamo di vari argomenti. Soprattutto ci scambiavamo pareri riguardo alle piante. Ogni tanto la piccola Espé balzava su, emetteva un grido e si dava uno schiaffo. (Che ossessione, autoschiaffeggiarsi... Come se volesse vendicarsi di se stessa!)

"Espé!", la rimproverò dolcemente Stéphane. "Fa' la brava... *Tais toi*, Espé".

(Guai a dimenticare la lingua madre...)

E Stéphane proseguiva il discorso come se niente fosse accaduto. Come se fosse arrivato per un attimo un passerotto a picchiettare sul vetro col becco.

La grande Espé, dopo aver esposto la sua teoria sulla coltivazione delle barbabietole (aveva un'opinione su ogni cosa, e quando prendeva la parola non la cedeva facilmente), si ritirò in cucina per preparare il pranzo.

Preparò delle squisite cotolette con funghi freschi e panna, mais bollito e un'insalata di pomodori.

Càspita. Le cotolette può darsi che fossero buone grazie alla ricetta. Il mais, per via della marca. Ma l'insalata di pomodori? Perché ebbi l'impressione di non averne mai assaggiata una tanto squisita in vita mia?

E neppure un pane cosí buono! E neppure l'acqua! (L'ho osservato molte volte. Non conta tanto il sapore del cibo. Nemmeno la perizia del cuoco. Quello che conta è con chi sei seduto a mangiare!)

A tavola era seduta con noi anche la piccola Espé. Le avevano sistemato un cuscino sulla sedia, le avevano legato al collo un grande grembiule pulito e a turno le infilavano in bocca minuscoli ghiotti bocconi.

"Stéphane, inzuppale un po' di pane nel condimento dell'insalata...".

"*Maman*, dàlle un fungo... È un sapore che a Espé piace molto".

Durante tutto il pranzo, Espé fu al centro dell'attenzione.

Di certo in quella casa la bambina non era considerata un peso. Era un polo di attrazione dell'amore. Non era una crudele punizione divina. Era uno scopo santo.

Pian piano cominciai anch'io ad abituarmi. Non mi venivano i brividi ogni volta che urlava. Sí, è vero. Il flauto era stonato. Ma l'orchestra continuava a suonare in modo incantevole la melodia della felicità. Senza volerlo feci un paragone doloroso.

Quando entravo in casa mia era come se prendessi la scossa. Mi aspettavo che da un momento all'altro avvenisse un'esplosione. Che scoppiasse qualcosa. Tremavo come se dappertutto ci fossero sciacalli famelici in agguato.

* * *

Dopo il pranzo, la grande Espé sparecchiò e si ritirò in cucina. Stéphane portò con sé la piccola nella sua stanza, evidentemente perché io e Apollonía restassimo un po' sole e potessimo raccontarci le nostre cose.

"Sono cosí contenta che tu sia qui, Arghirenia... Come ti è sembrata la mia nuova famiglia?".

"Splendida!".

"Ti ha turbata la piccola Espé?".

"Se l'avessi vista su un autobus, per esempio, o al ristorante in mezzo ad altre persone, mi avrebbe fatto pena. Ma adesso che la vedo qui dentro, con voi, mi sembra... un pezzo da collezione".

"Ah ah!", rise forte Apollonía. "Dàgli e dàgli, non poteva non scapparti una battuta matta".

"Espé è molto fortunata ad avere te accanto".

"E io sono ancora piú fortunata perché ho trovato Stéphane! Sto vivendo un sogno, Arghirenia. A volte ho paura che mi sveglierò e svanirà tutto... Ma basta parlare di me. Tu? Come stai? Ti trovo benissimo. Una simpatica cicciottella con il gusto dell'orrido".

Rise di nuovo e venne a sedermisi accanto sul divano.

"Porto i pistacchi? Aspetta...".

Tornò con una grande ciotola colma di pistacchi tostati e la posò tra noi.

"Mangia. Mangia, cicciottella, e racconta".

"Ho quasi superato quello che è successo. Sto molto meglio".

"Hai dato ascolto al ramo di mandorlo?".

"Sí. Mi hai aiutata tanto, quel giorno!".

"E tuo marito come sta?".

"Ci ha messo molto, ma adesso sembra che si stia riprendendo. Nel complesso stiamo bene".

"Sicura che mi stai dicendo la verità?".

"Certo!".

"Quand'è l'ultima volta che sei stata da Dodò?".

"È da molto che non ci vado".

"Dunque. Io ci sono andata... Che giorno è oggi? Giovedí? Ci sono andata lunedí. Non l'ho trovata bene. È molto invecchiata. Si è raggrinzita. Ormai è completamente curva. Ha una crisi dietro l'altra. Se non fosse per Espé andrei a stare qualche giorno con lei. Ha ricominciato a parlare della scatola che tiene nascosta nella cassettiera, mi ha raccomandato di badare a te e di farti da tutore, di non lasciarti mai sola e assurdità del genere. ‘Ha un marito’, le ho detto. ‘Mica sta lí ad aspettare me’. Si è arrabbiata. ‘Il marito è un estraneo! Sei tu che hai il suo stesso sangue! Rorò si lascia fuorviare facilmente. Non ha orlo. Si sfilaccia. Ha bisogno di protezione’. Hai sentito? Questo pensa di te. Sei senza orlo!”.

“Ha definito Mimis un estraneo? Com’è possibile!”.

“Sí. E lo ha detto anche con un certo livore. Poi mi sono sentita anch’io le mie. Le solite storie. Che ho un amante, che non prendo nessuna decisione e cosí le consumo il poco tempo che le resta per adempiere al suo voto. Mi ha fatto una testa che non finiva piú. Per fortuna poi è arrivata quella vicina di casa, una ragazza, come si chiama… Rea. E abbiamo cambiato discorso”.

“Cosa? Rea si è messa a fare visita a Dodò?”.

“Va spesso ad aiutarla”.

“Rea è un’ipocrita. Di sicuro sparla di noi. Non deve entrare in quella casa”.

“Che cosa pretendi, scusa? Visto che noi non siamo lí, il campo è libero”.

“E perché non la accontenti e non le fai conoscere Stéphane?”.

“Perché comincerebbe a tormentarlo con le sue domande. Pretenderebbe che lui stabilisse seduta stante la data del matrimonio. E poi Stéphane è un uomo particolare. Non sa mentire. E se le dovesse rivelare certe cose, ti immagini come la prenderebbe?”.

“Su questo hai ragione…”.

Immaginai la reazione di Dodò alla notizia che Apollonía viveva con una bambina come la piccola Espé, e che faceva da balia a una vecchia come la grande Espé. Senza dubbio le sarebbe venuto un colpo!

“E poi mi ha detto un’altra cosa che mi ha messa in allarme. Mi ha domandato con insistenza se vengo a casa tua e se tu mi hai parlato del lavoro di tuo marito. Le ho assicurato che sono spesso da te e che va tutto bene… Non mi dire che quel disgraziato vuole darsi agli affari!”.

“Ma no. Sono fantasie di Dodò…”.

Capii che il giuramento di Aris era naufragato con tutto l’equipaggio nel Golfo Saronico. Mi rodeva un’angoscia mortale.

“Che cosa ti ha presa? Sei diventata pallida”.

“Niente, niente. A volte mi viene un’improvvisa tachicardia”.

“L’hai detto al medico?”.

“È di origine nervosa. Passa in fretta”.

* * *

Cominciava a imbrunire quando mi alzai per andarmene. Stéphane mi avrebbe accompagnata in auto al centro del paese, e da lì avrei preso un taxi.

Mentre li salutavo mi si riempirono gli occhi di lacrime. Apollonía e la grande Espé mi accompagnarono fino all’auto tra baci e abbracci. La piccola Espé ringhiava e dimenava le gambe e le braccia, lottando per salire anche lei in auto.

“No, amore”, Stéphane cercava di allontanarla. “Tu vai a passeggio domani. *Demain, demain, mon amour…*”.

“Perché le parla in due lingue?”, non riuscii a trattenermi dal domandare ad Apollonía.

(Non ne capisce nemmeno una, pensai. Ma avevo messo il punto in tempo.)

“Ah, è un’utopia di Stéphane. Spera che un giorno la madre vorrà incontrarla. Allora dovranno essere in grado di comunicare. Ma è anche per via della nonna, che non spiccica due parole di greco nonostante noi cerchiamo di insegnarglielo”.

Stéphane stava per partire e Apollonía aveva incollato il viso al finestrino.

“Buon tutto… Buon tutto… Sta’ attenta! E torna a trovarci! Mi hai sentita?”.

Feci in tempo a vedere anche Odisseas e Kimon che si erano accucciati di fronte a noi e battevano amichevolmente la coda sulle pietre del cortile.

* * *

Il giorno seguente di buon mattino, anche se avevo trascorso una notte orribile grazie a “Memes”, andai all’isola. Ero molto in pensiero. Volevo vedere esattamente che cosa fosse successo. Trovai Dodò seduta in poltrona, con la maschera dell’ossigeno ai piedi.

“Sei arrivata, Rorò, tesoro?”.

(Questa ricaduta sul “Rorò” non mi piacque affatto.)

“Ieri sono andata a casa di Apollonía. Mi ha detto che non stai troppo bene”.

“Eh!… La vecchiaia ormai… Che cosa credi? Vi dovete preparare. Non vivrò per secoli. Lassú mi aspettano in tanti. Quello che mi addolora è che non ho portato a termine la mia opera. Ah! Quella Apollonía!”.

“È felice. Ha detto che verrà a breve. Ti porterà Stéphane”.

“Non ci credo nemmeno se lo vedo! Il tuo… come sta? Perché è scomparso? Da quando è successa la disgrazia non ha piú messo piede sull’isola. Era questo che mi aveva promesso?”.

“La ‘disgrazia’, come la chiami tu, lo ha profondamente scosso. Mimis è un uomo sensibile. Non gli è facile superare il dolore”.

“Sarà. Perché a me un uccellino ha riferito altre cose. E se sono vere, giuro che non posso reggerle. Ho retto la morte del bambino. Ma essere smentita sull’idea che mi ero fatta di Mimis, non posso. Non pos-so! Sarà la mia fine”.

“Posso sapere che cosa ti ha detto l’uccellino? Perché si dà il caso che io sappia bene che tipo è e che intenzioni ha”.

“È vero, Arghirenia, che Mimis non ha mai nemmeno tentato di aprire quella casa discografica di cui mi parlava? Ti supplico. Ti scongiuro sulla memoria di tua madre, dimmi la verità. Per me ha un’importanza enorme”.

(Com’è che adesso all’improvviso mi trovo davanti anche la faccia di Arghirula? Ci mancava solo lei!)

Dodò si rannicchiò come un feto nella sua poltrona. Si applicò la maschera, respirava con grande difficoltà.

“Allora, ascoltami. Mimis sta davvero cercando di mettere in piedi la casa discografica. Semplicemente, con la vicenda del bambino ha sospeso le attività. Ha bisogno di tempo per riprendersi. Non ascoltare quelli che vogliono rovinare tutto. So da dove è partita la cosa. L’amante di Rea, la quale adesso con te fa la premurosa, è rivale e nemico di Mimis. Voleva che aprissero insieme la casa discografica. E visto che Mimis non ha accettato, cerca di infangarlo. Sta diffondendo voci infamanti. Sono menzogne. In quell’ambiente è cosí. L’uno cerca di divorare l’altro. Purtroppo!”.

“... L’amante? Rea ha un amante?”.

“Certo! Anzi, si frequentano assiduamente”.

(Sapevo che quello sarebbe stato il colpo di grazia. Spiona Rea una volta, spiona io due volte!)

“Cosa mi dici mai, tesoro?”. (Si era sfilata la maschera. Non si ricordava nemmeno piú di averne bisogno.) “Si frequentano assiduamente? E lei viene qui a fare la Santissima Vergine? Guarda, guarda! La meretrice! Lo sa la sua zia suora?”.

“Certo che no! Non devi piú farla entrare in casa”.

“Non entrerà piú. Figurati! Quella donnaccia ha osato calunniare la mia famiglia! E io, ingenua, per poco non le ho creduto. Meno male che sei venuta a trovarmi, bambina mia. Meno male, cara Arghirenia!”.

Poco dopo si alzò, si lavò, si pettinò, si abbigliò con cura...

“Non avevo voglia nemmeno di pettinarmi. I capelli mi erano diventati stoppa. E nemmeno di cucinare, avevo voglia. Tiravo avanti a pane e latte. Come facevo a mandare giú il cibo? Con le menzogne che mi rifilava quella... Giuda!”.

(Il, la Giuda. Secondo Dodò!)

* * *

Cucinò una frittata con le zucchine e ci sedemmo a tavola a mangiare.

“Beviamo un goccio di vino? Me l’ha portato Teopisti. È sublime! Da far risuscitare i morti”.

"E visto che... eri moribonda" (scoppiai a ridere), "perché non ne hai bevuto un sorso per risuscitare?".

"Perché io, bambina mia, non volevo risuscitare. Desideravo morire. Credevo di aver perso tutto".

"Vuoi dire che per te Mimis è 'tutto'?".

"Errore! Non Mimis. La fiducia che gli ho dato. Ma ora è una questione chiusa. Mi hai convinta giurando. Resta la faccenda di Apollonía. Ah, questa Apollonía! La pecorella smarrita! Diciamo tanto di Rea... Forse che la nostra non ha allacciato un rapporto peccaminoso con quello... Stéphane?".

"Certo che no! Apollonía e Stéphane si amano di un amore platonico. Per il momento".

"Ti hanno detto cosí?".

"Lo so bene".

"Che Dio abbia pietà di noi. Che altro dire...".

* * *

Pensavo a quanto lontano dalla realtà fosse il "mondo" in cui viveva Dodò. Quanto fossero errate le immagini che aveva davanti. E mi si strinse il cuore. Dio mio, pregai, non scostare mai quella tendina dalla sua anima. Lasciala finire i suoi giorni in questa illusione.

* * *

Dopo pranzo mi alzai per sparecchiare, ma non me lo permise.

"No, no... Va' a riposare. A me piacciono i lavori di casa. Solo le cattive notizie mi spezzano le gambe".

Salii con l'intenzione di coricarmi sul mio letto. E mentre sistemavo i vestiti sull'appendiabiti, vidi su una sedia, dimenticato, un grosso gomitolo azzurro con infilato dentro l'ago da maglia.

Accanto c'era il giacchino del bambino. Lo presi in mano e lo guardai. Gli mancava una manica per essere finito. Dodò non aveva fatto in tempo.

Capii che dentro di me la ferita era ancora aperta. Aveva soltanto una crosta superficiale. Come le pozzanghere nelle notti d'inverno, che si ghiacciano solo in superficie.

Piansi a lungo. La mia anima era un gomitolo di filo azzurro con l'ago conficcato nel profondo.

Raccolsi il giacchino e lo riposi con cura nel cassetto. Il mio sogno sarebbe rimasto per sempre chiuso lí dentro. Un sogno azzurro cielo rimasto incompiuto.

* * *

Il pomeriggio, mentre bevevamo il caffè, l'astuta Dodò cercò di farmi lo sgambetto.

Forse in qualche angolino della mente le era balenato un sospetto su quello che avevo giurato.

"Sai che cosa ho pensato, Arghirenia? Che potrei venire a casa tua per qualche giorno. Visto che non potete restare qui, mi prenderò cura di voi là. Farà bene anche a me cambiare ambiente, vedere altre persone...".

Mi assalí una gran agitazione. Ma ero sicura che lo diceva solo per vedere come avrei reagito. Dodò non aveva mai voluto allontanarsi da casa sua per nessun motivo.

"Che bella idea!", le risposi con entusiasmo. "Mando Mimis a prenderti? Quando?".

"Ah! Be'... Non ho detto subito. Lasciami prima sistemare alcune faccende...".

"Quando sarai pronta, telefonami. Saremo molto contenti di averti con noi".

"Vi auguro ogni bene, bambina mia... Ah, un'altra cosa, Arghirenia, scusa. Mi sono dimenticata di domandartelo".

(*Mmm*! Sta' in guardia!, pensai. Che cosa tirerà fuori questa volta?)

"Come siete messi economicamente? Adesso Mimis non lavora".

"Benissimo! Ci sono i miei soldi, e anche Mimis aveva qualcosa da parte...".

"È tempo che aumenti l'affitto ai negozi. Li abbiamo agevolati abbastanza, i mangiapane a tradimento dell'isola. Anche noi dobbiamo tutelare i nostri interessi".

(Nella tutela dei nostri interessi di sicuro non ci batteva nessuno!!!)

"Non preoccuparti di questa faccenda. La sistemerà Mimis".

(Non l'aveva forse sistemata?)

"Mimis?".

"Sí. Tu non sei dell'opinione che è l'uomo a dover reggere il timone della famiglia?".

"Certo! Ma anche la donna deve prendere parte! Deve essere informata ed essere anche lei d'accordo. Questa è una famiglia per bene. In fondo il patrimonio è tuo. Quello lí è spuntato fuori dal nulla, con un bastone in mano, e adesso non ha piú nemmeno quello. Se poi noi abbiamo apprezzato le sue doti e lo abbiamo fatto sedere alla nostra destra, è un altro discorso".

"Ho come l'impressione che tu sia un po' risentita con Mimis. È vero?".

"Sí, cara Arghirenia. Da un sacco di tempo non si interessa piú a me. Sono viva? Sono morta? Ho bisogno di aiuto?".

"L'abbiamo detto... Dagli un po' di tempo per riprendersi".

"Non ho cosí tanto tempo da poterlo sprecare".

"Non essere pessimista. Stai benissimo. Hai ancora molti anni da vivere. E tutti abbiamo bisogno di te!".

"È questo il brutto, piccola mia. Che voi avete bisogno di me. Sono sempre gli altri ad aver bisogno di me. Ma io non sono mai stata necessaria a me stessa".

Fu una delle rare volte in cui la strinsi e la baciai. E lo feci con tutto il cuore.

Mi alzai per andarmene, mi aveva preparato un borsone pieno di frutta, ciambelline, olive, friselle, vasi di frutta sciroppata.

"Prendi anche questo dolce di mela cotogna. Piace a Mimis".

“Chi le mangerà tutte queste cose?”.

“Ma tu senti, chi le mangerà… Il pomeriggio non mangiate un dolcetto con il caffè?”.

(Come no!)

“Come faccio a trasportare un borsone del genere? È pesante…”.

“Non muoverti. Chiamo un taxi, che ti lascerà davanti alla porta di casa tua”.

Non avevo i soldi per una corsa cosí lunga.

“Meglio che mi lasci al porto”.

Fu come se avesse indovinato il mio pensiero.

“Ti lascerà dove desideri. Pago io!”.

* * *

Uscendo dal cancelletto del giardino spezzai un rametto di gelsomino. Era aprile. Le rose selvatiche preparavano le ghirlande di primavera. E le fioriere tutt’intorno alla casa si erano riempite di fresie dai mille colori.

Mandai un bacio frettoloso alla vita e mi accomodai sul taxi accanto al borsone con le ghiottonerie.

* * *

“Mimis, la zia si è lamentata. Dice che la trascuri”.

“Ma che cavolo vuole quella vecchia barbogia? Perché le ho detto due parole gentili si è messa in mente di contare qualcosa?”.

“Vecchia barbogia Dodò? Di punto in bianco? Mimis, ti prego, che cosa è successo?”.

“Niente! Te l’ho detto un mare di volte, non rompere! Detesto le rompiscatole e le donne che fanno domande”.

“Ah! Adesso sono anche diventata una rompiscatole?”.

“Esattamente!”.

“E allora perché non te ne vai? Che cosa ci fai in mezzo alle rompiscatole e alle vecchie barbogie?”.

"Ho pensato di concedervi un'altra occasione, magari diventate esseri umani".

"Ah! Qui è proprio il caso di dire 'oltre al danno, la beffa'!".

Si chiuse in bagno e lasciò cadere la discussione. Io ero sulle spine. Capivo che tra lui e Dodò era successo qualcosa di grave. Non erano solo le spiate di Rea. Ma il punto era come avere informazioni... Aspettai che uscisse dal bagno e lo presi con le buone.

"Ti prego, dimmi la verità. Mica avrai paura di me! Non ti sono sempre stata accanto? Chi altri ti può capire? Non sono io la persona piú cara che hai?".

"Non esiste nessuno per me! Meglio cosí, comunque. Piú ci penso e piú mi dico che è meglio! Farò quello che mi pare e andrò dove mi gira, non ho bisogno di sorveglianti nella vita!".

Si vestí, si profumò, afferrò i soldi che c'erano nel cassetto e fu pronto per uscire.

"Lascia lí i soldi! Sono per la luce...".

"Che si fotta, la luce! A me piace vivere al buio. Sono una talpa, io. E ho anche la rabbia. Non avvicinarti. *Grrrr...*".

Mi mostrò minacciosamente le unghie, come se volesse sbranarmi. "*Grrr...* Spostati!...".

* * *

Verso le tre, quando tornò barcollando come al solito, il diavolo decise di farmi saltare di nuovo la mosca al naso.

"Appena apri la porta, l'intera casa si riempie di tanfo! Va' a guardarti il muso allo specchio! Va' ad ammirare lo stato pietoso in cui sei ridotto!".

"Ridotto io? Memes? Il grande? Il grandissimo? Il divino? E chi mi viene a dire queste cose? Una poveretta. Un'acqua cheta che è venuta qui a fare l'aristocratica. Salve, figlia di Napoleone! *Salam alekum*!".

Mi fece un inchino con le braccia incrociate sul petto e scoppiò a ridere.

"Ah, ah, ah, ah...".

"Vattene al diavolo una buona volta, Mimis! Ti ho sopportato abbastanza...".

"Tu hai sopportato me? Prova a ridirlo! Vediamo se hai il coraggio di ripeterlo!".

Mi si parò davanti come un orso ritto sulle zampe posteriori, pronto a sbranarmi. Mi spaventai. Ma avevo i nervi cosí tesi che non arretrai.

"Vattene al diavolo ho detto. Hai sentito?".

Mi afferrò per il petto come una belva afferra la preda, e cominciò a picchiarmi. Schiaffi, pugni, calci...

È la fine, pensai. E mi misi a gridare.

"Aiuto!... Aiuto!...".

"Zitta, baldracca!", mi tappò la bocca con le mani. "Zitta perché ti strozzo! Credi che mi ci vorrebbe tanto?".

A un certo punto riuscii a sfuggire a quelle due tenaglie e mi chiusi a chiave nel bagno.

Picchiava la porta, imprecava, tirava calci.

Tremavo. Tremavo di paura, di dolore, di vergogna.

Guardai il mio volto allo specchio. (Avevo invitato lui a farlo e alla fine mi guardai io.) Mi colava il sangue dal naso. Avevo gli occhi gonfi. Le guance coperte di graffi, i capelli incollati sulla fronte come fili ingarbugliati. "Vergognati, che umiliazione!", dissi a me stessa. Vomitai. Aspettai a lungo, chiusa lí dentro. Quando sentii che tutto era tranquillo, capii che era andato a letto.

Qualunque cosa facesse, Mimis la faceva d'impulso. Nell'impulso della furia. Non era capace di programmare. Di tendere un agguato, per dire. Aprii la porta con cautela e sentii che russava. Russava in modo selvaggio, come la camera d'aria di un treassi che si sgonfia. Mi sdraiai sul divano e mi tirai addosso tre coperte. Avevo i brividi. Mi venne la febbre. Cercavo dentro di me qualcosa a cui aggrapparmi. Una tana in cui scappare. Una lucina, una lucciola, almeno, per orientarmi. Niente. Da nessuna parte.

Buio pesto. Una grotta umida piena di topi che gridavano

"*grrr, grrr*", e di pipistrelli pronti ad aggredirmi. Ah, ah, ah, ah... *Salam alekum*, figlia di Napoleone!

* * *

Appena fece chiaro tornai a guardarmi allo specchio. Avevo l'occhio destro gonfio e nero. Non riuscivo ad aprirlo. Il collo era pieno di lividi. Il corpo mi doleva tutto.

Lasciai passare un po' di tempo, poi senza pensarci telefonai ad Apollonía.

"Vieni a prendermi!", avevo intenzione di dirle. "Portami in fretta la pietra dell'upupa!".

* * *

Rispose Stéphane.

"Oh, Arghirenia cara! Hai fatto un brutto sogno? Oh, Arghirenia!".

"Che cosa c'è, Stéphane? Che cosa è successo? Sí, ho fatto un bruttissimo sogno. Un incubo".

"Ci stiamo preparando per andare all'ospedale. Espé... ha avuto un grave attacco di epilessia".

"Quale Espé?".

"La piccola. Mia figlia. Abbiamo passato una notte terribile. Vuoi parlare con Apolloní? È dentro che cerca di preparare Espé".

"No, no, non disturbarla. Vi auguro che tutto vada bene, Stéphane. Coraggio!".

"Altrettanto!", rispose Stéphane, evidentemente in preda all'agitazione.

Come poteva sapere che valeva davvero!

* * *

Riattaccai e andai a preparare un caffè triplo. Quando mi fui un po' ripresa mi accorsi di quello che ero stata sul punto di fare. “Per fortuna che la piccola Espé ha avuto un attacco”, pensai. E subito mi sentii tremendamente in colpa per quel pensiero.

* * *

Quando Mimis si alzò era quasi mezzogiorno. Ero seduta in cucina e cercavo di pulire le patate. Mi comparve davanti non lavato, scalzo, con i vestiti tutti sgualciti, sembrava uno spaventapasseri. Se avesse avuto in testa un cappello di paglia sarebbe stato identico a quello che un tempo usavamo nei nostri terreni per spaventare gli uccelli.

“Scoiattolo...”.

“Lasciami stare, per piacere! Non cominciare con le scuse e i pentimenti. Non hanno piú senso”.

Mi si avvicinò e allungò la mano per accarezzarmi i capelli. Mi scansai con uno scatto, come se fosse un serpente.

“Guarda che infame!”, disse, e scoppiò a piangere. “Guarda come ho ridotto il mio piccolo scoiattolo! Che disgraziato... Che miserabile. No. Non ho il diritto di chiederti scusa. Non c’è pietà per me. Me ne vado. Preparo la valigia e vado. Però devi sapere la sola e unica verità che ho dentro. Ti amo!”.

(In un attimo mi venne in mente un’astuzia.)

“Senti un po’... Se vuoi che ti perdoni, un modo c’è”.

“Dimmelo. Farei qualunque cosa per te. Mi butto anche giú dalla finestra adesso, se lo desideri. Dimmi!”.

“Confessami che cosa è successo con Dodò”.

“Oh oh! È questo che ti tormenta? Niente, Arghirenia! Mi sono espresso in malo modo su di lei semplicemente perché sono caduto cosí in basso che mi sembra che tutti mi stiano di fronte come nemici. Non so che cosa possa averti detto la vecchia. Non prenderla sul serio. Si avvicina alla fine e non è piú tanto lucida. È possibile che tu, una ragazza ragionevole, prenda sul serio le parole di una vecchia rimbambita?”.

“Ma non mi ha detto proprio niente la... ‘vecchia rimbambita’! Ti stai tradendo da solo”.

"Probabilmente ti dirà qualcosa. Tutto perché crede che io l'abbia abbandonata. Ma chi è Dodò per me? È un'amante, per farmi le scenate di gelosia? Stiamo parlando di un uomo che ha abbandonato se stesso! La propria moglie! E devo dare retta a una cavolo di vecchia? Nessuno, scoiattolo. Nessuno! Né un amico né un famigliare, nessuno può comprendere un padre provato dal lutto! Non importa... Cosí è il mondo. Bugiardo, infame e senza cuore. Non l'ho certo imparato adesso".

"Continui a mentire e a fingere. Di perdonarti non se ne parla. Mai. Hai sentito? Mai!".

"Allora non mi resta che scomparire dalla tua vita. Scomparire dalla faccia della terra. In ogni caso, sono un verme. Nessuno mi cercherà".

* * *

Andò in camera da letto e poco dopo ricomparve vestito, incravattato e con una valigia in mano.

"Ciao, Arghirenia...".

"Dove vai?".

"Me ne vado... Ciao, mio amato scoiattolo. Mi mancherà sempre la tua piccola coda folta. Ciao...".

"E... Dove vai a stare? Domando cosí... per curiosità".

"Su una panchina. Insieme con i diseredati. Con i perseguitati. Con i disertori della vita. Con i cani randagi".

* * *

Non so che cosa mi prese in quel momento. Sapevo che era una messinscena, ma la realtà non era poi molto diversa. Dove sarebbe andato? Soldi non ne aveva. Gli amici lo avevano abbandonato tutti. Con Peli aveva litigato. Davvero gli restava soltanto una panchina. Mi immaginai Mimis sdraiato al parco. Vestito di stracci. Affamato. Mezzo svitato di lì a poco, con frotte di ragazzini che gli correvano dietro e gli lanciavano lattine. No! Non potei tollerare quell'immagine. Ne suscitava dentro di me un'altra, che non mi si era mai cancellata dalla memoria. Era ben nascosta, ma pronta a balzare fuori. Nei momenti difficili riprendeva vita. Usciva dal suo nascondiglio e mi lanciava un mattone contro l'anima.

Forse... Se non ci fosse stata quell'immagine sarei riuscita a essere dura. A non piegarmi. A buttare lí un "va' alla malora", a prendere la mia vita tra le mani e a mettere una "X" maiuscola sul signor Venetatos.

Dico forse. Non è certo. Perché devi avere gli attributi per metterla, la "X". Devi essere bene in sella al tuo cavallo. Stringere forte le redini e roteare un frustino in aria.

Io vagavo armata di un coltellino e incidevo sulla corteccia degli alberi i miei sogni.

Non mi ero nemmeno accorta che il mio cavallo si fosse perso.

* * *

"Va' a svuotare quella valigia. La tua casa è questa. Se ti impegni, se ce la metti tutta, magari qualcosa ottieni. Sei al limite, ma puoi farcela. Non voglio promesse né giuramenti. Voglio solo che ti fermi un momento a riflettere".

Prima che avessi terminato la predica aveva già buttato via la valigia.

"Davvero? Mi perdoni?".

"No. Non ti perdono. Mi fai pena".

(Finse di non sentire le ultime parole. In un'altra occasione avrebbe spaccato mezza casa!)

"Mi ami ancora, scoiattolo. Te lo leggo negli occhi".

"In uno solo, vorrai dire...".

"Non ferirmi ulteriormente... Ti ringrazio con tutto il cuore. Mi permetti di darti un bacino?".

Senza aspettare la risposta si chinò e mi baciò sulla fronte.

"La piccola Espé è ammalata. Mia sorella e Stéphane sono all'ospedale. Dovrei essere accanto a loro. Mi dici come faccio ad andarci? A presentarmi in queste condizioni?".

"Chi è la piccola... Come l'hai chiamata? Tua sorella ha una figlia?".

"È figlia di Stéphane".

"Brava, l'acidona! Ha messo su famiglia in quattro e quattr'otto".

"Bada a come parli!".

"Scusa... Scusa... Mi è scappato. Vuoi che vada io al tuo posto?".

"Non sarebbe il massimo".

"Può andare Iota. Ma... mi ero dimenticato. Tua sorella se ne pulisce il culo di quella capra pelosa".

"Mimis, per favore, chiudi la bocca. Va' a prendere una boccata d'aria e lasciami un po' sola, che cerco di rimettere assieme i pezzi...".

* * *

Mi sentivo come un falco in gabbia. Apollonía viveva un momento difficile e io non potevo correrle accanto. Misi il ghiaccio sull'occhio gonfio, pomate, erbe. Niente. Continuava a peggiorare.

E in tutto ciò, verso le quattro del pomeriggio si avverò la legge di Murphy secondo la quale se qualcosa può andare storto, andrà storto fino alla fine. Squillò il telefono, era Apollonía.

"Non mi sento bene", le dissi, "per questo non sono passata. Come sta la bambina?".

"Meglio. Grazie a Dio".

"Bene. Quindi la dimettono".

"No. La trattengono qualche giorno per alcuni esami. Arghirenia, volevo chiederti, potrei venire a casa tua? Ho bisogno di fare un bagno e di rimettermi in sesto... Siamo usciti di corsa. Non ho preso nemmeno le mutande di ricambio!".

(Quello sí che era un fulmine! Per poco non mi si chiusero definitivamente entrambi gli occhi.)

"Ma sí, certo. E me lo domandi? Solo... Ti dispiace se io non ci sarò? Troverai la chiave sotto lo zerbino. Sai, Iota... la cugina di Mimis che mi aiuta sempre e mi fa compagnia, questa mattina è caduta. Mio Dio! I guai arrivano tutti insieme. Devo assolutamente andare a trovarla. Anche se non sto bene ci devo andare".

"Si è fatta molto male?".

"Si è rotta il bacino".

"Càspita! Povera ragazza...".

"Tu vieni pure a casa e fa' quello che vuoi. Lavati, dormi... Mimis ha le prove e tornerà tardi".

"Va bene. Vedrò...".

* * *

Anche se non speravo che Apollonía sarebbe venuta a casa, per non correre rischi dovevo andarmene. Mi vestii, inforcai un paio di occhiali scuri e uscii.

Vagai per negozi, passeggiai nel parco, bevvi il caffè in tre locali... Arrivarono le dieci e decisi di tornare a casa.

Capii che Apollonía era passata. La posizione della chiave, la salvietta in bagno, il bicchiere nel lavello, alcune paia di mutande che mancavano dal mio cassetto...

Tracce di Mimis da nessuna parte.

Perfetto, mi dissi. E mi sdraiai sul divano. Mi sentivo soddisfatta come se avessi attraversato incolume un campo minato.

Come no! Di sicuro quel disgraziato d'un pilota di Murphy mi guardava dal paradiso e sghignazzava.

Non era passato un quarto d'ora che squillò il telefono.

"Arghirenia, che cosa sono queste bravate?". (Grande Iota!) "Sono venuta a casa tua, ho bussato e mi ha aperto tua sorella. 'Dov'è Arghirenia?', le ho domandato dopo che ci siamo salutate e baciate. 'Una cugina di Mimis si è fatta male', mi ha risposto, 'e Arghirenia è andata all'ospedale a trovarla'. Mi ha raccontato la sua vicenda, sono rimasta con lei un po' e poi me ne sono andata. Però... non so, Arghirenia. L'ho vista impallidire. E sbatteva nervosamente le palpebre. Puoi spiegarmi che cosa sta succedendo?".

“Sei sicura che abbia capito che eri Iota?”.

“Ma certo! Mi ha chiamata per nome”.

“Oddio! Vieni qui di corsa!... Mi sento svenire... Sbrigati...”.

Mandai giú due tranquillanti e mi raggomitolai nel letto. Mi colse un dolore terribile allo stomaco.

Iota non tardò ad arrivare. Era molto in ansia.

“Arghirenia!! Come ti sei ridotta? Madonna Santa, che cosa è successo?”.

“Quello che deduci. Quello che vedi. Non volevo che mia sorella mi vedesse, per questo ho detto un sacco di bugie. Come potevo sapere...”.

“Ah, cara Arghirenia! Sei tanto intelligente, però si capisce proprio che quando eri piccola i monelli non ti hanno mai tirato un sasso in testa... La prima cosa che dovevi fare era avvisarmi”.

“Ero cosí agitata! Non ci ho pensato. Adesso... Ho combinato un casino”.

“Hai visto però che signora tua sorella, eh? Non ha voluto mettermi in difficoltà, né umiliare te davanti a me... Va be’, non preoccuparti. Quello che è stato è stato. Troveremo un modo per rimediare... E cosí... l’infame, eh? Ha cominciato a menare le mani”.

“Io l’ho stuzzicato per bene, devo dire. L’ho provocato”.

“Me lo aspettavo, cara amica. Perciò insistevo perché te ne andassi. E mi aspetto anche di peggio”.

“Non cominciare, per piacere. Non sono in condizioni di pensare né di parlare”.

“Lo vedo. Vado a prepararti una minestra, cosí ti rimetti in sesto lo stomaco”.

“Comunque”, diceva mentre mi metteva in bocca la minestra col cucchiaio, “sappi che ti stai rovinando per niente. Mimis non cambierà. È un furfante, un ruffiano e uno scroccone, e lo sarà sempre. Quindi mi mentivi quando dicevi che nell’ultimo periodo le cose non andavano cosí male. Perché, Arghirenia? Non ti fidavi di me?”.

"Non volevo farti preoccupare. Farti arrabbiare...".

"Queste... sono sciocchezze. Me ne frego di un'amicizia con il paravento. Comunque... Sai che cosa dice la signora Arsinòi? Un mozzo non può salvare la nave che sta affondando. Se ci prova, la sola cosa che otterrà sarà di andare a fondo anche lui. E nessuno considererà eroico il suo gesto. Tutti diranno: peccato per quel giovanotto, si è comportato in modo cosí stupido! In questi casi perfino i capitani abbandonano la nave che affonda. Per ultimi, però la abbandonano. E tu, Arghirenia, che parte stai interpretando?".

"Quella del mozzo cretino, naturalmente".

"Davvero hai creduto che Mimis potesse finire su una panchina?".

"E dove altrimenti... Se ne stava andando, ti dico! Aveva la valigia in mano".

"Amore bello, chi va a vivere su una panchina non porta la valigia. A quanto ne so le panchine non dispongono di armadi. Avrebbe trovato dove sistemarsi. Da qualche stronzo di quelli che frequenta. Dopo due o tre giorni avrebbe ricominciato con i soliti trucchi, fino a fregarti. E ti riferisco che cos'altro dice la signora Arsinòi? Lei si rivolge a me perché io impari. La tua storia non la conosce bene. 'Attenta, Iota', mi raccomanda, e muove l'indice da maestra qual era. 'Se sposi una bestia che ti picchia anche una sola volta, puoi essere sicura che lo rifarà. Non deve esserci nessuna prima volta!'".

Come aveva ragione la saggia signora Arsinòi!

* * *

Mi ero inventata diverse scuse da propinare ad Apollonía. Per esempio che l'infermiera che mi aveva telefonato mi aveva detto genericamente "la cugina di Mimis" e io avevo pensato a Iota, e invece era Kòstia a essersi spaccata tutta.

Alla fine non ci fu bisogno che dicessi altre bugie.

Lei non domandò mai nulla.

PASSÒ MOLTO TEMPO PRIMA CHE VENISSI A SAPERE CHE COsa aveva pensato allora Apollonía.

"Anzitutto non mi piacque l'a tua casa. Non era la dimora di una persona felice. Appena entrai m'investí un'energia negativa. E non era affatto dovuta al tuo noto cattivo gusto. No. Tu fai cose prive di senso estetico, però hai un modo particolare di conferire loro tenerezza. Sono kitsch, stonate, sbilenche, però tenere. Da quel posto non proveniva il tuo profumo. Quando poi si presentò Iota e capii che mi avevi mentito, provai un'immensa tristezza. Non sapevo che cosa ipotizzare. Non volevo intromettermi nella tua anima. Sentivo che nuotavi in acque torbide. Aspettavo che mi chiamassi tu. Poi... il tempo passò. Sopraggiunse la vicenda di Dodò... Né tu né io accennammo piú a quel giorno".

"Se mi avessi domandato qualcosa, probabilmente ti avrei detto altre bugie".

"Figurati se ci saresti riuscita! Lo sai che io non ascolto le tue labbra. Io leggo i tuoi occhi. Sono stata molto egoista, Arghirenia. Lo ammetto. Ero completamente immersa nella mia felicità e ho trascurato le persone che avevano bisogno di me".

"Per la felicità ti sei lasciata alle spalle persone che avevano bisogno di te. Io ho fatto lo stesso, ma per disperazione".

"Alla fine... Sai che cosa penso? Che le persone felici sono dannose per la società. Non offrono niente. Se lo menano. Anche i disperati, certo. Fanno la stessa cosa, ma con l'altra mano. Invece sono utili coloro che hanno una ferita. Quelli che tentano, con le unghie e coi denti, di liberarsi dalle reti. A volte, a furia di tentare, senza volerlo diventano maestri. Ci portano coralli dall'abisso".

I giorni passavano e lo stupido "mozzo" andava dritto per la sua strada. Lottava per tirare a riva a forza di braccia la nave rovesciata. E piú lottava, piú si feriva. A tal punto le alghe sozze gli impedivano di vedere. Le funi gli serravano la gola.

Mimis era ormai diventato definitivamente "Memes". Arrivava quando gli girava, faceva quello che gli pareva, e quando non mi "attenevo alle disposizioni" mi beccavo un ceffone o un calcio. A seconda dell'errore.

Una volta i vicini chiamarono la polizia. Svenni per la vergogna e gli agenti mi portarono all'ospedale.

"Vuole sporgere denuncia, signora Venetatos? Vuole che la mettiamo in contatto con la 'casa delle donne maltrattate'?".

Sentii la loro compassione colarmi addosso come vetriolo.

Sentii che avevo disertato dalla vita. La prendevo a sassate come fosse un cane estraneo intrufolatosi nel mio podere.

* * *

Iota era sempre lí, al mio fianco.

"Con te non c'è verso. Non senti ragione. Ovviamente questo non significa che io ti abbandonerò. Ma volevo sapere, amica mia, lo ami ancora?".

"No. Non lo amo".

"E dunque? Perché non cambi la serratura? Perché non prendi e te ne vai? Vuoi che affittiamo una stanza assieme?".

"No. Non so che cosa sento per lui. Non è amore, né odio né compassione... Non so... È un sentimento che non so definire. E tuttavia si è aggrappato dentro di me con forza. Mi si è conficcato nel profondo dell'anima come una spina".

"Ti do io la definizione. Si chiama malattia, mia cara. Dipendenza. Ci sei dentro fino al collo, Arghirenia...".

* * *

Ci fu un periodo di quasi tre mesi in cui gli auspici sembravano favorevoli. Mimis rincasava presto e non era ubriaco, mi portava in giro, si occupava di me...

"Guarda, scoiattolo! Ho comprato la tavola reale. Il pomeriggio ci siederemo in terrazzo a giocare. Vuoi?".

"Certo che voglio. Ti straccio, povero te! Quando comincia la partita?".

"Ti chiedo un po' di fiducia, scoiattolo. Un pocolino... Un briciolino di fiducia e tutto andrà per il verso giusto".

"Vieni all'isola, un giorno? Sai, la zia è molto arrabbiata con te".

"Ho in programma anche questo. Non avere fretta...".

* * *

Cominciai a sognare.

"Non premere a fondo l'acceleratore! Sta' attenta!", mi diceva Iota.

Ma io ero un essere cosí ingrato che appena mi sentivo sicura mettevo da parte la mia amica. Avevo paura che mi rovinasse la ricetta. Ordinai tappeti nuovi, cambiai il rivestimento delle poltrone, chiamai il giardiniere e comprai un mucchio di vasi e piante.

* * *

E una sera, poco prima di mezzanotte – era ottobre, la vigilia di San Demetrio – mi telefonò uno sconosciuto.

"Mimis c'è rimasto secco in via Athinàs. Vieni a occupartene". Era una voce rauca, mezzo soffocata. Corsi. Nell'agitazione calzai due scarpe diverse – una marrone e l'altra nera.

Trovai Mimis che si dimenava come una scimmia, mezzo nudo, a braccetto con una giovane prostituta, tutt'altro che secco. Appena mi vide – ero l'ultima persona che si aspettava di trovarsi davanti – diventò una iena. Mi gratificò degli epiteti piú volgari e mi minacciò, mostrando i denti.

Cercai di avvicinarmi. A dire il vero con l'intenzione di prenderlo a schiaffi, ma non feci in tempo. Mi beccai un potente calcio nello stomaco. Mi rifugiai in un angolo e vomitai. Non ricordo altro. Mi portarono a casa alcuni sconosciuti.

* * *

Allora mi decisi. Quando rientrò, il mezzogiorno seguente, trovò il suo fagotto all'ingresso.

"Vattene!", gli gridai appena comparve. "Non voglio rivederti mai piú! D'ora in poi, per me sarai soltanto un incubo nel sonno!".

Restò immobile a guardarmi con l'aria di un bambino cacciato dalla mamma.

"Sei sicura di quello che stai dicendo?".

"Assolutamente!".

"Va bene, scoiattolo... Va bene... Adesso resterai da sola nella tua tana. Giocherai da sola a tavola reale in terrazzo... Stammi bene".

"Vattene al diavolo, Mimis!".

Afferrai la tavola reale dalla credenza e la scagliai giú dalle scale.

* * *

"Peccato! Peccato!", rideva rammaricandosi Iota. "Non hai mirato giusto. Càspita... Dovevo esserci io al tuo posto. Mi ci voleva solo la tavola reale, per quel cretino!".

* * *

Mi ammalai con la febbre a quaranta.

Passò una settimana senza che desse segni di vita.

"Si sarà suicidato, Iota... Dov'è? Devi informarti".

"Sarà andato alla malora. Adesso che cosa vuoi? Che torni da te?".

“No. Voglio solo sapere dov’è. Non potrei sopportare che tentasse di suicidarsi”.

Leggevo i giornali, seguivo i telegiornali, telefonavo alle persone che sapevo frequentava. Soltanto all’obitorio non andai a cercarlo!

“Perché non te ne stai un po’ tranquilla, benedetta ragazza?”. (Iota si arrabbiava.) “Hai finalmente trovato il coraggio di fare la cosa giusta, e adesso la vuoi disfare?”.

La seconda settimana mi telefonò.

“Scoiattolo, voglio passare a trovarti. Beviamo un caffè e me ne vado. Ti sei incollata alla mia pelle, scoiattolo. Sei diventata una cosa sola con la mia esistenza. Sto cercando di dimenticarti ma non ci riesco. Solo per un caffè. Posso venire?”.

“Vieni”, gli dissi.

Arrivò. Con la valigia. E rimase.

“Dove sei stato tutti questi giorni?”.

“Ho vagato per le strade. Dove volevi che andassi... Sei tu il mio porto. Il mio angelo. Senza di te non esisto”.

“Perché... vorresti dire che con me esisti?”.

* * *

“So dov’è stato!”, mi disse Iota il giorno dopo. “Ho scoperto tutto. Peli l’ha scovato. Gli aveva dato asilo una vecchia. No, non sgranare gli occhi. Non si tratta di un’amante. Ha piú di ottant’anni!”.

“E chi è questa vecchia?”.

“Una sconosciuta! Solo Dio sa che panzane le ha rifilato. Ma se la poveretta ha una scarsella... è fritta”.

“Sai dove abita?”.

“No. Nemmeno Peli lo sa. L’informazione l’ha passata un suonatore di *buzuki* che frequenta la bisca. Ma non ha voluto rivelare i particolari. Ah, se tu avessi sentito la sceneggiata che Peli ha messo in piedi! ‘Ti prego, caro Panaghiotakis! Ti supplico! Abbiamo tutti perso la testa... Dov’è il nostro Mimakos?’, e giú a piangere come un coccodrillo! Figurati se era preoccupata. Era solo curiosa, quella puttana. 'Gode di ottima salute, il ragazzo. Lo ospita una vecchia. Quando non è ubriaco, Venetatos è un giovanotto molto per bene. Un gran gentiluomo, diciamo. Siete voi che l'avete frainteso'. 'Molto… vecchia, Panaghiotakis caro?'. 'Vecchissima! Ottanta e qualcosa. Altro non saprai da me. Sono un uomo e onoro i pantaloni che indosso. Io non mi lascio corrompere!' ".

(Iota era un'imitatrice abilissima. Aveva raccontato la scena come se stesse recitando.)

"Hai sentito, il maiale? L'avremmo frainteso noi! Il signor Venetatos! Il gentiluomo!".

* * *

"Scoiattolo, ho una novità che ti farà fare i salti di gioia".

"Cioè?".

"Da domani canto nella taverna di Apostolis. È una piccola taverna in cui si mangia pesce, e ha il suo giro. Di gente ne passa. Prenderò i miei soldini e ci saranno anche le mance… Devo pur contribuire alle spese della casa, diamine. Sempre tu, sempre…".

"Bravo! Bada solo di non ricominciare a bere sennò Apostolis ti sbatte fuori".

"Ma cosa dici? Non sono un ragazzino!".

* * *

Lavorò alla taverna per quasi due mesi. Mi facevo il segno della croce con entrambe le mani. Accendevo a Sant'Andrea ceri alti quanto me. (Dodò riteneva questo santo una specie di… amico di famiglia.)

Finché un sabato sera, la bettola era strapiena, Mimis cominciò a insultare i clienti, a spaccare piatti e bicchieri, a prendere a calci le sedie.

"Andate tutti a farvi fottere, brutti stronzi! Aristocratici del cazzo!… Lo sapete chi sono io, sí o no? Sono Mimis Venetatos! Il grande! Il divino! Mi avete fatto pena, poveri disgraziati, e vi ho cantato due canzoni. Ma adesso lo spettacolo è finito. A casa, bastardi! A casa...".

Poi si piazzò davanti ad Apostolis, a cui per poco non venne un infarto, si levò di tasca i soldi che aveva e glieli sbatté sul muso.

"Pígliateli, pidocchio di merda! Non abbiamo bisogno dei tuoi soldi. Io sono richiesto nei locali piú 'in'. Mi sono rotto i coglioni della tua taverna del cazzo!".

* * *

Questo me lo raccontò lo stesso Apostolis quando si presentò a casa con due bravi per farsi pagare i danni del... divino.

* * *

Dopo quell'episodio, Mimis scomparve. Io non lo cercavo. Né domandavo in giro. La notte tendevo l'orecchio nella speranza di sentire la chiave nella toppa. E di giorno vagavo per la casa come un fantasma.

Ero cosí inquieta che mi buttai sul cibo. Mangiavo senza accorgermene, soprattutto dolci, come se cercassi di soffocare il cervello dentro i grassi, gli sciroppi di zucchero e le chantilly, cosí che smettesse di tirarmi per la manica. Doveva lasciarmi tranquilla, volevo finalmente godermi la mia autodistruzione.

Se non ci fosse stato il precedente di "Memes" mi sarei data all'alcol. Ma appena esageravo, in un baleno mi si presentava davanti agli occhi l'immagine di lui e rovesciavo il bicchiere nel lavandino. In ogni caso, feci fuori tutti gli alcolici che c'erano in casa. Particolarmente indicati per le ore difficili si rivelarono i liquori dolci di Dodò. Procuravano un soave stordimento. Un totale taglio con la realtà. Soprattutto uno, che Dodò preparava con la buccia di mandarino. Inferno puro!

Non volevo che Mimis tornasse. Però appena sentivo un rumore di passi sulle scale saltavo su trepidante.

Sapevo che era la mia sventura. E tuttavia sentivo il suo fiato incendiarmi il corpo. Vedevo il suo sorriso di bimbo spuntare in ogni angolo della casa.

Cercavo di strapparmelo dall'anima, ma era come una garza dimenticata sopra una ferita aperta. Faceva male. Un male che non riuscivo a sopportare.

* * *

Una volta, in un periodo in cui stavamo bene, eravamo seduti sugli scogli in riva al mare.

"Dammi la palma della mano, Arghirenia", mi sussurrò.

"Perché?".

"Fa' quello che ti dico. Non negarmi questo piacere...".

Mi prese la palma della mano e la baciò teneramente. Poi mi chiuse le dita come se chiudesse una scatolina di velluto.

"Tienilo questo bacio, Arghirenia. Tienilo stretto. Ricordatelo sempre. È la cosa piú preziosa che ho da darti!".

* * *

"Ti abituerai", mi consolava Iota. "All'inizio è difficile. L'anima dell'uomo è un camaleonte, dice la signora Arsinòi. Che poi, tu lo sai com'è fatto il camaleonte, Arghirenia? È un cammello-leone?".

"... Come sei buona, Iota. Riesci anche a farmi ridere".

"Sai qual è il guaio con Mimis, però? Che purtroppo tornerà. E via, di nuovo... Ricomincerà tutto da capo. Per questo ti dico, vattene. Cambia indirizzo. Soltanto cosí ti puoi salvare".

"Mah... Se doveva tornare l'aveva già fatto... Deve essere entrata nella sua vita qualche altra donna".

"Una che si lascia prendere in giro come te, scusa se te lo dico, è escluso che la trovi. Se anche c'è un'altra donna, una puttana ovviamente, lo caccerà in breve tempo. Che cosa se ne fa di lui? Vedrai che è con la vecchia. Si sarà trasformato in... badante!".

* * *

Passarono cinque mesi. Di Mimis nessuna traccia. Né per un caffè né per un narghilè. La mia condizione peggiorava.

"Ah, questo camaleonte, cara signora Arsinòi!", dicevo, e ridevo per come mi ero ridotta. "Perché è cosí testardo...".

Avevo messo su dieci chili, non entravo piú nei vestiti e non avevo nessuna voglia di uscire dalla porta di casa.

Non scendevo nemmeno in giardino. Nonostante le rose mi ammiccassero.

Era l'inizio di giugno. Rose bianche, gialle, rosa, rosse... Un profluvio di bellezza.

Soltanto io, il camaleonte testardo, mi nascondevo dietro le imposte: non volevo che la bellezza mi scoprisse e mi scrivesse addosso il suo nome.

* * *

Passavo notti intere seduta sul letto a piangere. Cercavo di ricordare i momenti terribili. Gli schiaffi, gli insulti, le umiliazioni, la polizia, le facce dei vicini...

E quando mi si tendevano i nervi, quando la rabbia traboccava ed ero pronta a dire "va' al diavolo, Mimis", sentivo sulla palma della mano il frullo d'ali di quel tenero bacio.

E tutto crollava...

ERA MOLTO TEMPO CHE NON ANDAVO A TROVARE DODÒ. Una notte la sognai, indossava un cappotto rosso ed era seduta in giardino sotto il pergolato.

Ebbi un brutto presentimento. Pensai che fosse un messaggio inviatomi da lei. E benché non fossi affatto in buone condizioni, partii alla volta dell'isola.

* * *

Dodò era a letto, con la maschera dell'ossigeno sul guanciale.

Le braccia erano ridotte a due rami secchi. Il viso era gonfio per la fatica della respirazione. Sotto gli occhi le pendevano borse azzurrognole. I lineamenti erano quasi deformati.

Appena mi vide si sforzò di sorridere.

"Ah, però! Come la neve!".

Parlava con fatica.

"Sei malata? Perché non mi hai avvisata?".

"Lo dovevi sapere. Dove siete scomparse, Rorò, tutte e due? Perché mi avete abbandonata?".

Vidi le lacrime solcarle le guance.

"Non ti abbiamo abbandonata. Non dire cosí...".

"Ho dato la mia vita per voi. Soprattutto per te, di cui mi sono fatta carico quando eri un frugolino di tre giorni... Di Apollonía mi fidavo di piú. È piú ragionevole. È la maggiore. Ma per te avevo un debole, Rorò. Eppure... Niente. Mi avete ripagata entrambe con la moneta dell'ingratitudine!".

"Smettila per piacere. Lo sai che ti vogliamo bene".

"Parole... Parole... Bolle di sapone dai mille colori. Mi hanno abbandonata tutti. Perfino Teopisti. E le monache. E le donne delle associazioni di cui ero presidentessa. Appena mi sono venute meno le forze e non ho piú potuto preparare pranzi e offrire caffè, si sono dileguati tutti. Anche tuo marito mi ha abbandonata. Proprio lui! Lui, che ho adorato come se l'avessi partorito!".

* * *

La aiutai a mettersi a sedere sul letto e a sostenersi con due cuscini.

"Come mai ti sei ridotta cosí, Rorò? Perché sei ingrassata? Ti trascuri? Non mangi bene?".

(Aveva ancora voglia di prendersi cura di me.)

"Non sto benissimo. Per questo ero scomparsa. E anche Apollonía ha i suoi problemi".

"Che cosa succede, piccola mia? Vostro padre e io abbiamo fatto in modo che non aveste problemi".

"Non intendo problemi economici. Vedi, io non ho mai superato la vicenda del bambino. Apollonía aveva Stéphane all'ospedale...".

"Il suo amante?", domandò Dodò con amarezza e cattiveria insieme.

"L'uomo che ama".

(Non mi domandò né che cosa avesse avuto, né se si fosse rimesso.)

"E Mimis? È lui che avrebbe dovuto sostenerci tutti. Se fosse stato un uomo, ovviamente".

"Dici che non lo è?".

"No, figliola mia. Non lo è. Gli uomini non si comportano in questo modo".

Per un po' tacque. Si premette la maschera dell'ossigeno facendo vagare lo sguardo sul soffitto. Era chiaro che qualcosa la tormentava. La rendeva irosa.

All'improvviso gettò via la maschera e si puntellò sui gomiti: pronta ad attaccare, se avesse potuto.

"E dei soldi che cosa ne ha fatto?".

"Chi?".

"Mimis!".

"Quali soldi?".

"Quelli che stava mettendo da parte per l'attività".

"Ce li ha. L'attività è naufragata. L'hanno truffato certi imbroglioni. Credo che sia la ragione per cui non viene a trovarti. Si vergogna. Ti aveva parlato tanto di questa impresa...".

"Hanno truffato Mimis? Ascoltami bene, Rorò. Non sono stupida. A Mimis non la fa nessuno. Per il semplicissimo motivo che è lui il re degli imbroglioni".

"Ma perché parli cosí? Chissà che cosa ti hanno detto! Non ti ho raccomandato di non credere alle persone sleali?".

"Non credo piú a niente. Comunque... Questo discorso mi addolora. Se hai voglia, scaldami la minestra che c'è in frigorifero. Ultimamente mi nutro di yogurt. Non ho nemmeno appetito, certo. Questa è la triste verità. Serviti da mangiare anche tu. Mettici un bel po' di limone!".

Aprii il frigorifero e fui investita dal lezzo.

"Quando l'hai cucinata questa minestra?".

"L'ha portata Teopisti. Credi che mi ricordi quando?".

"Ma puzza!".

"Ah sí? Buttala. Prendi qualche patata da bollire, che mangiamo qualcosa. Adesso che ho compagnia mi è venuta un po' di fame".

Il frigorifero di Dodò non aveva mai avuto quell'aspetto. Era sempre stato lindo come uno specchio e gradevolmente profumato di crema fresca e cannella.

Buttai nella pattumiera i limoni marci, i formaggi ammuffiti, pulii lo sciroppo impiastricciato e le macchie di marmellata.

"Da quanti giorni sei ammalata?".

"Che importanza ha? Chi si è interessato a me?".

"Le lenzuola hanno bisogno di essere cambiate. Alzati che ti rifaccio il letto".

Le gambe non la reggevano. Il corpo navigava dentro la camicia da notte. E puzzava. Puzzava di sporco e di piscio.

"Ti auguro ogni bene... Sono risorta grazie alla tua presenza. Resti qui stanotte?".

"Non posso, ma tornerò presto. Sto pensando che bisogna trovare una ragazza che ti assista. Hai bisogno di aiuto. Almeno fino a quando ti sarai rimessa".

"Non se ne parla! Devo tirarmi in casa un'estranea? Per farmi avvelenare? Per farmi rapinare? No, figlia mia. Mi riprenderò. Chissà come andrà a finire... Quello che mi addolora, cara Rorò" (ormai era tornata definitivamente al 'Rorò'), "è che alla fine non ho adempiuto al mio voto. Può anche darsi che sia questo dolore la causa del mio indebolimento".

"Perché? Ne hai di tempo. Ti pesano gli anni?".

"Mi pesano gli anni e le sventure e gli errori e le colpe! Mi perseguitano come cani affamati, Rorò".

"Non voglio sentire queste cose! Pensi di riuscire ad alzarti domani, a mangiare la pastasciutta che ti preparo?".

"Spero di sí. Ma se anche non riuscissi, domani è il giorno in cui mi fanno visita le monache. Un tempo erano sempre qui... Va be'".

Sbrigai le faccende di casa, spazzai, passai lo straccio, feci il bagno a Dodò e le lavai i capelli.

"Mettimi qualche bigodino, Rorò, che non voglio sembrare una capra domani quando avrò ospiti...".

A tarda sera mi preparai per andarmene. Mi sedetti vicino a lei, le accarezzai la testa e le baciai la fronte.

"Com'è dolce il tuo bacio, cara Rorò! Dammene un altro".

La baciai di nuovo e le augurai la buonanotte.

* * *

Non me ne sarei dovuta andare. Non sarei dovuta scappare lasciando sola una persona che aveva assoluto bisogno di me.

Avevo fretta di tornare nel mio rifugio. Nel mio osservatorio. Per restare inchiodata dietro la porta ad aspettare i passi di

Mimis. Ecco la verità. Comunque trovavo mille giustificazioni per soffocare i miei sensi di colpa. "Visto che sta meglio", dicevo... "Una persona che sta male non chiede certo che le mettano i bigodini!". (Una persona qualunque. Ma non Dodò. Trascurai questo particolare.) "Domani poi arrivano le monache... Non sarà sola. E in piú quella testardaggine di non volere una ragazza! Devo sempre andarci di mezzo io per i suoi capricci? A me chi pensa?". E altri bei pensieri del genere!

* * *

Il mattino dopo, presto, telefonai ad Apollonía.

"Oh! Arghirenia! Stai bene?".

"Benissimo. Tu?".

"Si può domandare a un baco da seta come se la passa dentro il bozzolo? Sogna di diventare farfalla!".

(Ah, ah, ah! Risatine di felicità... Per la precisione nitriti di un puledro superbo!)

"Bene, grazie a Dio... Abbiamo in programma di fare una gita di famiglia a Porto Cheli. Stéphane ha un amico lí".

"Quando partite?".

"Domani... Ma non ti sento di buonumore. Che cosa c'è?".

"Dodò è ammalata. Sono andata a trovarla ieri. Non riesce piú ad alzarsi dal letto ed è convinta che l'abbiamo abbandonata. Non ha completamente torto, diciamocelo".

"Càspita, càspita. E che cosa hai fatto? Non hai trovato un'infermiera?".

"Non vuole nemmeno sentirne parlare. Qualunque estraneo entri in casa, lei lo considera un potenziale assassino, o nel migliore dei casi un ladro".

"Oh, mamma mia... Povera stellina... Adesso mi fai preoccupare. Guarda... Non posso annullare Porto Cheli. Lo stiamo progettando da un mese. Va' tu per qualche giorno, e appena rientro passo anch'io. D'accordo? Non credo che sia niente di serio. È tipico di Dodò fare le manfrine per attirare la nostra attenzione".

"C'è la questione dei polmoni. Non riesce piú a respirare. Soffre".

"Eh, va be'... È tutta la vita che la vedo con la maschera, come un palombaro! Non farti prendere dal panico...".

* * *

Ero intenzionata a partire per l'isola (non sopportavo i rimorsi), e a stare lí finché fosse tornata Apollonía.

Ma una mattina, appena aprii la finestra per aerare la stanza, per poco non ci restai secca.

La finestra dava sulla parete di un palazzo neoclassico abbandonato.

"TI AMO ANCORA", c'era scritto con una vernice rosso brillante. Lettere enormi, simili a fiori tropicali, occupavano l'intera parete.

Mio Dio, pensai, non è possibile! Ieri sera quando ho chiuso le imposte non c'era niente. Come ha fatto ad arrampicarsi fin lí al buio, quel matto! A rigore ci vorrebbe un'impalcatura!

Non sapevo come comportarmi. Come reagire. Il cervello mi andò in frantumi. Si avvoltolò dentro quelle lettere rosse. Si riempí di vernice. Si impiastricciò di calce. Si confuse. Si smarrí. Per quanto cercassi di ritrovarne le tracce, non ci riuscivo. Mi sentivo inondare da una gioia strana, che mi riempiva di entusiasmo ma che allo stesso tempo impugnava una lama. Al suo passaggio lasciava un taglio. Mi incollai alla finestra a godermi la dedica.

Di sicuro verrà qui stasera. O domani... O dopodomani... Il messaggio era un preavviso.

E quindi come facevo a partire... A scavalcare un'intera parete che mi sbarrava la strada... A chiudere una finestra con vista sull'attesa...".

Telefonai a Dodò.

"Come stai?".

"Un po' meglio, bambina mia. Quando vieni? Hai detto ad Apollonía che sono ammalata?".

"No. Non l'ho trovata. Dev'essere partita per un viaggetto".

Sentii la voce di Dodò piú ferma. Alla fine aveva ragione Apollonía. Probabilmente la situazione non era cosí allarmante. (Mi ero esercitata a far combaciare le mattonelle. Il piú abile piastrellista impallidiva davanti alla mia maestría!)

* * *

"Iota, corri a vedere una cosa! Ti farà impazzire".

Iota scoppiò a ridere appena la condussi alla finestra.

"Guarda tu che cosa si è inventato, quel matto! Ma scusa, come ha fatto a salire fin lassú?".

"È quello che mi domando anch'io".

"Non domandartelo. Mimis è capace di tutto. Perciò è pericoloso! E tu? Ti sei esaltata, eh? Eh già... Ti conosce, no? Per questo ha ideato una stronzata del genere".

"Stronzata una simile confessione? Che occupa un'intera parete?".

"Va' sulla parete di fronte e scrivi: 'Ti aspetto sempre'! Metterai mai la testa a posto, Arghirenia? Dietro quella parete si nascondono molte cose. Magari tu lo capissi...".

* * *

Passarono due settimane, ma niente. Di Mimis nemmeno l'ombra. Nessun segnale. Cadde anche una forte pioggia che sporcò di terra le lettere rosse. Avevo cominciato a preoccuparmi. E se gli è successo qualcosa? Se non è in condizione di comunicare? E mentre cercavo di tirar fuori il cervello dall'intonaco sporco di vernice del palazzo neoclassico, esplose un'altra bomba.

Ero in terrazzo a lavare la ringhiera. Feci appena in tempo a rispondere al telefono.

"Arghirenia, sei tu? Sono Teopisti. La zia, tesoro... Ti telefono dall'ospedale. L'abbiamo portata qui poco fa. Sono andata a casa e l'ho trovata riversa a terra. Per fortuna mi aveva dato le chiavi. Chissà da quante ore era lí... In pessime condizioni, si era sporcata tutta... Lascia perdere! I medici dicono che non sta bene. Si è ripresa, certo, ma non sta bene".

"Comunica? Capisce?".

"Certo! È perfettamente lucida, poverina. È stata lei a darmi il tuo numero di telefono".

Indirizzai due violente *munze** al mio brutto muso e chiamai Apollonía.

"Dodò è all'ospedale e chiede di noi".

"Sul serio?... Non mi hai piú informata e credevo... Va be'. Comincia ad andare, Arghirenia, io arrivo...".

* * *

Parlava con grande difficoltà. Le parole si trascinavano su fino alle labbra, poi tremolavano come la fiammella di una candela.

Mi vide e cercò di sorridere.

Le strinsi la mano. Era gialla e gelata.

"Dov'è Apollonía?".

"Arriva... Arriva, non preoccuparti".

"Devi chiamare il pope, bambina mia. Voglio confessarmi e comunicarmi. Fa' in fretta, ti prego!".

"Subito, subito... Non disperare, però. Passerà tutto. Io starò qui con te".

Cercò di nuovo di sorridere, ma il sorriso si impigliò nell'angolo della bocca e diventò una saliva densa. Un fango di amarezza. Trovai Teopisti che aspettava nel salottino e le ordinai di avvisare il pope.

"Sí, cara. L'avrei fatto io stessa anche se non l'avesse chiesto... Il medico dice che non le resta molto da vivere".

Si fermò un momento ed emise un lungo sospiro.

"... E sí che stava un po' meglio, l'infelice. Pensa che qualche giorno fa, quando la sorella Makaría è andata a trovarla, si

Munza: gesto oltraggioso che consiste nel mostrare alla persona che si vuole insultare la mano con le cinque dita aperte. [N.d.T.]

è fatta tingere i capelli. E scherzava anche. Voglio essere a posto per il viaggio, le ha detto. Lassú mi aspettano persone importanti…".

Poco dopo fece il suo ingresso Apollonía. Agghindata, truccata, splendente, piú bella che mai.

"Apollonía…", le disse, e le si riempirono gli occhi di lacrime. "Sei arrivata, finalmente? Come stai?".

"Molto bene. E tu devi farti forza. Non è niente di serio. Ho parlato con i medici. È una crisi, si risolverà".

"Non cercare di consolarmi, tesoro. Voglio una sola cosa da te. Non dimenticare il compito che ti ho affidato".

"Sta' tranquilla. Ma… quando sarà il momento. Tra qualche anno".

Chiuse gli occhi e girò la testa verso il muro.

"Non affaticatela", disse l'infermiera. "Lasciate che si calmi. Si è emozionata molto vedendovi".

Mentre Dodò parlava con Apollonía, le osservai i capelli. Si erano molto diradati. In alcuni punti si vedeva il cuoio capelluto lucido. E le poche ciocche che le erano rimaste avevano un colore rossastro. Quasi fragola. (A causa dell'agitazione, prima non mi ero accorta di quel cambiamento.) Dodò si tingeva sempre i capelli – da quando era giovane – di nero. Nero carbone. Di sicuro la sorella Makaría aveva confuso le tinte. Su una mensola del bagno ne avevo dimenticata io una rossa.

* * *

Uscimmo dalla stanza e ci sedemmo su due sedie di plastica nel corridoio.

"Chi ha conciato cosí Dodò? Tu?", domandò Apollonía sforzandosi di non ridere.

"Che cosa intendi?".

"Chi le ha tinto la pelata di rosso?".

"Ah! Makaría. Evidentemente per sbaglio. Dodò insisteva, pare, perché la tingesse. Che cosa vuoi che capisca la povera Makaría… Vecchia e mezza cieca, le ha fatto la mia tinta".

“Peggio di cosí non poteva venir fuori, Dio santo! Non mi aspettavo uno spettacolo del genere”.

“Magari tu fossi stata lí a mettere in pratica la tua estetica”.

“Perché, tu c’eri?”.

(Domanda tagliente. Una vera pugnalata!)

“... Non l’avremmo dovuta lasciare sola. Ci ha cresciute... Abbiamo combinato un casino”.

“Smettila di orchestrare sensi di colpa. Non giova. Purtroppo le vite delle persone sono strade parallele. Devi essere molto fortunato per incontrare qualcuno all’incrocio”.

“Le tue teorie non mi convincono”.

In quel momento comparve il pope, che reggeva con aria ieratica il calice e la patera ed era accompagnato da un ragazzino vestito da chierichetto con in mano il turibolo.

Aiutammo Dodò a sollevarsi un po’ sui cuscini.

“Uscite”, ci disse il pope.

“Anche il ragazzino!”, aggiunse Dodò. “Voglio confessarmi”. Il pope si era chinato, quasi la sommergeva con la stola e la tonaca nello sforzo di sentire le sue parole. La porta era socchiusa. Non potemmo resistere alla tentazione...

“È peccato”, dissi piano ad Apollonía.

“Non c’è altro modo per sapere certe cose. Smettila”.

Dodò sussurrava. A noi arrivavano frasi e parole sconnesse.

“... Giovanissima... disperata... Pensavo... bambino... lupi... ho disseppellito... Per tutta la vita ho pregato... Dio ha punito la mia famiglia... Avevo fatto un voto. Non ho fatto in tempo... Con le mie mani! Con le mie mani...”.

“Càlmati...”. (La voce del pope si sentiva chiaramente.) “Càlmati, sorella. È un grande peccato. Ma il Signore accetta il pentimento sincero. Sei stata una buona cristiana. Hai aiutato i sofferenti. Hai cresciuto due orfane. La tua anima troverà pace accanto al Signore!”.

“Senza rito funebre!”, proseguiva Dodò come in delirio. “Non sapevo... Non capivo... Da sola tra le montagne...”.

“Càlmati, sorella. Eri una ragazza. Una creatura perseguitata. Hai agito in preda al panico. Dio sa queste cose. Càlmati...

La serva di Dio Teodosía riceve l'Eucaristia in remissione dei peccati e per la vita eterna...".

* * *

Ci scostammo un poco per evitare che il pope ci sorprendesse a origliare. Apollonía aveva spedito il chierichetto a mangiare un gelato al ristoro.

"Resta pure lí a mangiarlo", gli aveva consigliato. "Qui è pieno di microbi".

"Dov'è Emmanuíl?", domandò il pope con le lacrime agli occhi.

"A mangiare un gelato, padre. L'abbiamo mandato noi".

"Ah, Emmanuíl! Emmanuíl! Ma anche voi, càspita, non avete timore di Dio: l'avete mandato con i paramenti sacri? E il turibolo?".

"L'abbiamo appoggiato lí".

Apollonía gli indicò una mensola di legno.

"È un'empietà, figlie mie! Un'empietà...". (Se avesse saputo le dimensioni reali della nostra empietà!)

* * *

"Che cosa ne hai dedotto?", domandai ad Apollonía.

"Quello che mi ero immaginata. Quello di cui abbiamo parlato tante volte".

"Cioè?".

"Quando cacciarono di casa Dodò, lei stava per partorire. Partorí di notte in montagna. Un maschio, come hai sentito. Smarrita com'era... lo ha soffocato? Era già mezzo morto? Chi lo sa... Per evitare che se lo mangiassero i lupi scavò una fossa con le sue mani e lo seppellí. L'unica cosa che non ho capito è quell''ho disseppellito'. Da allora si è portata sulle spalle quel tremendo peccato. Per questo ha fatto il voto di andare in Terra Santa. Credeva che Dio la aspettasse là per concederle il perdono. Non ha fatto in tempo, la sventurata, e si è dovuta accontentare del pope Ghiorghis. È anche convinta, come hai sentito, che le sventure della nostra famiglia siano la punizione dei suoi peccati".

"Mah... Come hai fatto a mettere insieme cosí bene la storia?".

"Non dirmi che era difficile! Non eri lí anche tu a sentire? Solo quell''ho disseppellito' non mi torna. Non riesco a spiegarmelo".

"Io ero troppo turbata. Non ho capito niente. Ma come aveva fatto il segreto a diffondersi sull'isola? Quello che era accaduto lo sapevano soltanto lei e Dio. Mettiamo anche qualche lupo sazio di passaggio".

"Magari qualcuno ha visto qualcosa, o forse con qualcuno ha parlato lei stessa... I segreti non hanno fondo".

"Non ha detto niente riguardo ai giovanotti di cui ci aveva parlato la zia Marika la calva".

"Non abbiamo sentito tutto. Ogni volta che il pope Ghiorghis le diceva: 'Càlmati, sorella', prima era esploso un 'petardo'".

* * *

Trascorsero cinque notti orribili. Dodò viveva un martirio. Il viso le era diventato blu. Si contorceva nel letto, metteva sottosopra l'intera stanza con i suoi gemiti e rantoli.

"Se anche uno avesse una pietra al posto del cuore, vedendo Dodò gli si spezzerebbe. Povera infelice! E la cosa peggiore è che è cosciente e vive l'angoscia tremenda della fine", diceva Teopisti pregando senza sosta.

"Che l'Onnipotente le conceda il riposo, finalmente".

Le ore passavano e l'anima di Dodò si era rincantucciata da qualche parte tra i denti e aveva paura a fare capolino. Una mattina le monache arrivarono tutte insieme e si misero a pregare. Le piombarono sopra la testa come storni e cominciarono a salmodiare. E lei capiva. Sentiva. Vedeva. E l'Onnipotente se ne faceva un baffo.

A un certo punto, il sesto giorno, si calmò. Pensavamo che fosse finita. Ma all'improvviso aprí gli occhi, come se cercasse qualcosa. Io ero lí accanto.

"Vuoi qualcosa? Dimmi...".

"Avvicinati", disse.

E con una voce che pareva provenire dalle tenebre piú fonde, mi sussurrò:

"Non c'è niente, Rorò. Né qui né lassú. Niente. È tutta una menzogna".

Non le risposi. Le accarezzai un poco la testa.

"Dammi un bacio... Dammi un bacio, ti prego...".

La baciai.

Pochi minuti dopo spirò.

* * *

"Hai sentito che cosa ha detto? Perché all'ultimo momento è scappata dalla sua fede? Perché si è giocata l'anima?".

"Ha ceduto", mi rispose tra le lacrime Apollonía. "Soffriva cosí tanto! Non aveva la stoffa della santa, la nostra Dodò. Non era una donna di grande levatura. Era un pagliaccio di Dio".

"E il desiderio di avere un bacio da me?".

"Chiedeva un momento di tenerezza, era il suo ultimo desiderio. La tenerezza che non ha mai avuto...".

* * *

Io e Apollonía ci tenevamo per mano e piangevamo. Uscendo dalla stanza passammo accanto alle monache che avevano fatto capannello in corridoio. Non ci videro. Erano voltate verso l'uscita. Sentimmo chiaramente la sorella Ipapandís – un essere di sesso indefinibile, con folti baffetti e un fisico da lottatore – che predicava con la sua voce da basso.

"Povera Teodosía! Hai sacrificato la vita per quelle due ragazze. E loro ti hanno abbandonata! Che ingratitudine!".

Ci fermammo qualche istante per evitare che si accorgessero di noi.

"Le crudeli figlie adottive di Dodò. Un esempio da evitare", mormorai.

"Muoviti, Arghirenia!", Apollonía mi diede uno strattone. "Muoviti. Non staremo qui adesso a sentire i commenti".

"Non ci conviene, eh? Se avessimo fatto il nostro dovere non ci angustieremmo. E invece c'è un vuoto. Dentro di me c'è un fottuto vuoto".

"Anziché invelenire le tua anima, lasciala libera di volare nella bellezza".

"E dove sarebbe la bellezza?".

"Ci sono due categorie di persone, Arghirenia. Quelle che incontrano la bellezza semplicemente passeggiando, con facilità. Per caso. Un po' qua e un po' là. E altre che la generano da dentro, con le doglie. Gli alchimisti, come li chiamo io. I maghi. Prendono il ferro e lo trasformano in oro. Noi apparteniamo alla seconda categoria. Può anche darsi che siamo gli eletti".

* * *

Andammo a casa e preparammo un tè forte per riprenderci. Era il crepuscolo. Gli uccelli avevano organizzato un concerto sui pali della grande pergola.

"Li invidio", dissi inzuppando un biscotto nel tè. "Sono cosí spensierati!".

Passò qualche istante prima che Apollonía mi rispondesse.

"... Non conoscono la paura della morte, Arghirenia. Gli uccelli, gli alberi, i fiori, possono vivere uniti con Dio. Condividere il suo respiro. Soltanto l'uomo ha la terribile consapevolezza della morte. Cerca Dio ma non per donargli un canto, né per offrirgli i colori della sua anima. Lo cerca con angoscia, supplicandolo che lo salvi. Per questo si tiene lontano da lui".

* * *

"Non voglio piú tornare in questa casa", dissi ad Apollonía. "È piena di fantasmi".

"Nemmeno io. Chiuderemo i mobili in un ripostiglio e la venderemo. Anzi, no. Meglio lasciarla al Comune. In memoria di Ioannis".

"La tua inclinazione a compiere gesti spettacolari!...".

"La mia necessità di superare qualche volta gli stereotipi!".

"Dimmi sinceramente... Qual è la prima cosa che ti verrà in mente quando penserai a Dodò?".

Rise. "Le verghe che tagliava dal gelso per poi inseguirci... Le mie ranocchie, me le scagliava fuori dalla finestra con rabbia... E... una musica. A volte somigliava a una marcia, altre volte a un'orazione commemorativa. E a te?".

"*Mmm*... Mi inonderà il profumo di sapone verde. E un sapore... di torta alle noci".

"Una golosona come te, di cosa ci si può aspettare che abbia nostalgia...".

"Come ti comporterai con l'incarico che ti ha affidato?".

"Lo eseguirò, naturalmente. Domani mattina presto aprirò l'armadio e preleverò la scatola".

"Perché domani, scusa? Sono impaziente. Andiamo a compiere l'impresa stasera?".

"Dunque... L'ordine è di non aprire la scatola".

"Resisti?".

"... No. Sono una persona spregevole che arde di curiosità. Una mosca che ronza insistente sopra il cibo coperto".

"Due mosche".

"Tanto peggio!".

* * *

Faticammo non poco per aprire il cassetto. Non trovavamo la chiave. Provammo con un gran numero di passe-partout, cacciaviti, pinze, martelli; alla fine distruggemmo il mobile ma ci riuscimmo. Era una scatola piuttosto grande, legata stretta con spago e nastri viola.

Apollonía la prese in mano con timore.
"Ho paura... Che cosa conterrà?".
"Aprila... Aprila che vediamo".
"Aspetta. Hai qualche ipotesi?".
"Forse ricordi. Probabilmente lettere dell'ombrellaio".
"Ma se era scomparso, quello. Non si scrivevano".
"Allora... un parasole! Aprila, ti dico. Falla finita".
Le tremavano le mani: anziché sciogliere i nodi li annodava piú stretti. Era pallida.
"Dàlla a me!", esclamai irritata.
"Prendi. Cosí avrò la coscienza piú tranquilla... In ogni caso non l'avrò aperta io!", disse a voce alta, come se volesse farsi sentire da Dodò. Poi si fregò le mani come Pilato e rise nervosamente.
Presi un paio di forbici e tagliai spaghi e nastri.
"*Aaaaahhh*!!!".
Lanciai un urlo di paura e di orrore. Per fortuna avevo alle spalle una sedia, sulla quale mi accasciai. Altrimenti sarei caduta per terra e il contenuto della scatola si sarebbe sparpagliato per tutta la stanza. Apollonía afferrò svelta la scatola dalle mie mani e la posò sulla cassettiera.
"Coraggio... Riprenditi... Coraggio, Arghirenia".
Era gialla come lo zafferano. Parlava a bassa voce. Le parole le si incrinavano sulle labbra.
"Per te è stata ancora piú terribile una visione del genere. Lo capisco... Vedi dove ci ha portate la curiosità?".
Dentro la scatola beige, legata con spaghi e nastri viola, c'erano le ossa di un neonato!

* * *

Ci sedemmo sul letto di Dodò, accanto alla cassettiera.
"Adesso ho capito!", Apollonía parlava come tra sé. "Ora ho capito la frase che non riuscivo a spiegarmi cosa c'entrasse. 'Ho disseppellito', ha detto. Ho sentito chiaramente. Dopo anni, quindi, Dodò è tornata nel luogo in cui aveva seppellito il

bambino e ne ha raccolto le ossa… Ma… tu stai male, Arghirenia! Vado a prendere qualcosa da bere. Io non sto certo meglio di te”.

Scese e tornò con due bicchieri di *tsípuro*.

“Cosí tanto? Finiremo per ubriacarci!”.

“È ancora poco. Bevi… Domani comprerò i nastri per ricomporre la scatola. Ah! Povera Dodò! Sarai molto arrabbiata con noi. Ah, le tue bambine insensibili!… Su. Bevi lo *tsípuro* e finiamola. Non legare nodi dentro di te. Non fermarti…”.

Ci sdraiammo abbracciate sul lettone, ma né lei né io riuscivamo a dormire.

Piangevamo, poi ci mettevamo a filosofeggiare, poi dicevamo sciocchezze e ridevamo…

* * *

“Arghirenia, ci aspetta un giornata difficile, oggi”, mi disse Apollonía l’indomani mattina, mentre preparava il caffè.

“Abbiamo una serie di incombenze da sbrigare. Dobbiamo occuparci del funerale”.

“E la scatola?”.

“Lascia perdere la scatola. Dimenticatela. La sistemerò nella bara come Dodò desiderava”.

“Si domanderanno tutti che cosa contiene”.

“Non concederò loro questo piacere. La coprirò di fiori. Nessuno si accorgerà che c’è… Sai dov’è il libretto di risparmio? Il funerale costa. Ci sarà l’isola al gran completo, famiglie intere. Anche solo il rinfresco… Faremo le cose in grande. La buonanima avrebbe desiderato cosí. Uno spettacolo super! Direi che possiamo offrire qualcosa di diverso dal solito orribile cognac, che è da depressione immediata”.

“Stappiamo… bottiglie di champagne! E i fuochi d’artificio?”.

“Uffa! Subito a fare dell’ironia… Non immischiarti, tu. Mi occuperò io di tutto”.

“Le sue carte sono sempre state nel comodino”.

"Bene! Preleverò tutti i soldi. Pagheremo le spese del funerale, faremo un'offerta per la messa di suffragio, faremo una donazione coi fiocchi, giusto per lasciare la gente a bocca aperta, e quello che resta ce lo divideremo. Devono essere non pochi soldi. Solo quelli che aveva messo da parte per il fatidico viaggio... Vuoi venire con me?".

Si vestí, si truccò, sul viso non le si vedeva la pena.

"Va bene questo vestito? O non è adatto al lutto? Passerò da qualche negozio a comprare qualcosa anche per te. Hai intenzione di venire al funerale con quell'abitino di cotone?".

* * *

Ero seduta in cucina e bevevo il terzo caffè. Mi sentivo il corpo pesante. Mi si chiudevano gli occhi. L'atmosfera intorno mi pungeva. Avevo un brutto presentimento.

All'improvviso si spalancò la porta e Apollonía fece irruzione come una furia. Gli occhi sprizzavano scintille. Mi si piazzò davanti pronta a rifilarmi una sberla.

"Dunque... ecco perché non hai voluto accompagnarmi, eh? Certo, con che faccia tosta saresti potuta venire con me? Non credi che avresti dovuto avvisarmi? E invece hai lasciato che in banca mi coprissi di ridicolo! Vergogna! Ora ci derubiamo tra noi? Siamo arrivate a questo punto?".

Non la teneva piú nessuno. Non s'interrompeva nemmeno per respirare.

"Non ti capisco... Spiegami...".

"Quand'è che vi siete fregati i soldini, tu e il tuo bello, naturalmente? Che cosa ne avete fatto? Perché non mi hai informata?".

"Apollonía, sei impazzita?".

"Non ancora. Forse impazzirò da un momento all'altro".

"Non ho idea di dove siano finiti i soldi".

"In ogni caso non li ho presi io!".

"Nemmeno io! Te lo giuro! Te lo giuro sul nostro affetto... Sulla memoria di mio figlio!".

Mi piegai sulla sedia e scoppiai in un pianto dirotto.

"... Càlmati. Ti credo... Ma quando? Soltanto noi due e Dodò avevamo accesso a quei soldi".

"Non so... Magari... magari ha fatto qualche donazione al convento?".

"Impossibile. Se anche fosse, avrebbe tenuto il denaro per il funerale e per il suffragio. Dodò era troppo orgogliosa per esporre la sua salma a mendicare".

Passò qualche ora. Apollonía fumava una sigaretta dietro l'altra e io sfogliavo fazzoletti di carta...

A un certo punto mi balenò un pensiero. Mimis! Ecco perché non si era piú fatto vedere sull'isola. Ecco perché Dodò era cosí arrabbiata con lui. Ecco perché ripeteva continuamente di avere un grande dolore che l'avrebbe portata alla tomba. Io, sciocca, credevo che si riferisse alla perdita del bambino. E invece doveva trattarsi di questo. Della truffa di Mimis!

"Che cosa stai pensando?", mi domandò Apollonía. "Ti è venuto in mente qualcosa?".

Non potevo tenerlo per me. Non ne avevo la forza.

"Sí... Ricordi quando ti ho parlato di quell'attività che Mimis stava progettando? Be', insomma... Quello lí, a furia di leccare – tu sai quanto Dodò stravedesse per lui – deve averla persuasa a dargli i soldi. Sicuramente come prestito. Le avrà promesso che in breve tempo glieli avrebbe restituiti. Però Mimis è stato fregato da certi sciacalli. L'attività è naufragata. I soldi hanno messo le ali... La buonanima non ci ha detto niente perché non ci preoccupassimo. Forse anche sperava... Mi gioco la testa che è andata cosí".

"Certo! Certo! Come ho fatto a non pensarci... Quell'ubriacone! Giocatore d'azzardo! Imbroglione! Non viene da queste parti? Gli cavo gli occhi! Sentirà dire 'Apollonía' e si piscerà addosso dalla paura! Quell'infame... E tu? Tu che cosa facevi? Non avevi sospettato niente? Dove credevi che li trovasse i soldi per le sue attività del cavolo?".

"Non mi permetteva di intromettermi nei suoi affari. E credevo che avesse qualcosa di suo".

"Siete una grande coppia! Bene. Te lo concio io per le feste, quello...".

"Non verrà...".

"Non l'hai avvisato?".

"No... Ultimamente i nostri rapporti si sono raffreddati. Dormiva da sua zia. Poi è intervenuta la questione di Dodò, io sono partita, non l'ho nemmeno visto".

"Bene! È l'occasione giusta perché te ne liberi! Dopo quello che ha fatto, non credo proprio che lo accoglierai di nuovo in casa tua...".

"Fosse soltanto questo! Se tu sapessi...", pensai in lacrime rifugiandomi tra le sue braccia.

"Non piangere. Non hai bisogno di lui. Si è scavato la fossa da solo. Alla fine il tuo patrimonio ce l'hai. Cominci una nuova vita quando vuoi".

Il mio patrimonio ce l'ho, come no!

Con che coraggio potevo alzare la testa dal petto di Apollonía... Con che coraggio potevo guardarla negli occhi...

"Non è cosí semplice, Apollonía. Mi fa compassione. In fondo è un bambino. Un bambino che non ragiona, e che al mondo non ha nessuno tranne me".

"Ah, cara Arghirenia... È solo colpa tua. Devi a tutti i costi donarti a qualcuno. E se non hai a portata di mano una persona, sei capace di donare te stessa a un cane. A un uccellino. A un coniglio. Ti basta buttare giú dalle spalle il carico della tua esistenza. È tutta la vita che fai, sai cosa? Conduci te stessa davanti al plotone di esecuzione cercando di convincerti che il percorso è piacevole. E in quel disgraziato hai trovato il tuo carnefice ideale. Questa è l'amara verità! Purtroppo... Non piangere. Vuoi venire per qualche tempo da me?".

"No. Io non c'entro con voi. Tornerò a casa mia e vedrò cosa fare... Perché piangi, Apollonía? Ti faccio compassione?".

"Certo che no! Non si prova compassione per chi si ama. Sto pensando alla povera Dodò. Dentro la bara, con la scatola violata, i capelli color fragola e senza i soldi per pagarsi il funerale...".

"Certo non meritava una fine del genere".
"Che cosa meritava o non meritava non sta a noi dirlo".
"E nemmeno ci conviene, nel caso specifico".
"Arghirenia, non attaccare di nuovo con il rosario dei rimorsi. Hai altro di cui occuparti. Cose piú creative".
"Ammirare il paesaggio finché arrivo davanti al plotone di esecuzione, per esempio?".
"Per esempio, perché no...".

* * *

Stéphane inviò il denaro e la cerimonia fu memorabile. La chiesa era addobbata con rose e margherite; c'erano prelati e cori, e un mare di corone... Mancava soltanto una base semovente che trasportasse la salma.

Quanto al rinfresco, oltre all'immancabile caffè furono offerti tre tipi di dolci, cognac di ottima qualità, bruscolini e bibite per i bambini e gli anziani.

Figurarsi se Apollonía desisteva dal suo obiettivo!

"Dov'è Mimis, Arghirenia?".

Fui presto stufa di rispondere a quella domanda.

"In America. Non ha fatto in tempo a tornare".

L'intera isola sfilò per farci le condoglianze. Quando fu il suo turno, la sorella Ipapandís, accesa dal cognacchino che aveva ingollato e con le goccioline di sudore sui baffetti, si mise in posa davanti a noi e pronunciò un discorso.

"Lunga vita, ragazze, e ricordatevi sempre di lei. Era una persona straordinaria. Un modello di morale e di bontà. Ho pianto alle parole del sindaco... Un uomo eccezionale! E voi, care! Vi siete comportate come delle vere figlie. Brave! Che Dio vi benedica!".

"Hai visto che l'atmosfera prestigiosa altera il paesaggio?", mi sussurrò Apollonía.

"Quante stelle hai detto che aveva il cognac?", le risposi con un sorriso.

* * *

Appena entrata in casa capii che era passato Mimis. Il lavello era pieno di bicchieri. E il pavimento del bagno era cosparso di asciugamani.

Cominciai a riordinare, e mentre spolveravo la credenza vidi che mancavano i candelabri d'argento, dono di Dodò per il nostro primo anniversario di nozze. Aprii i cassetti e mi accorsi che mancavano un set di posate, dono di nozze di Teopisti, e una ciotola di finissima porcellana, ricordo di mia madre.

Per fortuna non avevo la passione dei gioielli. Collier e orecchini finti erano al loro posto.

Capii... Mi morsero quindici vipere tutte assieme. Forse anche di piú.

Gettai un'occhiata al muro di fronte.

"Ti amo ancora".

Certe lettere grandi, rossissime, affilate come lame.

* * *

Sentii di odiarlo a morte. Provai il desiderio di scorticarlo. Di farlo a pezzi.

Ma dietro a quell'ira ero pronta – benché non lo volessi ammettere – a dimenticare tutto e a dargli un'altra occasione.

Mi venne in mente Iota.

"Alle persone si dà sempre una seconda occasione. Mettiamo pure una terza, cosí, in regalo. Ma da lí in poi, cocca mia, è da idioti!".

Andai in camera e sul cuscino trovai una busta.

"Per il mio scoiattolo. Via della tana, secondo cuscino a sinistra".

Aprii la busta lacerandola, e sentivo il pavimento scomparirmi sotto i piedi.

"Mia adorata. Non arrabbiarti per quello che vedrai. Ti dico soltanto una cosa. C'è una ragione seria. Prima o poi, se sarò vivo, cercherò di spiegartela. Ho saputo della zia. Mi è dispiaciuto tanto. Poverina! È l'unica persona che mi ha amato davvero, dopo di te. Che Dio le conceda il riposo. Non aspettarti di vedermi a breve. Ti ho fatto abbastanza male. Ho preso quella fotografia che ti avevo scattato sull'isola. In mezzo ai gabbiani. Con una barca di pescatori sullo sfondo. Eri così felice a quel tempo... Ricordi? La porterò con me come un amuleto. Finché vivrò. Stammi bene, piccolo adorato scoiattolo... Tuo Mimis".

* * *

"Hai sue notizie?", domandai dopo qualche giorno a Iota. "La lettera lascia intendere che sta succedendo qualcosa. Che sia malato?".

"Un paio di palle! Malato? È passato l'altro giorno a casa di Peli, a braccetto con una bionda sulla quarantina. Ha vinto ai dadi e faceva il matto. La abbracciava, la baciava, 'sei il mio portafortuna!', le gridava, 'il mio angelo buono!'. E quella lo guardava negli occhi e gli stava seduta al fianco impettita come una faraona. Chissà quali panzane le avrà rifilato... Forse non faccio bene a ferirti, ma prima o poi devi capire come stanno le cose. Con le buone non c'è verso".

* * *

Dopo quell'episodio chiamai il fabbro e feci cambiare le serrature della casa.

"Ti sei decisa, finalmente!", esclamò Iota tutta contenta. "Su, adesso devi occuparti un po' di te stessa. Passerò a prenderti e andremo a fare shopping. Poi cominceremo a uscire la sera. Locali carini, caffetterie, cinema, teatro, tutto per noi. E per metterti di buonumore e dimostrarti che non sei l'unica ingenua di questa terra, ecco un episodio che mi ha raccontato la signora Arsinòi. Lei era sposata con un medico, studioso di fama e gran donnaiolo. Le corna di Arsinòi erano arrivate fino al Polo Nord! Lei però lo adorava. Lo stesso le sue due sorelle maggiori, non sposate. Vivevano tutti insieme. Una lo pettinava, l'altra gli lavava i piedi, la terza gli faceva aria... Un pascià, insomma! Una volta era in Messico per un convegno. Era il giorno del suo compleanno e 'i tre caballeros' gli telefonarono e si misero all'unisono a cantargli: 'Happy birthday to you...'. La maggiore, anzi, accompagnava al pianoforte. Il donnaiolo si era portato l'amante in Messico. E mentre il coro gli cantava gli auguri, quello, cara mia... scopava! Aveva posato la cornetta del telefono sul comodino e scopava. 'Oh! Il nostro Fokíon si è cosí commosso!', diceva la sorella di mezzo. 'Non riusciva nemmeno a ringraziarci. Gli tremava la vocina!'. Hai capito, il porco? Il cazzillo gli tremava, con l'accompagnamento del piano! In seguito lo rivelò lui stesso alla signora Arsinòi, durante un litigio, per farla arrabbiare. 'Si univa carnalmente con la sua amante, cara la mia Iota! Nel momento preciso in cui noi cantavamo per lui!'. Be', che parola poteva usare la signora Arsinòi? 'Scopava?'... Hai capito, Arghirenia? Povera signora Arsinòi! Quante deve averne passate... Per quello è diventata tanto saggia".

"Io ne ho passate di peggiori. E saggia non sono diventata".

"Piano piano. La saggezza mica si compra all'ingrosso. Arriva a goccia a goccia".

"E ogni goccia è una ferita profonda. Eh?".

"Cosa vuoi che ti dica, amica mia... Dio non ha dei bravi consiglieri. Perché non credo che tutte queste cose le organizzi da solo".

Risi di gusto.

"È colpa dei collaboratori, vuoi dire. Dei ministri".

"Qualcosa del genere, sospetto...".

* * *

Quando andai con Apollonía a rassettare la casa sull'isola, portammo con noi anche Iota perché ci desse una mano. La signora Arsinòi le concesse volentieri un giorno di libertà.

"Mamma mia, che lusso!!", esclamò Iota appena fu entrata

nel salone. “Siete cresciute qui? *Mmm*, adesso capisco perché siete venute fuori bislacche!”.

Tacque per un istante e arrossí.

“Arghirenia, intendo. Riguardo a lei, signora Apollonía, non posso pronunciarmi”.

Apollonía rideva in continuazione per le gaffes di Iotara.

“Che bello che l’hai portata con noi! Ci saremmo depresse a sbrigare questa orribile incombenza”.

“Signora Apollonía, mi permette di sdraiarmi un attimo su questo divano?”.

E senza attendere risposta si distese sul grande “Ludovico” e si accese una sigaretta.

“Oh, santo cielo! Questa sí che è vita...”.

“Iota, non ti ho già detto di darmi del tu?”.

“Proverò. Ma lei mi mette soggezione. È come se venisse fuori da quelle cornici d’oro...”.

Andava in giro per la casa e ammirava tutto.

“Càspita! La defunta doveva essere una perfetta padrona di casa. Guarda... Guarda che ricami, che ordine... E questo terreno” (osservava la proprietà) “è tutto vostro? Voi giocavate qui?”.

“Sí, qui. E avresti dovuto vederlo nel momento di massimo splendore...”.

“Come al cinema...”.

* * *

“Ti dirò, Arghirenia. Tu avresti dovuto sposare un generale. Un ammiraglio. Un pilota, almeno. Come cavolo hai fatto a finire cosí nella merda, bambina mia... È perché non l’hai mai provata da piccola. Ecco di che cosa è stata colpa. Apollonía è sposata?”.

“Sí”.

“Con chi?”.

“Con un elefante!”.

“Voglio dire, qual è la professione di suo marito. Dài...

Non prendermi in giro!". (Fece le moine e mi si strusciò sulla spalla.)

"Psicologo".

"Uno che ha studiato, quindi. Brava! Mi fa molto piacere".

"Che cosa ti fa piacere?".

"Che non si è lasciata fregare come te".

"Se sapessi", pensai, "non saresti poi cosí convinta".

"Perché te ne sei andata appena mia sorella ha cominciato a chiedere di Mimis?".

"Per non farmi scappare niente. Non mi hai ordinato di tenere la bocca chiusa? Bastava che facessi una smorfia – sono un essere umano anch'io – e ti sputtanavo. E questa Apollonía... Ho capito bene, io, che tipo è. È una che afferra tutto al volo".

* * *

"Come va con il tuo... bello? È tornato?".

"No. Non si è visto".

"Devi rifarti una vita al piú presto. Hai avviato le pratiche per il divorzio?".

"Prima devo ritrovare un po' di tranquillità...".

"Nel tuo caso la tranquillità è una cattiva consigliera. Adesso, devi agire! Adesso che hai i nervi tesi!".

* * *

Uscii a prendere una boccata d'aria, e quando rientrai trovai Apollonía in cima a una scala che staccava dal muro alcuni quadri e li scagliava con rabbia sul pavimento.

"Che cosa fai lassú?".

"Tiro giú questi buffoni, voglio bruciarli nel caminetto!".

Dodò aveva appeso sopra la credenzina, allineati, i colonnelli della dittatura militare. Tutti in cornici dorate.

"Sono anni che aspetto questo momento! Andate al diavolo! Ero una bambina quando mi portava ai piedi di queste canaglie e mi catechizzava. 'Queste figure eroiche!', strillava, 'hanno salvato la fede e la patria! Sono loro che devono guidare, come astri luminosi, i vostri passi'. Ecco perché mi sono iscritta al Partito Comunista. Mi hanno guidata gli 'astri' ".

"Un momento, scusi!", gridò Iota. "Non rompa le cornici. Le posso prendere io?".

"Chi ci metterai dentro?", le domandai.

"Chi ci metto? La mia bella faccia. La tua, quella di mio padre, di Kòstia e di Peli... Ne ho anch'io di astri!...".

Stavo lí accanto e osservavo ridendo la "deposizione".

"Dimmi un po', Apollonía, perché Dodò non mi ha mai portata qui per catechizzarmi?".

"Perché era una donna intelligente. Aveva capito che eri refrattaria. Non ricordi le tue... prestazioni? 'No volio magiare. No mi piacce'. A otto anni non sapevi ancora parlare!".

* * *

Ci facemmo delle grandi risate, quel giorno. Non sentimmo nemmeno la stanchezza. (A dire il vero la maggior parte del lavoro se lo sobbarcò Iota.)

La sera scendemmo alla spiaggia.

"Ordinate quello che vi pare!", disse Apollonía. "Offro io. Sono troppo contenta di aver fatto a pezzi quei farabutti. È stata l'azione piú eroica della mia vita. Peccato che non ci fosse anche Stéphane".

"È francese lo psicologo?", mi sussurrò Iota.

"Piú o meno".

"Mezzo?".

"Sí. Che cosa mangi?".

"Signora Apollonía, mi permette di ordinare un piatto che sogno da una vita ma che non ho mai assaggiato?".

"Quello che vuoi, Iota".

"Gli scampi, cavolo! È una vita che li vedo e mi viene l'acquolina in bocca".

Ordinammo un grande vassoio di scampi, calamari, polipo,

formaggio fritto... E quando ce ne andammo, il tavolo era ancora ingombro di cibo.

"*Mmm, mmm, mmm...*", gemeva di piacere Iota, e faceva razzia di scampi. Perfino le tette partecipavano di quel tripudio. Aveva la camicetta tutta macchiata di unto.

"Alla nostra salute!".

Brindavamo e mandavamo giú l'*uzo* come fosse acqua.

"Pece sui dittatori!".

"Pece e polvere da sparo!", precisò Iota. "Brindiamo a quello che desiderano le ragazze! Cavolo, se avessi saputo che la rivoluzione si fa cosí sarei diventata un capo!".

* * *

"È stata una giornata felice per me. Grazie", mi disse Iota con le lacrime agli occhi mentre tornavamo, in traghetto.

"Perché? Che cosa ha avuto di straordinario?".

"E me lo domandi? Non mi è mai capitato di gironzolare in una casa cosí grande, cosí bella e cosí aristocratica. E poi abbiamo mangiato bene, abbiamo bevuto, siamo state in compagnia e abbiamo riso... Di che cosa ha bisogno l'uomo, Arghirenia?".

PASSARONO CIRCA CINQUE ANNI. ANNI DI NEBBIA E DI pioggia torbida. Ogni tanto il sole cercava di fare capolino attraverso le nubi. Ma avevo appena il tempo di aprire la sdraio in giardino per mettermi al sole, che calava di nuovo la bruma. Ricominciava la tempesta.

Da casa mia non vedevo il mare, per poter sentire il profumo del sogno. E la primavera era frettolosa.

Dammi un po' di tempo, la supplicavo, per scegliere i semi da spargere nella mia anima. Niente!

La primavera non ama gli indecisi. Ti vuole pronta e scattante. Agghindata. Con la borsetta in mano. Quando ti sorprende ancora esitante, ti supera. A volte ti molla anche uno spintone.

"Che direzione segue la mia vita?", mi domandavo.

E quando guardavo dalla finestra il pioppo alto della via, sentivo che mi rispondeva.

"Va dove vanno i miei rami. Li guida il vento...".

* * *

Cercavo di rammendare le mie reti. Di ingannare me stessa. Di nascondermi ai venti. Ma erano rarissime le volte in cui ci riuscivo.

"Uno non può vivere continuamente con dei trucchi", mi aveva detto Apollonía un giorno. Ed era vero.

* * *

In teoria Mimis non esisteva nel mio orizzonte. Però a volte l'assenza è peggio della presenza. Agisce in modo subdolo, come le tarme. Stai per indossare un maglione e lo trovi pieno di buchi.

Il "tavolo d'onore", nella mia anima, era riservato a Mimis.

Anche se lui non veniva a sedersi e a farsi servire.

* * *

Quando credevo di essere sfuggita al suo retino e cercavo – semplicemente cercavo – di cominciare qualcos'altro, all'improvviso mi compariva davanti come un angelo dell'Apocalisse e faceva crollare tutto.

Una volta, tornando a casa dopo un appuntamento, quasi contenta, quasi affrancata, trovai nel vialetto del giardino una fila di grandi ciottoli bianchi che arrivava fino alla porta.

"TI AMO. TI AMO". Una lettera su ogni ciottolo. Lettere tonde rosse, gialle, viola: sembravano margherite colorate.

Sulla mia ferita non riusciva a formarsi la crosta.

Passava Mimis con il coltellino e la grattava via.

* * *

A un certo punto, per dieci giorni, ogni mattina bussò alla porta uno zingarello che mi lasciava un mazzo di anemoni.

"Chi te li ha dati?".

"L'Unico! Mi ha detto di dirle cosí, signora!".

* * *

Intercorrevano lunghi periodi di silenzio assoluto.

E appena cominciavo a pitturare la barca e mi preparavo a metterla in mare, ecco che mi telefonava alle due di notte e mi faceva sentire le mie canzoni preferite. Oppure mi faceva una dichiarazione d'amore. O mandava suonatori ambulanti a farmi una serenata. E di nuovo il coltellino in azione...

* * *

Un giorno venne a trovarmi di persona. Era un pomeriggio, aspettavo un amico per un caffè. Forse stava per nascere qualcosa tra noi. Non lo escludevo.

Era come se si fosse stabilito in casa mia un diavolo ruffiano che informava Mimis dei miei movimenti e pensieri. Lui arrivò con una gigantesca camelia e un vassoio di *galaktobúreko*.*

"Scoiattolo, non resistevo piú. Volevo stringerti tra le braccia e portarti il tuo dolce preferito. Tieni anche questa bellissima camelia. Ogni fiore che sboccia sarà un mio bacio".

* * *

"Mimis, perché non mi lasci tranquilla?".

"Perché ti amo. Anche tu mi ami, e lo so. È un gran peccato che non stiamo insieme".

"Non voglio che stiamo insieme. Mi fai male".

"Da separati ti faccio ancora piú male. Soffri come soffro io... Voglio stare qui, scoiattolo. Non me ne andrò mai piú!".

Telefonai all'amico dicendogli di non venire.

Quella notte dormimmo insieme.

La mattina si alzò, andò in bagno canticchiando, si rasò, si vestí (quasi tutti i suoi vestiti erano rimasti nell'armadio) e si sedette con me a bere il caffè.

"Sono cosí felice! Vado a sbrigare una faccenda, e quando torno per pranzo voglio che mi prepari quel piatto squisito che sai tu. Zucchine in salsa di uovo e limone! Va bene, mio dolce scoiattolo?".

* * *

* Dolce in cui due strati di sottilissima sfoglia, imbevuti di sciroppo di zucchero, racchiudono uno spesso strato di crema gelatinosa a base di latte e semolino. [N.d.T.]

Non posso dire che la notte in cui dormí con me mi consegnò le chiavi del paradiso. Scavalcai il recinto come una ladra. Ed ebbi paura. Paura che da un momento all'altro qualcuno mi sbattesse fuori a calci.

Ciò nonostante mi svegliai serena tra le sue braccia. Anche se da ladruncola, il mio giretto in paradiso l'avevo fatto.

Mi affannai fino all'ora di pranzo per rassettare la casa, mettere le lenzuola belle, preparare la salsa di uovo e limone.

Aspettai fino a sera. Fino al giorno seguente. Fino a quello ancora successivo. Aspettai per giorni e giorni, inchiodata alla finestra a scrutare la strada...

"In che direzione va la mia vita?", domandavo senza sosta al grande pioppo.

"Si è alzato un forte vento del sud. Non domandarmelo. Nessuno sa che cosa porterà", mi rispondeva.

* * *

Iota veniva da me quasi tutti i giorni. Non le dicevo la verità riguardo a Mimis. Temevo le sue critiche. Uscivamo insieme, partivamo per qualche gita: lei faceva tutto il possibile per offrirmi un po' di gioia.

"Insomma, Arghirenia! Che intenzioni hai? In questi anni io ho cambiato dieci amanti. A te non piace nessuno? Che cosa aspetti? Il principe a cavallo?".

"Sono cose che non si possono forzare. A me non piacciono gli esperimenti. Se deve arrivare, arrivi pure. Ma non mi metto a cercarlo".

"Insomma, torta cadi che ti mangio!".

"L'hai piú visto Mimis?".

"È scomparso. Non ne so niente. Adesso che Peli ha chiuso il 'locale' si sono dispersi tutti".

Peli era invecchiata e non riusciva a mandare avanti la bisca. C'era anche il "Molosso" ammalato. Era praticamente costretto a letto...

"So solo che Alekos è morto all'improvviso, d'infarto".

“Il medico?”.
“Proprio lui”.
“Ah, poverino! Che peccato…”.
“Be’, non era poi una gran persona! Tutti, lí dentro, nuotavano nella merda. Ma perché mi domandi di Mimis? Ti rode il tarlo, eh? Schiaccialo! Annientalo! Se te lo tieni dentro depone le uova…”.

* * *

L’autunno! La via si era riempita di foglie gialle. I rami del pioppo si piegavano verso la solitudine…

* * *

Con Apollonía parlavo di rado. Non avevo spazio dentro di me per ospitare la sua felicità.

Nemmeno lei mi cercava. Come mi disse piú tardi, credeva che vivessi di nuovo con Mimis e che glielo nascondessi.

“Non mi piaceva passare per quella che ti regolava la vita. Né volevo costringerti a mentirmi”.

* * *

L’autunno! La mia anima si era riempita di foglie gialle. I rami del pioppo erano spogli.

E si erano conficcati nella solitudine…

* * *

Senza pensarci su troppo telefonai ad Apollonía.

“Ah, come mai questa sorpresa, Arghirenia? Io ti aspetto sempre. Sappilo”.

“Sto male”.

“Che cos’è successo… Mi fai spaventare”.

“Ho toccato il fondo del pozzo…”.

"... E allora? Non preoccuparti. Adesso comincia piano piano a risalire. Vedi di non addormentarti là sotto! Aggrappati alle pareti e risali".

"Ci sto provando. Ma sono scivolose, quelle infami...".

La risposta le parve divertente e rise.

"Allora aspetta, ti porto una fune. Domani vengo a prenderti e starai qui con noi".

"No, no! Ci vengo da sola".

"Dammi la tua parola".

"D'accordo".

"Quando vieni?".

"Tra qualche giorno...".

* * *

Il giorno seguente comparve Mimis. Aveva con sé un grande pappagallo rosso. "Vieni, amico", gli disse, e depositò la gabbia sul tavolo della cucina. "Adesso ti metti qui e dici quello che ti ho insegnato".

"Ti amo... Ti amo... Ti amo...", ripeteva il volatile imitando la voce di Mimis.

"Che cosa vuoi? Devo strozzare il pappagallo?".

"No. Devi ascoltare ogni minuto la mia voce e pensarmi. Ero, sono e sarò sempre tuo".

"Sei arrivato troppo tardi, Mimis. La salsa di uovo e limone si è raffreddata...".

"Non ferirmi. Non è colpa mia. È la vita che mi ha fregato. Mi ha preso in trappola".

"Che cosa fai? Come vivi?".

"Di merda. Senza di te è tutto una merda. Lavoro in uno squallido locale di provincia. Qualche soldo lo guadagno, non dico... Però...".

"Però li fai fuori con l'alcol e il gioco".

"Nooo! Ho dato un taglio a quelle cose lí! Sono pulito. Se mi lasci un po' di tempo, ti troverai davanti il Mimis che hai conosciuto allora".

"Il Mimis che ho conosciuto allora è scomparso per sempre".

"Arghirenia, per il momento ascolta questo mio amico. Tra poco ti porterò una notizia che cambierà radicalmente la tua vita. Cioè, la nostra vita. Non te la puoi nemmeno immaginare".

"E perché non me la dici adesso?".

"Non è ancora il momento. È una questione molto seria. Ho bisogno di essere sicuro per dirtela. E non sono pronto. Ti do soltanto un'anticipazione. Sta arrivando la tua felicità. È molto vicina. Quasi la si sente galoppare!".

"Mimis, come puoi prendermi in giro fino a questo punto?".

"Ciao, Arghirenia. Tieni un po' di compagnia all'amico pappagallo. Per il momento non posso dirti altro".

* * *

Era la fine di ottobre. In cielo viaggiavano nubi nere. Spirava un forte vento. I crisantemi del giardino sfogliavano frettolosamente il dolore.

Aspettavo che Iota venisse a prendere il pappagallo.

"Non posso permettere che questo stupido uccello ti dilanî il cuore. Lo lascerò libero nel parco".

"Morirà, poverino...".

"Non temere. Si appollaierà in mezzo alle coppiette a gridare 'ti amo!'. Diventerà il miglior messaggero d'amore".

"Non voglio pensare che appena voltato l'angolo tu lo accoppi!".

"Lo farei volentieri. Ma ti ho dato la mia parola".

* * *

Aveva cominciato a piovere sul serio.

Sentivo un dolore nel petto. L'anima mi si era riempita di pioggia. E non aveva dentro di sé nemmeno un crisantemo per abbellire la tristezza. Squillò il telefono, era Apollonía.

"Dove ti sei persa? Sei uscita dal pozzo?".

“Sí, ma mi ha sorpresa la pioggia”.

“Te lo dico per l’ultima volta. Vieni qui. Se non lo fai, non voglio piú sentire parlare né di pozzi né di pioggia”.

“Ti rovina la ricetta della felicità?”.

Non so perché le parlai in quel modo. Non so perché l’ira mi soffocò. Forse... perché non avevo nell’anima un crisantemo che abbellisse la tristezza.

“Esatto!”, ribatté irritata, e attaccò il telefono.

Mi buttai sul letto e piansi a lungo.

Ebbi la sensazione di aver perso Apollonía per sempre. Di aver consegnato al vento furioso la pietra dell’upupa.

* * *

Il giorno successivo spuntò un sole splendente. Ascoltavo gli uccellini cantare sui rami spogli del pioppo.

E all’improvviso mi venne l’idea di partire per un viaggio in luoghi lontani. Non potevo piú restare in quella casa.

Mi procuravano dolore perfino le maniglie delle porte.

Devo cercare un porticciolo, pensai, per ancorare la mia vita. Avevo vagato abbastanza per i mari.

E non ero certo un lupo di mare!

Ero sempre andata in cerca di una spiaggia con qualche scoglio su cui stendere l’anima ad asciugare.

Ero un pescatore dilettante, che teneva in mano una lenza e giocava con le onde.

Se poi i gabbiani mi hanno sviata e sono sbucata nell’oceano, è un altro conto...

* * *

Iota batté le mani quando sentí il mio progetto.

“Brava! È il regalo piú bello che tu possa fare a te stessa. Conoscerai altri luoghi, altre persone... Grazie a Dio. Il prossimo passo sarà lasciare questa casa. Quando hai in programma di tornare?”.

"Non so. Forse tra una settimana, forse tra un mese, forse anche mai".

"Be', adesso, questo 'mai'... mi rovina tutto. Dimostra che hai lasciato la barca senza capitano. Scusa tanto ma non stai partendo bene. Devi avere un programma. Dove vai, quando torni... Cosa vuol dire 'vado dove mi portano le onde'?".

"Non arrabbiarti, amica mia. Tornerò. Ti porterò anche dei regali... Cominceremo una nuova vita".

"Troverai anche un fidanzato?", domandò Iota sghignazzando.

"Può darsi".

* * *

Presi una valigia dal ripostiglio e cominciai a radunare i miei effetti. Era mattina. La metà di novembre. C'era il sole.

Sul cornicione del terrazzo un uccellino cantava dolcemente. Salii su uno sgabello e aprii la finestrella della cucina. Lí fuori tenevo un piccolo vaso con un ciclamino. Volevo innaffiarlo. Per dare il buongiorno alla vita.

Cosí, timida timida. Di nascosto, di soppiatto. In segreto. Come da dentro un rifugio.

Come se avessi paura che la sorte potesse accorgersene e ricominciare a darmi la caccia.

Evidentemente non presi le precauzioni necessarie. Forse non sarei dovuta salire in piedi sullo sgabello, offrendomi come bersaglio. O forse feci rumore aprendo i vetri.

* * *

Suonarono alla porta, ed ecco di nuovo Mimis!

Era rasato, indossava un abito beige nuovo e una cravatta marrone chiaro quasi oro.

"Perché mi fai questo, oggi? Perché sei qui?".

"Aspettavi un amante, Arghirenia?", mi disse, e scoppiò a ridere.

"Aspettavo la mia vita".

"È proprio quello che sono venuto a offrirti. Posso entrare?". Entrò e si accomodò in poltrona.

"Prepara il caffè, porta le sigarette... Abbiamo un incontro al vertice!".

Mi si intorpidí la mandibola. Chissà che cosa sta tramando, pensai.

"Doppio, eh! Una miscela forte. Se poi hai anche un goccio di cognac, portalo".

"Senza alcol non ce la fai proprio...".

"Non è per me. Sei tu che ne avrai bisogno".

"Magari anche una pastiglia?".

"Se ce l'hai, porta anche quella".

"Prevedi che mi servirà?".

"Dipende da quanto starai salda".

Basta, dissi tra me e me. È venuto a darmi il colpo di grazia. E incominciò a intorpidirmisi anche il braccio sinistro.

Servii alla bell'e meglio il caffè e portai una bottiglia di cognac.

"Muoviti a parlare. Quel che dev'essere sia, e facciamola finita in fretta".

"Non è cosí facile. Non è neanche cosí... semplice".

Giocherellava nervosamente con un *kombolòi*, si grattava e si schiariva la gola. Cambiava posizione sulla poltrona.

"Dunque...". (Afferrò la tazza e cominciò a sorbire lentamente il caffè.) "Dunque...".

"Dunque cosa. Deciditi a parlare!".

"Dunque... Hai dell'acqua fredda in frigorifero?".

"Hai sete?".

"No, voglio bagnarmi un poco la fronte. Non ce la faccio, scoiattolo! Ho un blocco, merda...".

Si era raggomitolato sulla poltrona e accarezzava il bracciolo come se fosse un gatto.

"Lascia stare il velluto. Parla".

"Dunque, scoiattolo, ascoltami con i nervi saldi. Non interrompermi finché non ho finito".

Gli tremava la voce. Aveva gli occhi rossi rossi, come se dovessero stillare sangue da un momento all'altro.

"Ti ricordi il mio amico Alekos?".

"Eccome se me lo ricordo. Ho saputo che è morto".

"È morto, quella bestia! Quell'impostore! Quell'aguzzino!".

"Ti aveva fregato dei soldi?".

"Di peggio mi aveva fregato, quel verme schifoso: la vita! Ma Dio esiste, cara Arghirenia! Si paga tutto. Sai che fine ha fatto? Un martirio. Ha sofferto le pene dell'inferno. È morto bestemmiando il giorno in cui era nato. Una fine orribile. Si è consumato, ti dico. È marcito".

"Io avevo saputo che è morto all'improvviso per un attacco di cuore".

"Falso! È crepato di cancro".

"Va be'... Me lo hai descritto a sufficienza. La fine di Alekos non mi riguarda. Sei venuto a dirmi questo?".

"Certo che no. Aspetta e sentirai il seguito. Un giorno prima di crepare mi ha fatto cercare dalla moglie. Voleva parlarmi a tutti i costi. Cosí andai a trovarlo e mi sedetti accanto a lui... Era un mio amico... Appena vidi in che condizioni era ridotto, scoppiai a piangere. Sono il solito coglione".

"Non ci metterei la firma... Va' avanti".

"Non interrompermi. Che cosa stavo dicendo?".

"Che ti sei seduto accanto a lui".

"Sí. 'Mimis', mi disse, e le labbra gli tremavano come una gelatina. 'Mimis caro, perdonami. Se non mi perdoni la mia anima non avrà pace. Abbi compassione di me. Vedi come sono ridotto'. 'Ma per cosa, scusa?', gli feci io. 'Non so se mi hai danneggiato al punto che io possa ostacolare il tuo viaggio. Per quei tre soldi che mi hai fregato? Ti perdono. Su, va' in pace e non preoccuparti...'. 'Non è questo, Mimis. Mimis... Mimis! Tuo figlio... non è morto! Ti ho mentito. Mi sono messo d'accordo con la caposala, l'ho pagata bene e ti abbiamo fregato. Mimis, i creditori mi davano la caccia! Sarei diventato lo zimbello della società. C'era una coppia... Un sacco di soldi. Ho ceduto il tuo bambino e ho saldato i debiti. Ma per tutti questi anni sono stato perseguitato dai rimorsi. Per tutti questi anni mi sono visto davanti il viso di quella santa donna di tua moglie...".

Mi sentii come se all'improvviso la terra si fosse ribaltata. Come se mi trovassi al centro di un violentissimo ciclone. Poi calò una tenebra profonda. Mi sentii venir meno. Quando aprii gli occhi ero sdraiata sul letto con un impacco sulla fronte. Mimis era chino su di me e piangeva singhiozzando.

"Io lo sapevo da tempo, amore. Ma non avevo il coraggio di dirtelo. Temevo che non reggessi. Dimmi che stai bene. Parlami...".

Non capivo se stessi vivendo la realtà o un incubo. Non sapevo chi fossi. Chi fosse l'uomo che mi parlava.

"Arghirenia... Arghirenia dolce! Mio angelo! Guardami... Dimmi qualcosa...".

Appoggiai la testa sul cuscino e sprofondai di nuovo nelle tenebre.

Non riusciva a farmi riprendere e chiamò l'ambulanza. Sentivo la sirena ma non mi rendevo conto di essere a bordo dell'ambulanza.

"Ha subito un grave shock", diceva ai medici. "Ha appreso una notizia che l'ha fatta crollare. C'è la possibilità che non si riprenda? Vi prego! Fate qualcosa per il mio angelo! Bisogna forse portarla all'estero?".

"Si calmi, signor Venetatos. Tra poco sua moglie si rimetterà e lei potrà portarla a casa".

Seguivo ogni cosa, ma non capivo che riguardava me. L'anima era uscita dal corpo e vagava indifferente.

"Telefona a mia sorella", gli dissi appena cominciai ad avere coscienza di me stessa.

"No, no... Dobbiamo stare soli per un po'. I medici ti hanno prescritto assoluto riposo".

La sera tornammo a casa. Non mi reggevano le gambe. Mi dovette portare in braccio. La testa però aveva ricominciato pian piano a funzionare.

"Ti preparo una tisana? O vuoi un uovo sodo per ricuperare un po' le forze?".

"Lascia perdere tisane e uova, Mimis! Il bambino! Che ne è stato? Non può essere vero quello che mi hai raccontato".

"È verissimo, mia piccola fata. Su cosa vuoi che te lo giuri? Come posso convincerti?".

"Solo se vedo il bambino ti credo".

"Succederà anche questo, quando sarà il momento".

"Vuoi dire che l'hai trovato?".

"Certo! Mi ha comunicato tutti i dati, quell'infame. La coppia che ha comprato nostro figlio non è stata fortunata. Erano persone molto ricche. Industriali. Hanno fatto una brutta fine, quello stesso anno. Gli è piombato addosso un autotreno in autostrada. C'era anche il bambino con loro, ma Dio l'ha protetto. Non si è fatto nemmeno un graffio. L'hanno tirato fuori dalle lamiere e l'hanno consegnato a una vecchia nonna. La nonna... materna, diciamo. Le fabbriche e tutto il patrimonio sono andati a gambe all'aria dopo il tragico incidente. Si chiamavano Karagheorghíu. Un nome assai noto nel mondo degli affari. Allora si parlò molto dell'incidente. Che cavolo ne so... Il piccolo l'ha cresciuto la nonna vecchia e poverissima. Adesso è ammalata. È quasi immobilizzata a letto. Quando sono stato a trovarla e le ho spiegato chi sono, è andata avanti per un'ora a farsi il segno della croce e a ringraziare Dio. 'Sei una benedizione, figlio mio!', continuava a ripetere, e mi baciava. 'Non sono piú in grado di accudire il bambino. Ormai stavo per consegnarlo a un istituto'".

"Non è possibile, mio Dio. Non posso sopportare questa storia! Portami immediatamente a prendere il bambino! Dimmi se sta bene. Com'è?".

"È bellissimo! Identico a me. Si chiama Trulis".

"Non mi hai detto che si chiama Karagheorghíu?".

"Ma sí, Trulis è il nome".

"Mi prendi in giro? Che nome è?".

"Cosí lo chiama la nonna. Il nome di battesimo è Dimitrios... Non possiamo prendere il bambino adesso, Arghirenia.

Bisogna prepararsi. Tu ti devi tranquillizzare, e soprattutto, lui deve essere messo al corrente. Al momento è in cura da uno psicologo. La nonna gli ha detto che il buon Dio ha preso con sé i suoi genitori perché erano brave persone e ne aveva bisogno. Adesso che cosa gli devono dire? Che Dio li ha licenziati da collaboratori e li ha rimandati indietro? A parte che c'è anche la questione legale... Quelli lo avevano dichiarato figlio loro. Adesso noi lo dobbiamo adottare".

"Voglio che mi porti a vederlo! Almeno da lontano! Non gli parlerò...".

"Faremo tutto, Arghirenia. Come si deve e nel migliore dei modi. Verrà il momento in cui stringerai tra le braccia nostro figlio e lo avrai vicino per sempre! Se vorrete anche me, resterò con voi. Cominceremo una nuova vita".

* * *

Mi sarei dovuta mettere a saltare dalla gioia, ma non ci riuscivo. Era come se qualcuno mi avesse legato l'anima a una fune. Come se qualcuno mi avesse bombardato la testa. Mio figlio era vivo! Aveva sei anni! Non lo avevo mai baciato, mai cullato. Non ero stata io a insegnargli le prime parole. Come avrei fatto a riempire quel grande vuoto? Come avremmo fatto entrambi a camminare in un paesaggio in cui non avevamo tracciato strade?

Mi sarei dovuta mettere a ballare per la felicità, e invece ingoiavo potenti tranquillanti per non perdere la ragione. Avevo bisogno di Apollonía. Avevo assolutamente bisogno della pietra dell'upupa. Ma appena mi avvicinavo al telefono, un'invisibile mano pesante mi impediva di comporre il numero. Meglio che aspetti ancora un po', dicevo. Prima voglio conoscere il bambino e poi andremo insieme a casa sua, le faremo una sorpresa.

Mimis era quasi sempre al mio fianco. Si prendeva cura di me, cercava di farmi sognare la mia nuova vita.

"Voglio che mi porti a vederlo!", gridavo dal mattino alla sera. "Non posso aspettare...".

"Sei ancora sconvolta, Arghirenia. Hai bisogno di un po' di tempo. Anch'io ho avuto la stessa crisi. E pensa che non avevo nessuno che mi sostenesse! Tu hai me!".

"Quando hai visto il bambino che cosa gli hai detto? Che eri chi?".

Ebbe un attimo di incertezza, non rispose subito.

"... Non gli ho detto niente. Non l'ho nemmeno abbracciato, figurati. Ho parlato con la vecchia. Lui non mi dava retta. Gironzolava nel cortile con la biciclettina. Ti puoi immaginare come mi sentivo! Avevo davanti mio figlio e dovevo fingermi indifferente! Mi si spezzava il cuore".

"Com'è il posto in cui vive? Com'è cresciuto? Nella povertà?".

"Eh!... Non lo capisci? È una casupola, due stanze e una cucina, un cortile di cemento pieno di latte arrugginite che un tempo ospitavano fiori, sedie di plastica... Questo... Dentro ci sono un divano tutto logoro, il letto di legno della nonna e la brandina del bambino. C'è anche un vecchio comodino, di quelli con il ripiano di marmo... Sai... Se ho capito bene, il bambino gioca lí. Ho visto dei pastelli colorati e alcuni soldatini di plastica. La povera nonna prende una pensione misera! Che cosa ti aspetti... Trulis ha un problema. Balbetta in modo terribile. Ha bisogno di un logopedista. E come poteva crescere senza problemi, il mio pulcino... Sempre lí con una vecchia malata... La quale, oltretutto, avendo paura che il bambino si allontanasse, e visto che non lo avrebbe certo potuto inseguire, fino a poco tempo fa lo teneva legato con un guinzaglio alla gamba del letto. Pensa, Arghirenia!... Gli dava certi vecchi giocattoli e poi si metteva a russare bella tranquilla... Bisognerà lavorare molto sulla psiche di questo bambino. Spero che con le cure degli specialisti e con il nostro amore si riprenda presto. È intelligentissimo, il mio pulcino".

"Come fai a saperlo?".

"Me l'ha assicurato la nonna".

Mi strinsi la testa tra le mani e scoppiai a piangere.

"Ma su! Perché piangi, adesso?".

"Perché non ce la faccio piú! Mi esplodono bombe dentro! Scoppiano incendi! Non ce la faccio, ti dico…".

"Con il tempo si sistemerà tutto, mio angelo. Io, adesso che sono tranquillo – mi preoccupava molto anche la questione con te, come fare a dirtelo –, sono ottimista. Avrò il mio scoiattolo e lo scoiattolino. Due codine folte che mi accarezzeranno la fronte. Che cos'altro potrei chiedere a Dio…".

* * *

Mimis non voleva che informassi Iota.

"No. Nessuno deve mettere piede qui dentro finché tu non ti sarai tranquillizzata del tutto. Se viene Iotara comincerai a rinfocolare la questione, lei esprimerà le sue opinioni, di su e di giú, e ti agiterai. Non ti basto io? Non ti sto forse sempre vicino?".

Le telefonò e le disse di non passare assolutamente da casa perché avevo avuto un attacco di nervi e il medico mi aveva prescritto assoluto riposo.

In seguito Iota stessa mi riferí la loro conversazione.

"Come mai ha avuto un attacco di nervi? Che cosa le hai combinato?".

"Io? Niente! Le sto accanto come un angelo custode. Ma tu la conosci… Arghirenia non è mai contenta".

"Mimis, lascia perdere le balle. La ragazza stava benissimo e si stava preparando a partire per un viaggio. Come mai all'improvviso ha avuto un attacco? Devo venire lí! Ha sicuramente bisogno di me…".

"Ho detto di no! In casa mia comando io!".

* * *

Iota non riusciva a stare tranquilla. Si appostò fuori della casa, in agguato. Appena lo vide uscire, si precipitò da me.

Mi trovò che sgombravo una stanza per fare posto al bambino. Mi sentivo un pochino meglio.

"Che cosa fai, Arghirenia? Traslochi?".

Mi buttai tra le sue braccia e scoppiai a piangere.

"Coraggio, tesoro... Coraggio, cara... Riprenditi e raccontami".

Le riferii brevemente quello che era accaduto. Per poco non svenne. Corse in cucina e trangugiò un intero bicchiere di *tsípuro*.

"Eh no, porca miseria! No. È impossibile! Ma cosa mi dici mai? Mi hai raccontato la trama di un film?".

Si sedette sul divano e si premette le mani sulla fronte. Era paonazza.

"Mamma mia! Mi è salita la pressione alle stelle... Arghirenia, io non credo a una sola parola di questa storia. Hai le prove? Hai visto il bambino?".

"No. Lo vedrò entro pochi giorni. Non ero in condizione. Devo calmarmi. Il bambino ha bisogno di aiuto".

"E io ti dico che il bambino non esiste! Ora... dove porterà questa storia, a cosa mira, lo sa soltanto Dio... Alekos era uno che giocava, un mezzo strozzino, ma mi riesce difficile pensare che vendesse bambini".

"Perché no? I vizi portano le persone a superare qualunque limite".

"D'accordo. Però... Mah, non so. Non ci capisco piú niente. Se è successa una cosa del genere... Dico se... Mimis deve essere stato complice. Anche se adesso fa lo gnorri".

"Non mettermi in mente queste storie!".

"Perché, tu non ci hai pensato? Non ti è passato per il cervello?".

"No! Sinceramente no! Ti pare che mi sia rimasto cervello per pensare?".

"È una faccenda molto grossa. Superiore alle mie forze, ma indagherò. È escluso che io spalanchi la bocca e inghiotta il boccone tutto intero".

"Tu non dire niente a nessuno. Prima aspetta che conosca il bambino".

"Non esiste nessun bambino, ti dico".

"In nome di Dio! Sei venuta per combinare qualcosa di buono o no? In che fosso mi butti?".

"Non ce n'è uno peggiore di quello in cui già sei... Tornerò sull'argomento".

"Se hai intenzione di insinuarmi tarli nella testa, meglio che non ci torni".

"Tu parla pure... Figurati se ti lascio nel tuo letargo!".

* * *

"Mimis, domani mi porti il bambino da conoscere. Oppure porti me da lui. Va bene, non gli diremo ancora chi sono io".

"Che tu vada là è escluso. Ti angosceresti... D'accordo. Lo porterò qui. Troverò un modo. Sei sicura che riuscirai a controllarti? Che non scoppierai a piangere, che non ti butterai addosso al bambino?".

"Sí. Sono sicura. Basta che lo porti qui. Mi basta vederlo".

* * *

"Quindi il bambino esiste. Iota è sempre malfidente. E odia Mimis. Non posso pensare che sia fondata l'altra sua idea, che Mimis sia stato complice! E perché mai avrebbe dovuto rivelarmi l'intera faccenda adesso, cosí all'improvviso? Aveva dei rimorsi? Mimis non è uno che ha rimorsi. Sa metterli a tacere. Eppure... Potrei giurarlo sul Vangelo? E comunque, anche se cosí fosse, quello che conta è che ho ritrovato il mio bambino. Questo è l'importante. Di Mimis non m'interessa piú... Ah, la cara Iota... Che veleno è venuta a spargermi sull'anima...", pensavo.

* * *

"Non è giusto quello che mi spingi a fare, Arghirenia. Accetterà di seguirmi, il bambino? Che cosa gli dirò? Vieni che ti porto da una brava signora? Lo psicologo non è d'accordo".

"Voglio vedere mio figlio!", cominciai a gridare: a urlare, per la precisione. "Non m'importa di quello che dice lo psicologo. Io non gli farò niente di male. Sono certa che appena mi vedrà, entrerà in azione il suo istinto e la cosa andrà per il verso giusto".

"Lo vedi? Lo vedi che pensi sempre soltanto a te stessa? Che cosa succede se aspetti ancora un po'? Non ti basta che abbiamo trovato nostro figlio? Non ti appaga questa felicità, per il momento?".

"No! Se non lo vedo, niente mi appaga. Basta, la questione è chiusa. È la mia ultima parola".

(E in segreto me la prendevo con Iota, che mi faceva dare in escandescenze. Perché gli argomenti di Mimis avevano una logica!)

* * *

"Scoiattolo, visto che insisti tanto conoscerai il bambino. Però non lo farò salire in casa. Passeremo sotto e ti suonerò il campanello, cosí uscirai in terrazzo".

"Non pensarci nemmeno! Lo porterai su. Troverai una scusa. Non ti manca certo la fantasia...".

(Iota, te ne pentirai. Mi pareva di sentirla: Ma cosa dici, scusa! Quello è capace di prendere uno zingarello e farlo passeggiare qui sotto! Ci si può fidare?)

* * *

Fine novembre. L'erba luisa, nell'angolo del giardino, era seccata. E il terrazzo era affollato di colombi che cercavano di intrufolarsi sotto le tegole. Faceva freddo.

Avevo un'energia incredibile. Eseguii i lavori piú pesanti senza sentire la minima stanchezza. Stesi i tappeti, lavai le pareti, lucidai le piastrelle: volevo che ogni cosa fosse pronta per quando sarebbe arrivato definitivamente il piccolo, cosí avrei potuto dedicargli tutto il mio tempo.

“Mimis, quando prepariamo la stanza del bambino?”.
“Appena lo psicologo mi dà l’ok…”.

* * *

Fine novembre. Un sabato pomeriggio.

Se n’era appena andato il giardiniere. Lo avevo chiamato perché seminasse l’erba in una buona parte del giardino. Avevo intenzione di sistemarci un’altalena per il bimbo.

Tutt’intorno alla casa correva un largo vialetto lastricato. “Quello gli basterà per andare in bicicletta. In ogni caso lo porterò sempre ai giardinetti”, pensavo.

Il cielo si era riempito di nuvole grigie. La pioggia era in agguato.

(Come altri mali ben peggiori, ma io ero intenta a osservare i colombi che cercavano di rifugiarsi sotto le tegole…)

Mi vestii bene, mi truccai… “Non sa ancora chi sono, però voglio fargli una buona impressione”, pensavo.

Comprai un vassoio di dolci, bevvi un bicchiere di whisky e cominciai ad aspettare.

Il cuore saltava come un puledro imbizzarrito.

Il sangue mi pulsava bollente nelle vene.

È il momento piú importante della mia vita. Ce la farò.

Sarò forte.

* * *

Si aprí la porta ed entrò Mimis con un bambino magro e biondiccio. Gli somigliava davvero molto.

“Vieni… Vieni, Trulis. Mangiamo un dolce e ce ne andiamo. Dopo ti porto sull’altalena. Vieni, tesoro…”.

Il bambino si nascondeva tra le gambe di Mimis. Non voleva venire avanti.

“Su, Trulis. Non essere timido. Dài, piccolo… Hai visto che cosa combini?”, sussurrò Mimis rivolto a me, e a forza, quasi sollevandolo da terra, lo condusse verso il divano.

"Ciao", gli dissi cercando di mantenere piú che potevo il sangue freddo, ma la mia voce suonò piuttosto come un gemito. "Benvenuto… Come stai?".

Non mi rispose. Si raggomitolò sul divano e si nascose per metà tra le braccia di Mimis.

"Come ti chiami?", domandai per rompere il silenzio.

Niente.

"Di' come ti chiami, da bravo!", lo esortava Mimis.

Era anche lui chiaramente agitato. Aveva la fronte imperlata di sudore.

Trulis era sul punto di scoppiare a piangere.

Andai in cucina barcollando come un'ubriaca e gli portai una grossa fetta di torta al cioccolato.

"Mangia un po' di torta, tesoro… Dopo te ne do ancora".

Per un attimo il bambino tirò fuori la testa da sotto l'ascella di Mimis, guardò la torta con occhi golosi ma non allungò la mano.

"Prendila", cercò di persuaderlo Mimis.

Quello cominciò a piagnucolare e a tirare deboli calci, come un animaletto spaventato.

"Va bene… Lascia perdere. La portiamo via cosí la mangi piú tardi. Lo so che ti piace la torta al cioccolato, monello".

Non sapevo cosa dire. Cosa fare. Avevo immaginato che nell'istante in cui avessi visto il bambino, dentro di me sarebbe avvenuta un'esplosione di amore che avrebbe investito ogni cosa, e che un fiume di gioia avrebbe cominciato a scorrere trascinandoci tutti e tre in un luogo paradisiaco.

Non provavo niente. Ero diventata una colonna di marmo.

Avevo spalancato le porte dell'anima ma Trulis non entrava.

Era come se qualcosa lo respingesse. Come se da qualche parte balzasse fuori un cane feroce che gli abbaiava contro.

A un certo punto Mimis andò in cucina e mi fece segno di raggiungerlo.

"E allora? Ti sei convinta? Credi che non avessi indovinato quello che pensavi? Però questa visita non ha fatto bene al bambino. È spaventato. Non lo vedi? È turbato".

Tornò in soggiorno e lo abbracciò di nuovo.

"Vuoi che andiamo o restiamo ancora un pochino?".

"Vo-vo-voglio a-a-a-andare!".

Finalmente aveva aperto bocca: balbettava in modo tremendo.

Gli portai un'automobilina a carica che avevo comprato e gliela diedi. Comprandola mi ero immaginata che l'avrebbe fatta correre avanti e indietro per la casa, che ci sarebbe passato in mezzo alle gambe facendoci impazzire con le sue grida di gioia.

Mi ero immaginata!

"Prendila, ci giocherai al parco. Ti piace?".

Trulis allungò la mano, afferrò il giocattolo e tornò a nascondersi sotto la spalla di Mimis.

"Non dici grazie? Non sei un bambino educato?", lo incoraggiò Mimis teneramente.

"A-a-a-andiamo!", e gli sferrò un colpo sulla schiena con l'automobilina di metallo.

"Oh! Qui il gioco si fa duro... Va bene, va bene, andiamo...".

Li accompagnai fino al cancelletto del giardino. Avevano percorso pochi metri, quando vidi Trulis tirare forte Mimis per la mano. Non capii che cosa volesse. Però sentii chiaramente che lo chiamava "papà"!

Rimasi immobile sulla porta. Inchiodata. Quindi... sapeva che Mimis era il padre. E perché me mi tenevano ancora nell'ombra? Non riuscivo a trovare una spiegazione. La mente mi si era congelata e l'anima balbettava peggio di Trulis. Non ci capivo niente. Salii a gettare il mais ai colombi.

Si era anche messo a piovere...

* * *

Mimis tornò tutto contento. Carico di pacchi e pacchetti.

"Come ti è sembrato? Dimmi le tue impressioni".

"Mimis, quando gli avete detto che tu sei il padre?".

"Non gli abbiamo detto niente del genere! Come ti è venuto...".

"Ho sentito che ti chiamava 'papà'".

"Sí?... Dammi un po' d'acqua, per piacere. Mi si è seccata la gola a furia di parlargli, a quel monello... Per cento cose che dici tu, lui te ne dice una. E anche quella devi tirargliela fuori con le pinze".

"Ti ho domandato perché ti chiama papà".

"Ah! Chiama cosí tutti gli uomini. Poverino, gli manca l'archetipo del padre".

"E l'archetipo della madre? Non gli manca?".

"Non mi dire che sei gelosa... Non hai visto come si vergognava? Non si sentiva a suo agio. Non è il tipo di bambino abituato a trovarsi in un ambiente del genere...".

* * *

Passarono una decina di giorni. Gelo, pioggia, temporali. Mimis venne da me una o due volte e puzzava di alcol. Però non combinò guai. Era tranquillo, gentile e tenero come non mai.

"Come va con il piccolo Dimitrios?... Non mi dire che quando verrà qui lo chiameremo Trulis!".

Rise. "È questo che ti preoccupa? Guarda cosa si inventa il mio scoiattolo per tormentarsi! Comunque... Va tutto a gonfie vele. Entro la fine della settimana" (era martedí) "sarà qui con noi. E subito dopo comincerà la trafila per l'adozione. Tu pensa, adottare il mio stesso figlio! Che scherzetti gioca il buon Dio...".

* * *

Cominciai a sognare il Natale. Alberi, lucine, giocattoli, Babbi Natale, cene con i parenti per far conoscere il nuovo componente della famiglia... che caos! Finalmente in questa casa entrerà la vita! E che ingresso! Farà irruzione! Darà l'assalto!

"Voglio che andiamo a comprare quello che serve per la

stanza del bambino. Mobili, vestiti, giocattoli… Ho compilato una lunga lista”.

“Certo! Abbiamo aspettato anche troppo!”.

“Ah! Mi è venuta in mente una cosa. Me lo domando da giorni, però vedi, la testa non mi funziona perfettamente. Il piccolo Dimitrios non va a scuola?”.

“No. Per via del suo problema ha bisogno di insegnanti specializzati. Ma chi poteva provvedere a questo? La signora Maritsa? Con quali competenze? Se fosse andato in una scuola qualunque i compagni di classe lo avrebbero preso in giro. Povero il mio piccolo! Quella bestia di Alekos… Quella seppia, quella medusa… Oggi il nostro Trulis sarebbe un principino”.

“E di certo non lo chiameremmo Trulis!”.

“Qualunque sia il suo nome. Ioannis! Fúfuto! Dobbiamo stare qui a pensare al nome?”.

“Comunque… Quello che è stato è stato. Ora guarderemo al futuro”.

“No, cara Arghirenia. Perché la bastardata di quel defunto del cavolo, il nostro Trulis la pagherà per tutta la vita. Credi che i segni del guinzaglio che gli ha messo la signora Maritsa scompariranno dalla sua anima delicata? Mi viene da prendere un secchio di merda e rovesciarlo sulla tomba di quel miserabile! Sí, per Gesú Cristo, lo desidero tanto!”.

Cosí dicendo, Mimis spense dentro di me quella miccia che aveva acceso Iota.

Impossibile che Mimis fosse stato complice di Alekos!, mi dicevo. Non vedi come si tormenta, come piange, impreca, soffre, chiede vendetta…

D’accordo… (Cercavo di tranquillizzarmi anche sull’altro fronte.) Il primo contatto con il bambino era stato un fallimento da entrambe le parti. Però c’erano delle giustificazioni. Era avvenuto cosí all’improvviso… di punto in bianco… Dopo tanti anni… L’istinto del bambino si era bloccato, e io avevo avuto un black out dei sentimenti.

Non siamo ancora pronti. Sono cose semplici?

Sposti la sedia e passi?

* * *

Il giorno prima che andassimo a fare le grandi compere, telefonò Iota. Per fortuna Mimis non era in casa.

Aveva una voce rauca. Dura. Come se le parole fossero pietre che ruzzolavano giù lungo scogli irti.

"Arghirenia, come vanno le cose, lí?".

"Tutto bene. Domani andiamo a comprare l'occorrente per la cameretta del bambino. Nel giro di qualche giorno arriva l'erede!".

"Ah, Madonna Santa, per fortuna!".

"Sí, sí... Per fortuna perché l'attesa mi snerva".

"Per fortuna che non è ancora lí, intendo! Sono in tempo".

"Che cosa vuoi dire? Ti prego, non lanciarmi di nuovo una delle tue molotov".

"Non ti lancio una molotov. Ti ho preparato una bomba di cento megatoni!".

"Iota, per piacere... Lasciami finalmente essere felice. I tuoi sospetti sono infondati. Adesso ci sono le prove!".

"Esatto! Voglio fornirti proprio le prove. Allora, Arghirenia, per concludere questa storia... Ti aspetto tra un'ora alla caffetteria 'Arlecchino'. Sai dov'è?".

"Credo in piazza, sulla destra".

"Muoviti...".

* * *

Mi vestii in un baleno. Non badai a quello che indossavo. Per strada mi accorsi che mi ero dimenticata di mettere le scarpe. Ero uscita con le pantofole di lana. Arrivai per prima e ordinai un whisky doppio. Poco dopo approdò Iota ansimante, spettinata, paonazza e piú grassa che mai.

Com'è che mi parve tanto grassa quel giorno? Una montagna! È che me lo aspettavo. Me lo sentivo che mi sarebbe piombata addosso e mi avrebbe ridotta in poltiglia.

"Che cosa c'è? Sono uscita di casa in pantofole...".

"Dettagli... Bada bene, povera te. Mobilita la ragione e soltanto quella. Non osare metterti a frignare o a fare la sentimentale. Non c'è tempo. Dobbiamo schivare le mine, e poi... piangeremo in tutta calma".

"Parla, benedetta figliola, e lascia stare i preamboli".

"Ti racconterò tutto con ordine. Vietato interrompere. Le domande alla fine. A me la storia che ti ha servito il tuo Mimakos non è mai andata giú. Ero sicura che questa volta ci fosse qualcosa di molto sospetto. E mi sono messa a indagare... Da sola non avrei cavato un ragno dal buco. Non sono cosí abile da occuparmi di una vicenda tanto complessa. Però ho pensato di servirmi delle persone adatte. Ossia Peli e Kòstia. In questo periodo sono entrambe completamente a secco. Kòstia è disoccupata e Peli non ha quasi nemmeno da mangiare. Io do loro una mano".

"Dimmi che cosa hai saputo e lascia perdere la situazione economica di questo e di quello...".

"Ti ho detto che procedo con ordine. Se mi interrompi di nuovo mi alzo e ti saluto... Allora, vado a casa loro – non so se te l'ho detto, ma ormai vivo stabilmente dalla signora Arsinòi – e dico: 'Ho da parte un po' di soldi, che avevo intenzione di tenere per sistemarmi un domani. Ve li do fino all'ultimo centesimo' – non ti riferisco la somma, sennò ti viene un colpo – 'se indagate per me su una certa faccenda'. Anzitutto, appena hanno sentito la cifra hanno sgranato gli occhi, pronte a divorarmi. 'E come facciamo a essere sicure', dice la canaglia grande, 'che ci darai i soldi?'. La piccola si massaggiava i seni per la contentezza. Come una scimmia a cui viene offerta una banana! 'Ti firmerò le cambiali', le dico. Sciocchezze, figurati... mi è venuto da dire cosí, e ci hanno creduto. 'E... in che cosa consiste questa faccenda? È cosí importante che sei disposta a vuotare tutta la scarsella? Il tuo ganzo ti ha raccontato un mare di balle e lo vuoi sputtanare?', domandò la cobra. La ignorai ed esposi dettagliatamente la situazione. Cara Arghirenia, se avessi visto la signora Peli... Se tu l'avessi vista, cara mia... È scoppiata a ridere, a sghignazzare in un modo... Ha messo sottosopra l'intero quartiere. Ah ah ah ah! Uh uh uh uh!... 'A tanto è arrivato quel brutto merdaiolo? Complimenti! Càspita, non ha rivali! Non ce n'è un altro come lui in tutto il pianeta! Hi hi hi hi quella puttanella... Uuuh! Uuuh... Dov'è andata a cacciarsi, povera ragazza!'. Le hai fatto pena, a quella stronza! 'Ma a te perché sta cosí a cuore, tanto che ti disfi dei tuoi soldi fino all'ultima moneta?', mi domandò Peli appena si fu riavuta dalle ghignate. 'Questi sono affari miei!', tagliai corto. 'D'accordo. Non voglio, e nemmeno mi conviene, che cambi idea', rispose. 'Se non ci fossero i cretini, come farebbero i furbi a vivere? Mi occupo io della questione. Anch'io voglio vendicarmi di quell'ubriacone. Se lo vedessi sulla pira adesso, griderei: Portate altra legna, svelti, le fiamme non devono spegnersi! Quel buffone... È colpa sua se il 'posto' ha chiuso. È stato lui a condannarci. E come se non bastasse, mi ha anche fregato i soldi che gli avevo prestato. Bella furba anch'io! Alekos era un giocatore, sí, però era educato. Era un signore. Non come quel maiale del nostro. Adesso... gli serviamo un bel pranzetto! Se non mi avesse ridotto sul lastrico potrei mettere quel cadavere', e indicò il vecchio, 'a crepare con calma in qualche ospizio. Che cosa me ne faccio qui? Devo mangiare la sua merda senza guadagnarci un soldo?'".

"Va' avanti, Iota... Va' avanti. Ti supplico!".

"Ordina un whisky. Ne voglio uno anch'io. Porta pazienza. Siamo solo all'antipasto... 'Conosco', mi dice Peli, 'fatti e persone. Ho già una mezza idea. Ma per il momento non posso darti informazioni certe. Torna tra una settimana. Avrò notizie... Lasciami anche un acconto, per scaldare gli animi... Cretina!', mi disse alla fine. 'Visto che sei una persona della famiglia e mi fai compassione, ti chiederò solo la metà dei soldi se mi prometti che ti occuperai di chiudere il vecchio da qualche parte. Dovunque! Basta che io mi liberi del suo tanfo!'. 'Non ci penso nemmeno', le dissi. 'Tieniti pure la tua generosità'. Sono stata brava? Quella lurida maîtresse...".

"Iota, per Dio! Non puoi comunicarmi la conclusione e raccontarmi il resto dopo?".

"No. Non si può. Perderei il filo".

"Lo fai apposta? Stai tramando la mia rovina?".

"Se ti volessi rovinare ti abbandonerei alla tua sorte! Ascolta e non parlare. Devi formarti l'immagine completa. Se manca anche solo un tassello ho paura che mi combini un casino... Peli dava ordini. Kòstia era l'esecutrice. Hanno scorrazzato di qua e di là, hanno domandato, hanno scoperto...".

"E?".

"E... il bambino c'è!".

"Molto piacere! Tutto qui? L'ho visto".

"È di Mimis!".

"Certo! Gli assomiglia anche in modo sorprendente".

"Ma non è tuo!".

"Come?!".

"Proprio cosí. Tuo figlio è morto davvero il giorno in cui è nato. Aveva un problema grave al cuore. Quelle cornacchie hanno scovato perfino la caposala della clinica. Hanno scartabellato negli archivi. Alekos è innocente. Non ha mai chiamato Mimis a colloquio. Ci sono testimoni attendibili: la moglie e i figli. Alekos è morto di infarto, come ti avevo detto io stessa, mentre beveva il caffè a Lagonissi con la sua famiglia... Ti ricordi quell'amica di Mimis, Marina?".

"Perfettamente".

"Mimis ha sempre avuto rapporti con lei. Se la scopava, per dirlo in parole povere. Ricordi che ti avevo detto di averla incontrata sul bus e che era incinta? In quel periodo eri incinta anche tu. Mimis si faceva sia te sia lei. E per coincidenza rimaneste gravide insieme! Mi premeva sapere, capisci, chi è che regola queste cose. È escluso che sia il Signore".

"Lascia perdere i commenti. Va' avanti!".

"Pochi giorni prima che nascesse tuo figlio, nacque quello di Marina...".

Cominciai a non sentirmi bene. Vedevo tutto offuscato. Ordinai un secondo whisky, doppio.

"Bevi pure per tenerti in forze, ma cerca di non perdere il controllo. C'è ancora... molta roba!".

“Allora mi dicesti che Marina era in autobus con un uomo che la accarezzava e la baciava. Mi ricordo bene”.

“Eh! E con questo? Appena seppe della gravidanza, Mimis la lasciò. Quando nacque il bambino, lei lo informò. Lui andò a vederlo ma non lo riconobbe. Il cognome della madre era Karagheorghíu. E il bambino fu registrato cosí”.

“Ah! I famosi industriali schiacciati da un... autotreno!”.

“Ma cosa dici? Sei fuori di testa? Quali industriali e quale autotreno?”.

“Niente, niente... Parla”.

Fui colta da un riso nervoso, ma nello stesso tempo piangevo. Non riuscivo a controllare né l’uno né l’altro. E nemmeno capivo quale dei due mi si addicesse.

“La smetti, che cosí continuo? Mi hai promesso di mantenere il sangue freddo. Dunque... Marina si stabilí da sua madre con il neonato. La vecchia madre era poverissima. Accendeva le candele nella chiesa del Salvatore. Il papà passava ogni tanto a trovare il piccolo. Ma che cosa gli poteva offrire! Per un periodo Marina lavorò in una ditta, finché a un certo punto la sua sorte mutò. Conobbe un ricco arabo – era molto bella, ricordi? – e se ne andò con lui. Il bambino restò sul gobbo alla candelaia. Vivevano entrambi della cassettina delle elemosine della chiesa. Passò qualche anno, spesso la signora Maritsa, la nonna, chiedeva perfino la carità – figurati un po’ – fuori della chiesa. Mimis ricomparve appena rimase completamente a piedi. Ti ricordi che avevamo saputo che viveva da una vecchia? Eccola qui, la vecchia. Pian piano tutti i misteri si svelano. Là mangiava un piatto di minestra e faceva la parte del padre. Adesso però la signora Maritsa è malata di cirrosi epatica. Una vera spugna, la vecchiaccia! Povera povera, ma si ubriacava tutti i santi giorni! Comunque, la situazione peggiorò e Mimis fu chiamato ad assumersi le sue responsabilità”.

“Marina... che fine ha fatto?”.

“Ah! Probabilmente è morta. Cosí sostiene la madre. Aveva saputo, dice, che non reggeva il clima di laggiú. Una ragazza sfortunata anche lei, in definitiva. La sorte ha fatto per sorriderle un attimo ma ha cambiato subito idea... A questo punto il signor Mimis è in un vicolo cieco. Come diventare tutore? È anche un bambino con problemi, Trulis... Non si chiama cosí? Ha una balbuzie terribile ed è lievemente ritardato. Certo... ubriaco com'era Mimis quando scopava, che cosa poteva venir fuori? Cardiopatici e ritardati!".

"Iota, attenta a come parli".

"Sí, giusto... Scusami, ho esagerato. Mimis dunque ha messo all'opera il suo malefico cervello e ha escogitato questa storia. Che fantasia però, eh? E soprattutto, che coraggio! Se il suo piano fosse andato in porto, avrebbe risolto come per magia tutti i problemi. Accidenti che figlio di buona donna! Sa tirar fuori dal cappello perfino gli elefanti! Trulis avrebbe acquisito madre e patrimonio, e Mimis si sarebbe reinsediato a casa tua, questa volta con diritto di veto. E credi che sarebbe cambiato? Dopo qualche tempo avrebbe ricominciato la vita di sempre. Quando gli fosse girata e fosse stato senza un soldo sarebbe venuto a sistemarsi da voi. E non ti saresti nemmeno potuta lamentare di niente. Per il bambino! Non è cosí? Oh, mio Dio! Se penso all'inferno che ti aspettava!... E se magari un giorno o l'altro, come si suol dire, tu avessi scoperto la verità, supponiamo tra cinque o dieci anni, sarebbe stato troppo tardi. Saresti stata troppo affezionata al bambino. Che cosa avresti fatto? Lo avresti mollato per strada? Proprio tu!, sottolineo. Mimis ti conosce. Per questo ha scommesso tutto... Smettila di bere, Arghirenia. L'alcol è un cattivo consigliere. D'accordo, hai bevuto perché dovevi stare forte. Adesso però la situazione ti sta sfuggendo di mano".

"Non mi succede niente. Non aver paura. Non vedi come sto affrontando bene la cosa?".

"È proprio questo che mi preoccupa".

"Iota", le dissi dopo un lungo silenzio. "Io lo sapevo!".

"Che cosa sapevi, tesoro bello?".

"Che il bambino non è mio. L'ho capito appena l'ho visto. Ma non ho permesso a me stessa di ammetterlo. Forse per questo non sto crollando. La mia anima era come uscita dal gioco. Quello che facevo lo facevo come se interpretassi una parte in uno spettacolo teatrale. Se Mimis mi avesse detto la verità... Non so, magari avrei accettato il bambino. Adesso però non posso. È caduto troppo fango. Troppo sporco. Si è fregato, l'idiota! In realtà non mi conosce. Non ha mai letto la mia anima. Crede che io sia una cretina".

"... Che cosa farai, adesso?".

"Ordinerò un altro whisky".

"No! Non te lo permetto. Devi affrontare il problema a mente lucida...".

"Quando il problema è cosí grande, non si può risolvere a mente lucida. Almeno, io non sono in grado. Devo tirare fuori la parte cattiva di me stessa. La poco di buono. L'infame. L'insolvente. Devo recuperare i geni del porto. Sulle orme di Ioannis non si combina niente".

"Non capisco che cosa stai dicendo".

"Basta che capisca io".

"Ti sei scolata una bottiglia intera. Ed eri a stomaco vuoto... Alzati. Ti accompagno a casa".

"Escluso! Voglio restare sola!".

* * *

"Ma tu... barcolli...".

"È il mio corpo che barcolla. L'anima e la mente procedono con passo marziale. Cantano addirittura inni di vittoria".

"Arghirenia, sei completamente sbronza!".

"Non sono mai stata meglio".

"Bada... Non prendere decisioni stasera. Non dire una parola. Va' a dormire. Domani ci troviamo di nuovo e discutiamo il da farsi. Mi dai la tua parola?".

"Come desideri. Comunque... ti ringrazio. Ti ringrazio tantissimo, Iota cara. Sei la persona piú bella che io abbia mai conosciuto!".

* * *

Mi teneva abbracciata e procedevamo lentamente. Ondeggiando. Come barche senza barcaiolo. Anche Iota aveva bevuto molto.

"Non voglio che mi ringrazi. Dimentica quello che ho fatto. E non sono una brava persona. Può darsi che in fondo volessi vendicarmi anch'io di Mimis".

"Ma a te non ha fatto niente".

"Tu credi? Solo perché non ho parlato! Arghirenia, non era soltanto quella puttana di Peli che lasciava che i suoi clienti bavosi mi toccassero i seni e la fica, per tenerli lí e tirare su soldi. Anche quell'infame ci metteva lo zampino! Non era lui che li procurava?".

"Tu mi hai detto che quando ha capito che succedeva qualcosa del genere ha pestato Peli di brutto!".

"Cosí credevo. Invece un suo amico lo ha sputtanato durante una lite. 'Non sei tu', gli gridava, 'che porti qui quei maiali che toccano queste povere ragazzine, per poi farti prestare i soldi?'. Faceva i suoi interessi di nascosto, poi si atteggiava a moralista e giustiziere! Questo non te lo avrei mai detto, perché è proprio disgustoso. Però, visto che mi hai definita la persona migliore del mondo... Tieni da conto le onorificenze, cara Arghirenia!".

* * *

Si era fatto tardi. Era quasi mezzanotte.

Cadevano grosse gocce di pioggia.

Le strade odoravano di muffa.

"Quando non senti il profumo della pioggia, la tua anima è in pericolo", mi aveva messo in guardia Apollonía una volta.

"Ti chiamo un taxi?".

"Sono vicina. Voglio camminare... Buonanotte, Iota".

"Buonanotte anche a te, amica mia".

Mi abbracciò e mi baciò. Non sapevo se fosse la pioggia a bagnarmi il viso o se fossero le sue lacrime.

* * *

Infilai la chiave nella toppa a tastoni. Avevo i capelli fradici. Le pantofole erano inzuppate di fango. Mimis saltò su spaventato.

"Arghirenia! Amore... Come sei ridotta? Che cosa ti è successo? Sono diventato matto per l'ansia. Dov'eri?".

Fece per abbracciarmi. A un tratto ogni cosa fu avvolta da fiamme crudeli. Tutto andò in frantumi... Cenere... Un fumo denso e nero. All'improvviso da dentro di me balzò fuori una belva. Una iena furibonda.

Chissà che aspetto avevo... Chissà che saette infuocate scagliavano i miei occhi.

"Arghirenia cara, tesoro, che cosa ti è successo?".

"Non ti avvicinare!". (Sentii la mia voce battere come una martellata sui vetri. Non la riconobbi.) "Togliti di mezzo! Un solo passo verso di me e ti ammazzo!".

Rimase sbalordito. Barcollò.

"Hai bevuto... Ecco cos'è... Vieni che ti metto a letto. Domani mi spiegherai perché sei ridotta cosí".

"Domani sarà un giorno solo mio. Tu non avrai parte... Fuori, brutto disgraziato! Fuori immediatamente! Vattene! Sparisci dalla faccia della terra! Non osare piú comparirmi davanti, perché giuro sulle ossa di mio figlio che ti ammazzo!".

"Arghirenia, sei impazzita? Ti hanno versato qualcosa nel bicchiere?".

"Sei tu che mi hai presa per pazza! Ma non hai fatto bene i tuoi conti. Alla fine il coniglio non ti è uscito dal cappello. Hai fallito! Aria, ho detto! Fuori di qui... Immediatamente!".

Cominciai a gridare forte, a lanciare qualunque oggetto mi trovassi davanti, proprio come faceva lui quando era ubriaco, e anche peggio.

"Ci sentirà tutto il vicinato... Taci!".

"Non è la prima volta. Ma di sicuro sarà l'ultima!".

Mi si avvicinò minaccioso, pronto a schiaffeggiarmi. E mentre allungava la mano, lo precedetti scagliandogli in faccia un vaso di crisantemi recisi. *Baaaam*!

"Vaffanculo, troia!".

Aveva capito. Quando avevo giurato sulle ossa del bambino aveva recepito il messaggio.

"Chi è il bastardo che ha parlato...".

"Adesso parlo io! È il mio turno. E se non scompari immediatamente, non rispondo delle mie azioni".

"Chiamo la polizia!".

"Chiama anche le forze speciali. Me ne frego".

"... Non me ne vado. Resto qui. Domani mattina parleremo, quando ti sarai calmata. Non puoi mandare all'aria tutto, proprio ora che le cose cominciavano a procedere per il verso giusto".

"Il verso che faceva comodo a te, eh? Non m'interessa niente di te e di tuo figlio. Andatevene al diavolo tutti e due!".

"In fin dei conti sei una gran puttana. Puttana nell'anima. Condanni un essere innocente a passare la vita in qualche istituto. Sarai responsabile di quello che gli succederà!".

"È troppo tardi, monsieur Venetatos! I rimorsi sono solo tuoi. Avresti dovuto dirmi la verità. Allora forse non saremmo arrivati a questo punto. Adesso... urlano le sirene di guerra. Si salvi chi può!".

"Qualunque cosa tu dica, non mi arrendo. Ho deciso di farmi una famiglia e me la farò".

"Alle mie spalle? È escluso! Forza, carino, va' a costruirti il nido da un'altra parte. La tua famiglia non mi riguarda. Io voglio salvare la mia pelle!".

Non sapeva nemmeno lui come comportarsi. M'insultava, poi cambiava improvvisamente tattica e cercava di prendermi con le buone: "Scoiattolino, ti chiedo una tregua... Càlmati... Domani è un altro giorno. Ne parleremo a mente lucida e sono sicuro che troveremo una soluzione. Con che diritto mi impedisci di discolparmi? Ci sono cose che non sai. Non puoi all'improvviso recidere il filo della vita di due esseri umani. Tu non sei quel tipo di persona!".

"Il tuo bla bla e le tue leccate di culo sono finiti! Ti ho detto una cosa e non mi pare che tu la stia mettendo in pratica".

Finse di non capire.
"Che cosa mi hai detto? Sono pronto a eseguire qualunque tuo ordine".
"Levati dai piedi!".
"Sei proprio una nullità, cara signora Arghirula! Non avrei mai creduto che nascondessi un animo cosí malvagio...".
Non saprei spiegare il come e il perché, ma quel nome, usato in quel momento come un insulto, mi provocò un dolore atroce. Persi completamente la ragione.
Spalancai la portafinestra del balcone come un'indemoniata (tutte le finestrelle dei bagni di fronte erano illuminate) e cominciai a scagliare di sotto gli effetti personali di Mimis.
Il giardino si riempí di cravatte, camicie, scarpe, mutande...
"Che cosa stai facendo, brutta strega!".
Mi mollò un calcio in pancia e un potente ceffone sul viso.
Pochi minuti dopo si udí la sirena della polizia.
(L'aveva chiamata qualcuno dalle finestre illuminate.)

* * *

"La signora è ubriaca... Non ha coscienza di quello che dice né di quello che fa".
"L'hai picchiata". (Mi usciva il sangue dal naso.)
"Non avevo scelta. Era a rischio la mia incolumità. Mi si è buttata addosso per strozzarmi...".
Ci portarono entrambi alla stazione di polizia.
"Vuole sporgere denuncia, signora Venetatos?".
"Certo!".
"Lei è molto scossa. Se lo desidera possiamo accompagnarla a casa sua o da un parente".
"No! Vorrei restare qui finché farà giorno, se possibile. Poi deciderò dove andare...".
Mi offrirono una sedia in un ufficio angusto.
Di fronte a me era seduto un giovane agente.

* * *

“Vuole un po’ di torta salata, signora? Me l’ha mandata la mia mamma da Karditsa. È la nostra specialità. Non ha mai sentito parlare del famoso sformato?”.

“Purtroppo no”.

“Ah! Lo deve assaggiare...”.

“Non riesco a mangiare, grazie”.

“Allora vuole un caffè? Una Coca-Cola? Qualche bruscolino da sgranocchiare? Come fa a passare il tempo...”.

“No, no, grazie”.

“Niente? Assolutamente niente? Zero? Ah! Signora! Non va bene. Perché questo sconforto totale? Alla fine si risolve tutto. La prenda con un po’ di filosofia. Sa che cosa fa la mia mamma nei momenti difficili?”.

“Prepara uno sformato”.

“Ma no! Si fa il segno della croce e dice: ‘L’uomo incontra di tutto sul suo cammino. Dio è grande, caro mio...’. Può sembrare una frase banale, ma contiene una grande saggezza!”.

* * *

Appena fece giorno chiesi al giovane di Karditsa di portarmi una tazza di caffè.

“Ah, brava! Le porto anche una ciambellina da inzuppare. Aiuta”.

“Anche questa è una cosa che fa la tua mamma nei momenti difficili?”.

“Sempre!”, mi rispose con un sorriso aperto.

Allora ci sono anche agenti che sorridono!, pensai. E io ignorante che credevo fossero solo capaci di picchiare gli studenti...

* * *

Mi avviai verso casa a piedi. Non avevo soldi con me. Camminavo lentamente e cercavo di mettere ordine nella testa.

Com’è possibile, mi stupivo, che io abbia fatto questo? Com'è possibile che sia caduta cosí in basso? Eppure! (Saltò su l'insolvente che, dopo la battaglia, sonnecchiava in un cantuccio della mia anima.) Se non ti avessi dato una mano io, se avessi aspettato mattino, chissà che piega avrebbe preso la faccenda. Magari tuo marito ti avrebbe persuasa. Ti avrebbe colpita di nuovo nel tuo punto debole, convincendoti. "Vuoi che Trulis venga chiuso in un istituto?", ti avrebbe rinfacciato. E sono sicuro che tu non avresti fiatato!

Mentre camminavo (fu pura fortuna se un'auto non mi investí) posi, io a quel punto, una domanda all'altra parte di me stessa, ignorando l'insolvente: Arghirenia, permetti che un bambino innocente, malato, si trascini da un istituto all'altro, quando potresti salvarlo?

Il patrimonio genetico di Ioannis rimase muto.

Lo permetto! (saltò su di nuovo il vagabondo, fuori di sé). Chi sei tu, cara signora, per voler salvare il mondo intero? Perché non salvi prima te stessa? Non ti importa di te stessa? Non ti interessa niente? Zero? Sei capace di sprofondare in un pozzo nero e sognare ciclamini? Un inganno tira l'altro, Arghirenia. Una bugia tira l'altra. Diventano una fila. Una annusa il culo dell'altra e formano un convoglio. Dove pensi di piazzarti a fare la salvatrice?

* * *

Arrivai a casa e fui presa dalla tremarella. Temevo che Mimis sbucasse fuori e mi aggredisse.

I suoi vestiti non erano piú in giardino.

Era una bella giornata. Non pioveva. Un sole tenero giocherellava tra i rami del grande pioppo.

I colombi ciarlavano sulla siepe. E i roseti erano carichi di rose. Bianche, rosa, rosse, carminio... Una pioggia di rose, sembrava maggio. All'improvviso, con un frullo d'ali un colombo mi si posò sulla spalla. Lo accarezzai.

Coraggio, vola da quella mamma di Karditsa e portale i miei saluti.

Magari a quest'ora sta raccogliendo le verdure per il suo sformato.

"L'uomo incontra di tutto...".

* * *

Minuscole gocce di sole mi s'intrufolavano nell'anima. E il profumo delle rose mi faceva girare la testa.

Rassettai la casa, spazzai i vetri, mi lavai, indossai vestiti puliti e telefonai ad Apollonía.

"Arghirenia cara! Che sorpresa!".

"Ho mandato tutto all'aria".

Non reagí subito.

"Tutto tutto?".

"Sí".

"Non è rimasto niente?".

"Un giardino pieno di rose".

"Bene. È abbastanza. Arrivo...".

* * *

Nel primo pomeriggio arrivò Apollonía. Anche se cercava di mostrarsi serena, era chiaramente turbata. Aveva una ruga profonda sulla fronte, una specie di solco. (Nemmeno adesso che è invecchiata ha una ruga cosí!)

Aveva in mano una scatolina di velluto.

"Che cos'è? Mi hai portato un regalo?".

"Aprila".

Dentro c'era, avvolto, un nastrino rosa.

"Ti ricorda qualcosa?".

Mi buttai piangendo tra le sue braccia.

"Mi ricorda che esisto... Che non sono sola... Che posso voltare pagina!".

* * *

Ci sedemmo vicine sul divano. Posai la testa sulla sua spalla e lei mi accarezzò teneramente i capelli.

"Non mi domandi che cos'è successo?".

"Non è necessario. Non sono venuta qui a raccogliere la tua deposizione". (Disse, e rise.) "Abbiamo tempo per raccontarci tutto...".

* * *

Poco dopo arrivò anche Iota.

Mi misero a letto, mi coprirono, mi baciarono e si sedettero in soggiorno insieme.

"Me lo aspettavo!", disse Iota quando mi alzai. "Me lo aspettavo che avresti combinato qualche guaio, non ho dormito tutta la notte. Sarei venuta anche prima, ma la signora Arsinòi è malata... Non pentirtene. Doveva finire cosí. Io e Apollonía abbiamo preso appuntamento dall'avvocato e domani ci andremo tutte e tre... Cominci una nuova vita. Questa sera usciamo a festeggiare. Buon mese, Arghirenia...".

Era il primo dicembre. Le strade erano addobbate con luminarie colorate.

* * *

"Vieni da noi!", insisteva Apollonía. "Almeno per le feste".

"Non posso. Non sopporto l'atmosfera delle feste. Gli alberi di Natale, le lucine, i Babbi Natale... E poi non mi sento a mio agio con Stéphane, la grande e la piccola Espé. Ho bisogno di solitudine e di tranquillità per rimettere assieme i cocci".

Alla fine la persuasi.

"Bene! Allora resto qui io. Troveremo un'altra casa, l'arrederemo e poi me ne andrò".

"Non puoi lasciarli soli. Hanno bisogno di te".

"E come faccio, adesso che il nastrino si è annodato e non si scioglie... Me lo dici?".

* * *

Nel giro di pochi giorni trovammo un appartamentino alla periferia sud della città.

Dalla finestra della camera da letto si vedeva un lembo di mare.

Come lo sfondo di un dipinto. Mi bastava.

Apollonía si incaricò dell'arredo.

"Se lo affido a te viene fuori un orrore come l'altra casa".

Mi preparò un nido caldo con un arredo nuovo. Tende rosa, copriletto rosa, tessuti rosa sui mobili.

"Ha un sapore di caramella", le dissi quando ebbe terminato. "È come un grande nastrino rosa".

"Volevo che ti ricordasse proprio quello. Ogni momento. Non portare niente da quella casa maledetta. Nemmeno un bicchiere! Hai capito? Devi prendere soltanto i vestiti".

"Mi mancherà il mio giardino… I colombi sul davanzale… Il grande pioppo della via…".

"La tua anima le ha fotografate queste cose, Arghirenia. Le custodisce nel suo album. Ti siederai a sfogliarlo nelle notti fredde d'inverno e nei crepuscoli d'estate. Bada solo di non addormentarti mentre lo sfogli. Devi avere lo sguardo sempre vigile. Pronto ad ammirare l'alba".

* * *

Andandomene dalla vecchia casa, con la valigia in mano, guardai per un attimo il muro di fronte.

"TI AMO ANCORA".

Le grandi lettere rosse luccicavano come le squame di un serpente velenoso.

Quella "fotografia" non sarebbe mai entrata nell'album della mia anima. La macchina fotografica aveva preso fuoco. Si era incendiata!

"Muoviti, non fermarti!", mi disse Iota che mi accompagnava.

(Apollonía ci aspettava nella casa nuova.)

"Che cosa mi lascio dietro...".

"I resti di un incendio! Non si discute".

"Da qualche parte in mezzo a questi resti ci sono le ceneri della mia anima".

"Oh, dài... Non ti è rimasto nemmeno un tizzone? Riaccenderai il fuoco. Andiamo...".

Mi strinse forte la mano e mi trascinò.

"Apollonía avrà già preparato gli scampi. Sai da quando non li mangio? Dal giorno in cui abbiamo chiuso la casa della tua povera zia".

"Pensa che coincidenza! Ogni volta che chiudiamo una casa festeggiamo con gli scampi!".

Ridemmo entrambe. Il taxi era arrivato e ci aspettava.

TRA POCO ARRIVERÀ LA PRIMAVERA. QUESTA MATTINA IO E Apollonía siamo andate a passeggiare sulla collina. Lei però ha male alle gambe e non possiamo camminare a lungo come ai vecchi tempi.

Era contenta. Indossava un vestito arancio e un lungo foulard marrone. La ammiravo mentre si chinava con il paniere in mano a cercare fiori rari. Era perfettamente intonata con la natura. Era la prosecuzione di un cespuglio fiorito.

"Perché ti affanni!", le ho gridato tanto per dire qualcosa.

Io ero seduta su una roccia e mi gustavo la mia sigaretta. Di sicuro la mia presenza non disturbava il quadretto della natura. Però non ero all'interno della cornice. Come sempre. Come in tutte le cose. Ero due passi piú in là. Appena appena fuori: una pennellata che era sfuggita. Una stonatura minima, che non comprometteva il dipinto.

C'erano con noi anche i nostri cani. Kimon e Odisseas.

Due cuccioli che avevamo raccolto dalla strada in condizioni pietose; li avevamo portati a casa e li avevamo trasformati in due principi. Apollonía li chiamò cosí in ricordo dei cani che aveva un tempo Stéphane.

Le sue azioni hanno sempre un rapporto con il passato. Come se aprisse una boccetta di unguento prezioso e profumasse ogni suo pensiero. Ogni gesto.

"Perché vuoi sempre ricordare, Apollonía? Io faccio di tutto per dimenticare. Per spezzare la fune che mi lega alle cose vecchie. Se la lascio appena lasca, mi strozza".

“Per me il passato non è una fune. È un cuscino di velluto su cui la mia anima si adagia e riposa. Abbiamo avuto una vita diversa”.

“Per adagiarmi sul mio passato io devo prima studiare da... fachiro!”.

* * *

“Sto pensando che cos’altro ci serve per accogliere la primavera. Dunque... I bulbi li abbiamo interrati. Dobbiamo sostituire la terra dei vasi. Dobbiamo comprare le tende nuove, qualche telo allegro... Questi sono scoloriti. Dobbiamo imbiancare il soggiorno... Oggi pomeriggio andiamo al mercato?”.

“Mi piaci! Mi piaci perché da dentro la tua anima tiri sempre fuori un dipinto. Semini bellezza. Nello spazio e nelle persone che ti circondano. Eri cosí anche da bambina”.

“E sarò sempre cosí. È molto semplice. Basta scoprire da dove scaturisce l’amore. Bonificare l’anima e scoprire la fonte”.

“Presupposto indispensabile è che la fonte ci sia. Giusto?”.

“Tutti ce l’hanno. Soltanto che spesso non è in un luogo facilmente accessibile. Bisogna cercare a lungo. La maggior parte delle persone si stanca. Si stufano e lasciano perdere”.

“Come me”.

“Niente affatto. Tu la tua fonte l’hai trovata. Solo che non le hai dato importanza. Non te ne sei curata. Non le hai costruito una recinzione nemmeno provvisoria. L’hai lasciata lí. Esposta. L’hai donata ai passanti. Finché i passanti ti hanno cacciata via. Ti sei avvicinata per bere l’acqua e ti hanno detto: ‘Alt! Che cosa vuoi? Da dove salti fuori?’. Comunque, bisogna ammetterlo, anche dopo che ti hanno cacciata non te la sei cavata male. Ti sei costruita i tuoi rifugi. Alla fine ti sei salvata. Mi ricordo le parole di Stéphane...”.

(Mamma mia... Stéphane era presente in ogni nostra conversazione. Non importa se c’entrasse o no. Per esempio, se informavi Apollonía che il tempo si stava guastando e che sarebbe piovuto, lei trovava subito qualcosa da dire riguardo a

Stéphane. ‘Sí, quando c’è questo tempo Stéphane…’, eccetera. Non avevi ancora terminato la frase che Stéphane spuntava su come un fungo!)

“… Un pensiero bello – diceva Stéphane – una dimostrazione d’amore, anche se insignificante, ha la forza di una bomba atomica. Si allontana da te descrivendo cerchi concentrici. All’inizio piccoli, poi sempre piú grandi, sempre piú grandi, finché abbraccia l’intero universo. Finché si unisce con il respiro di Dio. E poiché Stéphane era molto espressivo, per sottolineare quale significato avesse un particolare, fuori o dentro di noi, mi riportava spesso l’esempio del ‘battito d’ali della farfalla’. Pensa, mi diceva, che il battito delle ali di una farfalla è in grado, in determinate circostanze, di abbattere perfino un ponte!”.

“Cos’è questa storia?”.

“Bisogna analizzarla attentamente. Io non sarei capace di spiegartela. Prendila nella sua versione poetica. Prova a immaginartelo… non è impressionante?”.

“Non mi dire… Non mi dire che quella farfalla sta procedendo a tutta velocità per abbattere il ponte della Papadià!”.

Apollonía rise di cuore. Per poco non le cadde il paniere con dentro i fiori selvatici.

“Su… Andiamo, adesso… Andiamo, animaletto. Non sei fatta per le teorie complesse. È tardi e il giardiniere aspetta istruzioni”.

Richiamai i cani, il Barone Kimon e il Conte Odisseas, raccolsi il paniere con i reperti perché ad Apollonía si era improvvisamente intorpidita la gamba, e piano piano tornammo a casa. Il giardiniere ci stava aspettando.

Ogni volta, Apollonía gli prepara lo spuntino sul grande vassoio d’argento. Formaggi di due o tre qualità, salmone, salumi vari, panini di farina sopraffina e birra scura, la sua passione.

“C’è bisogno di tutta questa trafila? E di lucidare il vassoio d’argento? Secondo te Florian non digerisce se gli offri lo spuntino sui piatti di tutti i giorni?”.

"Mi piace regalare momenti di felicità alle persone. Lo sai. Gratto via la morchia dalla loro anima, almeno per un po'. Li faccio sentire dei signori. Tutti se lo meritano. Ne abbiamo parlato infinite volte con Stéphane".

"Peccato, cara Apollonía, che tu non sia alla guida di qualche nazione. Ma anche dell'intero pianeta: non ti farebbe male. E il mondo sarebbe un vero paradiso".

"Non c'è bisogno di essere un capo. Puoi compiere il miracolo nel piccolissimo spazio che ti spetta. La rivoluzione comincia dal tuo vicino, diceva Stéphane".

(Eccolo qui, il prezzemolo!)

"Ah, fortunato Florian...".

Sospirai, e per poco, tagliando a fettine il salmone, non ci rimisi il dito.

"No. Fortunata io. E anche tu, in parte. Abbiamo ancora pagine bianche nel libro della vita. E indipendentemente da quello che la sorte ci scriverà, noi andiamo avanti a fare disegni sui margini...".

Epilogo

Trascorsi molti anni nel nido che mi aveva costruito Apollonía. Il tempo mi scivolò come acqua tra le dita. Quello che si era salvato del mio patrimonio mi costringeva a vivere facendo un po' di economia, senza che dovessi però privarmi delle cose indispensabili. Né di quelle... lievemente superflue.

Viaggiai, mi divertii, strinsi amicizie, conoscenze, ebbi storie d'amore.

Tuttavia qualunque esperienza vivessi in quegli anni, la vivevo per cosí dire in modo telegrafico. In modo sommario. Solo come... appunti di vita.

Il capitolo principale si era concluso quella sera alla stazione di polizia.

Quando alla fine mi presentarono la denuncia da firmare, non la firmai.

Ebbi l'impressione di denunciare me stessa. La mia stessa vita. Il capitolo si era concluso, senza che però fosse mai stata scritta, a lettere maiuscole, la parola FINE.

La storia con Mimis era sempre dentro di me, come un buco nero che minacciava di inghiottire tutto da un momento all'altro. Di trascinare tutto nel suo immenso vortice.

Riuscivo semplicemente a tenere la mia esistenza un po' appartata. Mi guadagnai con grande fatica una distanza di sicurezza. Qualunque cosa facessi, somigliava alle torri che i bambini costruiscono sulla sabbia. Poco dopo arrivava una folata di vento e la faceva crollare. Lo sapevo. Lo aspettavo. E la maggior parte delle volte mi piaceva cosí.

"Tu costruisci rifugi", diceva Apollonía. "Non costruisci un palazzo per insediarci la tua anima come se fosse una principessa".

Era cosí. La mia anima la lasciavo sempre scalza e cenciosa a vagare per vicoli e lidi. E quando si feriva, quando le si conficcavano nei piedi sassolini aguzzi o vecchi ferri arrugginiti, le costruivo alla bell'e meglio un riparo perché si riposasse.

"Distribuisci il tuo essere come se fosse un oggetto da tre soldi". (Era l'opinione di Apollonía.) "Come se lo tirassi fuori dal ripiano delle 'occasioni'. Per questo poi gli altri non ti ammettono nel salone della loro anima. Ti portano una sedia di plastica e ti fanno sedere in cortile".

"Non mi dispiace affatto", le dicevo. "Mi trovo benissimo sulla sedia di plastica. Basta che mi arrivi il profumo del gelsomino. Basta che gli incubi non mi volteggino sopra la testa".

* * *

Il "Molosso" morí in un sudicio ospizio. Qualche anno dopo lo raggiunse Peli. Passò anche lei dallo stesso ospizio. Dalla stessa discarica, diceva Iota.

Solo che Peli soffrí di piú. Era quasi paralizzata, eppure la testa continuava a lavorare e a tramare. Parlava alle spalle delle infermiere e le aizzava le une contro le altre, insultava i degenti, un paio di volte la fecero nera di botte, ma lei niente! A braccetto con il suo vizio.

L'ultima parola che disse prima di morire, impiastricciata com'era di escrementi tra le sue carni mosce, fu: "Maledetti!".

Non precisò a chi fosse indirizzata.

Probabilmente a tutti...

* * *

Iota fu accanto alla signora Arsinòi mille volte piú che una figlia. Poche persone hanno goduto di tanta premura, tenerezza, affetto fino al loro ultimo respiro.

Per ricompensare Iota, la signora Arsinòi le lasciò la sua casa e la diede in moglie, poco prima della fine, a un gran bravo ragazzo (di professione elettricista, un suo lontano nipote).

Dopo le nozze non la vidi spesso. Ebbe tre bambine una dopo l'altra (la prima si chiamava Arsinòi), come faceva ad avere tempo per me...

I primi anni ogni tanto andavo a trovarla. Mi invitava ai compleanni delle bambine, alle feste d'onomastico eccetera.

Poi, con il passare del tempo, ci allontanammo. Ci perdemmo di vista. La vita ci trascinò nel suo gorgo.

Non sono mai riuscita a capire come accada che ci si perde con le persone a cui si è voluto tanto bene. Come mai ci si lascino alle spalle valigie piene di oggetti preziosi.

Il treno corre, maledetto lui... Corre piú di quanto tu riesca a sopportare. Ti gira la testa...

E non fai altro che sognare di tornare indietro, alle stazioni che hai amato. Alle stazioni in cui hai dimenticato i tuoi oggetti preziosi. Non fai che sognarlo...

* * *

Kòstia riuscí ad aprire un piccolo bar in chissà quale quartiere.

"Un bar del cavolo!", diceva Iota. "Finché non spunterà qualche brutto ceffo che glielo soffierà... La conosci, Kòstia. Casino, bravate e cazzi duri!".

Una volta domandai a Iota di Mimis. Cosí, fingendo indifferenza. Mentre osservavo la piccola Arsinòi che giocava al parco. Mi rispose fingendo anche lei indifferenza, mentre cercava il sonaglino della bambina.

"Kòstia mi ha detto che va in giro a cantare. Vaga per piazze e taverne assieme a un serbo. Il serbo suona la fisarmonica e Mimis canta, si suppone. Raccolgono gli spiccioli in un cestino del pane!".

Riguardo a Trulis non domandai mai nulla. Non avrei sopportato la risposta. Qualunque fosse stata...

* * *

Ancora adesso quando esco a cena in qualche taverna ho il terrore di incontrare il serbo con la fisarmonica e Mimis con il cestino del pane.

Per fortuna fino a oggi non è successo.

* * *

Otto anni dopo il mio divorzio da Mimis, cominciarono a suonare le trombe di guerra per Apollonía.

"Ogni cosa ha il suo ciclo. La mia felicità è durata a lungo. Stava diventando una provocazione. Si capisce che ho alzato anch'io la testa piú del dovuto... Ringrazio Dio che mi ha concesso di godere per tanti anni di questo straordinario dono. Ora devo farmi da parte con discrezione. Senza chiasso", diceva. E le lacrime le scorrevano lungo le guance rosee.

"È cosí, cara Arghirenia. Non bisogna perdere il filo della vita; questo è l'importante. Non bisogna che la notte ci sorprenda mentre la nostra anima è in lacrime...".

* * *

Un giorno Christiane aveva fatto sapere che era molto malata, quasi in punto di morte, e che desiderava concludere la vita accanto alla figlia.

(La grande Espé era morta all'improvviso qualche mese prima, in piedi in cucina, mentre preparava il suo piatto preferito, petti di pollo *à la crème*.)

Stéphane ebbe una crisi profonda ma, considerato il suo carattere, non poteva agire diversamente.

"Non ho il diritto", diceva, "di negare a una moribonda il suo ultimo desiderio".

Apollonía capí il suo punto di vista, lo condivise, una mattina raccolse i suoi effetti e se ne andò. Si fece da parte, per essere precisi.

Non volle venire a vivere da me. Preferí stare da sola nella sua vecchia casa del Pireo. La malattia di Christiane, risultò poi, non era niente di serio. Semplicemente, Christiane non era piú in grado di mantenersi in Francia. Era ingrassata per l'alcol, era piena di rughe, senza un quattrino, gli amanti la disdegnavano. Non aveva altra soluzione se non Stéphane.

La piccola Espé e Stéphane andavano a casa di Apollonía quasi ogni settimana. Lei preparava loro il pranzo, se ne prendeva cura, andavano a spasso insieme, chiacchieravano...

Christiane stava sempre in casa, sdraiata su qualche poltrona o sui divani, con la bottiglia accanto.

La piccola Espé non sopportava la madre. Appena quella cercava di avvicinarsi, la figlia diventava una belva. La mordeva, la graffiava, le scagliava oggetti sul muso...

Tutto quello che aveva imparato da Apollonía lo dimenticò.

"Soltanto quando è qui", diceva Stéphane ad Apollonía, "sta seduta a mangiare a tavola. A casa prende il piatto e si siede per terra come un animale. Nessuno le si può avvicinare!".

* * *

Quanto a lungo poteva reggere Stéphane... Un pomeriggio prese Kimon e Odisseas e li portò a fare un giro sulla collina. Ci andavano quasi tutti i giorni. Quel pomeriggio, Kimon e Odisseas tornarono soli... Tornarono a casa, abbaiarono furiosamente per un paio d'ore e poi si allontanarono. Scomparvero. Nessuno rivide mai piú i bellissimi cani lupo di Stéphane...

* * *

La piccola Espé fu rinchiusa in un istituto.

E Christiane rimase adagiata sui divani e sulle poltrone a consumare il non trascurabile patrimonio di Stéphane.

* * *

Apollonía si recò a far visita alla piccola Espé, all'istituto, una sola volta.

"Fu un'esperienza orribile. All'inizio non voleva avvicinarsi. Fingeva di non avermi mai vista prima. Dopo lunghi tentativi mi si accostò, mi appese un braccio al collo e con l'altra mano si picchiava violentemente il petto. Capii che cosa cercava di dirmi. Conosco il suo linguaggio. Voleva che la portassi via con me! Non potevo prendere una decisione del genere. Me la diedi a gambe…".

* * *

La morte di Stéphane le aveva lasciato il segno. Gli occhi erano diventati due piccoli soli spenti. Le labbra le si erano increspate.

"È difficile", mi diceva. "Quando ci siamo separati era diverso. Ci vedevamo. Parlavamo. Adesso… è come se fosse crollato il mondo. Adesso ho capito che per me il mondo era Stéphane. Però, non ti rattristare, Arghirenia". (Alla fine era lei a consolare me.) "Ritroverò il bandolo. Imparerò a vivere sotto le ali dell'anima di Stéphane. Riplasmerò un mondo con materiali diversi…".

* * *

Un anno dopo la morte di Stéphane, Apollonía si presentò da me tutta agghindata, bella, con in mano fiori e dolci.

"Sono venuta a farti una proposta. Vuoi che viviamo assieme? Quel nostro nastrino rosa, non è che lo abbiamo lasciato scolorire di nuovo? A parte che ho con me la pietra dell'upupa…".

Mi buttai tra le sue braccia piangendo e baciandola.

"È il dono piú bello che Dio mi potesse fare!".

Quella sera festeggiammo io e lei. Cucinammo, mangiammo, bevemmo, cantammo…

"Troveremo una casa vicina al mare. Con un grande giardino. Io mi occuperò dell'arredamento. Tu delle faccende pratiche".

"Ho capito... Trasporterò la terra e laverò le pentole".
"Non solo. Sarai autista, cassiera e custode di sogni".
"Quest'ultimo compito... non lo capisco bene".
"Quando ci sarà qualcuno che minaccia i nostri sogni, tu li proteggerai".
"In che modo?".
"Ah! Nel modo conosciuto. Costruirai rifugi. In questo sei imbattibile!".
Si erano fatte le cinque.
La stella del mattino ci sorprese ancora intente a chiacchierare sul terrazzino.
Era giugno... Una tenera alba estiva.
Gli aranci amari della via sorridevano al sole che sorgeva.

* * *

Apollonía vendette la sua casa al Pireo. Vendetti anch'io la mia e ne comprammo una vicino al mare. La casa paterna la donammo – dopo molte insistenze di Apollonía – al Comune. In seguito divenne la sede del municipio. Gran parte del suo patrimonio, Apollonía lo donò all'istituto in cui era rinchiusa la piccola Espé. Non avevamo molte entrate. I primi anni davamo lezioni di francese ai ragazzini della zona.
Apollonía dava anche lezioni di pianoforte.

* * *

"Sai che cosa ho pensato, Arghirenia?", mi ha detto l'altro ieri mentre sfogliavamo il giornale. "Che potremmo fare un viaggio in qualche Paese esotico".
"Dove, per esempio?".
"Vedremo... Ai Caraibi, per dire".
"Per scoprire specie rare di fiori?".
"Per rendere colorata la nostra vita".
"Con quali fondi, Apollonía! Quasi quasi non abbiamo di che pagare Florian!".

"Ho trovato una soluzione. Terremo un salvadanaio! D'altronde non abbiamo fretta...".

* * *

Il giorno dopo prese una scatola, la rivestí di carta bianca e ci scrisse sopra con un pennarello color oro:

"Per il viaggio che sognavamo!".

Mi soffermai a guardarla sorridendo.

"Temo tanto che sarà come il viaggio di Dodò...".

"Se anche fosse, cosa ci importa? Quello che conta è che lo sogniamo. E che, nonostante si sia bucato il taschino dell'anima, non abbiamo mai smarrito i biglietti di viaggio del sogno!".

Questo volume, l'ottantunesimo della collana Aristea,
è stato stampato nel settembre 2010
da Ingraf Industria Grafica, in Milano,
per conto di Crocetti Editore.